뻐꾸기 알은 누구의 것인가

Kakkou no Tamago wa Dare no Mono
© Keigo Higashino 2010
All rights reserved.
Original Japanese edition published by Kobunsha Co., Ltd.
Korean publishing rights arranged with Kobunsha Co., Ltd.
through KODANSHA LTD., Tokyo and EntersKorea Co., Ltd., Seoul

뻐꾸기 알은 누구의 것인가

초판 1쇄 펴낸 날 2013년 11월 15일 5쇄 펴낸 날 2023년 7월 20일
지은이 히가시노 게이고 **옮긴이** 김난주 **펴낸이** 박설림 **펴낸곳** 도서출판 재인 **디자인** 오필민디자인
등록 2003. 7. 2 제300-2003-119 **주소** 서울시 강남구 도곡동 467-6 대림아크로텔 1812호
전화 02-571-6858 **팩스** 02-571-6857

ISBN 978-89-90982-50-6 03830 Copyright © 재인, 2013 Printed in Korea.

책값은 뒤표지에 표시되어 있습니다. 잘못된 책은 바꿔 드립니다.

뻐꾸기 알은
누구의 것인가

히가시노 게이고 지음
김난주 옮김

재인

I

　가느다란 눈발이 흩날리는 가운데 그녀는 출발했다. 상체가 약간 높은 것이 거슬린다. 너무 긴장될 때면 종종 엿보이는 그녀의 버릇이다. 하지만 기문을 하나하나 통과하면서 몸도 조금씩 풀리는 것이 느껴졌다. 에지 사용에도 군더더기가 없다. 급사면에서도 주춤거리지 않고 과감하게 돌진하는 것이 그녀의 장점이다.

　완사면에 접어들기 직전에 사소한 실수가 있었다. 고비를 넘기면 집중력이 떨어지는 경우가 여전히 많다. 이래서야 국내에서는 이길 수 있겠지만 세계무대에서는 어림없다. 아니나 다를까, 그 이후 완사면에서 속도가 오르지 않았고 기록도 그저 그랬다. 하지만 그런대로 무난한 활주이기는 하다.

　결승선에 들어온 그녀가 고개를 갸웃거리는 장면이 나오자 히다 히로마사는 리모컨을 집었다. 화면을 급사면 장면으로 되돌리고, 이번에는 천천히 재생했다. 기문을 통과하는 자세

5

에서 한 군데 마음에 걸리는 부분이 있었기 때문이다.

바로 그 장면이 흐르기 시작했다. 히다는 들고 있는 리모컨의 일시 정지 버튼을 눌러 화면을 정지시켰다. 화면에는 여자 선수가 왼쪽 어깨로 폴을 치고 가려는 장면이 멈춰 있다. 그는 몸을 앞으로 기울여 모니터에 얼굴을 들이댔다.

중심이 너무 기울었군, 그렇게 중얼거렸을 때였다. 히다 씨, 하고 부르는 소리가 들렸다.

그가 문 쪽을 돌아보았다. 감색 폴로셔츠를 입은 여자 스태프가 문가에 서서 이쪽을 보고 있었다.

"히다 씨를 만나고 싶다는 분이 오셨는데요."

아, 그래, 하면서 그가 고개를 끄덕였다.

"들었어. 들어오시라고 해."

네, 하고 대답한 여자 스태프의 얼굴이 사라졌다. 뒤이어 한 남자가 들어왔다. 회색 양복이 잘 어울리는, 체격이 단단한 인물이다. 나이는 삼십 대 중반쯤일까.

"바쁘신데, 죄송합니다."

그렇게 말하고 남자가 내민 명함에는 '신세 개발 스포츠 과학 연구소 부소장 유즈키 요스케'라고 인쇄되어 있었다. 사전에 연락받은 것과 같은 내용이다.

"앉으시죠. 좁아서 안됐지만."

히다는 파이프 의자를 권했다. 실제로 이 사무실은 종이 상자와 사물함 때문에 몹시 비좁다. 스태프와 강사가 한꺼번에 돌아오면 앉을 자리가 없을 정도다.

실례합니다, 라면서 의자에 앉은 유즈키의 시선이 한곳에 쏠렸다. 그가 모니터를 바라보고 있다는 것을 알아차린 히다는 얼른 리모컨을 집어 들었다.

"잠시만요."

유즈키가 말했다.

"저 선수, 히다 카자미죠?"

"음, 그런데요."

"이 영상은 어디서?"

히다는 옆에 놓인 봉투를 유즈키 앞에 내밀었다. 받는 사람이 히다 히로마사라고 되어 있었다.

"다카쿠라 씨가 보내 주었어요. 지난번 합숙 훈련 때 촬영한 모양이에요."

"캐나다 합숙 때로군요. 그거 잘됐습니다. 제가 좀 봐도 될까요?"

"뭐, 상관이야 없지만."

히다가 리모컨을 건넸다.

유즈키는 리모컨 버튼을 눌러 영상을 처음부터 다시 돌렸다. 화면 속에서 카자미가 활주를 시작하자 히다는 아까처럼 또 화면으로 빨려 들어갔다.

그녀가 활주를 끝내자 유즈키가 화면을 정지시켰다.

"어떻게 생각하십니까?"

유즈키가 리모컨을 든 채로 물었다. 그 눈은 야심과 호기심이 뒤섞인 빛을 띠고 있었다.

"뭐가 말이오."

히다는 일부러 목소리 톤을 낮췄다. 딸의 활주를 볼 수 있어서 반가웠던 것은 사실이지만 흐뭇해하는 모습을 드러내고 싶지는 않았다.

"히다 씨의 감상을 듣고 싶군요. 아버지로서의 느낌도 좋지만 전 올림픽 선수로서의 의견을 말씀해 주시면 더욱 고맙겠습니다."

흥, 하고 히다가 콧방귀를 뀌었다.

"요즘 선수들은 참 행복한 것 같아요. 정식 경기도 아닌데 이렇게 촬영까지 해 주니. 게다가 해외에서 훈련을 받고 말이야. 요즘 같은 때에 회사도 용케 분발해 주었고."

유즈키가 쓴웃음을 지었다.

"카자미 씨가 기대주라서 회사에서도 투자를 아끼지 않는 거겠죠. 그보다, 기술적인 조언은 뭐 없습니까? 며칠 내로 다카쿠라 코치를 만날 예정인데, 그때 전해 드리죠."

히다는 얼굴 앞에 날아다니는 파리라도 쫓듯이 손을 저었다.

"무슨 소리. 선생도 스포츠 과학 전문가라면 20년 전 스키 기술 따위는 아무 도움이 안 된다는 것쯤 잘 알 텐데. 게다가 딸에 관해서는 다카쿠라에게 일임했어요. 내가 할 말은 없소. 잘 부탁한다는 말이나 전해 줘요."

히다가 그렇게 말하자 유즈키는 다소 정색하는 표정을 지었다.

"물론 장비의 발달이나 규칙의 변경 등으로 스키 기술이 해마다 변화하고 있습니다. 과거의 이론이 통용되지 않는 부분도 있고요. 하지만 전혀 다른 경기가 된 것은 아니죠. 두 발로 두 개의 판자를 타고 눈 위를 미끄러져 내려간다는 기본은 변함이 없습니다. 그리고 그런 운동을 효율적으로 실현할 수 있는 육체란 어떤 것인가, 라는 관점에서 보면 20년 전이나 현재나 그리 큰 차이는 없을 겁니다. 아니죠, 전혀 없다고 할 수도 있습니다."

"하고 싶은 말이 뭐지? 그러고 보니 아직 찾아온 용건을 듣지 못했군."

히다는 테이블에 놓인 유즈키의 명함으로 눈길을 돌렸다.

"고타니 부장에게, 스포츠 과학 연구자에게 협력해 줬으면 한다는 말밖에 듣지 못했는데."

유즈키가 등을 꼿꼿하게 폈다.

"아실지도 모르겠지만, 우리 연구소에서는 스포츠 과학 전반에 대해 연구하고 있습니다. 특히 힘을 쏟고 있는 분야는 스포츠 선수의 재능을 과학적으로 발굴하는 방법입니다."

"얘기는 들어 본 적이 있소만."

"그 실마리의 하나로 저희는 유전자를 주목하고 있죠. 안타까운 일이지만, 운동 능력이라는 면에서 인간은 평등하지 않습니다. 물론 취미로 즐기는 정도라면 재능이 있고 없고가 큰 문제가 되지 않죠. 그러나 세계적인 선수가 될 수 있느냐 없느냐 하는 수준에서는 타고난 재능이 큰 관건이 된다는 것이 우리의 생각입니다."

유즈키의 말투가 열기에 차 있었다. 그러나 히다는 시큰둥한 기분으로 그 말을 듣고 있었다.

"우리가 젊었을 때는 노력을 이기는 재능은 없다고들 했는데……."

"노력은 필요합니다. 50의 노력밖에 하지 않는 사람이 재능하나로 100의 노력을 하는 사람을 이길 수는 없습니다. 그러나 똑같이 100의 노력을 한다면 결국은 재능이 승부를 가르지 않을까요."

히다는 손가락 끝으로 테이블을 톡톡 두드렸다. 짜증스러울 때 나오는 버릇이라는 걸 그 자신은 알고 있었다.

"사람의 생각은 저마다 다르지. 당신들 연구에 토를 달 마음은 없어요. 이제 나를 만나러 온 이유를 말해 줬으면 하는데."

유즈키가 고개를 끄덕이고서 서류 가방을 무릎에 올려놓은 다음 파일 한 권을 꺼냈다. 파일에는 'F패턴 경기 특성에 관한 연구'라는 제목이 붙어 있었다.

"우리뿐만 아니라 지금 전 세계에서도 이 연구를 하고 있습니다. 운동 능력에 관계되는 것으로 보이는 유전자도 벌써 열 몇 개나 발견되었고요. 다만 어떤 유전자가 어느 정도 영향을 미치는지, 거기까지는 아직 밝혀지지 않은 것이 현실입니다. 달리기만 해도 단순히 순발력이 좋다고 잘할 수 있는 것은 아니죠. 기술이 필요하고, 뇌 속 물질의 영향도 있습니다. 균형 감각, 리듬 감각도 무시할 수 없죠. 구기 종목이나 격투기는 더욱 복잡하겠죠. 어떤 유전자를 어떤 식으로 조합하면 어떤 운동에 적합한 신체가 되는지, 그 일련의 고리를 규명해 내는 것이 최대의 과제라 할 수 있습니다."

히다는 연구하는 사람치고는 가무잡잡하게 탄 유즈키의 얼굴을 다시 보았다.

"그 과제를 해결하는 데 협력해 달라는 말인가?"

"네, 바로 그렇습니다. 방금도 말씀드렸다시피 중요한 것은 유전자 자체가 아니라 그 조합이죠. 우리는 최고 수준 운동선수들의 유전자를 무수히 분석했습니다. 그 결과……"

유즈키가 파일을 펼쳤다.

"마침내 몇 가지 패턴을 발견했습니다. 그중의 한 가지가 F

패턴이라 불리는 것이죠. 이 조합을 가진 선수는 시각 정보 처리 능력과 신체 균형이 뛰어나고 순간적인 상황 변화에 대응하는 힘도 겸비하고 있습니다. 이 그래프를 보시죠. F패턴을 가진 사람과 그렇지 않은 사람의 운동 능력을 비교 실험한 것입니다. 명백한 차이를 보이고 있죠."

그 페이지에는 가는 그래프가 몇 개나 그려져 있었지만 히다는 제대로 보지도 않고서 파일을 밀쳐냈다.

"그런 설명은 필요 없고, 대체 내게 뭘 원하는지, 그 말이나 빨리해요."

유즈키는 몸을 앞으로 쑥 내밀었다.

"F패턴에 의미 있는 개인차가 있다는 점은 명백한데, 아쉽게도 우리 나라 사람 중에는 이 패턴이 아주 적다는 것도 밝혀졌습니다. 따라서 세계에 통용되는 운동선수가 좀처럼 나오지 못하는 것도 거기에 원인이 있지 않나 하는 게 저희의 생각인데요. 최근에 F패턴을 가진 선수를 발견했습니다. 바로 히다 선생님의 따님인 히다 카자미 선수입니다."

유즈키와는 반대로 히다는 몸을 뒤로 약간 젖혔다.

"그런가……. 그래서?"

"정말 흥미롭지 않습니까? 아버지가 과거 올림픽 선수였던 한 여성이 우리 나라를 대표하는 스키 선수로 성장하고 있습니다. 게다가 그녀는 아주 희귀한 스포츠 유전자를 가졌어요.

그렇다면 우리 연구자들은 당연히 궁금한 점이 생기죠. 그 아버지는 과연 어떨까. 어떤 유전자 패턴을 갖고 있을까. 부전자전, 그것을 과학적으로 증명할 수 있지 않을까."

"어처구니가 없군."

히다가 내뱉듯이 말했다.

"설마 그런 얘기는 아니겠지 하면서 듣고 있었는데 역시로군. 미안하지만, 그 한심한 얘기 그만하고 돌아가 줘요. 협력은 사양합니다."

"아니, 잠시만요. 협력이라고 해서 대단한 일을 하는 게 아닙니다. 우선은 유전자를 검사할 수 있도록만 도와주시면 됩니다. 그래서 만약 선생님의 유전자에서 F패턴이 확인되면, 따님과 두 분이 연구실에 오셔서⋯⋯."

히다는 유즈키의 얼굴 앞으로 손을 내밀어 그의 말이 계속되는 것을 제지했다.

"당신들의 연구가 결실을 거두길 바라지만, 우리 부녀는 개입시키지 않았으면 좋겠군. 나는 그 아이에게 스키를 가르쳤어요. 내가 가진 기술 모두를 전수했지. 하지만 그 이상으로 노력의 중요성도 강조했어요. 재능 따위는 유전이 아니라고 생각했기 때문이지. 게다가 당신들은 아주 중요한 한 가지를 간과하고 있어요."

"그게 뭡니까?"

13

히다는 숨을 몰아쉬며 입을 열었다.

"내게 재능 따위는 없었다는 거요. 몇 번이나 올림픽에 출전했지만, 시상대에 오르기는커녕 근처에도 가지 못했지. 난 그냥 평범한 선수였다고."

"아니, 그건 아니……."

"돌아가 줘요."

히다가 일어나 머리를 숙였다.

"다른 인재를 찾아봐요."

"다른 인재를 찾을 수 없으니 이렇게 부탁을 드리는 겁니다."

"켄 그리피 부자에게 부탁하면 되지 않겠어요?"

히다의 말을 듣고서 유즈키는 어이없다는 듯이 고개를 절레절레 흔들었다.

"알겠습니다. 오늘은 일단 돌아가죠. 하지만 포기한 것은 아닙니다. 어떤 형태로든 다시 부탁드리러 올 겁니다."

"몇 번을 와 봐야 똑같아. 협력하지 않을 거요."

"선생님은 카자미 씨에게 스키를 가르치면서 그녀의 풍부한 재능에 놀라셨을 겁니다. 그 재능의 근원이 궁금하지 않으신가요?"

"재능 따위에는 관심 없소. 스포츠 선수에게 중요한 것은 노력과 결과요. 같은 말을 몇 번이나 하게 하나."

유즈키가 한숨을 쉬고서 파일을 가방에 집어 넣었다.

"다시 찾아뵙겠습니다."

"다음에는 다른 용건으로 왔으면 좋겠군. 깡마른 체형에 효과적인 훈련 방법을 발견했다. 그런 얘기라면 얼마든지 환영이오. 불경기 때문에 우리 체육관도 회원이 늘지 않아 걱정이거든."

"그 방면의 전문가도 있으니 의논해 보겠습니다."

유즈키는 진지한 표정으로 그렇게 말하고는 사무실을 나갔다.

다시 의자에 앉은 히다는 모니터에 카자미의 영상이 그대로 정지되어 있는 것을 보더니 리모컨을 잡아당겼다. 그리고 처음부터 또 한 번 틀어 놓았다.

그 아버지에 그 딸이라.

유즈키의 말은 틀리지 않았다. 카자미에게 처음 스키를 가르치고 얼마 안 있어 딸의 타고난 재능을 알아본 그는 기뻐 어쩔 줄을 몰랐다. 과연 내 딸이구나 싶었다. 자신의 뒤를 멋지게 이어 주리라.

그런데 유즈키 군, 그렇지가 않아. 카자미의 과감하고 기운 찬 활주를 바라보면서 히다는 마음속으로 중얼거렸다. 그녀의 재능은 아버지와는 아무런 관계가 없어. 히다 히로마사를 아버지라고 한다면 그렇다는 얘기지만.

2

19년 전.

　기쁜 소식이 스위스 생 모리츠의 숙소에서 기다리고 있었다. 일본에서 팩스 한 장이 날아온 것이다.

　히다는 그날 경기의 두 번째 활주 때 코스에서 벗어나는 실수를 저질러 완전히 풀이 죽어 있었다. 그런데 그 소식 덕분에 행복한 기분에 젖을 수 있었다.

　팩스에는 다음과 같은 내용이 적혀 있었다.

　'1월 17일 오전 10시 25분. 여자아이예요. 나도 아기도 건강합니다. 하루빨리 아빠가 보고 싶나 봐요. 새내기 선수 아빠의 오늘 성적은 어떤가요? 나와 아기는 병원에 조금 더 있으면서 몇 가지 검사를 받습니다. 아빠가 돌아올 때쯤에는 아마 집에서 기다리고 있을 거예요. 아기 이름, 생각해 봐요. 도모요.'

　팩스 용지를 손에 든 채 히다는 그 자리에서 만세를 불렀다. 무슨 일인가 싶어 다가온 팀 동료에게 그 소식을 전하자 그는 당장 다른 동료들에게 전달했다.

　일본 알펜스키 팀은 성적이 계속 부진해서 분위기가 침체된 상황이었는데, 오랜만에 모두가 밝은 표정을 보였다. 저녁 식사 때는 남자 선수뿐만 아니라 여자 선수들까지 축하한다는 말을 하기 위해 히다의 자리로 찾아왔다.

히다로서는 당장이라도 아내에게 수고했다고, 고맙다고 말하고 싶었다. 하지만 아직 병원에 있다고 하니 전화를 걸 수도 없었다.

그날 밤에는 친한 동료들끼리 바에서 늦게까지 술을 마셨다. 가장 기뻐해 준 사람은 친구이며 코치인 다카쿠라였다.

"드디어 바라고 바라던 일이 이루어졌군."

다카쿠라는 히다의 잔에 맥주를 따르면서 말했다.

"자네 덕분이야."

히다는 다카쿠라가 따라 준 맥주를 마셨다. 최고의 맛이었다.

"이제 다음 목표를 세울 수 있겠군."

"음, 간신히."

히다는 웃었다.

"마누라에게 그런 말을 했다가는 아무리 그래도 너무 성급하다고 할 테지만."

"그렇지도 않아. 유럽에서는 두 살 때부터 스키를 타게 한다네."

응, 하고 히다가 고개를 끄덕였다.

"뭔데요, 다음 목표가?"

옆에서 마시던 젊은 선수가 물었다.

"히다는 너만 한 나이 때 올림픽 시상대에 오르는 게 목표였어. 그런데 4년이 지나서는 월드컵에서 입상하는 것으로 바뀌었지. 또 4년이 지나서는 일선에서 최대한 오래 스키를 타는 게 목표가 되었어. 그게 이 사람이야. 그러느라 이 나이가 되어서 회사를 그만두고, 임신 중인 아내도 몇 달씩이나 마냥 내버려 두고 있어. 그런데 그 목표까지 슬슬 위태로워지고 있지. 오늘 활주를 봤으니 알겠지만, 폭주 보이 히다도 이제 바닥이 드러났어."

"코치님……."

젊은 선수가 거북한 표정을 지었다.

"괜찮아. 사실이 그러니까."

히다는 쓰디쓴 웃음을 지었다.

"그 정도 슬로프에서 균형이 무너진다는 것은 슬슬 물러날 때라는 증거야."

"그래도 첫 번째 활주 기록은 최고였잖아요."

"일본 선수 중에서나 그렇지. 너희들이 제구실을 못해서 그래."

히다의 지적에 젊은 선수는 머쓱한 듯 얼굴을 찡그렸다.

"그래서 과거의 폭주 보이는 생각했지."

다카쿠라가 히다의 어깨의 손을 얹고 말했다.

"이제 나는 스키에 관한 목표를 이룰 수 없게 되었다. 그렇

18

다면 그 꿈을 내 분신에게 넘기자. 자식을 올림픽 시상대에 세우는 것, 그게 히다의 다음 목표야."

젊은 선수는 알겠다는 듯이 고개를 끄덕이고는 히다의 얼굴을 쳐다보았다. 히다는 쑥스러움을 감추려 맥주를 벌컥벌컥 들이켰다.

"아직 아기 얼굴도 못 봤는데……. 그래 봐야 딸 바보라고 놀림이나 당하겠지."

"그렇지 않아요. 그리고 히다 선배는 아직 한참 더 탈 수 있어요. 따님이 조금 커서 아빠의 활약상을 이해할 수 있을 때까지 열심히 하셔야죠."

젊은 선수의 인사치레에 히다는 아무 대꾸도 하지 않고 그저 입가에 미소만 띠었다.

"물론 좀 더 활동을 해야겠지만, 아무리 국내 대회라도 이 사람이 언제까지나 활약을 해서는 곤란하지. 즉, 자네들의 시대가 오지 않으면 일본의 알펜스키에 미래는 없어."

다카쿠라의 말이 귀에 따가웠는지 젊은 선수들이 어깨를 으쓱하며 자리에서 일어섰다.

그 모습을 바라보다가 히다가 중얼거렸다.

"결심이 섰어."

그 말이 무얼 의미하는지 다카쿠라는 눈치챈 듯했다.

"그렇군."

다카쿠라는 그렇게만 반응했다.

"나는 이제 빼 줘. 젊은 선수들에게 경험을 쌓게 하는 것이 좋지."

"아이가 태어났다는 소식을 들으니 일본에 가고 싶어진 건가?"

"그게 아니야."

"그럼 마음에도 없는 소리 하지 말라고. 자네가 이번 시즌에 사활을 걸고 있다는 거 알아. 그 때문에 몇 달씩이나 이쪽 산에 박혀 있었던 거잖아."

다카쿠라의 말에 히다가 고개를 떨어뜨렸다. 무의식중에 왼쪽 무릎을 비비고 있었다. 3년 전에 반월판을 다친 후로 버릇이 되었다.

"아무튼, 축하해."

다카쿠라가 잔을 들었다.

그날 밤, 히다는 거의 잠을 이루지 못했다. 자신에게 자식이 생겼다는 생각에 흥분한 탓도 있었지만, 딸의 이름을 이것저것 떠올리느라 눈이 말똥말똥해지고 만 것이다. 와인의 힘으로 꾸벅거리기 시작했을 때는 창밖이 밝아 있었다.

테이블 위에 메모지가 어지럽게 널려 있었다. 그 가운데 한 장에 볼펜으로 '카자미'라 쓰여 있었다.

히다가 처음으로 딸을 만난 것은 그로부터 약 두 달이 지나

20

서였다. 월드컵에서는 결국 단 한 번도 입상하지 못했다.

딸의 출생 신고는 도모요가 이미 마친 상태였다. 히다가 카자미라고 이름 지어 준 갓난아기는 할인 매장에서 샀다는 아기 침대에서 새근새근 자고 있었다.

"인형 같아."

갓난아기를 안고서 히다가 중얼거렸다. 우유 냄새가 났다.

도모요는 웃고 있었지만 그 얼굴에는 왠지 생기가 없었다. 피곤한 것처럼 보이기도 했다. 역시 애 키우기에 익숙지 않아서 힘든 모양이라고 히다는 해석했다.

아내와는 약 열 달 만에 만나는 것이었다. 그동안 아내는 임신한 몸으로 힘겹게 생활했을 것이다. 그런 아내에게 아무 도움도 주지 못한 것에 히다는 미안함을 느꼈다.

유럽에서의 전지훈련은 그녀의 임신을 알기 전에 이미 결정된 일이었다. 그런데도 그는 일단 전지훈련을 포기하려 했다. 히다도 그렇지만 도모요에게도 부모가 없었다. 그녀가 마음대로 움직일 수 있는 동안은 괜찮지만, 출산이 다가오면 아무래도 누가 옆에 있어야 할 것이라고 생각했다.

그러나 도모요는 자신은 걱정하지 않아도 된다고 다부지게 대답했다.

"친구도 있고, 나는 어떻게든 될 거야. 게다가 시즌에 들어가면 어차피 당신은 집에 거의 없잖아. 만약 당신이 유럽에 가는 걸 포기해서 그 때문에 성적이 좋지 않으면 오히려 내가 미안하고 괴로울 거야. 당신이 없는 동안 난 힘내서 건강한 아이를 낳을 테니까 당신은 안심하고 스키에만 집중해. 전부터 우리, 가족 서비스는 은퇴한 다음부터라고 얘기했잖아."

히다는 아내의 그런 말이 고마웠다. 그래서 스키어로서의 마지막 불길을 태우리라 새삼 결심을 굳혔다.

"스키는 이 아이에게 맡길까 봐."

딸을 안은 채로 그가 말했다.

"은퇴할 거야?"

도모요가 불안한 듯이 눈을 치켜떴다.

"아직 모르겠어. 하지만……, 이제 미련 남는 일은 없는 것 같아. 그보다 내게는 새로운 일이 생겼잖아. 이 아이를 위해서 열심히 일하는 것."

실제로 히다는 오래지 않아 새로운 일자리를 찾았다. 스키부가 있는 식품 회사에서 선수 겸 코치로 와 주지 않겠느냐는 제안이 들어온 것이다. 굳이 선수 겸, 이라고 한 것은 아직 은퇴를 발표하지 않은 그의 자존심을 배려한 조처일 것이라고 생각되었다.

히다가 정식으로 은퇴한 것은 그로부터 꼭 1년 후였다. 과거 올림픽에도 출전했던 선수인데 은퇴 소식을 알리는 신문 기사는 실로 짤막했다.

도모요가 이상하게 변했다는 것을 알아차린 것도 그때쯤이었다. 아니 실은 그 전에도 왠지 이상하다 싶은 적이 몇 번 있었다. 다만 현역으로 계속 활동하던 히다에게는 아내에 대해 느긋하게 생각할 여유가 없었다. 가끔 집에 들어가도 딸만 눈에 들어오지 아내에게는 전혀 관심이 가지 않았다.

도모요는 이전과는 사뭇 달랐다. 재미나는 일이 있어도 별로 웃지 않았고, 시름에 잠겨 있는 일이 많았다. 외출도 거의 하지 않았다. 친구를 만나지도 않고, 하루 대부분을 딸과 단둘이 지내는 듯했다.

짜증을 내는 일도 많아졌고, 사소한 일로 화를 내거나 우울해했다. 그런가 하면 갑자기 의아할 정도로 조잘거렸다. 눈에 띄게 신경이 예민해져 전화벨 소리나 초인종 소리에도 유난스럽게 놀랐다.

육아 노이로제일지도 모르겠다고 히다는 생각했다. 그때도 그는 자신이 지금까지 아무것도 도와주지 않았기 때문이라고 자책했다.

현역에서 은퇴한 후로는 시간적으로 조금 여유가 생겼다. 히다는 가능한 한 아내와 함께 지내려 했다. 그런데 쉬는 날 가족끼리 외출이라도 하려고 하면 도모요가 그다지 달가워하지 않았다.

"집에서 편히 지내면 되잖아. 어디를 가나 사람도 많고 복잡해서 피곤할 뿐이야. 집에서 카자미랑 노는 게 좋아."

평소 집안일을 도맡기고 있는 터라 아내가 그렇게 말하면 히다는 뭐라고 반론할 수 없었다. 피곤해서 아무 데도 가고 싶어 하지 않는구나, 생각했다.

그런 상태였지만 카자미를 대하는 도모요의 깊은 애정에는 히다조차 감탄하지 않을 수 없었다. 그녀는 언제나 딸만을 바라보고, 딸의 건강과 행복을 최우선으로 삼았다. 카자미가 조금이라도 아픈 기색이 보이면 잠도 못 자고 걱정하고 병이 나지 않을까 싶을 정도로 온 정성을 기울여 간호했다. 그런 모습을 볼 때마다 히다는 역시 엄마란 대단하다며 감탄했다.

모든 것이 순조로워 보였다. 생활은 히다가 은퇴하기 전에 상상했던 그대로였다.

그러나 그 행복도 그리 오래가지 않았다.

선수 생활을 그만두고 처음 맞는 여름이었다. 스키부를 데리고 합숙을 떠난 히다에게 믿기 어려운 소식이 날아들었다.

도모요가 아파트 베란다에서 떨어졌다는 것이었다. 그들의 아파트는 5층이었다.

부랴부랴 병원으로 달려갔지만 그를 기다린 것은 이미 숨을 거둔 아내의 모습이었다. 그녀의 머리에는 붕대가 칭칭 감겨 있었다.

그는 침대 옆에 무릎을 꿇고 앉아 그녀의 차가운 손을 잡았다. 머리가 눈앞의 현실을 받아들이려 하지 않았다. 모든 것이 거짓말이고, 지금이라도 아내가 눈을 반짝 뜰 것만 같았다. 하지만 아무리 기다려도 그가 바라는 일은 일어나지 않았다. 문득 그는 자신의 무릎이 젖어 있다는 것을 깨달았다. 눈물 때문이었다. 자기도 모르게 울고 있었던 것이다. 그는 울부짖었다. 아내의 이름을 부르며 통곡했다.

경찰 조사에 따르면 사고 가능성은 거의 없었다. 또 누가 밀어 떨어뜨린 흔적도 없었다. 자살로밖에 여길 수 없다는 결론이었다. 심증이 있느냐는 질문에 히다는 전혀 없다는 대답밖에 할 수 없었다.

유서도 없었다. 하지만 반듯하게 정리된 도모요의 물건들이 각오하고 실행한 자살이라는 것을 말해 주고 있었다.

아직 어린 카자미는 무슨 일이 일어난 건지 이해하지 못했다. 엄마 어디 갔어, 하고 물을 뿐이었다. 히다는 도저히 사실을 말할 수 없었다.

도모요의 물건들을 뒤져 그녀가 무슨 일로 고뇌하고 괴로워했는지 알아보려 했다. 하지만 실마리가 될 만한 것은 무엇 하나 남아 있지 않았다.

육아 노이로제였겠지, 주위 사람들은 그렇게 말했다. 히다로서도 그렇게 생각할 수밖에 없었다. 도모요의 상태가 이상했던 것은 사실이었으니까.

석연치 않은 마음은 여전한데 시간만 흘러갔다. 집 밖으로 나가는 것조차 고통스러웠다. 하지만 슬퍼하고 있을 수만은 없었다. 카자미를 훌륭하게 키우는 것만이 도모요의 죽음을 위로하는 길이라고 생각했다.

히다는 코치직을 그만두고 삿포로에 있는 스포츠 클럽에 다시 취직했다. 수입은 지금까지만 못해도 시간은 자유로워지기 때문이었다.

딸에게 엄마 못지않은 애정을 쏟기 위해 그는 온 힘을 다했다. 그 애정에 답하듯 카자미도 건강하게 자랐다. 그리고 카자미가 태어나 세 번째 겨울을 맞은 어느 날, 생 모리츠에서 세웠던 목표를 향해 기념할 만한 첫걸음을 내디뎠다. 딸을 처음으로 스키장에 데리고 간 것이다.

물론 처음에는 눈썰매 타기가 중심이었다. 그러는 한편 히다는 카자미에게 스키를 보여 주고 어떤 반응을 보이는지 주의를 기울였다. 강요하고 싶지는 않았다. 본인이 스키를 타고 싶어 하지 않으면 의미가 없다고 생각했다.

처음 스키장에 데리고 갔을 때, 카자미는 눈썰매만 타고도 만족했다. 그런데 두 번째 갔을 때 카자미는 히다가 기다리고 기다리던 말을 했다. 나도 아빠처럼 스키 타고 싶어, 라고 한 것이다.

실은 그때 이미 자동차 트렁크에 딸의 스키 장비가 실려 있었다. 오스트리아 인 친구에게 부탁해 특별히 만든 제품이었다. 그는 당장 카자미의 발에 스키를 신겼다.

그의 비원이기도 했던, 딸만을 위한 코치 생활이 그렇게 시작되었다. 이날을 기다리며 히다는 여러 스타급 스키어에게 문의해 유아 스키 교육법에 관한 정보를 수집해 왔다.

세 살짜리 아이에게 이론을 가르쳐 봐야 소용없다. 맨 먼저 익혀야 할 것은 스키와 설면이 닿는 감각을 몸으로 기억하는 일이다. 새 신발에 발이 길들여지도록 하는 것처럼 스키에 익숙해지도록 한다. 이것은 카자미의 스키를 만들어 준 친구의 조언이었다.

카자미는 두 발에 장착한 긴 널빤지를 타고 눈 위를 미끄러지는 것에 금방 익숙해졌다. 그뿐이 아니었다. 딱히 가르치지 않았는데도 턴까지 스스로 터득했다. 그 모습을 보고서 히다는 무척 기뻐했다.

시간이 허락되는 한 히다는 카자미에게 스키를 가르쳤다. 심혈을 다해 가르쳤다. 조금 어려운 것을 요구해도 카자미는 몇 번 반복해서 완전히 습득했다. 그런 점이 한층 그를 기쁘게 했다.

카자미는 초등학교에 입학하자마자 소년 스키 클럽에 들어갔다. 하지만 그때 이미 클럽에서 최고급의 실력을 갖추고 있었다. 그리고 최고가 되기까지 오랜 시간이 걸리지 않았다.

초등학교 3학년이 되자 그 지역 스키 관계자들 사이에 히다 카자미라는 이름을 모르는 이가 없었다. 초등학생 대회에서는 지는 일이 없었고, 남자아이들도 카자미를 당해 내지 못했다.

5학년 겨울, 어느 성인 대회에 시주자로 참가했다. 종목은 회전이었다. 시주자는 선수들의 경기에 앞서 슬로프를 정비하기 위해 스키를 탄다.

카자미가 출발하자 대회 관계자들의 눈이 휘둥그레졌다. 성인용으로 세팅된 난코스를 겨우 초등학생인 여자아이가 화려한 기술을 선보이며 활주하기 때문이었다. 소문을 들어 히다 카자미를 알고 있던 사람들이나 그 실력을 몇 번이나 직접 보았던 사람들 모두 말을 잃었다.

히다는 이때 관계자에게 기록을 재어 달라고 부탁했다. 비록 비공식적인 것이지만 그 기록은 대회 우승자의 기록을 웃돌았다. 대회 관계자는 히다에게 이 일을 비밀에 부쳐 달라고 했다.

히다의 두 번째 도전이 착실하게 진행되는 것처럼 보였다. 스키 강호인 고등학교에서 일찌감치 입학 권유가 있기도 했다.

그런데 카자미가 6학년이던 겨울, 히다는 놀라운 것을 발견했다. 그날 카자미는 스키 클럽의 연습 때문에 밖에 나가고 없었다. 히다는 대청소를 하고 있었다. 이듬해 봄에 이사할 계획이 있어서였다. 카자미의 중학교 입학에 맞춰 좀 더 연습에 집중할 수 있는 곳으로 이사를 가자고 부녀가 의논해 정한 일이었다.

그것은 오래된 신문의 일부였다. 도모요의 화장대를 버리려고 하는데, 서랍 깊은 곳에 꼬깃꼬깃 접힌 그것이 있었다.

처음에는 무슨 틈 같은 걸 메우느라 썼던 거겠지, 생각했다. 그런데 쓰레기통에 버리려 했을 때 기사 제목이 눈에 띄었다.

'니가타의 한 병원에서 신생아 행방불명—저녁 식사 준비로 간호사 미처 알아차리지 못해'

이 시점에서는 아직 히다의 가슴에 술렁거림 같은 것은 없었다. 그런데도 그 기사를 읽을 마음이 생긴 것은 직감이라고밖에 달리 표현할 길이 없다.

기사는 니가타 현에 있는 어느 병원에서 갓 태어난 여자아이가 유괴된 사건에 관한 것이었다. '니가타 현 경찰 수사 1과와 나가오카 경찰서는 미성년자 약취 유괴 사건의 가능성이 높은 것으로 보고 조사 중', 이라고 실려 있었다.

히다는 신문의 발행 일자와 사건이 발생한 날을 확인하고서 온몸에 소름이 좍 끼치는 것을 느꼈다. 날짜가 카자미가 태어난 날에 너무도 가까웠다.

설마 하고 생각했다. 믿기 어려운 일이었다. 아내가 그런 짓을 했을 리 없다고 생각했다.

그러나 절대 그랬을 리 없다고 단언할 만한 객관적인 근거는 없었다. 히다의 마음이 흔들렸다.

도모요의 출산에 그는 함께하지 않았다. 출산은커녕 임신 중이었던 몇 달 동안 모습조차 보지 못했다.

도모요가 모유가 잘 나오지 않는 체질이었다는 점도 이제 와서 생각하니 마음에 걸렸다. 도모요가 외출을 극단적으로 꺼렸다는 것, 카자미가 태어난 후 줄곧 상태가 이상했다는 것도 불길한 상상을 뒷받침했다.

카자미의 얼굴은 살짝 찢어진 커다란 눈이 특징이고 다소 날카롭게 생겼다. 그것은 도모요도 히다도 닮지 않은 부분이다. 친구들이 "스키 타는 솜씨나 용모나 개천에서 용이 났군."이라고 놀려 댄 적도 있었다.

그리고 무엇보다, 그렇게 생각하면 도모요의 자살에 대한 수수께끼가 풀렸다. 그녀는 양심의 가책을 견디다 못해 스스로 죽음을 선택한 것이 아닐까.

신문 기사를 발견하고 며칠이 지난 어느 날 히다는 병원을 찾아갔다. 도모요가 카자미를 낳았다고 했던 병원이었다. 그가 그 병원을 찾기는 처음이었다.

그는 신분증을 제시한 후, 아내의 진료 기록을 보여 줄 수 없겠느냐고 부탁했다.

　한참을 기다려 들은 대답을 그로서는 도무지 이해할 수 없었다. 도모요가 출산한 기록이 전혀 없다는 것이었다.

3

　메인 그라운드를 둘러싸듯이 만들어진 코스 위로 한 젊은이가 유즈키를 향해 미끄러져 내려오고 있었다. 하지만 그가 신고 있는 것은 롤러 스키이다. 크로스컨트리용 스키를 개조하고 스키 판 앞뒤에 바퀴를 단 것이다.

　젊은이는 두 손에 거머쥔 폴을 이리저리 움직이면서 열심히 내려오고 있었다. 한 바퀴에 1킬로미터인 코스를 세 바퀴째 돌고 있으니 아무래도 힘겨운 듯했다. 선글라스를 끼고 있지만 얼굴을 찡그리고 있다는 건 알 수 있었다.

　젊은이가 유즈키 일행 앞을 통과하는 것과 동시에 옆에 있는 가이즈카가 스톱워치를 눌렀다.

"어떻습니까?"

유즈키가 물었다.

"또 1분 이상 줄었어."

가이즈카는 스톱워치를 유즈키에게 보여 주었다.

"매번 기록이 좋아지고 있어. 어느 선까지 갈지 상상이 안 되는군."

유즈키가 피식 웃었다.

"코치가 그런 말을 하면 어쩝니까."

"그야 그렇지만, 가르치다 보면 겁날 때가 있거든. 저 녀석은 진짜 황금알이야. 잘못 지도했다가는 큰일 나겠다 싶어서 신중해질 정도로 말이지."

"가이즈카 씨가 일류 코치라고 믿었기 때문에 신고를 맡긴 겁니다. 신중한 건 좋지만 자신감을 가지셔야죠."

"그건 나도 알아. 그저 재능이 놀랍다는 말이지. 그런데 당신네들 정말 대단해. 유전자만 가지고 저 녀석을 찾아냈다면서? 그거 엄청난 사업이 될 거야."

"과연 그렇게 될지 어떨지는 가이즈카 씨 수완에 달려 있습니다. 아무쪼록 잘 부탁해요."

그렇게 말하고서 유즈키는 활주를 끝낸 젊은이 쪽을 보았다.

"신고와 잠깐 할 얘기가 있는데, 괜찮습니까?"

"그럼. 단, 미리 말해 두는데, 저 녀석, 당신을 그다지 좋아하지는 않는 것 같더군."

유즈키는 어깨를 으쓱했다.

"그건 저도 이미 알고 있습니다."

도리고에 신고는 롤러 스키를 벗고 숨을 고르면서 스트레칭을 하고 있었다. 키 175센티미터. 고등학생치고는 그리 큰 편이 아니다. 저 실력에 키만 좀 더 커 줬으면, 유즈키는 그의 등 뒤로 다가가면서 그렇게 생각했다.

"컨디션이 좋아 보이는데."

뒤에서 말을 건넸다.

신고는 힐금 돌아보고서 아무런 대꾸 없이 스트레칭만 계속했다. 숨이 차서 말을 못하는 게 아니라 그저 말하고 싶지 않은 것이리라.

"머지않아 눈 위에서 탈 수 있을 거야. 기대되는군."

"별로요."

"마냥 롤러만 타서야 지겹잖아."

유즈키는 롤러 스키를 집어 들었다.

"눈 위라고 해야 똑같은 걸 할 텐데요, 뭐."

"진짜 스키와 롤러는 다르지. 배워야 할 것도 여러 가지로 많아지고. 재미있을 거야."

"글쎄요."

신고가 고개를 갸웃거렸다.

"가이즈카 코치는 네가 졸업하기 전까지 고교생 중에서 톱 스리 안에 드는 선수로 만들겠다던데. 그래서 내가 이랬지. 그 정도로는 곤란하다고, 그 정도 선에서 만족하면 안 된다고 말이야. 다음다음 올림픽쯤에는 네가 메달을 따 줄 거라고 생각하고 있으니까."

신고는 대답하지 않았다. 여전히 부루퉁한 표정이다. 조금 더 시간이 필요한가 하고 유즈키는 생각했다. 실제로 크로스 컨트리 시합에 나가 시상대에 올라 보면 자랑스러운 기분도 들고 이 길로 인도해 준 것도 고마워할 게 틀림없다.

"아무튼 지금처럼 열심히 해 줘."

유즈키는 신고의 오른발을 톡톡 치고 일어나서는 그라운드 끝에 있는 한 건물을 향해 걸어갔다. 그 건물에는 '신세 개발 스포츠 과학 연구소'라는 간판이 걸려 있었다.

신세 개발은 호텔과 레저 시설을 건설해 업적을 쌓은 회사 이지만 최근에는 본업 외에도 스포츠 센터 운영과 건강식품 개발 등에 힘을 쏟고 있다. 이 연구소를 설립한 것도 그 일환 이었다. 이 연구소에서는 스포츠에 관한 갖가지 연구를 진행 하고 있다.

대학 조교수였던 유즈키가 부소장으로 초빙된 가장 큰 이 유는 그의 연구 테마가 연구소가 추진하고 있는 계획에 유효 할 것이란 판단 때문이었다.

연구소가 추진하고 있는 계획이란, 유전자를 통해 스포츠 에 적성이 있는 인재를 발견하고 초기에 최적의 지도를 함으 로써 우수한 선수로 육성하는 것이었다. 가이즈카가 말한 것 처럼 이 기술이 확립되면 엄청난 사업이 될 터였다. 과거 도

34

핑 기술이 고액으로 거래된 것과 마찬가지다. 다른 점은, 도 핑은 위법이고 선수의 운명을 뒤흔들어 놓지만, 유전자 검증을 통한 재능의 발굴은 적법하며 선수의 미래를 밝게 열어 준다는 점이다.

히다에게도 설명했듯이, 중요한 것은 유전자 자체가 아니라 그 조합이었다. 유즈키 연구 팀은 분명하게 유의미한 차이를 보이는 패턴을 벌써 몇 가지나 발견했다. 그중 하나가 히다 카자미가 지닌 F패턴이고, 또 하나 주목하는 것은 유즈키 연구 팀이 B패턴이라 부르는 조합이었다. 그 패턴을 가진 사람은 체내에서 아주 효율적인 에너지 변환이 가능하기 때문에 결과적으로 근지구력과 심폐 기능이 좋아진다. 경기로 치면 중장거리 달리기나 자전거, 크로스컨트리 등에 적합하다.

체격이 뛰어나지 않은 일본인은 순발력을 요구하는 스포츠보다는 마라톤같이 지구력을 요하는 스포츠 쪽이 외국인 선수와 대등하게 승부를 겨루기 알맞다. B패턴을 가진 아이를 찾아내는 것은 연구소의 성과를 알리는 지름길이기도 했다.

그런데 과연 그런 아이를 어디에서 찾을 것인가. 모든 어린이를 일일이 검사하는 것은 비현실적인 방법이었다. 본격적으로 검사를 실시하려면 돈도 들고 시간도 든다. 게다가 완전한 B패턴을 가진 인간은 아주 적다는 사실도 밝혀져 있었다.

유즈키 연구 팀은 지구력이 뛰어나다고 여겨지는 사람들의

리스트를 작성해서 그들의 유전자를 검사해 보기로 했다. 우선 어른 중에서 B패턴을 가진 사람을 찾아낸 다음 그 사람의 혈연을 조사하자고 생각한 것이다.

이때 조사한 샘플 중에 도리고에 신고의 아버지 가쓰야가 있었다. 그는 등산가로 8천 미터 이상급 산을 무산소로 등정하는 데 몇 번이나 성공한 기록을 갖고 있었다.

검사 결과 도리고에 가쓰야는 완벽한 B패턴의 소유자로 판명되었다. 적혈구 생산 능력이 뛰어나고 산소를 대량으로 운반할 수 있는 체질이었던 것이다. 게다가 무거운 짐을 지고도 장시간을 견딜 수 있는 근육과 내장도 갖고 있었다. 지구력을 요하는 스포츠를 하기에 더없이 이상적이었다.

그러나 유즈키 연구 팀을 흥분시킨 것은 그 일이 아니었다. 검사 결과 가쓰야의 아들인 신고 역시 똑같은 패턴을 갖고 있다는 것이 밝혀졌다. 게다가 그는 아직 중학생이었다. 앞으로 얼마든지 단련할 수 있는 인재였다.

유즈키가 신세 개발 스포츠부에 도리고에 신고를 크로스컨트리 선수로 스카우트해야 한다고 추천한 것은 그로부터 얼마 후의 일이었다.

유즈키는 신고가 활약할 날이 오는 것은 시간문제라고 생각했다. 하지만 그것이 목표는 아니다. 진정한 출발은 그때부터이다. 온갖 종류의 경기에 뛰어난 선수를 배출해서 자신들의 연구가 얼마나 위대한 것인지를 전 세계에 알리는 것, 그 것이야말로 그의 야망이었다.

유즈키가 자기 자리로 돌아와 메일을 체크하고 있는데 옆에 놓인 휴대 전화가 푸르르 떨렸다. 고타니에게서 걸려 온 전화였다. 고타니는 신세 개발 스포츠부의 부장이니 유즈키에게는 상사인 셈이다.

전화를 받자마자 고타니가 지금 즉시 본사로 들어오라고 말했다.

"지금 당장 말입니까? 오늘은 잠시 후에 하치오지에 가야 하는데요. 히다 카자미 선수가 장비 회사의 풍동 실험에 참가한다고 해서요."

"히다 선수가…… 음, 그래. 그럼 예의 건에 대해서 설득해 보겠다는 거군."

"네, 그렇죠. 자신은 없지만."

"그렇게 죽는소리를 하면 어쩌나. 알았어. 그런 일이라면 나중에라도 괜찮아. 아무리 늦어도 상관없으니까, 아무튼 본사로 들어오도록."

고타니의 말투에는 여유가 없었다.

"상당히 중요한 용건인가 봅니다."

"그래. 자세한 것은 만나서 얘기하겠지만, 바로 그 히다 카자미 일이야."

"그녀가 왜요?"

"전화로 할 얘기가 아니야. 오늘 그녀를 만난다면서? 그렇다면 안 듣는 편이 좋을 거야."

"점점 궁금해지는데요."

"그럼 얼른 용건 끝내고 들어와."

일방적으로 끊긴 전화기를 보면서 유즈키는 어깨를 으쓱했다. 불길한 예감이 들었다.

<u>4</u>

오후 3시가 지나서 도리고에 신고는 그라운드를 떠났다. 가이즈카가 차로 데려다 준다는데도 거절했다. 가이즈카가 싫은 것은 아니었지만 연습이 끝난 후에도 같이 있기는 어색하다. 게다가 혼자서 돌아가고 싶은 이유가 또 있었다. 오늘은 모처럼의 일요일이다.

스포츠 가방을 어깨에 메고서 고개를 약간 숙인 자세로 묵묵히 역을 향해 걸어갔다. 야마나시에서 도쿄로 올라온 지 약 7개월이 되었다. 신세 개발의 그라운드에는 거의 매일 다니고 있다. 덕분에 그 부근 지리를 완전히 터득했다. 고개를 푹 숙이고 있어도 자신이 지금 어디를 걷고 있는지 알 수 있다.

신고는 상점가 도중에서 걸음을 멈췄다. 악기점 앞이었다. 건물은 낡았지만 안은 넓고 악기도 다양하게 갖췄다. 이 가게를 발견한 다음부터 훈련하러 가는 것이 조금은 즐거워졌다.

가게에 들어서자 계산대에 있던 중년 남자와 눈길이 마주쳤다. 이 가게의 주인인 듯하다. 남자는 웃는 얼굴로 신고를 향해 고개를 끄덕였다. 또 왔군, 마음껏 보다 가라고. 그런 눈빛이었다.

신고는 곧장 기타 매장으로 걸어갔다. 반짝이는 기타가 죽 진열되어 있다. 그중에서도 신고의 눈에 한결 반짝여 보이는 기타가 있었다. 깁슨 사의 레스폴 커스텀이다. 복각품이라고 할 만큼 전통적인 스타일이다. 색상은 빨강인데 유치하다는 느낌은 없다.

이런 걸 연주하면 가슴이 짜릿짜릿하겠지, 하고 신고는 생각했다. 하지만 신고는 실제로는 기타를 치지 못한다. 만져본 적조차 없다. 텔레비전에서 연주자들이 연주하는 것을 보면서 그저 선망할 뿐이었다.

고등학교에 들어가면 기타를 시작하자고 생각했다. 아르바이트를 해서 돈을 모아 기타를 산다. 배우러 갈 여유는 없을 테니까 혼자서 연습한다. 그러다 언젠가 마음 맞는 친구들과 밴드를 결성하고, 작아도 괜찮으니까 어딘가의 라이브 하우스에서 연주한다. 어쩌면 음악 업계 사람에게 발탁될지도 모른다. 연주자가 되는 길이 열릴지도 모른다. 꿈은 한없이 부풀었다. 자신에게 무한한 가능성이 있다고 믿고 있었다.

그런데.

어느 날 찾아온 두 남자가 그런 신고의 꿈을 느닷없이 가로막았다. 한 사람은 유즈키이고 또 한 사람은 신세 개발 스포츠부의 부장인 고타니라는 남자였다. 아이러니하게도 그 남자들은 신고에게 '무한한 가능성'이라는 이해되지 않는 말을 했다.

"신고 군에게는 무한한 가능성이 있습니다. 그것을 살리고 싶지 않은지요. 우리는 그 재능을 굳게 믿기 때문에 회사 차원에서 전면적인 지원을 하기로 결단을 내린 것입니다."

유즈키의 열변을 들으면서 신고는 선거철에 후보자들이 하는 가두연설을 떠올렸다. 마치 상대를 위해 말하는 것처럼 들리지만 실은 자신들의 이익을 위해 상대를 설득하려는 것에 불과하다.

아버지 가쓰야는 상대의 공세에 주눅이 들었는지 그저 어리둥절해할 뿐이었다. 불쑥 찾아온 두 사람이 하는 말이라니. 그 내용만 봐서는 기적적인 낭보가 틀림없었다.

유즈키 일행은 도리고에 부자의 생활을 속속들이 철저하게 조사했다. 가쓰야가 무직이나 다름없다는 것도, 아내와 이혼했다는 것도 알고 있었다. 월세 아파트 집세를 석 달이나 밀렸다는 것, 신고의 급식비조차 내지 못하고 있다는 사실도 파악하고 있었다.

유즈키는 가쓰야에게 우선은 취직이라는 미끼를 던졌다. 아들을 맡겨만 주면 신세 개발 관련 회사에서 일할 수 있도록 조처를 취하겠다고 한 것이다. 그뿐이 아니었다. 도쿄에 살 곳도 마련해 줄 것이며 신고의 학비도 내 주겠다고 했다.

가쓰야는 그 자리에서 대답하지 못했다. 생각할 시간을 달라고 했다. 물론 그렇게 하라며 유즈키와 고타니는 돌아갔다.

"아빠, 나 스키 해도 괜찮아."

두 사람이 돌아간 후 신고는 아버지에게 말했다.

가쓰야는 한참을 뚱한 채 말이 없다가, 마침내 입을 열었다.

"크로스컨트리……란 말이지. 뭐가 어떻게 된 건지 모르겠군. 왜 우리에게만 이런 제안을 하는 건지."

"무슨 검사를 한 결과라잖아."

"응. 전에 무슨 연구 때문이라나, 그래서 피를 뽑아 간 적이 있기는 한데."

가쓰야는 아들을 보았다.

"너, 괜찮겠니?"

"그럼 어떻게 해."

신고는 고개를 숙였다.

"하라는 대로 하면 아빠도 취직할 수 있다는데. 살 곳도 마련해 줄 모양이고."

"그건 뭐 고마운 얘기이기는 하다만. 네 고등학교를 어떻게 하나 하는 것도 골칫거리였고."

"그렇다면 망설일 여유가 없는 거 아냐."

"네가 좋다고 하면 상관은 없지만."

그렇게 말하고서 가쓰야는 낮은 소리로 뭐라 웅얼거렸다. 그러는 그의 등이 한없이 굽어 보였다.

등산가인 가쓰야는 젊은 시절부터 일정한 직장에 다닌 적이 단 한 번도 없었다. 아르바이트 같은 것을 해 일당을 벌고, 돈이 어느 정도 모이면 산에 오르는 생활을 계속했다.

엄마는 신고가 초등학교에 다닐 때 사라졌다. 남자가 생겨 집을 나갔다는 것을 한참 후에야 알았다. 엄마는 밤에 물장사를 했다. 물론 처음에는 집안 살림에 보태기 위해서 시작했겠지만, 가족보다 산을 더 소중히 여기는 남편과의 생활에 지칠 대로 지쳤는지도 모른다.

가쓰야는 등산가로서는 우수했을지 모르지만 생활력은 도통 없는 남자였다. 사고 때문에 다리를 약간 절게 된 후로는 일자리를 찾기가 더욱 어려워졌다. 지인이 운영하는 철공소에서 짐꾼 비슷하게 일하고 있지만, 큰 돈벌이가 아니라는 것쯤 당시 중학생이던 신고도 뻔히 알 수 있었다. 졸업하면 자신이 일하는 수밖에 없다고까지 생각했다.

기타를 시작해서 연주자가 되겠다는 꿈을 꾼 것도 그런 가난에서 벗어나고 싶은 마음 때문이었다.

그런 때에 유즈키가 나타났다. 게다가 안정된 생활과 신고의 학비라는 최고의 선물까지 들고 왔다.

거절할 수 있는 상황이 아니었다. 이 기회를 놓치면 앞으로 점점 나락으로 떨어질 것이 불 보듯 뻔했다.

어렸을 때 함께한 시간은 많지 않았지만 그래도 신고는 아버지를 좋아했다. 목숨을 걸고 산에 오르는 모습이 상상이 안 될 정도로 평소에는 점잖고 성실한 아버지였다. 신고는 아버지에게 꾸중을 들은 기억이 한 번도 없다. 엄마가 집을 나갔을 때조차 누군가에게 화풀이를 하는 대신 그저 혼자서 묵묵히 등산 도구를 손질했던 그다.

신고는 지난 4월, 신세 개발 주니어 스키 클럽의 연습에 참가했다. 클럽은 말뿐이고 사실은 신고 혼자 가이즈카 밑에서 훈련을 받고 있을 뿐이었다. 회사가 새 멤버를 모집하는 것 같지도 않았다.

고등학교는 근처에 있는 사립을 다니고 있다. 중학교 때 성적이 좋은 편이어서 입학에 별 어려움은 없었다. 학교에서 신고는 다른 학생들과 똑같이 행동했다. 친구라 할 만한 녀석도 몇 명 있었다. 하지만 크로스컨트리 훈련을 받고 있다는 말은 아무에게도 하지 않았다. 그 말을 하면 전후 사정까지 설명해야 하는 것이 귀찮았기 때문이다. 친구들에게는 아버지 일 때문에 야마나시에서 이사를 왔다고만 얘기했다.

학교에서는 동아리 활동을 하지 않는다. 육상부로부터 가입 권유를 받은 적이 한 번 있다. 여름 방학에 들어가기 직전이었다. 그 얼마 전 체육 수업 때 1천5백 미터 달리기를 했는데 신고의 기록이 학년에서 가장 좋았기 때문이다. 신고는 지금까지 전문적으로 스포츠를 배운 적이 없지만 어떻게 된 셈인지 이런 유의 기록은 좋았다. 가이즈카 밑에서 훈련을 쌓고 있는 것이 그 재능에 빛을 더하는지도 모르겠다.

육상부의 권유는 거절했다. 그럴 시간도 없는 데다 육상 경기에는 애당초 관심이 없었다. 만약 동아리에 들어간다면 당연히 밴드부다. 물론 지금 상황에서는 불가능한 일이지만.

32만 엔이라는 가격표가 붙어 있는 깁슨 기타에서 발치로 시선을 옮기는데 옆에서 불쑥 손이 튀어나왔다. 그 손이 DVD 한 장을 들고 있었다. 놀라서 옆을 돌아보니 가게 주인이 웃고 있었다.

"이거 중고지만, 괜찮다면 주고 싶은데."

DVD를 받아 든 신고는 눈을 번쩍 떴다. '깁슨과 명기타리스트들'이라는 제목이 찍혀 있었다. 피터 프램튼과 비비 킹 등이 본인이 애용하는 기타로 연주하는 장면이 담겨 있는 듯하다.

"와, 굉장하네요……."

"어때, 진열된 악기를 바라보는 것만으로는 부족하잖아."

"그런데 전 돈이 없는데요."

주인이 웃으면서 손을 가로저었다.

"돈은 괜찮아. 중고인데, 뭐."

"정말요?"

"그럼. 그리고 난 똑같은 게 한 장 더 있어."

신고는 DVD와 주인 얼굴을 번갈아 쳐다본 후 머리를 깊이 숙였다.

"감사합니다."

주인은 응, 하며 고개를 끄덕였다.

"기타, 연주하나?"

"아니요, 아직은. 언젠가는 하고 싶지만요."

"고등학생?"

"네."

"그럼 공부 때문에 바쁠지도 모르겠네. 하지만 초조해할 거 없어. 언제든 시작할 수 있으니까. 아는 사람 중에 쉰 살이 넘어서 피아노를 시작한 사람도 있으니까."

"와……."

"만약 시작하게 되면 그때 기타 사러 와. 싸게 해 줄 테니까."

주인은 그렇게 말하고서 미소를 띤 채 다시 계산대로 돌아 갔다.

그 등을 향해 신고는 말했다.

"꼭 올게요. 언젠가 꼭."

주인은 돌아보는 대신 오른손을 살짝 들었다.

신고는 악기점에서 나와 곧바로 역을 향해 걸었다. 집까지 는 한 정거장이다. 역에서 걸어 몇 분 걸리는 곳에 지난 4월 부터 사는 그들의 아파트가 있다.

집으로 돌아오니 현관에 가쓰야의 신발이 있었다. 웬일이 지, 생각했다. 일요일 저녁때 가쓰야는 대개 파친코에서 시간 을 보낸다.

신고가 거실 문을 열었다. 거실 한가운데 앉아 있던 가쓰야 가 놀란 듯이 고개를 들었다.

"뭐야, 놀랐잖아."

가쓰야가 말했다.

"내가 뭘 놀라게 했다고."

"다녀왔다는 소리 정도는 해야지."

"현관문 열리는 소리 들었으면 알 거 아냐."

"못 들었으니 그러지. 지금 좀 하는 일이 있어서."

가쓰야는 휴대 전화기를 닫고 바지 주머니에 집어넣었다.

그 모습을 본 신고가 말했다.

"아빠가 그런 걸 다 해?"

"뭘?"

"아빠가 문자를 다 보내고……. 거의 없는 일이잖아."

아, 하면서 가쓰야가 머리를 긁적거렸다.

"요즘은 일 때문에 연락 올 때 주로 문자로 오니까. 그래서 간혹 들여다봐야 해."

"음, 그렇구나."

현재 가쓰야는 신세 개발의 자회사에서 일하고 있다. 경비 일인 것 같은데, 자세한 것은 신고도 모른다.

"연습은 어땠어? 힘드냐?"

"뭐, 그냥 그래. 다음 주에는 홋카이도에 간대."

"그런가 보더구나. 학교에 체험 학습 신청서 내라고 회사에서 연락이 왔더라. 절차만 밟으면 3월까지 수업에 안 나가도 된다던데. 보충은 학생들 봄 방학 기간 중에 받을 수 있다고."

"그런 시스템이 있기 때문에 신세 개발에서 그 학교를 권한 거야. 아빠는 몰랐어?"

"그래, 당연히 몰랐지."

"뭐가 그래, 아빠가 돼서."

신고는 훈련 때 입었던 옷가지와 수건을 가방에서 꺼내 들고 세면실로 갔다. 세탁기에 빨래를 던져 넣고 세제를 적당히 뿌렸다. 초등학생 때부터 빨래는 제 손으로 하고 있다. 빨래뿐이 아니다. 음식도 간단한 것은 만들 수 있고 단추도 달수 있다. 아버지와 단둘이 살다 보면 자연스레 그렇게 되는 법이다.

세탁기 스위치를 누르고 거실로 돌아오니 가쓰야가 손에 DVD를 들고 있었다.

신고는 눈을 치켜뜨고 아버지 손에서 DVD를 빼앗았다.

"왜 멋대로 보는 거야."

"어디서 생긴 거냐, 그거. 산 거야?"

낮은 목소리로 가쓰야가 물었다.

"받은 거야. 아는 사람에게서."

악기점 주인이라는 말은 할 수 없었다. 악기점에 갔다는 것을 알리고 싶지 않았다.

"아는 사람? 어떻게 아는 사람인데?"

"학교 친구하고 아는 사람이야. 어떤 사람이면 어때서, 겨우 이런 거 가지고."

"네가 달라고 했냐?"

"내가 그런 말을 왜 해. 이제 필요 없게 됐는데 버리기는 아깝다고 해서 내가 받아 준 거야. 나도 별로 갖고 싶지 않았다고, 이런 거."

가쓰야는 아무 말도 않고서 의심이 가득한 눈으로 가만히 아들을 쳐다보았다.

신고는 손에 든 DVD를 옆에 있는 쓰레기통에 버렸다.

가쓰야가 눈을 부릅떴다.

"무슨 짓이야."

"참 시끄럽네. 필요 없으니까 버리는 거지. 일일이 잔소리 좀 그만해."

신고는 스포츠 가방을 들고 옆방으로 가 버렸다. 쾅 소리 나게 문을 닫고는 방바닥에 누웠다.

왜 이렇게 짜증이 나는지 자신도 알 수 없었다. 하지만 아버지에게 기타를 향한 자기 마음을 들키고 싶지 않은 것만은 확실했다.

신고, 하고 부르는 소리가 들렸다. 대답하지 않았더니 이어서 가쓰야가 말했다.

"잠시 나갔다 오마. 두 시간쯤 걸릴 거다."

파친코에 가려는 모양이다. 신고는 응, 하고 작은 소리로 대답했다.

가쓰야가 밖으로 나가는 기척이 느껴졌다. 현관문이 닫히는 소리를 확인하고서 신고는 문을 열었다.

앉은뱅이상 위를 보았다. 쓰레기통에 버렸던 DVD가 놓여 있었다. 가쓰야가 꺼내 놓았나 보다.

신고는 DVD를 집어 들었다. 그리고 리모컨을 집어 텔레비전과 DVD를 켰다.

5

헬멧을 쓰고 레이싱 슈트를 입은 선수가 모니터에 비치고 있다. 헬멧도 슈트도 은색이다. 폴을 겨드랑이에 끼고 크라우칭 자세를 취하고 있다.

헬멧과 슈트에 붙어 있는 조그만 리본 여러 개가 심하게 흔들렸다. 방음 유리창으로 가로막혀 있는데도 이쪽 방까지 바람 소리가 들리는 것 같다.

다운 힐 경기 때 남자 선수는 시속 130킬로미터, 여자 선수는 115킬로미터 전후의 속도로 스키를 타야 한다. 그러니 당연히 전면에서 맞는 바람이 거대한 벽이 된다. 그 바람을 어떻게 헤치고 나아가느냐에 따라 승부가 갈린다.

모니터에 비친 선수는 강풍 속에서도 자세에 거의 흔들림이 없었다. 하반신이 탄탄한 것은 물론이요 탁월한 균형 감각이 온몸의 근육을 순간적으로 통제하고 있는 것이다.

그녀가 아버지에게 물려받은 큰 재산이다, 유즈키는 그렇게 믿고 있다. 적어도 현시점에서는.

유즈키는 지금 하치오지에 있는 스포츠 장비 회사의 연구소에 와 있다. 이곳에서는 주로 경기용 수영복과 육상용 운동복 등에 관한 연구 개발을 하고 있다. 특히 수영복은 소재 하나로도 기록이 크게 좌우되기 때문에 가장 중요한 연구 테마라고 할 수 있다.

안면이 있는 야마오카라는 연구원이 유즈키를 알아보고서 다가와 인사했다. 공기 저항을 줄이는 스키복 개발에 임하고 있는 인물이었다.

"카자미 선수, 어떻습니까?"

유즈키가 모니터를 가리키며 물었다.

야마오카가 턱을 아래로 끌어당겼다.

"지금까지 여러 선수를 봐 왔지만 폼의 안정도가 정말 발군입니다. 바로 얼마 전까지 고등학생이었다는 게 믿기지 않을 정도입니다."

"그래요……. 그런 말을 들으니 든든하군요."

"그렇게 막강한 선수가 입어 주면 우리도 스키복을 개발한 보람이 있죠. 신세 개발과 협력하기를 참 잘했어요. 옳은 판단이었습니다."

"그건 피차 마찬가지죠."

은색 스키복을 입은 선수가 헬멧을 벗어 들고 풍동 실험실에서 나왔다. 머리를 뒤로 묶은 탓인지 옆으로 살짝 찢어진 눈이 평소보다 한층 치켜 올라간 듯이 보인다. 그녀, 히다 카자미는 그 날카로운 눈매로 유즈키를 보았다.

"안녕하세요."

"풍동 실험실에 들어갔다 나온 감상이 어때? 실제의 다운

힐과는 자못 다르려나?"

"실제 코스에는 기복도 있고 경사도 있으니까요. 그리고 무엇보다 움직이는 것이 공기가 아니라 제 쪽이잖아요."

카자미가 진지한 표정으로 말했다.

농담이 아니라는 것은 알고 있었지만 유즈키는 하하하, 하고 웃었다.

"흐음, 그렇겠군. 그런데 잠시 시간 좀 내 줄 수 있을까? 하고 싶은 얘기가 있는데."

카자미는 몸을 구부리고 계기를 들여다보고 있는 야마오카 쪽을 보았다.

"야마오카 씨, 아직 할 일이 더 있나요?"

야마오카가 허리를 펴고 고개를 저었다.

"아니, 오늘은 끝났어. 자료가 아주 잘 나왔는데. 분석 결과가 나오면 알려 주지."

카자미는 고개를 끄덕이고는 유즈키 쪽으로 몸을 돌렸다.

"옷 갈아입고 와도 되나요?"

"물론이지. 현관에서 기다리고 있을게."

"그럼 좀 이따가 뵐게요."

카자미는 빙그르 몸을 돌려 문으로 걸어갔다.

뒤에서 그녀의 우람한 하반신을 바라보면서 유즈키는 "역시 그 아버지에 그 딸이야."라고 중얼거렸다.

히다 카자미는 올봄에 신세 개발에 입사했다. 소속은 복지부지만 회사로 출근하는 것은 1년에 한 달 정도뿐이고 그 나머지 시간에는 스키부원으로 활동하고 있다. 고등학생 시절에 이미 3연패를 일궈 낸 그녀를 스카우트하려는 회사들의 쟁탈전이 심했지만 결국 신세 개발이 영입하게 된 것이다. 아버지의 친구가 스키부 코치로 있다는 것이 결정적인 요인이었다.

유즈키가 로비의 의자에서 자판기 커피를 마시고 있는데, 커다란 스포츠 가방을 멘 카자미가 나타났다. 후드 달린 스포츠 웨어를 입고 머리에는 비니를 푹 눌러쓰고 있다.

"뭐 마실래?"

유즈키가 자판기를 가리키며 물었다.

"괜찮아요. 그보다 할 얘기란 게 뭐예요?"

"우선 앉아. 서서는 얘기하기 어려우니까."

카자미는 후우 한숨을 쉬고서 가방을 바닥에 내려놓은 후 유즈키 옆 자리에 앉았다.

"며칠 전에 삿포로에 가서 아버님을 만났어. 연구에 협력해 주십사 부탁을 드렸지만 거절당했지."

"그런 것 같더군요."

카자미가 바로 대답했다.

"아버지께 얘기했나?"

"전화가 왔어요. 재능은 수식이나 화학 기호로 나타낼 수

53

있는 게 아니라면서, 바보 같은 짓이라고 했어요."

"만약 나타낼 수 있다면 어떻겠어? 명스키어 히다 히로마사의 재능을 네가 얼마나 물려받았는지 궁금하지 않아?"

"아니요."

"왜?"

카자미는 유즈키와 눈을 마주치지 않고 먼 곳을 바라보며 입을 열었다.

"아빠는 아빠, 나는 나니까요. 난, 지금 내가 갖고 있는 것은 전부 연습을 통해서 얻은 거라고 생각해요. 갖고 태어난 것 따위는 하나도 없어요."

"그 몸은? 아버지에게서 받은 거 아닌가?"

"몸은,"

카자미는 고개를 살래살래 옆으로 흔들었다.

"누구나 같죠. 그리 다르지 않다고 생각해요."

"그럼 묻겠는데, 백 미터 달리기에서 일본 사람이 흑인을 이길 수 있는 날이 과연 올까? 세계 최고가 되는 날이 과연 올 것인가 말이야."

카자미가 입술을 깨물고서 대답했다.

"난 육상에 대해서는 잘 몰라요."

"그 말은 얼버무리는 것에 지나지 않아. 어떤 종목에서나 대부분의 스포츠 선수들이 외국인 선수들과의 육체적인 차이를 통감하고 있어. 국제적인 무대에서 싸우는 선수일수록 그렇지. 너도 그렇게 느낀 적이 없지는 않을 텐데."

"난,"

카자미가 순간적으로 유즈키를 노려보다가 이내 눈길을 돌리고 말을 이었다.

"내 몸이 특별하지 않다는 말을 하고 싶을 뿐이에요. 아빠도 그랬고요. 우리는 특별한 걸 무엇 하나 갖고 있지 않아요. 아빠 말이 옳다고 생각해요."

"너희 부녀가 그렇게 생각하는 건 자유야. 그 생각을 억지로 바꾸고 싶진 않아. 하지만 우리로서는 객관적인 사실이 필요해. 물론 너희 부녀에게는 별 이득이 없는 얘기지. 하지만 너희 부녀가 가진 힘의 근원을 분석할 수 있다면 제2, 제3의 히다 히로마사, 제2, 제3의 히다 카자미를 발견할 수 있을지도 모르잖아. 일본 스포츠계를 위하는 일이라 여기고 어떻게 협력해 줄 수 없을까?"

그러자 카자미는 고개를 약간 기울이고 희미한 웃음을 흘렸다. 하지만 그 웃음은 냉소는 아니었다.

"아빠가 싫다는데 저한테 그래 봐야 아무 소용이 없을걸요."

"그러니까 네가 아빠에게 얘기해 주었으면 하는 거지. 협력하자고."

"그건 무리예요."

카자미가 벌떡 일어섰다.

"아빠를 설득하다니, 나는 못해요. 나 자신도 별로 내키지 않는데. 할 얘기가 그것뿐이면 저, 이만 돌아갈게요. 조금 이따가 삿포로로 돌아가야 해요. 머지않아 합숙 훈련도 시작되고."

"잠깐만. 한번 더 잘 생각해 봐. 뭐 대단한 일을 하는 것도 아니잖아. 그냥 건강 진단을 받는 것처럼 가벼운 기분으로……."

"죄송합니다. 그만 가 볼게요."

카자미는 가방을 어깨에 메고 빠른 걸음으로 현관을 향했다.

유즈키는 고개를 저으며 캔에 남은 커피를 입에 부었다. 싸늘하게 식은 커피는 들쩍지근한 맛만 입안에 남겼다.

신세 개발의 본사는 신주쿠에 있다. 유즈키가 스포츠부에 들어서자 부장인 고타니가 회의 테이블을 사이에 두고 누군가와 한창 얘기를 나누는 중이었다. 어느 쪽의 표정도 그리 좋지 않았다. 고타니는 유즈키가 들어온 것을 알고 상대에게 몇 마디 더 한 뒤 얘기를 끝냈다.

유즈키는 빈자리에 앉은 다음 고타니에게 물었다.

"무슨 일이라도 있는 겁니까?"

"왜 그렇게 묻지?"

"아니, 왠지 분위기가 심각해 보여서요."

그 질문에는 대답하지 않고 고타니는 몸을 맡기듯 의자에 기댔다. 두툼한 눈두덩 속에서 길쭉한 눈이 움직였다.

"히다 카자미는 만나고 온 건가?"

네, 하면서 유즈키는 코 옆을 갉작거렸다.

고타니는 안 그래도 약간 비틀린 입가를 더욱 비틀었다.

"뭐야, 아버지에 이어 딸을 설득하는 데도 실패한 건가?"

"생각했던 것 이상으로 저를 싫어하는 것 같습니다."

"자네가 그렇게 약한 말을 하다니. 도리고에 신고를 스카우트하라고 할 때의 그 기세는 다 어디로 간 거야, 어?"

"뭐라도 미끼가 있으면 좋겠는데요. 그 부녀가 우리 연구에 협력해 이득을 볼 만한 어떤 것 말입니다. 그렇다고 그 두 사람이 돈에 걸려들지는 않을 것 같고요. 굳이 말하자면, 훈련 때 특별 대우를 한다든지⋯⋯. 하기야 그것도 자칫 잘못하면 역효과가 날지 모르죠. 아무튼 예상했던 것보다 훨씬 고집스러운 부녀입니다."

하핫, 하고 고타니가 입가로 웃음을 흘렸다.

"그 대단한 자네도 두 손을 든 건가. 어쩔 수 없지. 내가 지혜를 전수해 줘야겠군."

"네?"

유즈키는 뜻밖이라는 생각으로 부장의 얼굴을 다시 보았다.

"아까 내가 만난 사람, 광고계 인물이야. 어떻게 좀 해 달라고 우는소리를 하더군."

"무슨 일인데요?"

"히다 카자미 말이야. 몇몇 스포츠 잡지에서 취재 요청이 들어온 모양이야. 놈들 움직임이 과연 빠르더군. 기대를 모으는 여자 선수인 데다 비주얼도 괜찮다고 일부 스포츠 라이터들이 주목하기 시작했나 봐."

"좋은 일이잖아요."

"그런데 그렇게 생각지 않는 인간이 있어. 누구를 말하는 건지는 잘 알겠지."

유즈키는 금방 이해했다. 한 남자의 얼굴이 바로 떠올랐다.

"아버지로군요. 히다 히로마사가 승낙하지 않는 건가요?"

고타니가 인상을 찡그리며 고개를 끄덕였다.

"아직 큰 대회에 출전하지도 않은 선수가 그런 식으로 다뤄지는 것은 과하다, 그렇게 말한 모양이야. 자네 말마따나 모든 것에 고집이 센 아버지야."

"하지만 그런 논리라면 큰 대회에 출전한 다음에는 괜찮다는 뜻 아닌가요. 그 정도는 기다릴 수 있잖습니까."

"히다가 말하는 큰 대회란, 세계의 톱이 모이는 경기야. 그러니 못해도 월드컵 정도는 되어야 하는 거지."

"그렇다면 더욱이 머지않았잖아요. 히다 카자미가 국제 대회에 데뷔한다, 그리고 취재 기사가 잡지에 실린다. 나쁘지 않은데요."

"거참, 생각이 짧군. 스타를 만들려면 어느 정도 준비가 필요한 거야. 대회에 출전한 후면 이미 늦다고. 출전하기 전에 주목을 받게 해야지. 그러다 좋은 성적을 올리면 더할 나위 없는 것이고, 가령 실패했다고 해도 다음 대회로 이어질 수 있잖나. 스키 연맹도 인기 선수를 무시할 수는 없을 거야. 인기를 우선시한다는 비난이 있을지도 모르겠지만, 다음 월드컵에 파견하려 들 거라고."

유즈키는 팔짱을 꼈다. 괜히 김칫국부터 마시는 건지도 모르겠지만 고타니의 의견이 아주 빗나간 것은 아니다.

"게다가 말이야,"

고타니가 말을 이었다.

"히다 카자미가 월드컵에서 입상권 내에 들면 좋지만, 만약 하위에 머문다면 어떻겠냐고. 그 고집 센 아버지가 그래도 취재를 허락하겠느냐는 말이지."

유즈키가 피식 웃었다. 그 대답은 보나 마나 뻔하다.

"절대 무리겠죠."

"그렇지? 현실적인 얘기를 하자면, 이 시점에서 히다 카자미가 데뷔전에서 순위권 내에 들 가능성은 전혀 없다고 봐야 하겠지. 그러니 월드컵 전이든 후든 마찬가지란 얘기야."

유즈키가 팔짱을 낀 채로 웅얼거렸다. 그리고 고타니를 보았다.

"부장님이 아까 지혜를 전수하겠다고 했는데, 지금까지 들은 얘기로는 히다 히로마사를 설득할 만한 재료가 없어 보이는데요."

"서두르지 말라고. 본론은 지금부터니까."

그렇게 말하고서 고타니가 양복 안주머니에 손을 넣었다. 그의 눈이 주위를 경계하듯이 이리저리 움직였다. 그가 안주머니에서 꺼낸 것은 조그맣게 접힌 서류였다. 그것을 유즈키 앞으로 내밀면서 고타니가 말했다.

"펼쳐 봐."

"이거 혹시……."

"그래."

고타니가 고개를 끄덕였다.

"또 왔어."

유즈키가 손을 뻗으려다 말았다.

"맨손으로 만져도 되는 겁니까?"

"괜찮아. 그건 복사한 거니까. 원본은 금고에 보관해 두었어."

유즈키는 안심하고서 접힌 종이를 펼쳤다. 거기에는 프린터로 출력한 글자가 새겨져 있었다.

　신세 개발 스키부에 고한다.

　히다 카자미를 멤버에서 제외하도록. 월드컵은 물론 모든 시합
의 출전을 포기하도록 할 것.

　이 요구를 수용하지 않을 경우, 히다 카자미의 신변에 모종의
위해가 가해질 것이다.

양식 있는 팬으로부터

"이거, 언제 온 겁니까?"

"어제. 받는 사람은 신세 개발 스키부로 되어 있었어. 보내
는 사람 이름은 없고. 지난번과 마찬가지야."

유즈키는 눈살을 찌푸리며 종이를 원래대로 접었다.

똑같은 협박장이 이 주일 전쯤에도 왔다. 그런 협박장이 왔
다는 것은 사내에서 몇몇 사람만 알고 있다. 물론 히다 카자
미 본인에게는 알리지 않았다.

"누구 짓일까요?"

"그야 뻔하지. 히다가 시합에 나가면 곤란한 인간. 어느 팀
선수이거나 관계자 아니겠어?"

"글쎄……, 그럴까요."

유즈키가 고개를 갸웃거렸다.

"그렇지 않다는 말인가?"

"히다는 전 일본 선수권의 유력한 후보이지만 아직 톱은 아니에요. 그렇게 어중간한 선수의 발목을 잡는 게 무슨 의미가 있는지 모르겠군요."

"그럼 자네는 누구 짓이라고 생각하는데?"

"단언할 수는 없지만, 스토커의 일종 아닐까요. 히다 카자미라는 이름을 알고 있다는 것 자체가 상당한 광팬이라는 뜻이니까."

"스토커라면 시합에 나가기를 바라지 않겠어? 그래야 쫓아다니기 쉬우니까 말이야."

"스토커라고 해서 마냥 쫓아다니는 게 다는 아니죠. 혼자 소유하고 싶어서 유명해지는 것을 저지하려는 경우도 왕왕 있다고 합니다. 이번 경우 역시 그런 건지도 모르죠."

고타니가 얼굴을 찡그렸다.

"세상에 참 성가신 인간도 다 있군."

"그래서 어떻게 할 건데요? 경찰에는 신고하지 않을 겁니까?"

"물론이지. 전에도 말했잖아. 이런 장난질에 놀아나면 안 되지. 총무와도 의논해 봤는데, 좀 더 상황을 지켜보자고 의견 일치를 봤어."

하기야 일일이 반응하다 보면 끝이 없는 것도 사실이다. 프

로든 아마추어든, 스포츠 선수에게 이런 협박장 비슷한 것이
날아드는 예는 드물지 않다.

"그래서 저더러 어떡하라는 겁니까?"

유즈키가 묻자 고타니는 협박장을 손가락으로 집어 들고는
히죽 웃었다.

"이걸 히다 히로마사에게 보여 줘."

"뭐라고요?"

"이걸 히다 히로마사에게 보여 주라고. 지난번 협박장에 대
해서도 이야기하고."

"무슨 말씀인지 통 모르겠는데요. 월드컵을 앞두고 있는데
히다 카자미를 동요시키고 싶지 않다고 하지 않으셨던가요."

"물론 그랬지. 그녀가 동요하는 일은 절대 없어야지."

"하지만 협박장에 대해서 히다 씨에게 얘기하면 딸에게도
전해지지 않을까요?"

"히다가 딸에게 얘기할 거라고 생각하나?"

고타니가 몸을 앞으로 들이밀었다.

"그 말을 전하면 그녀가 훈련에 집중할 수 없는 것은 물론
이고 애써 거머쥔 월드컵 출전의 기회마저 놓칠지도 모르는
데? 걱정 마. 히다는 절대 얘기하지 않을 테니까."

유즈키가 음, 하고 웅얼거렸다. 그럴지도 모른다. 지금 히
다 부녀의 가장 큰 목표는 국제무대에 서는 것이다.

"협박장을 보여 주고, 그다음에는 어떻게 하는데요?"

"신세 개발은 당분간 경찰에 신고하지 않을 것이다, 매스컴에 공표할 마음도 없다. 우선은 그렇게 말해. 히다는 토를 달지 않을 거야. 물론 히다 카자미의 신변에 위험이 닥치는 일이 있어서는 절대 안 되지. 그다음에 그녀 신변을 보호할 사람을 붙이는 거야. 그러나 이상한 사람이 갑자기 따라다니면 주위 사람들이 수상쩍게 여길 거야. 그래서 홍보 담당으로 하려는데, 어떻게 생각하나?"

"아하."

유즈키는 고타니의 이마에 새겨진 굵은 주름을 바라보았다.

"꽤나 고심하셨겠습니다."

"히다 카자미는 스포츠 관련 매체에서 인기가 상승 중이야. 그러니 그녀에게 전속 홍보 담당이 붙었다고 해도 이상하게 여기지는 않을 거야. 단, 그런 인간이 붙는 한 그녀도 어느 정도는 광고 관련 일을 해 주어야 하지. 취재 요청을 죄다 거절할 수는 없지 않겠어?"

"그 아버지가 어떻게 나올지……."

"싫다고는 못할 거야. 애당초 히다 카자미는 우리 사원이라고. 광고 활동에 협력하는 것은 당연한 일이잖아. 게다가 신변의 안전까지 확보할 수 있으니 일거양득이지."

"하지만 부장님, 그렇게 하면 광고 건은 해결되지만, 우리

64

쪽의 목적은 달성되지 않습니다."

"알아. 그래서 말인데,"

고타니가 혀를 내밀고 날름 입술을 핥았다.

"그 홍보 담당 말이야, 여러 가지로 생각해 본 결과 자네에게 맡기기로 했어."

고타니가 손가락으로 자신을 가리키자 유즈키는 움찔 뒤로 몸을 젖혔다.

"제가요?"

"그렇게 놀랄 거 없잖아. 자네는 스포츠 매체에 얼굴이 알려져 있잖나. 히다 카자미와도 안면이 있는 사이고, 히다 히로마사 역시 그렇고. 자네가 적임자라고 판단했어, 그녀 옆에 늘 있을 수 있는 사람으로 말이야. 그렇게 그 부녀에게 수혜를 베풀어 놓으면 그들로서도 마냥 협력을 거부할 수만은 없을 거야."

유즈키가 새삼스럽게 부장 얼굴을 보았다.

"치밀한 작전이로군요."

"치밀한 게 내 취미라서."

"하지만 그들이 허락을 할까요? 절 굉장히 싫어하는데."

"그렇게 나오면, 월드컵에 못 나가도 괜찮으냐고 들이대."

고타니가 담뱃진으로 얼룩진 이를 드러냈다.

6

히다가 일하는 'AA 스포츠 클럽 삿포로'는 평일에는 밤 10시까지 영업한다. 헬스 기구는 9시 반까지 사용할 수 있고, 그 시간이 지나면 종업원들이 정리와 청소 작업에 들어간다. 히다는 점장이라는 직책을 갖고 있지만, 모두와 함께 청소를 하고 걸레질도 한다. 젊은 직원들은 그런 일은 안 해도 된다고 하지만, 그러면 히다의 마음이 홀가분하지 않다. 경영자가 스키를 좋아하고 현역 시절의 그를 알기 때문에 이 클럽에 고용한 것이다. 점장이라는 직책을 준 것도 '유명한 스키어의 이름을 내세우고 싶은' 경영자의 속셈에 지나지 않았다. 히다 자신은 자기 이름을 보고 올 손님이 거의 없다고 생각하고 있다.

뒷정리를 다 끝내고 나자 10시 반이 넘었다. 뒷정리는 히다의 역할이다. 직원이 모두 퇴근한 후 다시 한 번 시설물과 실내를 돌아보는 것이다. 오늘 밤도 이상 무. 사무실로 돌아와 그는 안도의 한숨을 내쉬었다.

다운 점퍼를 걸치고 창밖으로 눈길을 돌렸다. 가느다란 눈이 내리고 있다. 드디어 본격적인 겨울이 온 듯하다. 근처 산은 모두 하얗다. 카자미에게서도 팀의 합숙 훈련이 시작되었다는 메일이 왔다.

올해는 어떤 겨울이 될까, 그렇게 중얼거릴 때였다. 카운터에서 전화벨이 울렸다. 이런 시간에 전화벨이 울리는 일은 좀처럼 없다. 아니, 히다의 기억으로는 한 번도 없었다.

몇 가지 가능성이 뇌리를 스쳤다. 사고나 불상사 같은 불길한 예상뿐이다. 카자미도 마음에 걸렸다. 무슨 일이 있는 것은 아닐지. 하지만 그녀의 일이라면 휴대 전화로 연락이 올 것이다.

전화벨이 계속 울리고 있다. 다섯 번이나 울리고서야 히다는 수화기를 들었다.

"네, AA 스포츠 클럽 삿포로입니다."

약간 긴장한 탓인지 조용한 실내에 목소리가 유난히 크게 울렸다.

상대가 아, 하고 놀란 듯한 소리를 냈다. 받지 않을 거라고 포기하려던 참이었는지도 모르겠다.

"여보세요, 늦은 시간에 죄송합니다. 영업시간이 아닌가요?"

남자의 목소리가 말했다.

"네, 우리 클럽은 10시까지 운영되고 있습니다."

"아, 그렇군요. 정말 죄송합니다. 몰랐습니다."

"상관없습니다만, 무슨 일로 전화를 거셨는지요?"

히다가 물었다. 내심 안도하고 있었다. 심각한 전화는 아닌 것 같다고 생각했기 때문이다.

그런데 남자가 한 그다음 말이 히다의 온몸에 충격을 주었다.

"저는 가미조라고 합니다."

정확하게 말하면 그 이름을 듣는 순간 히다는 그게 누구인지 알지 못했다. 그럼에도 얼굴이 굳어지고 맥박이 빨라지는 것을 느낄 수 있었다. 머리가 사태를 파악하기 전에 몸이 경계경보를 울린 것이다.

그의 머릿속에서 가미조가 上条라는 한자로 변환되었을 때에는 다리가 부들부들 떨리기 시작했다. 온몸에서 식은땀이 뿜어져 나왔다.

히다가 아무 대답도 하지 않아서인지 상대가 여보세요, 하고 다시 불렀다.

"들립니까?"

"아, 네, 들립니다. 가미조 씨……라고요."

간신히 그렇게 대꾸했다. 속으로는 다른 사람일 거야, 그래, 가미조라는 성이 그렇게 드문 성도 아니잖아, 그렇게 염원하고 있었다.

"여쭙고 싶은 게 있는데요, 그곳에 히다라는 분이 계시죠? 히다 히로마사 씨라는, 전에 올림픽 선수였던 분이오."

그 말을 듣자 히다는 서 있는 것조차 힘들어졌다. 카운터 옆에 있는 의자에 덜퍼덕 앉았다.

그런 사람은 없습니다, 라고 대답하고 싶었지만 그럴 수는 없었다. 이 스포츠 클럽의 점장이 전 올림픽 선수 히다 히로마사라는 사실은 공식 홈페이지에도 올라 있다.

"있습니다만…… 히다 씨에게 무슨."

후읍, 하고 상대가 숨을 들이쉬는 기척이 느껴졌다.

"히다 씨의 연락처를 알 수 있을까 해서요. 따님에 관해서 드리고 싶은 말씀이 있습니다. 히다 씨의 연락처를 알려 주실 수 없다면 제 휴대 전화 번호를 알려 드릴 테니 그 번호를 히다 씨에게 전해 주실 수 있을까요. 절대 이상한 사람 아닙니다. 저는 니가타의 나가오카에서 건설 회사를 경영하는 사람입니다. 케이엠 건설이라는 회사입니다."

"케이엠……"

히다는 절망적인 심정으로 그 명칭을 되풀이했다. 틀림없다. 이 남자는 그 가미조다. 그 사람이 전화를 한 것이다.

"우리 회사 홈페이지가 있습니다. 그곳에서 확인하시면 제가 장난 전화를 하고 있는 게 아니라는 사실을 아실 겁니다. 뭐하면 그 홈페이지 주소를……"

"아닙니다. 잠시 기다려 주시지요."

히다는 신음하듯이 말했다.

"주소는, 괜찮습니다."

"그럼, 제 전화번호를……"

69

"죄송합니다. 일단은 잠시 기다리십시오."

이번에는 목소리가 거칠어지고 말았다. 상대가 당황한 듯이 입을 다물었다.

히다는 몇 번이나 심호흡을 했다. 온몸에서 힘이 다 빠져나갈 것 같았지만 수화기는 꼭 잡고 있었다. 그 손 안쪽에도 땀이 잔뜩 배어 있다.

피해서는 안 된다, 그렇게 생각했다. 이제는 피할 수 없다. 와야 할 때가 왔을 뿐이다. 각오한 일이 아닌가. 속으로 그렇게 중얼거렸다.

입술을 혀로 적시려 했다. 그러나 입안이 바싹 말라 있었다.

"여보세요, 죄송합니다."

히다가 수화기에 대고 말했다.

"실은 제가 히다입니다. 히다 히로마사입니다."

"네……?"

이번에는 상대가 침묵했다. 그럴 만하다.

죄송합니다, 하고 히다는 또 사과했다.

"이런 시간에 전화가 걸려 오는 일이 없어서 그만 의심하고 말았습니다. 제가 히다입니다. 틀림없는 히다입니다."

후, 숨을 토해 내는 소리가 들렸다.

"그렇군요. 당신이 히다 씨로군요. 의심하는 것은 당연한 일이죠. 제가 상식 없이 이런 시간에 전화를 걸었으니까요."

남자의 말투가 아까보다 다소 방어적이었다.

"딸에 대해서 하실 말씀이라니."

"네, 아주 중요한 일입니다. 꼭 한번 만나 뵙고 싶은데, 어
떠신지요?"

히다는 눈을 감았다. 올 때가 왔다. 안 된다고 할 수는 없다.

"알겠습니다. 어디로 가면 될까요?"

"아닙니다. 괜찮다면 제가 찾아뵙겠습니다. 내일 그 스포츠
클럽으로 찾아뵈어도 되겠습니까?"

"내일…… 말인가요?"

"실은 조금 전에 삿포로에 도착했습니다. 이런 시간에 전화
를 걸게 된 것도 그 때문입니다."

"삿포로에 와 계신다고요? 무슨 일로?"

"히다 씨를 만나 뵐 목적으로 왔습니다. 만나 뵐 때까지 돌
아가지 않을 작정이었습니다."

"알겠습니다. 내일 몇 시쯤 오실 건지요. 저는 몇 시든 상관
없습니다."

"4시쯤이면 어떻겠습니까?"

"4시요? 알겠습니다. 카운터에 있는 직원에게 말해 놓죠.
도착하시면 카운터 직원에게 말씀해 주십시오."

"감사합니다. 만약을 위해서 제 휴대 전화 번호를 알려 드
리죠."

상대가 말하는 번호를 히다는 카운터에 있는 메모지에 적었다. 그 숫자가 그 자신도 읽기 어려울 만큼 삐뚤빼뚤했다.

히다는 날짜가 바뀌고 난 후에야 집으로 돌아왔다. 곧바로 돌아오고 싶지 않아 몇 번 가 본 적이 있는 술집에 들렀던 것이다. 평소에는 술을 잘 마시지도 않고 술이 세지도 않은 그인데, 위스키 온더록스를 세 잔이나 마시고도 전혀 취하지 않았다. 그만큼 신경이 날카롭다는 뜻인지도 모르겠다.

부엌에서 수돗물을 틀어 벌컥벌컥 마신 후 소파에 몸을 던졌다. 멍한 눈길이 액자에 가서 닿았다. 자신과 카자미를 찍은 사진이다. 둘 다 스키복을 입은 모습이었다. 장소는 삿포로 국제 스키장. 카자미가 초등학교 5학년 때의 일이다.

히다는 무거운 몸을 일으켜 거실 장으로 다가갔다. 그 위에 놓인 액자를 들고 뒤집었다. 뒤판을 떼어 내자 사진 뒤에 조그맣게 접은 종이가 끼여 있었다. 오래된 신문 쪼가리다. 평소에는 좀처럼 꺼내 보지 않는다. 하지만 절대 잊어서는 안된다는 생각에 여기에 숨겨 놓은 것이다.

종이가 누렇게 변색돼 있었다. 히다는 신문 쪼가리를 조심조심 펼쳤다. 기사의 제목은 다음과 같다.

'니가타의 한 병원에서 신생아 행방불명 — 저녁 식사 준비로 간호사 미처 알아차리지 못해'

도모요의 낡은 화장대 서랍 속에서 나온 것이었다. 이 기사를 계기로 히다는 가혹한 사실을 알게 되었다. 도모요가 다녔다는 병원에 가 보았지만 그녀가 카자미를 낳았다는 기록은 어디에도 없었던 것이다. 그뿐이 아니다. 히다가 유럽으로 떠난 직후 그녀가 유산했다는 사실도 알게 되었다.

　혼란 속에서 히다는 새삼 사실을 되짚어 보았다. 그가 스키 훈련을 위해 유럽을 전전하고 있을 때 도모요는 귀중한 생명을 잃었다.

　그 후 그녀가 어떻게 했는지는 생각만 해도 끔찍했다. 하지만 숨겨진 신문 기사는 히다에게 진실을 들이밀고 있었다.

　카자미는 자신의 딸이 아니다. 그 현실을 받아들이지 않을 수 없었다. 모든 것이 그렇게 말하고 있었다. 도모요가 제 손으로 아기를 훔쳤는지 어떤지는 알 수 없다. 하지만 아이를 낳지 않았다는 것만은 분명하다.

　그건 그렇다 치고, 실제로는 유산을 했지 아이를 낳지 않은 여자가 출생 신고를 할 수 있는지. 히다는 그 점이 마음에 걸려 조사해 보았다. 그러자 담당 기관의 허술한 실태가 드러났다. 출생 신고서의 위조 따위는 실로 간단했다. 실재하는 산부인과 이름을 쓰고, 의사의 검인란에는 문방구에서 사 온 싸구려 도장을 찍어도 아무 문제가 없었다. 몇몇 유아 유괴 사건 때에도 범인은 그렇게 출생 신고를 했다.

고뇌의 나날이 시작되었다. 경찰에 신고하고 모든 것을 명백하게 밝히자고 몇 번이나 결심했는지 모른다. 하지만 그 결심이 단단하게 굳어 실천으로 옮겨지는 일은 없었다. 그렇게 해서 잃게 될 많은 것을 생각하면 도저히 행동에 옮길 수 없었다.

히다는 도모요를 사랑했다. 그녀를 잃은 후 다른 여자에게 마음을 준 일은 한 번도 없었다. 앞으로도 있을 것 같지 않다. 그렇게 사랑한 여자에게 범죄자라는 낙인이 찍히는 것은 그로서는 절대 용납할 수 없는 일이었다. 설령 그녀가 인간으로서 용서받을 수 없는 짓을 저질렀다 해도 마찬가지다. 그녀를 그런 궁지로 몰아넣은 것은 다름 아닌 자신이라고 생각했다. 임신했다는 것을 알면서도 그녀를 혼자 내버려 두었다. 그런 주제에 건강한 아이를 낳아 달라는 따위의 압박을 가했다.

어떤 경위로 도모요가 유산을 했는지 히다는 모른다. 하지만 그때 그녀가 받았을 충격과 슬픔을 생각하면 가슴이 찢어질 것만 같았다. 누구에게 의논도 할 수 없고, 잃어버린 보물에 대해 남편에게 어떻게 설명하면 좋을지도 모르는 채 절망감에 시달렸을 것이다.

고통을 겪다 못해 그녀는 한 가지 도박에 나섰다. 죽은 아이를 대신할 갓난아기를 데려온다는 것이었다.

그런 일이 어떻게 가능했는지는 여전히 수수께끼다. 하지만 도모요를 비난하고 싶지 않았다. 유럽 원정지에서 전화를 걸 때마다, 배 속 아이의 상태는 어떤지, 순조롭게 잘 크고 있는지, 의사는 뭐라고 하는지 등등을 물었다. 그녀는 항상 밝은 목소리로 대답했다. 응, 순조롭게 잘 크고 있어. 선생님이 아무 문제 없다고 했어. 유산했다는 말을 할 수 없는 그녀에게 그 시간들이 얼마나 고통스러웠을지.

카자미라는 딸을 손에 넣은 후에도 도모요의 마음은 하루도 편할 날이 없었을 것이다. 충분히 상상이 간다. 언젠가 발각되는 것은 아닐까, 경찰이 찾아오면 어쩌나, 진짜 부모가 찾아내면 어떻게 하나, 날마다 두려움에 떨며 지냈을 것이다. 물론 양심의 가책에서 벗어날 수도 없었을 것이다. 아무 것도 모르고 기뻐하는 남편에게 사실을 털어놓고 밝힐 수도 없었을 것이다.

그런 고뇌가 쌓이고 쌓인 끝에 자살을 선택한 것이다. 고통에서 벗어나고픈 마음도 있었을 것이다. 하지만 죽음으로 보상할 수밖에 없다는 생각이 그 이상으로 크지 않았을까. 그녀는 유서조차 남기지 않았다. 자신이 죽는 대신 진실이 영원히 밝혀지지 않기를 바란 것 아닐까. 신문 기사 쪼가리가 남아 있었던 것은 그녀에게는 최대의 실수였다. 아마 모든 것을 처분했다고 여겼겠지만, 딱 하나가 화장대 서랍 속 깊은 곳에 끼여 있었던 것이다.

어떻게 하면 좋은가. 그 물음에 히다는 좀처럼 답을 내릴 수 없었다. 이성적으로는 경찰에 신고해야 한다는 것을 알지만 결심이 서지 않았다. 도모요를 범죄자로 만들고 싶지 않은 마음도 있었다. 하지만 무엇보다, 진실을 알게 된 뒤 카자미의 상처가 얼마나 클지를 생각하면 절망적인 기분이 앞섰다. 또한 그 자신이 카자미를 내놓고 싶지 않았다. 그것은 그 무엇보다 견디기 힘든 일이었다.

10년 이상이나 자기 딸이라고 믿고 살았다. 도모요가 죽은 후로 유일한 피붙이라고, 무엇과도 바꿀 수 없는 유품이라고 여기며 키웠다. 자기 자식이 아니라는 것을 이성적으로는 이해해도 마음은 그 사실을 거부했다. 카자미와의 인연이 끊긴다는 것은 도저히 생각할 수 없는 일이었다.

이대로 있어서는 안 된다고 생각하면서도 히다는 여전히 카자미와 함께 살았다. 경찰에도 신고하지 않았다. 도모요가 껴안고 살았을 고뇌를 그가 이어받은 셈이었다.

그러나 한편으로 기쁨도 있었다. 스키 선수로서 카자미의 실력이 날로 향상되었던 것이다. 중학생이 되어서도 그 향상은 멈추지 않았다. 1학년 겨울에는 전국 중학생 스키 대회에 출전해 회전 경기에서 10위 안에 들었다. 1회전에서 출발이 마흔 번째라 불리했음에도 코스아웃을 두려워하지 않는 과감한 활주로 상급생들을 쑥쑥 앞질렀다. 그런데도 그날 집에 돌아온 카자미는 침대에 엎드려 엉엉 울었다. 실수만 안 했어도 훨씬 좋은 성적을 거둘 수 있었을 거라면서 억울해한 것이다.

요놈 굉장한 선수가 되겠는걸. 히다는 그렇게 확신했다.

2학년 겨울에는 회전 경기와 대회전 경기에서 모두 3위를 했다. 그리고 3학년 겨울에는 대회전 경기에서는 3위에 그쳤지만 회전 경기에서 마침내 우승을 차지했다.

그 후에도 눈부신 성장은 그칠 줄을 몰랐다. 그 후에 출전한 전 일본 선수권 여자 회전 경기에서 고등학생과 대학생은 물론 성인까지 앞지르고 우승을 거머쥐었다. 이 대회에서 중학생이 우승한 것은 역사상 두 번째라고 했다.

이 대회를 계기로 히다 카자미라는 이름이 전국에 알려졌다. 그에 따라 히다는 불길한 예감에 사로잡히지 않을 수 없었다.

스포츠 신문이나 전문지에서 기사로 다루는 정도라면 그래도 괜찮다. 그러나 더 큰 미디어, 즉 텔레비전이 주목하게 되면 어떻게 하나. 스키 선수가 메이저가 되는 일이 좀처럼 없다고 해서 안심할 수는 없었다. 아직 나이도 어린 데다 올림픽에서 메달을 노릴 수 있는 선수가 된다면, 일시적이나마 매스컴이 주목할 가능성이 높다. 텔레비전에 노출되는 일도 많아질지 모른다.

만일 그렇게 된다면 카자미의 얼굴을 보고서 직감하는 인간이 있지나 않을까. 누구와 닮았는데, 하고 느끼는 사람이 있지나 않을까.

별 관계 없는 사람이라면 닮았다고 느끼는 정도야 아무 상관 없다. 그러나 그 인물이 십몇 년 전 신생아 유괴 사건에 관계된 사람이라면 얘기는 달라진다. 특히 카자미의 친부모라면, 그녀를 보고서 어떤 직감이 움직일 가능성이 충분하다.

그들은 히다 카자미의 생년월일을 확인할 것이다. 그리고 그날이 사라진 아이의 생일과 아주 비슷하다는 것을 알았을 때 과연 어떻게 나올 것인지.

카자미 본인을 만나려 하지 않겠는가. 그리고 실제로 자기들 눈으로 보면 그때 사라진 아이가 틀림없다고 확신하지 않을까. 피붙이끼리의 인연이란 그런 것이 아니겠는가. 자신과 카자미는 같은 피가 아니라는 일종의 콤플렉스가 히다의 상상을 한층 불길한 쪽으로 몰아갔다.

친부모가 텔레비전이나 사진을 통해 카자미를 보게 되면 모든 것이 밝혀지는 것은 시간문제다, 하고 히다는 각오했다. 그녀를 매스컴에 노출시키는 것은 그 시기를 앞당기는 것이나 다름없는 일이었다.

카자미가 최고의 스키 선수가 되는 것은 히다의 간절한 바람이었다. 언젠가는 세계적인 선수가 되어 줄 것이라고 믿고 있고, 또 올림픽에도 출전하기를 바란다. 아니 출전만이 아니라 히다가 이루지 못했으며 일본 알파인계의 비원이기도 한 메달 획득을 카자미가 이루어 주기를 바란다.

하지만 동시에 그것은 그녀가 유명해진다는 것을 뜻한다.

노르딕 복합의 오기와라 겐지 선수, 모글의 사토야 다에 선수, 스키 점프의 후나키 가즈요시 선수의 얼굴을 모르는 사람은 많지 않다. 모두 알파인에 비하면 마이너라고 해도 좋을 경기지만, 금메달리스트라는 훈장은 그런 것과 무관하게 그들을 유명하게 만들었다.

카자미에게 스키를 가르치면서 히다는 자기모순과 싸웠다. 더 빨리, 더 힘차게를 외치면서 실은 파멸로 추락하는 계단을 스스로 내려가고 있다는 것을 자각했다.

카자미가 고등학교에 들어가 처음 맞은 겨울이었다. 스키부였던 그녀에게 첫 슬럼프가 찾아왔다. 본격적인 시즌이 돌아왔는데도 기록이 조금도 나아지지 않았다. 딸이 상담을 청해 오자 히다는 그녀의 활주를 직접 보러 나갔다가 그 자리에서 결점을 파악했다. 에지가 너무 서 있는 탓이었다. 그 때문에 몸 전체의 균형이 안 맞았다. 아주 미묘한 차이라서 본인도 주위 사람들도 미처 몰랐던 일인데 히다의 눈에는 분명하게 보였다. 자신도 같은 결점으로 고민했던 경험이 있기 때문이었다. 사소한 수정을 계속하다 보니 잇따라 다른 부분에서 오차가 생기면서 활주 자체가 불안해지는 악순환에 빠진 것이다.

카자미가 다니는 고등학교는 스키로 유명한 학교였지만 그녀를 지도해 줄 선생은 없었다. 아니, 없는 것이 아니라 다들 조심스러워했다. 카자미는 1학년이기는 해도 전년도 전 일본 챔피언이다. 게다가 히다 히로마사의 딸이었다.

특효약은 없지만 극복하기 위한 훈련 방법은 알고 있었다. 그것을 가르쳐 주면 카자미의 고민은 해결될 터였다.

그런데 히다는 주저했다. 그녀에게서 이런 말을 들었기 때문이다.

"역시 난 재능이 없나 봐, 아빠. 이제 스키 그만둘까 봐."

진심으로 하는 말일 리 없었다. 그저 오기로 하는 말이 분명했다. 그러나 히다는 중대한 선택을 해야 할 때인지도 모르겠다고 생각했다.

이대로 방치하면 카자미는 슬럼프에 빠져 헤어 나오지 못한 채 평범한 선수보다 조금 나은 선수로 끝날 가능성이 많았다. 뿐만 아니라 오기로 한 말이 현실이 되어 스키를 포기할지도 모른다.

스키를 하지 않으면 카자미가 신문이나 텔레비전에 오르내리는 일은 절대 없을 것이다. 스키 외에는 별다른 재주가 없는, 평범하기 그지없는 딸이다. 그렇게 되면 히다 또한 몹시 괴롭겠지만, 그녀를 잃는 것에 비하면 그나마 견딜 수 있을지도 모른다고 생각했다.

자신이 원하는 활주를 하지 못하는 카자미는 주위에 화풀이를 하면서 될 대로 되라는 식으로 연습을 계속했다. 어떻게든 스키를 타는 것만이 미로에서 벗어날 수 있는 방법이라고 믿고 있는 듯 보였다.

몸이 너덜너덜해지는데도 끝없이 스키를 타는 그녀를 보고서 히다는 젊은 시절의 자신을 떠올렸다. 0.1초라도 기록을 줄일 수 있다면 목숨 1년 치쯤 깎아 먹어도 괜찮다고 진지하게 생각했던 시절이 있었다.

무언가 잃을 것을 두려워해서는 최고가 될 수 없다, 당시 히다가 스스로에게 했던 말이다. 그 말이 떠오르는 순간 히다는 퍼뜩 깨달았다.

뼈를 깎아 내는 듯한 노력이 결실을 거두게 하는 방법을 알고 있는데, 범죄를 숨기고 싶다는 이기적인 이유 하나로 그것을 가르치지 않는 것은 스포츠에 대한 모독이라고 생각했다. 지금 이대로 그녀의 스키 인생을 망치는 것은 자신의 인생 또한 망치는 일이라고 생각했다.

어느 날 아침, 히다는 평소처럼 스키 보드를 메고 나가는 카자미의 뒤를 몰래 쫓아갔다. 그녀가 활주하는 광경을 몇 차례 본 후 천천히 그녀에게 다가갔다. 아버지를 알아본 그녀가 놀랐다.

"카자미."

히다가 말했다.

"최고의 스키 선수가 되고 싶니?"

그녀가 히다의 눈을 쳐다보면서 힘주어 고개를 끄덕거렸다.

"응, 되고 싶어."

"그러기 위해서 어떤 일이라도 참아 낼 수 있겠니?"

"응, 참을 수 있어."

"이 아빠보다 스키를 더 소중히 여길 수 있겠어?"

"아빠는, 그런 말이 어디 있어……."

"아빠가 이제 곧 죽는다는데 때마침 경기가 있다면 어떻게 하겠니? 너, 경기에 출전하지 않을 거냐?"

카자미가 심호흡을 하고서 살짝 째진 눈을 부릅떴다.

"경기에 나갈 거야. 그래야 아빠도 기뻐할 거잖아."

히다가 고개를 끄덕였다. 눈물이 흐를 것 같았지만 참았다. 그리고 각오를 굳혔다.

언젠가는 내 입으로 그녀에게 사실을 말해 주자고. 그게 언제가 될지는 그도 알 수 없었다. 하지만 카자미가 스키 선수로 성공하면 언젠가는 그날이 올 것이라고 생각했다. 그렇다면 그날이 올까 봐 두려워할 것이 아니라, 그날까지 자신이 갖고 있는 모든 기술을 그녀에게 전해 주자고 마음먹었다. 진상이 밝혀지면 더는 그녀를 가르칠 수 없을지도 모르기 때문이다. 그뿐이랴. 어쩌면 그녀에게 접근할 수조차 없게 될지도 모른다.

히다의 조언으로 카자미는 슬럼프에서 벗어났다. 뿐만 아니라 한 단계 도약한 것처럼 보이기도 했다. 그 후 그녀의 활약상은 그야말로 눈부셨다. 전 일본 선수권 연패, 고교 3연패 등, 대적할 수 있는 상대가 없을 정도였다.

그녀가 최고로 향하는 계단을 하나씩 오를 때마다 히다는 기한이 다가오는 것을 느꼈다. 그날이 내일일까, 아니면 모레일까. 그렇게 생각하면서 하루하루를 보냈다.

그리고 오늘, 아니 어젯밤이라고 해야 하나, 그때가 온 것이다.

신문 기사에 나온 신생아 유괴 사건에 대해 히다는 직접 나가오카를 찾아가 보는 등 나름대로 어느 정도는 조사했다. 사건이 발생한 곳은 나가오카 시내에 있는 오코시 병원이었다. 갓난아기의 아버지 이름이 가미조 노부유키라는 것은 기사에 실려 있었다. 가미조는 케이엠 건설이라는, 그 지역에서는 꽤 유명한 기업의 사장이었다. 하기야 사건 발생 당시에는 사장 자리에 가미조의 아버지가 앉아 있었다. 가미조의 아내, 즉 갓난아기를 잃은 엄마의 이름은 세쓰코라고 했다.

그 가미조가 지금 삿포로에 와 있다. 게다가 카자미에 대해 할 얘기가 있다고 한다.

여기까지로구나. 히다는 카자미와 함께 찍은 사진을 손에 들고 그녀의 얼굴을 손가락으로 쓰다듬었다.

7

  하얀 게 느낌이 좋군. 택시에서 창밖을 바라보며 유즈키는
그렇게 생각했다. 보도 옆에도 눈이 쌓여 있고 집집의 지붕도
하얗다. 12월에 들어서도 강설량이 많지 않아 안절부절못했
는데 중순이 지나자 예년 수준으로 눈이 내리기 시작했다. 시
내가 이 정도이니 산의 적설량은 활주하기에 충분할 것이다.
막 합숙을 시작한 알파인 팀원들도 가슴을 쓸어내리며 안도
할 것이라고 상상했다.
  그 누구보다 가이즈카가 안도하고 있을 것이다. 가이즈카
는 이번 주에 도리고에 신고를 데리고 홋카이도로 왔다. 본격
적인 설상 연습을 시작하기 위해서인데, 정작 중요한 눈이 부
족하다면 연습이 되지 않는다.
  그들의 합숙소는 알파인 팀과 같은 노스프라이드 호텔이
다. 노스프라이드 호텔은 신세 개발이 경영하는 호텔로, 바로
앞에 슬로프가 있을 뿐만 아니라 크로스컨트리 코스도 갖추
고 있어 신세 개발 스키부 합숙소로서는 가장 적합한 곳이다.
삿포로에서의 접근성도 나쁘지 않다.

택시는 연말 분위기로 들뜬 삿포로 시내를 통과했다. 지금 유즈키가 가고 있는 곳은 히로마사가 근무하는 스포츠 클럽이다. 며칠 전 고타니에게 전수받은 작전을 실행하기 위해서이지만 잘해 낼 자신은 없었다.

스포츠 클럽 앞에 도착한 것은 유즈키의 시계가 4시 반을 가리킬 무렵이었다. 오늘 방문에 대해 히다에게 사전에 알리지 않았다. 설마 문전 박대를 당하지야 않겠지만 히다가 외출했을 가능성은 충분히 있었다.

유즈키는 택시에서 내려 현관으로 걸어갔다. 건물 앞에 있는 주차장도 군데군데 눈으로 덮여 있다. 안쪽에 서 있는 라이트밴 지붕에 눈이 20센티미터 정도 쌓여 있는 것으로 보아 어젯밤에 눈이 내린 모양이라고 유즈키는 추측했다.

현관 자동문이 열리면서 한 남자가 나왔다. 키가 크고 짙은 감색 코트를 입은 예순 정도의 남자였다. 희끗희끗한 머리가 깔끔하게 손질되어 있는 것을 보고서 스포츠 클럽 이용객은 아닌가 보군, 하고 유즈키는 생각했다. 남자인 경우 운동을 한 후에는 다소 머리가 흐트러져 있는 것이 보통이기 때문이다. 그 남자는 스포츠 가방 같은 것도 들고 있지 않았다.

남자는 자동문을 지난 후 갑자기 무언가를 깨달았다는 듯이 걸음을 멈추더니 유리 벽면에 붙어 있는 포스터를 바라보았다. 그 포스터는 이 겨울에 활약이 기대되는 운동선수들을 찍은 것이었다. 중심에는 웃는 얼굴에 손가락으로 V 자를 만들고 있는 히다 카자미의 모습이 있었다.

유즈키가 옆을 지나가는데도 남자는 자세를 바꾸지 않았다. 뚫어져라 포스터를 바라보고 있었다.

유즈키는 스포츠 클럽 카운터로 가서 히다를 만나고 싶다는 뜻을 남자 직원에게 전했다. 남자 직원은 다소 당황하는 표정을 지었다.

"점장님은 지금 손님을 만나고 있는 것 같은데요."

"아, 그렇군요. 그럼 기다려도 괜찮을까요?"

"네, 기다리는 건 상관없습니다."

그러자 옆에 있는 여자 직원이 남자 직원에게 말했다.

"점장님 손님은 방금 간 것 같은데."

"뭐, 정말?"

"몰랐어? 좀 전에 지나갔잖아."

"흰머리 남자?"

유즈키가 물었다.

네, 하며 여자 직원이 고개를 끄덕였다.

"내가 명부를 보느라 몰랐나."

그렇게 말하면서 남자 직원이 머쓱한 표정을 짓는데 옆문이 열리더니 히다가 나왔다. 웬일로 넥타이를 매고 윗도리까지 입고 있었다. 그가 유즈키를 알아보았는지, 로비를 향해 걷기 시작했다.

유즈키가 그 뒤를 따르며 이름을 불렀다.

"히다 씨."

하지만 히다는 걸음을 멈추지 않았다. 무시하는 게 아니라 들리지 않는 듯했다. 유즈키는 다시 한 번 힘주어 불렀다.

그제야 히다가 걸음을 멈추고 뒤돌아보았다. 그런데 그 눈에 평소의 날카로운 빛이 없다.

"아…… 자네로군. 여긴 어떻게?"

유즈키가 그에게 다가가 고개를 숙였다.

"긴히 의논드릴 일이 있어서요. 지금 잠시 괜찮을까요?"

"지난번 일이라면 거절했을 텐데."

"물론 그 말씀도 다시 드리겠지만, 오늘은 더 중요한 용건이 있습니다. 물론 카자미 씨 일로요. 바쁘실 텐데 죄송합니다."

"미안하지만,"

히다가 얼굴을 찡그리며 말했다.

"오늘은 내가 좀 피곤하군. 다른 날 하면 안 되겠나?"

"본사에서 지시가 있었습니다. 시간은 오래 걸리지 않을 거예요. 부탁합니다."

유즈키는 또 한 번 고개를 숙였다.

히다가 시계를 보고서 긴 한숨을 내쉬었다.

"……15분뿐이야."

"감사합니다."

"장소는 여기면 되겠나?"

히다가 로비를 돌아보면서 물었다. 운동을 끝낸 사람들이 휴식을 취할 수 있도록 알록달록한 소파가 놓여 있는 로비다.

"가능하면 단둘이서."

유즈키가 말했다.

"다른 사람은 안 들었으면 하는 얘기입니다."

히다가 눈가에 경계의 빛을 띠고 유즈키를 보았다.

"그럼 사무실로 가지."

그리고 그는 돌아섰다.

사무실에서는 담배 냄새가 났다. 테이블을 보니 재떨이에 담배꽁초가 담겨 있다.

"손님이 있었던 모양입니다."

"업자였어. 미용 기구를 팔러 왔더군. 거절했지만."

유즈키는 조금 전에 본 남자를 떠올렸다. 미용 기구를 팔러 다니는 업자로 보이지는 않았는데.

"자네 연구 성과에 대해서 읽었어. 무슨 스포츠 잡지에 실렸던 거 말이야. 육상 선수의 순간 출발력과 유전자의 관계. 꽤 흥미롭더군."

"몸 둘 바를 모르겠군요."

"그러나 전에도 말했듯이, 난 자네 연구에 협력할 마음이 없어. 미안하지만 다른 사람을 찾아보게나. 다른 스포츠 가계를."

"부모 자식이 나란히 일류인 경우는 별로 없습니다. 켄 그리피 부자에 대해서는 언젠가 조사하고 싶지만 지금 당장은 인맥이 없어서."

"우리 부녀도 일류는 아니야. 카자미는 이류도 못 되고. 아무튼 그 얘기는 듣지 않겠네. 그보다 다른 용건이 있다고 했으니 그 얘기를 듣지."

유즈키가 고개를 끄덕이고는 가방을 열어 봉투를 꺼냈다.

"이걸 좀 보시죠. 며칠 전에 본사 스포츠부 앞으로 온 편지의 복사본입니다. 실은 같은 편지가 몇 주 전에도 왔었죠."

복사지를 펼친 히다의 표정이 점차 바뀌어 갔다. 눈이 휘둥그레지고 얼굴은 벌겋게 달아올랐다.

"이게 대체 뭐야?"

"보낸 사람의 정체는 알 수 없습니다. 지금까지 히다 씨에게 알리지 않은 이유는 악질적인 장난이라고 판단했기 때문입니다. 실제로도 어쩌면 그런지 모르죠. 하지만 연거푸 두 번이나 날아오니 마냥 무시할 수는 없어서 이렇게 알리기로 한 겁니다."

"카자미에게는……."

"아직 얘기하지 않았습니다. 당장은 얘기할 뜻도 없고요. 다만, 히다 씨가 알리고 싶어 한다면, 그걸 저지할 권한은 우리에게 없습니다."

여기부터가 중요하다고 유즈키는 생각했다. 히다가 딸에게 말하겠다고 하면 고타니의 계획은 물거품이 되고 만다.

"경찰에는?"

"아직 신고하지 않았습니다. 그 점에 관해서도 히다 씨와 의논을 해야겠기에."

히다가 얼굴을 찡그린 채 복사본을 내려놓았다.

"누가 이런 짓을……."

"단순한 장난이라고 생각은 하는데요. 혹시 짚이는 사람이라도?"

"없네. 있을 리 없지. 카자미는 아직 이렇다 할 대회에 나간 적도 없어. 지명도 따위는 없는 것이나 다름없고. 그런데 이런 걸 써서 보내다니……."

"광팬은 어느 분야에나 있는 법이죠. 일을 크게 벌이는 것은 오히려 범인의 심리를 부채질하는 격이 아닐까 생각합니다."

히다는 고개 숙인 채 고민에 찬 표정을 지었다. 경찰에 신고를 해야 하나 어쩌나, 딸에게 이 일을 얘기해야 하나 어쩌나 고민하고 있을 것이다.

히다가 불쑥 고개를 들었다.

"그런데 왜 자네가 이 일을 전하러 온 거지?"

"이 일에 관해서 특명을 받았기 때문입니다."

"특명……이라고?"

유즈키는 자신이 카자미의 홍보 담당으로 일하게 되었다는 것, 그리고 굳이 홍보 담당을 붙이는 진짜 이유는 카자미의 신변을 경호하기 위해서라는 것을 설명했다.

히다의 얼굴에 경계의 빛이 어렸다.

"자네가 카자미를 경호한다는 말인가?"

"누구든 항상 옆을 지켜야 할 필요가 있다는 말씀입니다. 제가 아니라도 상관없을지 모르겠지만 고타니 부장님이 저를 지목했어요."

히다는 낮은 신음을 뱉었다.

"그런 속셈이로군. 카자미를 지켜 주는 대신 연구에 협력하라는."

"제 연구와 이번 일은 전혀 무관합니다."

"만약 그렇다면 자네를 지목할 이유가 없었을 텐데."

히다가 눈을 치켜떴다. 유즈키의 표정을 살피는 듯한 시선이었다.

"어떻게 상상하든, 그건 히다 씨 자유입니다."

히다는 두통을 참아 내듯 손가락으로 관자놀이를 눌렀다.

"지금 이 자리에서 대답해야 하나?"

"꼭 그렇지는…… . 하지만 시간을 끌지 않았으면 합니다. 장난이 아닐 가능성도 있어요."

"알겠네, 생각해 보지."

히다가 일어섰다.

"미안하지만 내가 좀 피곤해서 이만 가 봐야겠어. 다시 연락 주게."

"알겠습니다."

사무실을 나서는 히다를 배웅하면서 유즈키는 생각했다. 진짜로 피곤한지도 모르지. 그 등이 전에 봤을 때보다 작아 보였다.

8

히다는 건물 뒷문을 통해 밖으로 나갔다. 바로 옆에 조그만 공원이 있다. 그네와 정글짐 위로 얇게 눈이 쌓여 있고 노는 아이는 한 명도 없었다.

벤치에 쌓인 눈을 털어 내고 앉았다. 후, 내쉰 숨이 하얗다.

유즈키가 전해 준 얘기가 몹시 마음에 걸렸다. 대체 누가 그런 협박장을 보냈을까. 히다 카자미라는 이름은 아직 널리 알려져 있지 않다.

하지만 어쩌면 자신이 인식이 부족해서 그렇게 생각하는지도 모른다. 지금은 정보 시대다. 텔레비전이나 신문에서 다뤄지지 않더라도 불특정 다수의 사람들을 통해 알려지는 일이 얼마든지 있다.

그런데 유즈키가 전해 준 얘기도 마음에 걸리지만, 지금의 그에게는 그 전에 만난 손님 쪽이 더 중요했다. 왜냐하면 자신들의 인생이 달려 있기 때문이다. 그 자신과 딸 카자미의.

가미조 노부유키는 온화한 표정으로 히다 앞에 나타났다. 그 표정에서 유괴된 딸을 되찾아야겠다는 집념은 느껴지지 않았다. 아직 카자미가 자기 딸이라는 확신이 없는지도 모르겠군, 하고 히다는 생각했다.

"갑작스럽게 연락을 드려 죄송합니다."

서로 명함을 교환한 후 가미조가 그렇게 사과했다.

"무척 당황하셨으리라 생각합니다. 우선은 편지를 보낼까 생각도 했지만 장난이라고 오해하시는 건 아닐까 싶어 이렇게 직접 찾아왔습니다."

"우리 딸의 일로 하실 말씀이 있다고 했는데."

"네, 히다 카자미 씨 일입니다."

가미조가 똑바로 쳐다보며 말했다.

그가 어떤 말을 꺼낼지 예상할 수 없는 히다의 몸에 힘이 잔뜩 들어갔다.

"제 지인 중에 한 여자가 있습니다."

가미조가 얘기를 시작했다.

"가령 A씨라고 하죠. 그 A씨는 어렸을 때 어떤 사정으로 가족과 헤어진 탓에 천애 고아의 몸입니다. 시설에서 자랐고, 호적도 있기는 합니다만 부모에 대해서는 아무 기억이 없어요. 자기 진짜 이름도 모르죠. 다행히 좋은 사람을 만나 결혼해서 지금은 행복하게 살고 있습니다만, 자기가 누구인지 줄곧 의문을 품어 왔답니다. 그런데 최근에 그녀와 아주 닮은 여자가 나타났어요. 발견한 것은 바로 저입니다. 우연히 들춰본 스포츠 잡지에서 발견했죠."

"스포츠 잡지……."

"그 여자는 스포츠 선수였습니다. 저는 A씨에게 그 잡지를 보여 주었죠. A씨가 깜짝 놀라더군요. 그 여자가 전혀 남 같지 않다는 말까지 했습니다. 이미 아셨겠지만 그 스포츠 선수가 바로 히다 카자미 씨, 히다 씨의 따님입니다."

그의 얘기를 듣고서 히다는 생각했다. 머리를 많이 썼군. 천애 고아라는 여자는 가공의 인물이겠지. 아마 가미조의 아내를 말할 거야.

"실례되는 일이지만, 히다 씨의 사모님에 대해서 약간 조사해 보았습니다. 히다 도모요 씨, 맞죠? 사모님은 니가타 현 나가오카가 고향입니다. 그런데 실은 A씨도 그 고장 출신이에요. 또 사모님에게는 이렇다 할 친척이 없으신 것 같더군요. 그래서 생각해 봤습니다. A씨와 사모님 사이에 어떤 혈연관계가 있는 것은 아닐까 하고 말이죠."

"무슨 말씀을 하는 건지는 알겠는데, 아내는 이미 세상을 떠났습니다."

"알고 있습니다. 유감스러운 일입니다. 그래서, 카자미 씨 말인데요. 히다 씨의 따님만이 이 혈연관계를 증명할 수 있는 존재입니다."

"어떻게 하라는 말씀입니까?"

"어려운 일은 아닙니다. 히다 카자미 씨에게 간단한 검사를 부탁드리고 싶습니다. 이른바 DNA 검사라고 하는 것이죠."

움찔하는 히다를 보고서 가미조가 덧붙였다.

"무례하고 염치없는 부탁이라는 것은 충분히 압니다. 하지만 그 여자의 요청을 들어주실 수는 없겠는지요. 물론 모든 비용은 이쪽에서 부담하겠습니다. 또 설령 어떤 혈연관계가 증명되었다 해도 그것을 어딘가에 이용할 마음은 없습니다. 우리 쪽에서 어떤 요구를 하는 일도 없을 겁니다. 약속하죠."

"대체 그 여자는 어떤 사람입니까. 당신과는 어떤 관계인가요?"

"죄송합니다만, 지금 시점에서 그 얘기를 하는 것은 서로에게 좋지 않을 겁니다. 만약 혈연관계가 증명되면 당연히 알려 드리겠습니다. 그러나 그 반대 경우를 생각하면……. 피차 께름칙한 감정을 남기지 않기 위해서라도 지금은 모르는 게 좋지 않겠습니까."

가미조의 말이 타당했다. 더구나 히다 또한 그걸 물을 필요는 없었다.

"히다 씨가 거부감을 느끼는 것은 당연합니다. 그래서 이런 방법을 생각해 봤는데요."

가미조가 엽서 크기만 한 얇은 플라스틱 케이스를 꺼냈다.

"이 안에는 그 여자의 피가 묻은 종이가 들어 있습니다. 물론 본인이 승낙하고 스스로 피를 묻힌 종이죠. 이 종이와 따님의 DNA 샘플을 히다 씨 손으로 직접 검사 기관에 제출하면 어떻겠습니까? 그렇게 하면 따님의 DNA 데이터가 외부로 유출될 위험도 없죠."

"검사 결과를 내가 당신에게 알린다는 겁니까?"

"그렇습니다. 어떠세요?"

히다는 플라스틱 케이스를 바라보았다. 판도라의 상자, 라는 말이 떠올랐다.

"……잠시 생각해 봐도 되겠습니까? 워낙 갑작스러운 일이라, 솔직히 혼란스럽군요. 딸아이와도 의논을 해 봐야겠고."

"물론입니다."

가미조는 수긍이 간다는 표정으로 고개를 끄덕였다.

"당연히 혼란스러우실 겁니다. 느닷없이 이런 얘기를 들으면 누구라도 난감하겠죠. 제가 무리한 부탁을 드리고 있다는 건 알고 있습니다. 충분히 생각하시고, 아까 드린 명함에 휴대 전화 번호도 적어 두었으니 그쪽으로 연락 주십시오. 언제든 달려오겠습니다."

당장의 목적은 다 이뤘다고 생각했는지 가미조가 일어날 기색을 보였다. 저, 하고 히다가 말했다.

"만약 검사를 해서 그 여자…… A씨와 우리 카자미 사이에 어떤 혈연관계가 있다는 것이 판명되었을 때, 그쪽은 어떻게 할 생각인지요?"

의자에서 일어나던 가미조가 새삼 히다를 쳐다보았다.

"히다 씨는 어떤가요?"

"네?"

"현시점에서 따님인 히다 카자미 씨와 혈연관계에 있는 사람은 히다 씨 당신뿐입니다. 그런데 어쩌면 새롭게 한 사람이 더해질 수도 있게 되었어요. 그렇게 되었을 경우 어떻게 하시겠습니까? 지금 와서 친척이 생기는 것은 귀찮다 여기고 무시하겠습니까? 미리 말씀드리는데, 그 A씨는 어떤 문제가 있는 사람이 아닙니다. 아주 성실하게 인생을 살아온 참한 여자입니다. 그 점은 제가 보장합니다."

가미조의 말투가 자신감에 차 있었다. 당연하겠지, 하고 히다는 생각했다. 그는 자기 아내를 말하고 있는 것이다.

"그렇군요."

히다가 말했다.

"만약 그런 결과가 나왔을 때는 두 사람을 만나게 하는 것도 생각해 봐야겠죠."

"그 말씀을 들으니 안심이 되는군요."

가미조는 만족스러운 미소를 띠며 자리를 떴다.

히다는 코트를 입은 가슴에 손을 대었다. 윗도리 안주머니에 가미조에게 받은 플라스틱 케이스가 들어 있다.

과연 어떻게 하면 좋은가.

히다는 머리를 저었다. 어떻게 해야 하는지는 이미 알고 있다. 답은 나와 있다. 이 상황을 피하려 한다면 우리의 죄가 한층 무거워질 뿐이다.

플라스틱 케이스를 꺼냈다. 하얀 케이스라 안은 보이지 않지만, 왠지 비쳐 보이는 듯한 기분이 들었다.

이 안에 카자미 엄마의 피가 들어 있다.

망설임 따위는 허용되지 않는다. 오래도록 각오를 굳혀 온 일이다. 그런 건 알고 있다. 알고는 있지만, 역시 눈앞이 캄캄해지는 것을 느꼈다.

9

출발하고 잠시 후에야 사와구치에게 속았다는 것을 알았다. 스키 보드의 에지를 조금 세워 달라고, 그러니까 갈아 달라고 부탁했는데 조금도 달라지지 않았다. 조금 전에 탔을 때 그대로다.

"알았어. 에지를 최상의 컨디션으로 만들어 두지."

사와구치는 카자미에게 그렇게 말하면서 고개를 끄덕였다. 그가 깜박했을 리는 없다. 히로마사가 현역이던 시절부터 보드 튜닝을 하고 있는 베테랑이다. 카자미 역시 주니어 시절부터 줄곧 신세를 지고 있다.

사와구치가 흔히 쓰는 수법이다. 그는 지금의 에지 상태가 최상이라고 생각하는 것이다. 그러나 카자미에게 말로는 설명하지 않는다. 정말 에지를 좀 더 세울 필요가 있었는지, 스키를 타면서 확인해 보라는 뜻이다.

잠시 후, 그녀는 사와구치가 옳았다는 것을 깨달았다. 설면의 상태가 조금 전과는 미묘하게 달랐다. 기온이 오른 데다 앞서 선수 몇 명이 활주한 영향이다.

스키 보드가 단단하게 설면을 스치고 있다. 에지가 눈에 지나치게 파고들지도 않고 매끄럽게 나아간다.

카자미는 좋은 기록이 나올 것 같다고 느꼈다. 결승선에서는 다카쿠라가 스톱워치를 들고 대기하고 있을 것이다. 연습이기는 하지만 어중간한 기록은 내고 싶지 않다.

거의 실수 없이 기문을 차례차례 통과한다. 스키 보드의 컨디션은 역시 좋다. 그리고 그 이상으로 오늘은 카자미 자신의 컨디션이 좋았다. 감각이 명료하고 반응도 여느 때보다 빠르다.

조금 더 속도를 올리자. 그렇게 생각하는데 툭, 하고 무언가가 발바닥에 닿았다. 물론 발바닥에 직접 닿은 것은 아니다. 오른쪽 스키 보드 앞에서 위화감을 느낀 것이다.

조그만 이물질. 얼음 조각인가. 그것이 오른쪽 스키 보드의 바깥쪽, 앞에서 20센티미터쯤에서 들어와 스키 보드를 횡단했다. 시간으로 치면 백분의 몇 초. 그러나 톱 스키어라면 이 위화감을 그냥 지나치지 않는다.

이물질은 카자미가 신은 부츠 아래를 비스듬히 지나 보드의 꼬리 안쪽으로 빠져나갔다. 보드 뒤에 생채기가 났을지도 모르겠다.

리듬을 되찾아 활주를 계속한다. 앞쪽에 마지막 기문이 보인다. 있는 힘을 다 쥐어짜 결승선을 통과했다.

보드를 떼어 내고 있는데 사와구치가 다가왔다. 검은 비니가 눈에 덮여 하얗다. 그러나 그 모자를 벗어 봐야 그 머리 역시 하얗다.

거무스름하게 그을린 얼굴에 함박웃음을 짓고 있다. 눈가에는 굵은 주름이 새겨져 있었다.

"어땠어, 보드 상태?"

그가 물었다.

"저를 골탕 먹이고 싶으신 거죠?"

카자미는 자기보다 서른 살 가까이나 나이가 많은 남자를 노려보았다.

"무슨 소리야. 내가 말했잖아, 최상의 컨디션으로 만들어 둔다고."

"심술쟁이라니까, 여전히."

카자미가 얼굴을 찡그리고 있는데 다카쿠라가 천천히 다가 왔다. 안색이 별로 좋지 않다.

"불만인 것 같아. 불똥이 튀기 전에 얼른 사라져야지."

사와구치가 어깨를 으쓱하고는 반대쪽으로 걸어갔다.

"여섯 번째 기문에서 약간 뜨던데, 왜 그랬어?"

이물질을 밟았을 때다. 역시 다카쿠라의 눈은 속일 수 없다.

"죄송해요. 잠깐 집중력을 잃었어요."

이물질에 대해서는 말하지 않았다. 변명이라 여겨지는 게 싫은 데다 그런 설명은 해 봐야 아무 의미가 없다.

다카쿠라가 한숨을 쉬었다.

"이 정도 코스에서 집중력을 잃어서는 말이 안 되지. 그래도 외향경은 조금 좋아졌더군. 무릎을 달리 사용한 건가?"

"무릎의 잔 움직임을 의식했어요."

흐음, 하면서 다카쿠라가 생각하는 표정을 지었다.

"아버지의 조언인가?"

"아니요, 제가 생각한 거예요. 요즘은 아빠에게 조언 듣는 일 없어요."

이런 말까지 일부러 할 필요는 없다는 것을 알지만 그만 하고 말았다. 활주에 조금만 변화를 주어도 다카쿠라는 금방 아버지의 생각이냐고 확인하기 때문이다. 자신이 이미 아버지에게서 독립했다는 것을 알리고 싶었다.

"그래. 하지만 너무 지나치지는 마. 공격성이 너의 장점이야. 얌전해지면 폭발력이 떨어져."

"알고 있어요. 주의하겠습니다."

다카쿠라가 고개를 끄덕이며 시계를 보았다.

"오늘은 그만하자. 옷 갈아입은 다음에 내 휴대 전화로 전화 줘. 할 얘기가 있어."

"무슨 얘긴데요?"

"나중에."

다카쿠라가 몸을 돌렸다.

스키와는 관계없는 얘기로군, 하고 카자미는 간파했다. 회사에서 무슨 성가신 지시라도 있었는지 모르겠다. 그럴 때면 다카쿠라는 몹시 기분이 나빠진다.

합숙소로 사용하는 호텔의 건조실에 갔더니 얘기 소리가 들렸다. 한쪽은 도리고에 신고인 듯하다. 그는 크로스컨트리 부문의 주니어 선수로, 최근에 이 합숙소에 합류했다.

카자미의 기척을 느꼈는지 말소리가 끊겼다. 방한복을 입은 남자가 나왔다. 까맣게 탄 얼굴이다. 남자는 그녀에게 가볍게 인사하고는 밖으로 나갔다.

신고는 건조실에서 스키 보드를 손질하고 있었다. 카자미를 보자 까딱, 머리를 숙였다.

의자 위에 음악 잡지가 놓여 있었다. 기타 특집, 이라는 글자가 보였다.

"기타…… 치니?"

카자미가 물어보았다.

신고는 당황한 모습으로 잡지를 얼른 가방에 집어넣었다.

"숨길 거 없잖아. 기타 좋아해?"

응, 하고 신고가 고개를 끄덕거렸다.

"대단하네. 다음에 들려줘."

"……칠 줄 몰라."

"뭐?"

"칠 줄 모른다고. 기타는 좋아하지만, 만져 본 적도 없어."

"그렇구나……."

"기타라면 훨씬 진지하게 연습할 텐데. 이런 거보다 훨씬 하고 싶은데."

신고가 그렇게 말하고서 폴을 조작하는 포즈를 잡았다.

카자미는 눈살을 찌푸렸다.

"혹시 너, 스키가 싫니?"

신고는 고개를 비틀며 약간 괴로운 표정을 보였다.

"싫은 건 아니야. 하지만 하고 싶은 일이 따로 있는데 참아야 한다는 게 아무래도 이해가 안 돼서."

카자미는 신발을 스니커즈로 갈아 신고 일어나 신고를 보았다.

"그럼 그만두면 되잖아. 억지로 할 거 없어. 다른 선수들에게도 미안한 일이고."

신고는 얼굴을 찡그리고 손가락으로 코 밑을 비볐다.

"그럴 수 있으면 이 고생을 안 하지."

"무슨 뜻이야?"

"지금은 이걸 할 수밖에 없다는 뜻. 미안하지만 꼬치꼬치 묻지 말았으면 좋겠네. 괜히 물으니까 불평하게 되잖아."

"불평 정도는 얼마든지 들어줄 수 있어."

"됐어, 그만해."

신고는 스키 장비가 든 가방을 들고 건조실에서 나가려 했다. 그러다 문 앞에서 걸음을 멈추고 돌아보았다.

"누나 아버지, 유명한 스키 선수였지?"

카자미는 두 손을 허리에 대고 그를 노려보았다.

"난 네 누나가 아니야."

"아…… 그럼……."

"히다 카자미. 일단은 네가 소속돼 있는 클럽의 선배라고 할 수 있지."

"그건 나도 알아. 가이즈카 씨도 신세 개발의 기대주라고 했고."

"공치사는 됐고. 그래서, 뭐? 우리 아빠가 왜?"

"굉장한 선수였잖아."

"일본 사람으로는 그렇지."

카자미가 팔을 내리고 고개를 까딱 움직였다.

"올림픽에도 세계 선수권에도 출전했으니까. 월드컵 회전 경기에는 자동으로 출전했고. 하기야 지금 그런 걸 기억하는 사람은 거의 없지만. 너도 들어 본 적 없지? 메달을 따지 못하면 아마추어 선수는 이름도 기억되지 않으니까."

"그래도 누나…… 아니, 선배는 아버지가 선수였던 때를 기억하니까, 그래서 스키 선수가 되려고 한 거야?"

신고의 질문에 카자미는 고개를 기울였다.

"내가 뭘 좀 알기 시작했을 때 아빠는 이미 선수가 아니었어. 활약했다는 얘기도 다른 사람에게 들었고. 스키에 관한 나의 가장 오래된 기억은 은퇴한 아빠가 스키를 가르쳐 주었다는 거. 아빠는 당신이 못다 이룬 꿈을 내게 걸었던 거지."

"꿈이라……. 그거 짜증 나지 않아? 꿈을 강요하는 거잖아."

"짜증 날 게 뭐 있어. 처음에는 아무 생각이 없었는데. 그냥 아빠랑 눈 놀이 하는 기분으로 탔어. 그래도 그 덕분에 스키와 내 발이 하나가 됐지. 그래서 경기에서는 꼭 이겨. 이기면 또 기분이 좋으니까 스키를 계속해 왔고, 그렇게 해서 선수가 된 거야. 간단히 말하면 그래."

"흐음."

신고가 당황한 표정을 지었다.

"넌 유즈키 씨가 재능을 발견했다면서?"

신고의 얼굴이 이내 어두워졌다.

"뭐, 그런 것 같은데, 나는 뭐가 뭔지 모르겠어."

그렇게 말하고서 그는 카자미의 얼굴을 쳐다보았다.

"선배의 재능은 역시 아버지에게서 물려받은 거겠지?"

"글쎄."

"재능이 없었어도 스키를 계속했을 거라고 생각해?"

"글쎄. 지금도 내게 재능 같은 게 있는지 없는지 잘 모르는데, 뭐. 그런 점에서 넌 확인 도장을 받은 셈이잖아. 유즈키 씨가 발탁했다는 건, 과학적인 근거가 있다는 얘기일 거야.

살짝 부럽네. 고민하지 않아도 되니까."

"그렇게 생각해? 하지만 난 내 재능이 조금도 마음에 들지 않아. 음악적 재능이라면 좋았겠지만. 아니지, 그런 것이 딱히 없어도 상관없어. 사람들과 다르지 않았으면 좋았을 거야."

신고는 비니 위로 머리를 쥐어뜯었다.

"이상한 얘기 해서 미안해. 그리고 이 일은 비밀로 해 주면 좋겠는데."

"내가 누구에게 말한다고 그러니."

카자미가 그렇게 대답하자 신고는 고개를 한 번 까딱하고는 건조실에서 나갔다.

내 재능이 마음에 들지 않는다?

재능이란 무엇일까, 하고 카자미는 생각했다. 재능이 있기 때문에 괴로울 수도 있다는 생각은 지금까지 한 번도 하지 못했다. 그러나 돌이켜 보면 그 반대 경우는 얼마든지 알고 있다. 아무리 스키를 사랑해도 재능이 없으면 이길 수 없다.

복잡한 생각을 안은 채 카자미는 방으로 돌아갔다. 옷을 갈아입은 후에 다카쿠라에게 전화를 걸었더니 호텔 라운지로 오라는 말만 했다.

라운지에 가 보니, 다카쿠라가 한 남자와 마주 앉아 커피를 마시고 있었다. 그 남자를 보자 카자미는 우울해졌다. 남자는 유즈키였다.

불쾌한 기분을 숨길 마음은 없었다. 자신의 표정이 무뚝뚝하다는 것을 의식한 채로 다가갔다. 그녀를 보고서 유즈키도 쓴웃음을 지었다. 자기가 거추장스럽게 여겨지고 있다는 걸 아는 모양이다. 이런 태도가 카자미를 더욱 짜증 나게 한다.

"무슨 일인데요?"

카자미는 다카쿠라 쪽만 보면서 물었다.

"자, 우선 앉아."

코치의 명령은 거역할 수 없다. 잠자코 다카쿠라 옆에 앉았다. 웨이트리스가 주문을 받으러 왔지만 아무것도 필요 없다고 대답했다.

"다카쿠라 씨에게 들었어. 컨디션이 아주 좋다고? 다행이군."

유즈키가 웃으면서 말했다.

"유즈키 씨, 죄송하지만 예의 건 때문이라면 우리 아버지와 교섭해 주시겠어요?"

카자미가 도전적으로 말했다. DNA 연구에 협력을 부탁하러 왔을 테지만, 다카쿠라까지 끌어들이는 것은 용납할 수 없다고 생각했다.

"오늘은 그 일로 온 게 아니야. 다른 일로 왔어. 다카쿠라 씨에게도 양해를 구했고, 카자미 씨 아버지에게도 사전에 말씀드렸어."

카자미는 코치를 보았다.

"뭐죠?"

"유즈키 씨가 너의 홍보 담당이 되었다는군."

"홍보 담당이라고요?"

"아직 명함은 만들지 못했지만 그렇게 됐어. 본사의 명령이야. 거짓말이라고 여겨지면 스포츠부 고타니 부장님에게 확인해 봐도 좋아."

"알파인 팀의 광고는 광고부 사람이 따로 담당하잖아요."

"팀의 광고가 아니야. 너만 담당하는 거지. 왜 나만이냐고 묻고 싶겠지만 그 질문은 본사에 하도록. 나도 잘 모르니까. 아마 일손이 부족한 거겠지."

뜻하지 않은 얘기에 카자미는 당황했다. 잠자코 있자니 다카쿠라가 입을 열었다.

"지금부터 월드컵 때까지 유즈키 씨는 기본적으로 우리와 함께 움직인다는군. 그러면서 너에 관한 광고 활동 전반을 진두지휘하는 모양이야."

"저에 관한, 이라니…… 그런 거 특별히 없잖아요."

"지금까지는 그랬지. 하지만 앞으로는 다를 거야."

유즈키가 진지한 표정으로 돌아와 말했다.

"취재 요청이 벌써 몇 건이나 들어와 있어. 그걸 다 하라고는 하지 않겠지만 몇 건은 응해 줘야 해. 물론 조정은 내가 하고. 카자미 양은 아무 걱정 할 거 없어."

카자미는 한숨을 푹 내쉬었다.

"나는 연습을 해야 해요."

"알고 있어. 연습에는 지장이 없도록 하지. 다만, 카자미 양은 스키 선수이기에 앞서 사회인이란 걸 잊지 말았으면 해. 신세 개발 복지부에 소속돼 있는 사원 말이야. 물론 현실적으로는 회사 일을 거의 하지 않아도 되지. 왜냐, 카자미 양의 활약상이 회사 홍보에 큰 도움이 된다고 판단하기 때문이야. 그러니 광고 활동에 협력하지 않으면 회사를 배신하는 셈이 되지."

유즈키는 냉철한 말투로 얘기했다. 카자미는 뭐라 되받지 못했다. 그가 하는 말이 사실이기 때문이었다.

"그래서, 아빠는 허락하던가요?"

아빠가 응낙했다는 말이 미덥지 않았다. 스포츠 선수는 오로지 실력으로 인정받아야 한다는 것이 아빠의 생각이라고 알고 있었다.

"긍정적으로 생각하셨어. 의심스러우면 직접 물어보든지."

유즈키는 자신만만하게 대답했다. 거짓말은 아닌 듯했다.

"그럼 제가 뭘 해야……."

"아무것도 하지 않아도 좋아. 지시는 내가 내릴 거야. 다만 앞으로는 나를 너무 나쁘게 생각지 않았으면 좋겠다는 요구는 해 두지."

"딱히 나쁘게 생각하는 건……."

"괜찮아. 알고 있으니까."

유즈키가 고개를 끄덕이면서 자리에서 일어났다.

"이상입니다. 다카쿠라 코치 님, 시간을 많이 빼앗았군요. 내일부터 잘 부탁합니다."

"알겠네."

다카쿠라가 턱을 아래로 당기며 말했다.

멀어져 가는 유즈키의 뒷모습을 확인한 뒤 다카쿠라는 인상을 잔뜩 찌푸렸다.

"사회인이니 스키만 한다고 다 되는 건 아니야. 참으라고. 네 아버지도 선수 시절에는 스폰서를 거역하지 못했어."

"알아요. 괜찮습니다."

그렇게 말하고 카자미도 일어섰다.

"지금 삿포로에 다녀와야 해요."

"삿포로에? 아, 그렇지. 발에 맞춰 새 부츠를 제작했다고 했지."

카자미와 계약한 부츠 회사가 있다. 그 회사 기술자와 삿포로에서 만나기로 했다. 새 모델을 무상으로 제공해 주니 과연 스폰서는 고마운 존재다.

"무게를 상당히 줄였대요. 기대가 되네요."

"언제 돌아올 건데?"

"내일 아침 8시까지는 돌아올 수 있을 거예요. 일정표에 일단 그렇게 써 두었어요."

신세 개발 스키부 전용 사이트가 있어서 선수들은 거기에 자신의 일정을 써 넣을 수 있다. 물론 비밀 번호를 아는 사람이 아니면 볼 수 없다.

"알았어. 조심해서 다녀와."

다카쿠라와 헤어진 카자미는 곧장 호텔 현관으로 향했다. 현관 앞에서 삿포로행 셔틀버스가 운행되고 있었다. 버스라고 해야 고작 열 명 남짓 탈 수 있는 마이크로버스다.

벽에 붙어 있는 시간표를 보니 아직 10분 이상이나 기다려야 했다. 바깥이 추워서 현관문 안쪽에서 기다리기로 했다.

가방에서 파일 한 권을 꺼냈다. 그녀의 활주를 분석한 사진이 든 파일이다. 사진들을 보고 있는데 갑자기 옆에서 누가 말을 걸었다.

"저, 실례지만……."

카자미는 얼굴을 들었다. 감색 코트를 입은 초로의 남자가 서 있었다.

"히다 카자미 씨죠?"

남자가 물었다.

"그런데요."

그녀의 대답에 남자의 표정이 밝아졌다. 눈부신 것이라도 보는 듯한 눈빛이었다.

"역시 그렇군요. 실은 카자미 씨의 열렬한 팬입니다. 이렇게 만나서 영광이에요."

"무슨 말씀을요."

카자미는 당혹스러웠다. 경기장이 아닌 장소에서 이렇게 팬이 접근해 오기는 처음이었다.

"전 아직 삼류예요."

"아니, 그렇지 않아요. 기대하고 있습니다. 저……, 괜찮으면 악수를 할 수 있을까요?"

"아…… 네."

카자미가 오른손을 내밀었다.

"고마워요. 좋은 추억이 되겠군요."

"아니에요, 별말씀을요."

카자미가 고개를 저었다. 아무리 그래도 좀 허풍스럽다고 생각했다.

"지금 삿포로로?"

그가 물었다.

"네."

"그렇군요. 실은 나도 삿포로에 갑니다. 같이 가도 괜찮을까요?"

"물론이죠."

그녀의 대답에 그가 눈을 반짝이며 조그맣게 중얼거렸다.

"다행입니다."

이렇게 열렬한 팬이 있다는 것을 알고서 카자미는 놀랐다. 사회인이 된 후로는 아직 큰 대회에 출전하지 않았는데……. 그렇다면 학생 때부터 응원해 왔다는 얘기인가.

마이크로버스가 호텔 앞에 섰다. 카자미는 현관문 밖으로 나갔다. 그도 뒤쫓아 왔다.

다른 손님은 없었다. 카자미가 가운데 자리에 앉자 남자는 카자미의 옆 자리 뒤에 앉았다.

그 순간 카자미는 휴대 전화를 깜박하고 방에 두고 온 것을 알았다. 하루쯤 없어도 괜찮지 싶은 생각도 들었지만 그래도 역시 불안하다.

"저기, 죄송한데요."

운전사에게 말을 건넸다.

"깜박 두고 온 게 있어서, 내릴게요."

"기다릴까요?"

운전사가 되물었다.

"아니요, 괜찮아요. 다음 버스 탈게요."

카자미는 버스에서 내렸다. 밖에서 차 안을 보니 아까 그 남자가 다소 아쉬운 표정이면서도 웃으며 손을 흔들고 있다. 그녀도 가볍게 고개를 숙였다.

호텔로 들어가 방으로 돌아갔다. 휴대 전화는 세면실에 놓여 있었다. 들여다보니 고등학교 시절 친구에게서 문자가 와 있다. 시시한 내용이지만, 이런 대화가 무엇보다 위안이 된다. 카자미는 그 자리에서 답 문자를 보냈다.

그러다 보니 의외로 시간이 꽤 흘렀다. 너무 느긋하게 굴다가는 다음 버스를 놓칠 수도 있다. 휴대 전화를 가방에 넣고 다시 1층 로비로 내려갔다.

그런데 거기에 다카쿠라가 있었다. 다른 선수들도 있다.

"아, 카자미!"

남자 선수가 그녀를 보고 소리쳤다.

모두의 시선이 카자미에게 쏠렸다. 다들 숨을 크게 토해 내고 있었다.

다카쿠라가 뛰어왔다. 눈이 벌겋게 충혈되어 있다.

"다행이야. 그 버스를 타지 않았군."

"두고 온 게 있어서요. 그런데 다행이라니, 왜요?"

"사고가 났어. 교통사고야."

"교통사고요? 어디서요?"

"바로 근처에서. 호텔을 출발한 버스가 사고를 내고 불까지 났다는군."

10

유즈키는 호텔 안을 정신없이 뛰어다니고 있었다. 한시라도 빨리 자세한 정보를 얻고 싶은데 호텔 측 책임자를 찾을 수 없었다. 매스컴에 대응하느라 바쁜 듯하다.

사고 발생 직후에는 로비가 시끌벅적하더니 저녁 시간이 되면서 점차 사람이 줄어들었다. 프런트에서도 손님들에게 셔틀버스가 사고를 냈다는 설명만 하고 있을 뿐이다.

유즈키는 도쿄에 있는 고타니에게 전화를 걸었다. 고타니 역시 사고에 대한 새로운 정보는 갖고 있지 않았다.

"스키부원들 분위기는 어때?"

고타니가 물었다.

"지금 식사 중입니다. 딱히 동요는 없고요."

"다행이군."

"그런데 부장님, 한 가지 걸리는 것이……."

유즈키는 주위를 두리번거렸다.

"사고가 난 버스 말인데요, 히다 카자미 선수가 탈 예정이었습니다."

잠깐 침묵이 흘렀다. 고타니가 낮은 목소리로 물었다.

"정말인가?"

"조금 전에 다카쿠라 코치에게 들었는데, 카자미 선수가 일단 버스에 탔다가, 두고 온 것이 있어서 내린 덕분에 사고를 면했다고 하더군요. 그야말로 행운이 아닐 수 없죠."

"그럼 누가 의도적으로 사고를 냈다는 말인가? 히다의 목숨을 노리고?"

"아직은 뭐라 말할 수 없지만, 그렇게 의심해 볼 수도 있다는 얘기입니다. 물론 다카쿠라 코치와 카자미 선수는 협박장에 대해서 모르니까 그런 의심은 털끝만큼도 하지 않지만요."

전화기 저편에서 고타니가 신음했다.

"자네는 어떻게 생각하나? 이번 사건과 예의 협박장 말이야. 관계가 있다고 보나?"

유즈키는 휴대 전화기를 귀에 댄 채 고개를 저었다.

"모르겠습니다. 정보가 너무 없어서요. 그냥 우연이기를 빌고 있습니다. 그래도 판단은 서둘러야겠습니다."

"무슨 뜻이지?"

"협박장에 대해서 경찰에 신고를 하느냐 마느냐, 그 문제 말입니다. 이런 일이 생겼는데도 숨기면, 나중에 정말 경찰의 협력이 필요할 때 괜히 트집 잡힐 우려도 있습니다."

후, 숨을 토하는 소리가 들렸다. 그리고 말이 없었다. 부장님, 하고 유즈키가 불렀다.

"알겠어. 경찰에 어떤 식으로 연락할지는 이쪽에서 판단하지."

"제가 굳이 경찰에 알릴 필요는 없다는 말씀인가요?"

"음, 그래. 지금은 관할 경찰서의 교통과가 움직이고 있겠지. 그러나 만약 누가 의도적으로 계획한 사고라면 도경 본부가 움직일 거야. 그때 회사 상부에서 대응하도록 하겠네. 그때까지는 괜한 말 말도록."

"알겠습니다. 진전이 있으면 또 연락하죠."

전화를 끊은 유즈키가 레스토랑으로 가 보니 스키부원들이 마침 저녁 식사를 막 끝낸 참이었다. 히다 카자미의 모습도 보였다. 티셔츠에 트레이닝 바지 차림이다. 그녀는 결국 삿포로에 가는 것을 포기했다. 사고 탓에 도로의 통행이 금지되었기 때문이다.

"카자미 씨, 잠깐만."

유즈키가 그녀를 불러 세웠다.

"지금 코치님 방에서 비디오를 보기로 되어 있는데요."

"오래 걸리지 않아."

유즈키는 그렇게 말하고서 다카쿠라를 보았다.

"15분 정도면 되는데, 괜찮겠죠?"

다카쿠라는 뚱한 표정으로 고개를 끄덕였다.

유즈키는 구석 테이블에 카자미와 마주 앉았다.

"그 버스에 타려고 했었다면서? 운이 좋았군."

카자미가 눈살을 찌푸렸다.

"솔직히 좋아할 수가 없어요. 사고를 당한 사람이 있으니까. 그 사람이랑 얘기도 나눴고요."

"아는 사람인가?"

"아니요. 버스를 타기 전에 그 사람이 내게 말을 걸었어요. 팬이라고 하면서. 악수도 하고. 무척 기뻐하던데……."

"그랬군. 그거참 묘한 만남이었군."

유즈키는 그 팬이 너를 대신해 사고를 당했는지도 모르겠다는 말을 하려다 참았다. 너무도 몰인정한 말이라는 생각이 들었기 때문이다.

"팬이란 참 이상한 것이지. 생각지도 않은 곳에서 보고 있으니. 어떤 일이든 찾아내고 무슨 일이든 알려고 하고. 때로는 본인 이상으로 본인에 대해서 잘 알고 있기도 하고. 카자미 씨에게도 그런 팬이 늘어났다는 뜻이겠지."

카자미는 고개를 기우뚱했다.

"경기에도 별로 안 나갔는데 왜 나 같은 선수를 응원하는 거죠?"

"내가 말했잖아, 팬이란 이상한 거라고. 실은 그 때문에 물어보고 싶은 게 있는데, 지금까지 그런 식으로 팬 쪽에서 접촉해 온 일이 있었나?"

카자미는 생각하는 듯이 눈을 내리깔았다가 입을 열었다.

"대회가 끝난 후에 말을 건네는 사람은 있었어요. 축하한다, 잘했다, 그렇게. 가끔 사진을 같이 찍게 해 달라고 한 사람도 있었고요."

"특정한 팬은? 카자미 씨가 출전하는 대회에는 반드시 나타나 성원을 보내 준다든가, 그런 사람은 없었나?"

"아는 사람 외에 말인가요?"

"그래. 순수하게 카자미 씨 팬인 사람. 말하자면 스토커 같은 사람."

"그런 사람……이 없지는 않았어요."

그렇겠지, 하고 유즈키는 생각했다. 그러니까 신세 개발에서 스카우트한 것이고, 홍보 담당도 붙는 것이다.

"이름이나 신분은 파악하고 있나?"

"아는 사람도 있어요. 팬레터를 보내고 사진을 보내 주는 사람도 적지 않으니까요."

"혹시 그 팬레터 보관하고 있는지 모르겠군."

"네, 삿포로 집에 있어요."

유즈키가 고개를 끄덕였다.

"그럼 좀 보여 줬으면 하는데, 다음에 언제 삿포로에 가지?"

안 그래도 굳어 있던 그녀의 표정이 한층 험악해졌다.

"유즈키 씨에게 왜 그런 것까지 보여 줘야 하는 거죠?"

"그런 거니까 꼭 봐야 하는 거지. 낮에도 말했지만, 난 카자미 씨의 홍보 담당이야. 홍보 담당은 광고 매체와의 다리 역할만 하는 게 아니야. 카자미 씨가 경기에 전념할 수 있도록 모든 면에서 관리하는 것도 내 일 중 하나야. 열광적인 팬이 있으면 당연히 내가 파악해 둬야지."

"그럴 필요 없어요. 내 팬이니까 스스로……."

"안이한 소리 하지 마."

유즈키가 딱 잘라 말했다.

"몇 번이나 말해야 알겠어. 지금까지는 오직 자신만을 위해서 스키를 탔는지 모르겠지만, 앞으로는 회사에도 기여하지 않으면 곤란해. 팬을 스스로 관리한다고? 그럴 시간 있으면 연습이나 해. 게다가 팬이란 양날의 검이야. 같은 편일 때는 좋지만, 언제 어떻게 적으로 변할지 모르는 일이야. 그들과는 일정한 거리를 두는 편이 무난할 거야. 스토커들이 시도 때도 없이 따라다니는 유명한 선수를 난 몇 명이나 알고 있다고."

카자미가 불쾌한 듯이 고개를 돌리자 유즈키가 쓴웃음을 지었다.

"뭐, 이건 극단적인 얘기지만 그러지 말란 법도 없잖아. 지금까지 스토커에게 시달린 일은 없었어?"

"없어요, 난."

카자미가 유즈키를 노려보았다.

"그렇다면 다행이로군. 하지만 방금도 말했듯이, 그러지 말란 법도 없어. 그렇게 되었을 때 골치 아픈 건 카자미 씨 자신이고 또 회사야. 그러니까 그렇게 되지 않도록 지금부터 손을 쓰려고 하는 거야. 이건 명령이야. 지금까지 받은 팬레터를 보여 줘야겠어. 내용을 보여 주기 싫다면 겉봉투만이라도 좋아."

카자미는 포기라는 듯이 한숨을 쉬었다.

"오늘 삿포로에 못 갔으니까 이삼일 내로 갈 거예요. 그때라도 괜찮나요?"

"알겠어. 가져오면 얘기해 줘."

그 말에는 대꾸하지 않고 카자미가 의자에서 일어났다.

"그만 가 볼게요."

유즈키는 간단하게 늦은 저녁을 먹고 오늘 체크인한 호텔로 돌아갔다. 샤워를 하고 냉장고에서 캔 맥주를 꺼냈다. 텔레비전을 켜자 뉴스가 시작되었다. '호텔 셔틀버스, 사고로 연소'라는 자막이 화면 하단에 흐르자 얼른 볼륨을 올렸다.

'오늘 오후 4시경, 홋카이도 ××시에 있는 노스프라이드 호텔 셔틀버스가 역으로 가는 도중에 산기슭에 충돌한 후 연소해 운전사와 승객 1명이 중경상을 입는 사고가 발생했습니다. 셔틀버스 운전자는 같은 호텔 종업원인 마흔한 살의 야마네 가즈오 씨로, 팔과 허리에 부상을 입었으나 생명에는 지장이 없다고 합니다. 승객은 니가타 현 나가오카 시에 사는 기업체 중역, 쉰네 살의 가미조 노부유키 씨로 밝혀졌습니다. 가미조 씨는 머리 등에 심한 타박상을 입고 현재 의식 불명 상태입니다. 사고의 원인에 대해서는 아직 조사 중에 있습니다.'

아나운서가 사건을 보도하는 도중에 '가미조 노부유키 씨'라는 글자와 한 장의 얼굴 사진이 화면에 나타났다. 운전면허증의 사진인 듯했다.

그 사진을 보고서 유즈키는 자기도 모르게 엉덩이를 들었다. 본 적이 있는 얼굴이었기 때문이다.

협박장 건으로 히다 히로마사가 근무하는 스포츠 클럽에 갔을 때였다. 히다 카자미의 얼굴이 찍힌 포스터를 뚫어져라 쳐다보는 사람이 있었다. 사진 속 인물은 그가 틀림없었다.

조금 전에 들은 카자미의 말이 떠올랐다. 사고 버스에 탄 승객이 그녀의 팬이라고 했다. 그때의 모습은 그 말을 뒷받침하고 있었다.

과연 우연일까.

캔이 비었다. 냉장고를 열어 캔 맥주 하나를 더 꺼냈다. 상표가 다른 캔 맥주가 아직 두 개 남아 있다. 오늘 밤은 이걸 다 마셔도 잠들기 쉽지 않겠다고 생각했다.

  텔레비전 앞에서 히다는 온몸이 경직되는 것을 느꼈다. 가미조 노부유키가 사고를 당했다. 그것도 카자미와 여러 선수가 합숙소로 이용하고 있는 호텔의 셔틀버스를 타고 있었다고 한다.

  우연이라고는 생각되지 않았다. 가미조는 카자미를 만나러 간 것이다.

  그가 그녀를 만났을까. 만약 그렇다면 어떻게 말을 걸고 어떤 얘기를 했을까. 그 생각을 하면 애간장이 타서 견딜 수가 없었다. 정신을 차리고 보니 그는 휴대 전화를 들고 있었다.

  네, 하는 카자미의 목소리가 들렸다.

  "어, 카자미냐. 아빠다."

  "응, 웬일이야?"

  "아니, 뉴스를 보고서. 사고가 났다면서, 버스 사고?"

  "응, 아빠. 깜짝 놀랐어."

  "선수들에게 무슨 영향이 있는 것은 아니지?"

  "아직 모르겠어. 아무튼 내일 연습은 취소래. 호텔이 신세 개발 계열인 데다, 이런 때 스키부가 태평하게 연습을 하고 있으면 세상 이목이 좋지 않을 수도 있다고."

  회사로서는 타당한 판단일 것이다. 그러나 그런 일보다 히다는 반드시 확인하고 싶은 것이 있었다.

"사고를 당한 남자 말인데,"

그는 조심스럽게 말을 골랐다.

"어떤 사람일까. 그냥 스키를 타러 온 사람인가."

"그건 잘 모르겠는데……."

카자미가 말꼬리를 흐렸다. 하고 싶은 말이 있는데 망설이고 있는 것처럼 들렸다.

"왜, 무슨 일이 있는 거냐?"

"아니, 무슨 일이 있는 건 아니고. 그냥 그 남자, 내 팬이래."

"뭐, 그게 무슨 소리야?"

"실은 그 사람이랑 잠깐 얘기를 나눴어."

움찔했다.

"언제? 무슨 얘기?"

목소리가 떨렸다.

"버스 기다리면서. 별다른 얘기는 아니었어."

그러면서 카자미가 한 얘기의 내용에 히다는 심하게 동요했다. 아무래도 가미조는 단순한 팬이라며 접근한 듯하다. 그녀가 불쾌함을 느끼지 않은 것으로 보아 태도가 무척 신사적이었을 것이다. 자신의 정체를 숨긴 채, 친딸과 운명적인 만남을 이루려 했던 것이다. 그 순간의 가미조의 심경을 상상하면 히다는 가슴이 아팠다. 아마도 눈물을 흘리며 자기 자식을 꼭 안고 싶었을 것이다. DNA 검사 따위는 형식적인 것에 지나지 않는다, 고 히다는 생각하고 있었다. 가미조는 카자미를 보고서 확신했을 것이다. 틀림없다.

그런데 그 일과는 별개로 히다는 마음에 걸리는 것이 있었다. 카자미가 그 버스를 탈 예정이었다는 점이다.

"그 버스를 타려고 했다는데, 미리 정해져 있던 일이냐?"

"응, 전철 시간에 맞추려고 그 버스를 타려고 했지. 사고가 났을 때 팀 전원이 나도 사고를 당한 줄 알았대. 에리 씨는 막 울고 불고 그랬어."

불안의 그림자가 더욱 짙어졌다. 유즈키에게 들은 협박장 얘기가 머리를 스쳤다. 이번 사고와 뭔가 관계가 있는 것은 아닐까.

히다가 말이 없어서인지 "아빠", 하고 카자미가 불렀다.

"어? 응……, 듣고 있다."

"그렇게 된 거니까 내 걱정은 마. 매스컴에서 몰려올지도 모르지만, 우리들에게는 취재를 하지 못하게 호텔 측에서 조처한대. 음, 그리고 유즈키 씨도 지켜 주는 것 같으니까."

"유즈키 군이? 그 사람, 거기 있냐?"

"내 홍보 담당이래. 아빠에게도 얘기했다던데, 정말이야?"

"그래, 들었다."

"그렇구나. 그런데 좀 뜻밖이네. 아빠는 그런 거 싫어하잖아."

"좋아하지 않지만 어쩔 수 없는 경우도 있는 법이다. 돈을 받고 있는 처지잖니."

"그건 알지만."

"이용할 수 있는 건 이용하면 되는 거야. 그 남자는 잘 이용하면 도움이 되는 인간이다."

"알았어. 용건은 그것뿐이야?"

"그래. 시끄러운 일이 생겨서 집중하기 어렵겠지만, 컨디션 관리만큼은 빈틈없이 해라."

"괜찮아, 걱정하지 마. 끊을게."

그렇게 말하고서 카자미는 전화를 끊었다.

휴대 전화를 내려다보면서 히다는 고개를 저었다. 카자미는 자기 신변에 어떤 일이 벌어지고 있는지 전혀 모른다. 앞으로 어떤 일이 생길지도.

히다는 테이블 위에 놓아둔 예의 플라스틱 케이스를 집었다. 조심조심 뚜껑을 연다. 안에 조그만 종이가 들어 있다. 검붉은 얼룩 같은 것이 묻어 있는데, 자세히 보면 피라는 것을 알 수 있다. 게다가 피가 지문 모양을 하고 있다. 그러니까 피로 찍은 손도장인 것이다.

이것을 처음 보았을 때 히다는 가미조가 자신의 결심을 알리고 있다는 생각이 들었다. 단순히 DNA 검사를 하기 위해서라면 머리카락만 있어도 충분하고 볼의 점막으로도 가능하다. 그런데 가미조는 아내의 피로 찍은 손도장을 준비했다. 지문이니 다른 사람의 것으로 대체할 수도 없다. 어중간한 결심으로 움직이고 있는 것이 아니다.

그 결심으로부터 도망치는 것은 불가능하다고 히다는 생각했다.

조금 전에 카자미에게 한 말이 귀에 되살아났다. 이용할 수 있는 것은 이용하면 되는 거야. 그렇다. 그 남자를 잘 이용하면 좋을지도 모르겠다고 생각했다.

12
—

다음 날 아침, 유즈키는 전화벨 소리에 잠이 깼다. 머리가 지끈거리고 눈앞이 아른거렸다. 언제 잠이 들었는지 전혀 기억이 없었다. 침대에 누운 후에도 몇 번이나 뒤척였을 것이다.

고타니에게서 온 전화였다.

"네, 유즈키입니다."

갈라진 목소리였다.

"뭐야, 아직 자고 있는 건가?"

"메일을 검색하고 있었습니다. 그리고 정보 수집."

그렇게 말하면서 그는 문으로 다가가 문틈에 끼여 있는 신문을 잡아당겼다.

"진전은 좀 있었나?"

"아니요, 이쪽에서는 딱히."

부스럭거리는 소리가 나지 않게 살며시 신문을 펼쳤다. 사회면에 어제 사고에 관한 기사가 실려 있다. 제목을 쓱 훑어보았지만 새로운 내용은 없는 듯하다.

"그렇군. 실은 상황이 변했어. 오늘 아침 일찍, 도경 본부 수사 1과에서 그쪽 호텔 총지배인에게 연락을 한 모양이야."

"수사 1과에서요, 뭐라고요?"

"단순한 사고가 아닐 가능성이 대두되었다는군. 총지배인에게서 연락을 받고 이쪽 총무과에서 도경으로 다시 연락해봤어."

"사고가 아니라는 근거는?"

"자세한 것은 몰라. 수사상의 비밀이겠지."

"경찰에는 그 협박장에 대해서……."

"총무과장이 털어놓았어. 복사본도 벌써 보냈고. 머지않아 자네에게도 형사가 찾아가겠지. 뭔가 물으면 있는 그대로 대답해도 좋아."

"그럼 협박장에 대해서 히다 카자미에게도 알려지게 되는데요."

"어쩔 수 없지. 때가 때이니만큼. 정신적인 면의 케어는 자네에게 맡기겠네."

또 귀찮은 일을, 하고 유즈키는 생각했지만 입 밖으로 내지는 않았다.

전화를 끊고 세면실에서 세수를 했다. 고타니의 말을 반추해 본다. 단순한 사고가 아니라면 의도한 사고라는 말인가. 그런 경우, 범인은 바로 주변에 있다는 얘기다.

옷을 다 갈아입을 때쯤 호텔 전화가 울렸다. 도경 본부의 기하라라는 인물이었다. 지금 곧 만나고 싶다고 한다. 호텔 방으로 와 달라고 하고서 유즈키는 전화를 끊었다.

잠시 후 노크하는 소리가 났다. 문을 여니 두 남자가 서 있었다. 양복 위에 코트를 걸치고 있다.

안으로 들어온 두 사람이 자기소개를 했다. 한쪽은 기하라 경부이고 다른 쪽은 니시지마 순사 부장. 둘 다 수사 1과 소속이었다. 기하라는 우수한 회사원 같은 분위기이고 니시지마는 과묵한 장인의 기운이 감돈다. 눈빛이 날카로운 점은 둘다 같았다.

"바로 질문을 드리죠. 협박장에 대해서 본인에게 얘기를 했습니까?"

기하라가 불쑥 물었다.

"히다 카자미, 에게 말입니까? 아니요, 아직……."

기하라가 팔짱을 꼈다.

"본인에게 말하기 곤란하다는 건 이해하겠는데 말이죠, 중상자까지 나왔어요. 사태가 심각합니다. 결단을 해 주셔야겠는데요."

"본인에게 말하라는 겁니까?"

"사장과 도경 본부 사이에서는 이미 얘기가 끝났습니다. 그쪽에서 얘기하기 곤란하다면 우리가 얘기하죠. 옆에 있어 주시기만 하면 됩니다."

"아닙니다. 얘기는 제가……. 하지만 단순한 사고일지도 모르잖습니까."

기하라가 옆에 있는 니시지마와 눈을 마주치더니 다시 유즈키를 쳐다보았다.

"이건 아직 공표되지 않은 사실이라서 절대 발설하면 안 되는 것인데 말이죠, 셔틀버스의 브레이크 부분에 모종의 장치를 해 놓았던 흔적이 발견됐습니다. 그러니까 단순한 사고가 아니라 누군가에 의한 범행이라는 얘기죠."

형사들의 눈은 진지함 그 자체였고 말투도 무거웠다. 그런데도 유즈키는 현실감이 없었다. 그래서 그는 이렇게 물었다.

"악질적인 장난일 가능성은요? 누가 장난삼아 했을 수도 있잖습니까."

니시지마가 눈에 힘을 주었다.

"유즈키 씨."

기하라가 냉철함이 묻어나는 목소리로 말했다.

"몇 번이나 말해야 알아듣겠습니까. 부상자가 나왔어요. 그 사람은 어쩌면 생명을 잃을지도 모릅니다. 그렇게 되면 살인 사건이에요. 장난삼아 살인을 저지를 인간이 어디 있단 말입니까. 가령 명백한 살의가 없었다고 해도, 우리는 그런 짓을 저지른 사람을 절대 용서할 수 없습니다. 그러니 아무쪼록 협조해 주세요."

두 형사의 매서운 눈길에 유즈키는 시선을 돌렸다. 살인 사건, 이라는 말을 마음속으로 되뇌어 보았지만 역시 실감은 없었다. 휴대 전화를 꺼내면서도, 무슨 착오가 있는 게 아닐까, 계속 생각했다.

테이블에 나란히 놓인 협박장 복사본을 보고서 히다 카자미는 얼어붙었다. 그럴 만도 하다고 유즈키는 생각했다. 아무리 담대한 인간이라도 이런 글을 보면 두려워진다. 하물며 카자미는 아직 십 대다.

카자미 옆에서는 다카쿠라가 얼굴을 잔뜩 찡그리고 있었다. 유즈키가 중요한 얘기가 있다며 그를 불러냈지만 설마 이런 일일 줄은 예상하지 못했을 것이다.

호텔 사무실을 빌렸다. 허접한 싸구려 소파가 놓인 살풍경

한 방이다.

"왜 좀 더 빨리 알려 주지 않았나요?"

카자미가 날카로운 시선으로 유즈키를 쳐다보았다.

"어제 한 얘기, 이것 때문이었군요. 그래서 뜬금없이 팬레터를 보여 달라고 한 거죠?"

유즈키는 미간을 찌푸렸다.

"네가 동요하면 안 된다고 생각했어. 단순한 장난질일지 모른다는 생각도 있었고. 아니, 지금도 그 가능성은 없지 않다고 봐. 세상에는 이상한 인간도 많으니까."

카자미는 후우, 한숨을 내쉬었다.

"아빠도 협박장에 대해서 알고 있나요?"

"얘기했어."

유즈키가 말했다.

"내가 너의 홍보 담당이 된 것도 그것 때문이었어."

"그렇군요. 그래서 아빠가 허락한 거군요."

"네가 걱정돼서 숨긴 거야. 괜히 불안해하거나 겁을 먹으면 안 되니까 말이야."

"적어도 내게는 말해 줘야 하는 거 아닌가?"

다카쿠라가 말했다.

"미안하게 생각합니다. 하지만 이해해 주세요. 다카쿠라 씨는 스키 지도에만 전념하게 하고 싶었습니다. 본사와 의논해서 그렇게 결정한 겁니다."

"아무리 그래도……."

거기까지 말한 다카쿠라는 입을 다물었다.

카자미가 복사본 한 장으로 손을 내밀었다. 거기에 적힌 글자를 힐금 보고는 고개를 들었다.

"그래서, 저는 이제 어떻게 하면 되는 거죠? 시합에 안 나가면 되나요?"

"그렇게까지 할 필요는 없어."

유즈키가 그렇게 단언하더니 이내 눈살을 찌푸렸다.

"아니지. 내가 이런 명령을 할 권리는 없고, 아직 그런 지시는 없었어."

"하지만 내가 시합에 나가면 이걸 보낸 사람이 무슨 짓을 할지 모르잖아요. 그래도 괜찮은가요?"

"그러니까 그 일에 관해서는 우리가 어떻게든 저지하겠다는 거야. 물론 경찰에도 협력을 요청하고."

유즈키가 옆에 있는 두 형사를 보았다.

기하라는 손가락 끝으로 코 옆을 긁적거렸다.

"우리로서는 범인의 협박에 굴복해서가 아니라 안전을 확보하자는 의미에서 당분간 히다 씨가 출전을 삼갔으면 고맙겠는데요."

유즈키가 놀란 표정을 짓더니 형사를 노려보았다. 다카쿠라도 눈을 치켜떴다. 그러나 당사자인 기하라는 엉뚱한 소리를 했다는 의식이 없는지 태연했다.

"게다가,"

기하라가 말을 이었다.

"중요한 건 본인의 기분 아니겠습니까. 히다 씨가 어떻게 생각하느냐, 그거죠. 출전하고 싶지 않은데 억지로 경기에 내보낼 권리는 누구에게도 없어요. 더구나 상황이 이렇게 위험한데 말입니다."

기하라의 입을 막고 싶었지만 아쉽게도 유즈키에게는 반론할 근거가 없었다. 카자미를 생각하면 시합에 내보내지 않는 것이 최선이다.

유즈키가 본인의 마음이 안정된 후에 다시 얘기하자는 뜻의 말을 하려는데 카자미가 얼굴을 들고 형사들을 보았다.

"어제 있었던 교통사고, 이 협박장의 범인이 한 짓인가요? 범인이 노린 사람이 나였나요?"

기하라의 표정이 아까보다 한층 험악해졌다.

"버스 사고는 명백하게 의도적이었다는 게 판명되었어요. 그럼 범인의 목적이 과연 무엇이었을까. 일반적으로 누군가의 목숨을 노렸다고밖에 생각할 수 없습니다. 그런데 누구의 목숨인가. 현재 중태에 빠져 있는 남자가 그 버스에 탄 것은 우연입니다. 범인이 예측할 방법이 없었으니까. 그렇다면 남은 사람은 운전사인데, 지금까지 누가 그의 목숨을 노렸을 이유는 전혀 발견되지 않았습니다. 그러니 우리로서는 역시 카자미 선수에게 주목하지 않을 수 없죠. 카자미 선수가 어제 오후 4시에 이 호텔에서 출발한다는 것은 스키부 홈페이지에 기록돼 있다고 하던데요. 기본적으로 부원이 아니면 볼 수 없다고 하지만, 비밀 번호를 훔쳐 낸 범인이 그것을 보고서 이번 범행을 저질렀다고 생각할 수는 있죠."

기하라의 말을 듣고서 카자미는 고개를 푹 숙였다.

"그럼, 그 사람…… 그 아저씨는 저를 대신한 셈이군요."

"아직 그렇다고 밝혀진 것은 아니야."

유즈키가 카자미를 위로했다.

"하지만……."

카자미는 말을 잇지 못했다.

침묵 속에서 기하라가 입을 열었다.

"만약 카자미 선수에게 미안한 마음이 있다면 우리에게 협조해 주세요. 혹시 짚이는 사람 없습니까?"

카자미는 고개를 가로저었다.

"없어요. 지금까지 받은 팬레터는 모두 보여 드리겠지만, 이상한 말이 쓰인 편지는 없었어요."

"그래요. 이런 협박장을 보냈다고 해서 반드시 범인이 카자미 선수에게 원한을 품고 있다고 볼 수는 없죠. 어쩌면 회사를 노렸을지도 모르고."

유즈키가 기하라를 보았다.

"신세 개발에 어떤 원한을 품은 사람이 범인일 수도 있다는 말인가요?"

"네. 물론 단순히 금전을 노렸을 수도 있고요."

기하라가 말했다.

"머지않아 돈을 요구할 가능성도 충분히 있습니다."

유즈키가 고개를 끄덕였다. 그렇다면 차라리 낫겠다고 생각했다.

"자, 이제 질문은 이 정도로 하죠. 절대 섣부른 판단으로 행동하지 마세요. 아시겠습니까?"

기하라의 마지막 대사는 명백하게 유즈키를 향한 것이었다.

"저……, 저는 어떻게 하면 좋을까요?"

카자미가 물었다.

"팬레터는 집에 있는 거죠? 집에는 언제 갈 건가요?"

"언제라도 갈 수 있어요."

"그럼 오늘 오후에 다녀오도록 하세요. 다시 연락하죠."

그렇게 말하고서 기하라가 일어섰다.

형사들이 돌아간 후 한동안 아무도 입을 열지 않았다. 그러다 카자미가 불쑥 중얼거렸다.

"그 사람, 어떻게 되었을까요. 버스를 탄 그 아저씨……."

"형사가 그러는데 아직 의식 불명이라는군. 살아날 가능성은 반반이라고 했어."

유즈키가 말했다.

카자미가 머리를 움켜쥐었다.

"어떻게 해……."

"네 탓이 아니잖아."

다카쿠라가 말했다.

"가령 너를 노린 사고라고 해도 네 잘못은 아니야. 머리가 이상한 놈이 한 짓이라고."

그래도, 라고 말하고 카자미는 입을 다물었다.

그때 문을 노크하는 소리가 들렸다.

"들어오세요."

다카쿠라가 말했다.

조심스럽게 문이 열렸다. 얼굴을 들이민 사람은 히다 히로마사였다. 표정이 굳어 있었다.

"아빠……, 여긴 어떻게 왔어?"

카자미의 눈이 휘둥그레졌다.

"여러 가지로 걱정이 돼서. 경찰 조사를 받았다더구나."

카자미의 얼굴에 비탄의 표정이 떠올랐다.

"아빠, 그 사고, 누가 의도적으로 저지른 거래. 그리고 어쩌면 나를 노린 건지도 모른대."

히다의 얼굴이 일그러졌다.

"역시 그렇군……."

"역시? 아, 그렇지. 아빠도 협박장에 대해서 알고 있었지. 그럼 어젯밤에 이미 알았던 거네."

"그럴지도 모르겠다는 생각은 했다, 카자미가 탈 버스였다는 말을 듣고서."

"일정표에 자세한 일정을 안 썼으면 좋았을걸. 몇 시에 출발하는지, 그런 거 딱히 안 써도 되는데. 나 때문에 죄 없는 사람이 사고를 당했어."

카자미가 몸을 떨었다.

"네 잘못이 아니라고 했잖아."

다카쿠라가 고통스러운 듯 말했다.

"일정을 자세하게 쓰라고 지시한 사람은 나야. 내게도 책임이 있어."

히다가 침통한 표정으로 의자에 앉았다. 그 모습을 보면서 유즈키는 위화감을 느꼈다. 모두가 그 가미조라는 인물이 사고에 연루된 것은 단순한 우연이었다고 생각하고 있다. 경찰조차 그렇게 단정하고 있다. 그런데, 정말 사실이 그럴까.

히다가 근무하는 스포츠 클럽에 갔을 때 일이 되살아났다. 히다는 가미조라는 사람과 안면이 있지는 않을까. 만약 있다면 왜 지금 이 자리에서 말하지 않는 것일까.

13

땀이 관자놀이에서 뺨으로, 그리고 목덜미를 타고 흘러내렸다. 온몸의 체온이 올라가고 있다는 게 느껴진다. 열심히 발을 움직이지만 앞으로 나아가고 있다는 기분이 조금도 들지 않았다. 롤러 스키와 진짜 스키는 얘기가 다르다. 폴 끝이 눈 속에 푹푹 빠지는 것도 성가시다.

숨이 차고 근육도 뻐근했다. 눈 위를 걷고 있는데 이상하리만치 덥다. 눈 때문에 눈이 부신 것도 불쾌했다. 선글라스 따위 쓰나 마나다. 하기야 그것을 벗으면 눈을 뜨기조차 힘들다는 것은 잘 알지만.

이따위 경기 뭐가 재미있다고. 마음속으로 그렇게 불평을 늘어놓으며 도리고에 신고는 눈을 지쳤다. 이왕 하는 거라면 알파인 스키나 하라고 했으면 좋겠다고 생각했다. 이곳에 와서 히다 카자미를 비롯한 알파인 스키 선수들이 활주하는 모습을 처음 보았다. 물론 신고는 그들이 느긋하게 활주하는 장면만 봤지만 그래도 굉장히 멋지다고 생각했다. 알파인 스키 같으면 친구들에게 자랑도 할 수 있고 여자들에게 인기도 있을 것 같았다. 그런데 자신이 하고 있는 것은 별 볼일 없는 거리 경기이다. 속도감도 없고, 스키를 쌩쌩 타기보다는 자기 힘으로 올라가는 시간이 훨씬 길다. 겨우 내리막에 접어들었나 싶어도 알파인 스키처럼 에지를 사용해서 매끄럽게 턴을 할 수도 없다. 방향을 틀 때에는 잔걸음을 치느라 계속 발을 움직여야 한다.

익숙해지면 주변 경치도 즐길 수 있을 거야, 라고 하지만 그럴 기분이 나지 않는다. 게다가 아무리 가 봐야 다른 경치가 펼쳐지는 것도 아니다. 눈 천지에, 서 있는 자작나무의 간격이 조금씩 달라질 뿐인데 뭐가 경치라는 것인지.

코스 중 1, 2위를 다투는 급경사면에 접어들었다. 내리막이면 좋은데 안타깝게도 오르막이다. 저놈의 코치, 사디스트 아니야?

숨을 몰아쉬며 올라가자 파란 방한복이 눈에 들어왔다. 진짜 사디스트가 아닐까 의심스러운 가이즈카였다. 아까는 호텔 앞에서 기록을 재고 있었다. 지름길로 왔겠지만, 스노 슈즈를 신고 오르기가 만만치 않았을 것이다. 수고했네요, 하고 한마디 건네주고 싶었다.

"좋아, 좋아. 그 리듬이야. 크게 움직여. 끝까지 차는 힘을 지속시키고."

두 손을 메가폰처럼 모으고 고함을 지르고 있다. 그러지 않아도 다 들린다고 중얼거리기조차 귀찮다.

가이즈카 앞을 통과하고서도 계속 달렸다. 달린다기보다 오른다는 편이 적절한 표현이다. 처음 이 오르막을 접했을 때는 대체 어디까지 계속되는 건가 싶어 도중에 짜증이 났다.

앞쪽에 낯익은 굵은 자작나무 가지가 나타나자 안도했다. 거기서부터 비스듬한 내리막이라는 것을 이제는 안다.

아무튼 힘내서 거기까지 가 보자고 생각하며 오르는데, 뒤쪽에서 눈을 스치는 소리가 들려왔다. 가는 숨소리가 섞여 있다. 신고는 돌아보았다. 빨강 스포츠 웨어를 입은 덩치 큰 스키어가 묵묵히 뒤쫓아 오고 있다. 아니, 그쪽으로서는 뒤쫓는다는 감각이 없을 것이다. 그러나 신고는 이렇게 뒤에서 누가 다가오는 경우는 처음이었다. 자기 말고도 이 코스에서 연습하는 사람이 있다는 것을 알고는 있었지만 지금까지는 한 번도 마주친 적이 없었던 것이다.

스키어의 정체는 알고 있었다. 오늘 연습에 들어가기 전, 신고 일행과 조금 떨어진 곳에서 준비 체조 하는 모습을 보았다. 가이즈카가 이 지역 고교 스키부원들이라고 가르쳐 주었다.

"그 고등학교 졸업한 후에 국가 대표 팀에 들어간 선수가 여러 명이야. 크로스컨트리계에서는 알려진 존재지."

그래요. 신고는 그렇게만 대꾸했다. 통 관심이 없어서였다.

신고는 아랑곳하지 않고 자기 속도를 유지했다. 자신이 눈을 스치는 소리와 뒤쪽에서 들리는 소리가 섞인다. 바로 옆 자작나무 가지에 쌓여 있던 눈이 툭 떨어졌다.

쫓아오는 소리가 점차 커졌다. 신고보다 확실히 속도가 빠르다.

왼쪽 눈가로 설면에 비친 그림자가 보였다. 그 그림자가 급기야 신고를 앞질렀다. 이어 그림자의 실체인 빨강 스포츠 웨어를 입은 선수가 옆에 나란히 섰다. 폴을 조작하는 팔의 움직임이나 눈을 차는 스텝이 힘차고 안정적이다. 옆얼굴을 보니 볼에 여드름이 나 있다. 그쪽은 신고는 안중에도 없는 기색이었다.

한번 겨뤄 볼까, 하는 기분이 들었다. 신고는 두 팔과 두 다리에 한층 힘을 실었다. 추진력이 상승하는 것을 스스로도 알 수 있었다.

금방 추월당할 것 같았는데 신고가 다시 앞으로 나섰다.

뭐야, 별거 아니잖아.

하지만 그나마 여유로웠던 것은 그때까지였다. 신고는 빠른 속도를 유지하고 있다고 여기는데 상대와의 거리가 조금도 멀어지지 않았다. 같은 간격을 유지하며 뒤따라오고 있다. 마치 신고를 페이스메이커 삼고 있는 것 같았다.

언덕 정상을 알려 주는 자작나무가 시야에 들어와서 신고가 안도의 한숨을 내쉴 때였다. 빨강 스포츠 웨어가 갑자기 쑥 앞으로 나아갔다. 신고는 대응할 수 없었다. 거기까지 오는 데 힘을 다 써 버려 근육이 반응하지 않았다.

순식간에 신고를 앞지른 스키부원은 정상을 지나 내리막을 경쾌하게 활주했다. 그의 등이 점점 작아졌다.

신고도 내리막 활주를 시작했다. 가이즈카가 가르쳐 준 크라우칭 스타일 자세를 취했다.

그 녀석, 어디까지 갔을까.

그런 생각을 하고 있을 때 급커브가 나타났다. 방심하고 있었는데. 내리막에서 속도가 붙은 직후에 나타나는 이 급커브는 귀신문이라고 들었다. 신고 자신도 주의해야겠다고 생각했던 곳이다.

스키 보드를 빠르게 움직였다. 원심력 때문에 몸이 밖으로 튕겨 나갈 것 같았다. 제대로 돌아야 하는데. 하지만 속도를 늦추고 싶지는 않다. 에이. 억지로 스키 보드를 돌렸다.

균형이 무너졌다고 느꼈지만 이미 때가 늦었다. 커브 제일 바깥쪽에서 휘청하고 쓰러졌다. 코스 밖으로 두 다리를 뻗은 채 등으로 쿵 설면에 부딪쳤다.

아프다는 느낌은 별로 없었다. 하지만 알 수 없는 굴욕감과 자기혐오감이 밀려왔다. 곧바로 일어서고 싶지 않아서 그냥 큰대 자로 누워 버렸다. 파란 하늘에 띠 모양의 구름이 줄줄이 이어져 있었다. 어디선가 새 울음소리도 들린다.

오늘 밤에는 피터 프램튼이나 볼까. 멍하니 그런 생각을 했다. 방을 같이 쓰는 가이즈카는 잘 시간이 다 되어서야 돌아온다. 그때까지 좋아하는 DVD를 보는 것이 요즘의 일과였다. 명기타리스트들의 연주를 보면서 자신도 밴드 멤버가 된 기분으로 기타 치는 흉내를 낸다. 모르는 사람이 보면 머리가 돌았나 보다고 여길 것이다.

스키가 설면을 스치는 소리에 문득 정신을 차렸다. 몇몇이 스키를 타고 내려오고 있었다. 전원이 빨강 스포츠 웨어를 입었다. 아까 그 스키어와 같은 부원들인 듯하다.

별난 놈들이군, 하고 신고는 생각했다. 고등학교 동아리 활동 중에는 좀 더 재미난 것도 많을 텐데. 가령 밴드부라든지.

신고가 윗몸을 일으켰다. 같은 부원인 듯한 남자 하나가 내려왔다. 키가 작고 몸집도 가늘다.

"어디, 다쳤어요?"

숨을 헉헉거리면서 묻는다.

"아니, 괜찮아. 그냥 쉬고 있는 거야."

신고는 벌떡 일어났다.

"아, 그렇구나."

상대의 입가에 미소가 번졌다.

"미안해. 나 때문에 괜히 샛길로 빠지게 해서. 다른 사람들은 앞서 갔어."

몸이 야윈 스키어는 고개를 끄덕이고서 언덕을 내려갔다. 체중이 적게 나가서인지 속도도 그다지 나지 않는다. 폴을 다루는 손놀림도 맥이 없다. 상당히 지친 듯하다.

신고도 다시 출발했다. 거기서부터 내리막을 완전히 내려 갈 때까지는 시간이 걸리지 않았다. 그다음은 거의 평지다.

아무 생각 없이 손발을 움직이자니 어느 틈에 아까 그 스키어의 모습이 시야에 들어왔다. 망가져 가는 로봇 인형처럼 어색하게 나아가고 있다. 신고가 금세 쫓아가 옆에 나란히 섰다. 힐금 모습을 살폈다. 그러나 상대는 신고에게 신경 쓸 틈조차 없어 보인다. 얼굴을 찡그리고 거의 신음하듯 숨을 쉬고 있다.

자기가 이런 상태인데 넘어진 사람 걱정해서 어쩌겠다는 거야, 하고 신고는 생각했다. 하지만 불쾌하지는 않았다. 힘내. 마음속으로 그렇게 응원하고 쓱 앞으로 나아갔다.

호텔 앞에 도착하자 가이즈카가 떨떠름한 표정으로 기다리고 있었다. 그 손에 스톱워치는 없었다. 너무 늦어서 기록을 아예 재지 않은 것이다.

활주를 끝내고 스키 보드를 떼어 내고 있는데 가이즈카가 다가왔다. 무슨 말이 하고 싶은지는 알고 있다. 마지막 내리막에서 넘어졌다고 선수를 쳤다.

"코스 밖으로 넘어져서 일어서는 데 시간이 걸렸어요."

"아직도 턴이 문제로군. 다친 데는 없고?"

"괜찮습니다."

알았어, 하며 가이즈카가 고개를 끄덕였다.

"건조실에 장비 갖다 놓고 스트레칭을 충분히 해. 그다음은 점심이다."

네, 하고 신고가 대답했을 때 두 남자가 다가왔다. 한 남자는 다운재킷을 걸치고 있고 다른 남자는 코트 차림에 머플러를 두르고 있었다. 두 남자 다 주머니에 손을 푹 쑤셔 넣은 모습이다.

"저, 미안하지만,"

다운재킷을 걸친 남자가 말을 걸었다.

"잠시 얘기를 나눴으면 하는데, 괜찮을까요? 금방 끝납니다."

주머니에서 나온 손이 경찰수첩을 쥐고 있었다. 물론 신고가 실물을 보는 것은 처음이다.

"무슨 일이죠?"

가이즈카가 물었다.

"보아하니 두 분 다 신세 개발의 스키부로군요."

"그런데요. 우리는 주니어 클럽 쪽입니다."

"그렇군요. 늘 이 부근에서 연습을 합니까?"

"네."

"몇 시에서 몇 시 정도까지 합니까?"

"그건 그날그날 다릅니다."

"어제 오후 3시에서 4시 사이에도 연습을 했습니까?"

"어제요?"

가이즈카가 신고를 봤다가 다시 형사에게로 시선을 돌렸다.

"어제 연습은 3시쯤 끝난 것 같은데."

"그렇다면 3시쯤에 이 부근에 있었다는 건가요?"

"아마도요. 뒷정리를 해야 하니까."

"자네도?"

형사가 신고에게도 물었다.

"글쎄요. 시간적으로 약간 미묘하네요. 호텔로 돌아갔는지도 모르겠어요."

신고가 고개를 갸웃거리며 대답했다.

"그때쯤 이 부근에서 혹시 수상한 인물을 못 봤습니까? 기억나는 대로 말해 주면 됩니다."

형사가 가이즈카와 신고를 번갈아 바라보았다.

"수상한 인물요? 어떤 걸 수상하다고 하는 건지……."

가이즈카가 당혹스러운 표정을 지었다.

"거동이 수상한 자를 말합니다. 특히 여기서는 주차장이 잘 보이잖아요."

형사가 가리키는 부분에 호텔 주차장이 있었다. 스키장만 이용하는 손님은 좀 떨어진 곳에 있는 주차장을 이용하게 되어 있다.

"혹시 저 주차장에 수상한 사람이 있지 않았습니까?"

"글쎄요……"

가이즈카가 무심하게 대답했다.

"주차장을 굳이 주의해서 볼 일은 없으니까요. 별 기억이 없습니다."

너는 어떠냐는 듯이 형사가 신고 쪽을 보았다. 나도 그렇다고 대답하는 대신 신고는 어깨를 으쓱했다.

"그렇군요. 아, 이거, 연습 중에 실례가 많았습니다."

형사들이 목례를 하고는 예의 고교 스키부원들 쪽으로 걸어갔다. 스키부원들은 한군데 모여서 어떤 남자의 얘기를 듣고 있었다. 형사들이 그들에게도 똑같은 질문을 하는 모양인데, 괜한 수고다. 그들이 이곳에서 연습을 하는 건 오늘이 처음이었다.

"대체 뭘 조사하는 거지."

신고가 형사들의 뒷모습을 보면서 중얼거렸다.

"어제 버스 사고가 있었잖아. 어제도 꽤 늦게까지 경찰이 드나들던데."

가이즈카가 말했다.

"그냥 교통사고가 났을 뿐이잖아요."

"그렇기야 하지."

호텔 출입문으로 향하는 가이즈카와 헤어져 신고는 건조실로 향했다. 건조실에는 알파인 스키 팀의 스키 보드가 죽 늘어서 있었다. 사고 때문에 오늘은 연습을 하지 않는가 보다. 왜 나는 안 쉬는 거야. 신고는 불만스럽게 생각했다.

건조실에서 나오면 한 평 반 정도 되는 공간이 있다. 거기서 대충 스트레칭을 하고서 계단을 올라갔다.

로비로 향하는 복도를 걷고 있는데, 바로 옆문이 열리면서 사람들이 줄줄이 나왔다. 그들 중에는 알파인 팀의 다카쿠라와 히다 카자미의 모습도 있다. 게다가 신고로서는 그다지 만나고 싶지 않은 유즈키도 끼여 있었다.

유즈키가 누구보다 빨리 신고를 알아보았다. 어, 하는 표정으로 다가온다.

"오전 연습은 끝났나?"

"일단은요."

신고는 상대의 얼굴을 보지 않은 채 대답했다.

"스키에는 좀 익숙해졌어? 눈 위라서 기분도 좀 다를 텐데."

글쎄요, 라고 중얼거렸다. 이 남자만은 절대 친절하게 대하지 않으리라고 마음먹은 신고다.

"사고에 대해서는 들었겠지? 주위가 좀 시끌시끌하겠지만 신경 쓸 거 없어. 넌 네 할 일만 하면 되니까."

그럼 기타 DVD만 보면 된다는 말인가요, 하고 마음속으로 투덜거렸다.

"아무튼 가이즈카 코치가 하라는 대로만 하면 돼. 혹시 오후 연습 때는 구경 갈지도 모르겠군."

유즈키는 신고의 어깨를 툭 치고는 잰걸음으로 사라졌다.
그 뒷모습을 향해서 신고는 안 와도 되는데요, 하고 조그만
소리로 말했다.

14

정오가 지나 호텔 레스토랑에서 점심을 먹고 있는데 스키
어 몇 명이 스키를 짊어지고 리프트 승강장으로 향하는 모습
이 보였다. 전원 신세 개발 스키부원이었다. 평소에 입는 유
니폼이 아니라 각자 다른 스키 웨어를 입고 있다. 그런 사고
가 발생한 직후에 모회사의 스키 팀이 보란 듯이 연습을 하면
세간의 반발을 살 우려가 있기 때문일 것이다. 단, 도리고에
신고의 훈련은 평소대로 진행하라고 가이즈카에게 말해 두었
다. 크로스컨트리는 알파인과 달리 스키 슬로프를 사용하지
않기 때문에 일반 손님들의 눈에 띌 염려가 별로 없다. 더구
나 신고에게는 지금이 중요한 시기다. 어떻게든 이 합숙 기간
에 스키 기술을 터득하지 않으면 안 된다.

알파인 팀 코치인 다카쿠라는 구석 자리에서 커피를 마시
고 있었다. 당연히 표정이 밝지 않다.

유즈키가 빈 그릇이 담긴 쟁반을 반납한 후 다카쿠라에게 다가갔다.

"카자미 선수는 어쩌고 있습니까, 그녀도 연습하러 나갔나요?"

"형사와 삿포로에 갔어."

"참, 그렇지. 팬레터 가지러 간다고 했죠."

"응. 안 그래도 지금은 스키를 탈 정신이 아니지."

유즈키가 옆 자리에 앉았다.

"충격이 꽤 큰 모양입니다."

"대체 뭐가 뭔지 모르겠군. 난 그저 우수한 스키 선수를 육성하고 싶을 뿐인데. 선수들 역시 실력 있는 스키어가 되기만을 바랄 테고. 그런데 왜 이런 일이 생긴 건지, 원. 탤런트도 아닌데 포스터를 만들어 붙이고 잡지 화보를 찍고 그러니까 이상한 놈들이 노리는 거 아니냐고."

그렇게 말하고서 다카쿠라는 유즈키를 올려다보며 절레절레 고개를 흔들었다.

"자네한테 이런 불평을 하는 게 아닌데."

"심정은 이해합니다. 일단은 경찰에 맡겨 보자고요."

맥없는 표정으로 고개를 끄덕이는 다카쿠라를 혼자 남겨 두고 유즈키는 레스토랑을 나왔다. 로비로 걸어가면서, 왜 일본 스포츠 관계자들은 다 저 모양이지, 하고 답답해했다.

다카쿠라는 스키 코치 노릇을 하면 왜 보수를 받을 수 있는지 알지 못한다. 이성적으로는 이해해도 본질적으로는 받아들이지 않는다.

스키뿐만 아니라 기업이 스포츠에 공을 들이는 이유는 그만한 이점이 있기 때문이다. 선수들에게 인기가 생기면 기업의 이름이 세상에 알려지고 이미지도 좋아진다. 인기의 지름길은 올림픽에서 메달을 따는 것이다. 다카쿠라는 그 때문에 고용된 것이다. 뒤집어 말해서 메달을 땄는데도 인기가 없으면 기업으로서는 아무런 이점이 없다.

그래서 광고 활동이 필요해지는 것이다. 선수들의 지명도를 높이기 위해 기업은 전략을 짠다. 그 전략은 다카쿠라의 '선수는 스키만 잘 타면 된다'는 단순한 발상과는 전혀 다른 차원으로 추진된다. 이번 같은 사고가 많이 터질수록 히다 카자미의 이름이 세상에 널리 알려진다면 사고는 오히려 바람직한 것이다.

물론 열광적인 팬이 스토커로 변하고, 그러다 끝내는 어떤 이유로 선수를 증오하기 시작하는 예가 있는 것도 사실이다. 하지만 이번 사고가 그런 사례일 것이란 생각은 들지 않았다. 그런 스토커라면 반드시 주변 사람들이 그 존재를 알아차렸을 것이다.

로비에는 분명 형사로 보이는 남자들의 모습도 있었다. 버스 사고가 의도적인 것이었다면 바로 직전까지 범인이 이 호텔에 있었을 가능성이 높다. 수상한 인물에 대한 목격 증언을 수집하고 있을 것이다.

로비 한 모퉁이에 있는 티 라운지에 들어가 휴대 전화로 정보를 검색해 보았다. 버스 사고에 관한 정보가 몇 가지 검색되었지만 새로운 내용은 없었다. 원인에 관해서는 현재 조사 중이지만 운전사가 실수했을 가능성도 있다는 기사까지 있었다. 도경 본부는 의도적인 사건일 수도 있다는 점에 대해서는 당분간 매스컴에 공표하지 않을 속셈인지도 모르겠다.

손 언저리에 그림자가 생겼다. 유즈키가 얼굴을 들었다. 히다 히로마사가 수심 가득한 표정으로 그를 내려다보고 있었다.

"카자미 선수와 삿포로 집에 간 거 아니었습니까?"

유즈키가 물었다.

"그쪽은 본인과 경찰에 맡겼네. 내가 할 수 있는 일이 없어. 여기 앉아도 되겠나?"

유즈키의 맞은편 의자를 가리키며 히다가 물었다.

그러시죠, 하고 유즈키가 대답했다. 히다가 자발적으로 유즈키에게 접근하다니, 흔치 않은 일이다.

히다가 의자에 앉자 웨이터가 다가왔다. 그는 커피를 주문했다.

"새로운 정보라도 있나?"

히다가 유즈키의 휴대 전화를 보고서 물었다.

"없어요. 텔레비전에서 보도한 정도입니다."

"그렇겠지. 고타니 부장이 난처하겠군."

"그 찡그린 얼굴이 눈앞에 어른거립니다. 예의 협박장 건이 지금 당장은 매스컴에 알려지지 않아 다행이지만, 알려지면 야단법석이 나겠죠."

"그 협박장의 목적이 뭐라고 생각하나?"

"제가 어떻게 알겠습니까. 카자미 선수가 경기에 출전하는 게 달갑지 않은 인간의 짓이라고 볼 수 있겠지만, 도무지 그게 어떤 인간인지 떠오르지가 않습니다. 카자미 선수가 세계적인 스키 선수라면 라이벌 진영에서 획책할 가능성도 있지만요."

히다가 쓴웃음을 지었다.

"그 녀석은 아직 알에서 채 깨어나지도 않은 수준이야. 월드컵 수준은 상대조차 않을 텐데. 아직 이름도 알려지지 않았어."

"같은 생각입니다. 그러니 협박장의 목적을 모르겠다는 것이죠."

"대체 무슨 생각이난 말이야, 범인은."

히다는 먼 곳을 바라보듯 망연한 눈빛을 했다.

커피가 나왔다. 히다는 설탕도 넣지 않은 채 뚱한 표정으로 커피를 마셨다.

그 모습을 보면서 유즈키는 생각했다. 이 인물이, 이렇게 알맹이 없는 얘기를 하기 위해 굳이 접근해 왔을 것 같지는 않다.

"히다 씨, 무슨 할 말이라도?"

히다는 잠시 머뭇거리는 기색을 보이다가 입을 열었다.

"자네가 카자미의 홍보 담당이 되었다던데, 본업 쪽은 어떻게 되어 가고 있나? 예의 유전자 연구 말일세."

유즈키는 뜻밖이라는 생각으로 히다의 얼굴을 보았다.

"제 연구에 관심을 보이시다니, 고맙습니다. 심경의 변화입니까?"

"그 후로 가만 생각을 해 보니 자못 관심이 생기더군. 어떤가, 아직 우리 부녀의 유전자에 관심이 있는 건가?"

"물론입니다. 포기할 이유가 없죠."

"자네 이론이 이런 거였지, 아마. 세계적 수준의 선수가 될 수 있느냐 없느냐는 타고난 재능이 크게 좌우한다. 그리고 그 재능에 영향을 미치는 유전자 패턴을 발견했다."

"아직 확정된 것은 아니지만 유력합니다. 일류 체조 선수에게서 발견된 것이죠. 체조계에 부모에 이어 자식까지 성공한 예가 많은 것도 그 때문이라고 추측하고 있습니다. 우리 사이에서는 F패턴이라고 부르는 패턴으로……"

이름 따위는 들을 필요가 없다는 듯이 히다가 손을 저었다.

"그 패턴이 카자미의 혈액에서도 발견되었다는 얘기였지. 그러니 아버지인 나도 그 패턴을 갖고 있지 않겠느냐. 그러나 당연한 일이지만 카자미는 나 혼자만의 자식이 아니지. 그 아이에게는 엄마도 있어."

"그게 무슨 뜻이죠?"

히다가 윗도리 주머니에 손을 넣어 얇은 플라스틱 케이스를 꺼냈다.

"전에 혈흔에서도 유전자를 검색할 수 있다고 한 적이 있는데, 틀림없나?"

"물론 가능합니다. 상태에 따라 다르기는 하지만."

"흠, 그렇군. 그럼 이건 어떻겠나."

히다는 케이스의 뚜껑을 열어 유즈키 앞에 놓았다.

"검사가 가능하겠나?"

거기에 들어 있는 것은 조그만 종이 쪼가리였다. 검붉게 물든 자국은 자세히 보니 피로 찍은 손도장이었다.

"이건……."

"어떤 여자의 것, 이라고 해 두지."

"어떤 여자라면……."

"짐을 정리하는데 옛날 편지가 나왔어. 일종의 계약서라고 할 수 있는 내용이었는데, 아내의 서명이 있고 그 밑에 그런 자국이 찍혀 있더군."

유즈키는 고개를 쳐드는 호기심을 억누를 수 없었다.

"어떤 계약서였습니까? 무척 궁금한데요."

"자네와는 관계없는 일이야. 관심을 가져 봐야 득 될 것도 없고. 그러나 내게는 아주 중요한 문제라서. 그 계약서가 진짜인지 아닌지 확인하고 싶군. 필적은 아내 것과 비슷한데, 그래도 확증이 없어."

"아하."

유즈키는 그제야 전후 사정이 이해되었다.

"그러니까 이 혈흔의 DNA를 검사하려는 거군요. 카자미 선수와 모녀 관계가 확인되면 계약서는 진짜라고 생각해도 무방하다?"

"그래. 어떤가, 이제 흥미가 이나?"

"네, 흥미롭군요. 그러니까 제게 DNA 검사를 의뢰하고 싶다는 뜻이잖습니까."

"자네에게도 이득이 없지는 않을 거야. 이제 내가 하고 싶은 말이 뭔지 알겠지?"

"그러니까,"

유즈키가 플라스틱 케이스를 손에 들고 혈흔을 내려다보았다.

"친자 확인을 하는 김에 스포츠 유전자 패턴을 조사해도 좋다는 뜻이로군요."

"그래. 이 혈흔에 한해서는 뭐든 마음껏 해도 좋네."

"정말입니까?"

"내가 농담이나 하려고 이런다고 생각하나?"

유즈키는 플라스틱 케이스를 테이블에 내려놓았다.

"알겠습니다. 그 검사 의뢰, 받아들이겠습니다."

"비용은 얼마나 들겠나?"

"비용을 받을 생각은 없습니다. 연구에 협력해 주시는 것이
니까요."

"다시 말하겠는데, 이 혈흔에 대해서 마음껏 조사해도 좋다
고 했을 뿐이야. 내가 협력하겠다는 것이 아니라. 만약 이 혈
흔을 검사해서 자네가 말하는 그 스포츠 유전자 패턴이 카자
미와 같게 나온다면 안타깝지만 자네가 지는 거지. 나와 카자
미의 스키 기술과 유전자는 아무런 관계가 없다는 뜻일 테니
까."

유즈키는 미소를 머금으며 고개를 저었다.

"연구에 이기고 지는 것은 없습니다. 그런 결과가 나왔을 때
에는 돌아가신 사모님에 대해서 약간 조사하게 될 뿐이죠. 운
동 능력이 어떻게 유전되는지를 확인하는 것이 우리의 목적
이니까요. 다만 그 유전자가 아버지와 딸을 톱 스키어로 만들
었다는 드라마틱한 보고서는 쓸 수 없으니 안타깝겠지만요."

"집요하게 구는 것 같아 미안한데, 카자미나 나나 톱 스키어가 아니야. 일본 사람 중에서 기록이 조금 좋은 평범한 스키어일 뿐이라고. 또 말이 나온 김에 하는 얘긴데, 내 아내는 평범한 스키어조차 아니었어. 평범한 주부, 평범한 엄마였지."

"우리의 연구에 평범이라는 개념은 존재하지 않습니다. 아무튼 검사해 보죠. 이 혈흔에서 카자미 선수의 패턴이 발견되리라는 보장은 없으니까요. 오히려 제가 볼 때는 그 반대입니다. 그럼 그때는 히다 씨의 적극적인 협력을 부탁드려도 되겠죠?"

유즈키가 눈을 치켜뜨고 히다를 보았다.

히다는 입술을 한일자로 꾹 다물고 천천히 고개를 위아래로 움직였다.

"알겠어. 그때는 협력하지."

"DNA 샘플을 채취할 수 있게 해 준다는 말씀이죠? 유전자 검사를 해도 좋다는."

유즈키는 재삼 확인했다.

"그렇다고 하잖나. 단, 이번 월드컵이 끝날 때까지는 기다려 줬으면 하네."

"월드컵? 이번……이라면, 일본에서 개최되는 대회 말입니까?"

"그래. 개최국에 특혜가 있으니 출전 티켓이 많아. 일이 순조롭다면 카자미도 선발되겠지. 그 대회는 그 녀석의 인생에 큰 재산이 될 거야. 그러기 전에 이상한 정보를 그 녀석 귀에 들어가게 하고 싶지 않네."

"이상한……이라니, 정말 혹독한 의견이로군요."

유즈키는 쓸쓸하게 웃다가 이내 정색한 표정으로 돌아왔다.

"하지만 그녀가 출전할 수 있을지 없을지는 아직 미지수입니다. 별일 없으면 스키 연맹이 그녀를 우선해서 선발하겠지만, 이번 사건이 있어서요. 경찰에서 어떤 압력을 가할지도 모르는 일입니다. 신세 개발에 카자미 선수의 사퇴를 종용할 가능성도 있어요."

히다는 고민하는 기색을 보이더니 한숨을 살짝 내쉬었다.

"그런 경우에는 어쩔 수 없지. 카자미의 출전이 무산되는 시점에 자네에게 협력하겠네."

"정말이죠, 약속한 겁니다?"

"그래, 정말이야. 나, 그런 일로 거짓말하는 사람 아니네."

유즈키는 플라스틱 케이스와 히다의 얼굴을 번갈아 본 후에 고개를 끄덕였다.

"알겠습니다. 우선 이걸 검사해 보죠."

"결과는 언제 나오지?"

"대개는 일주일 정도 걸리는데, 서두르라고 하겠습니다. 아마 삼사일쯤 걸릴 겁니다. 결과가 나오는 대로 연락드리겠습니다."

"기대하겠네. 그럼 이만."

히다는 커피 값을 테이블에 올려놓고 자리를 떴다.

유즈키는 플라스틱 케이스에 들어 있는 종이 쪼가리를 새삼스럽게 바라보았다. 피로 찍은 도장이라니, 먼 옛날 얘기다. 계약서 운운했는데, 과연 사실일까. 만약 지어낸 얘기라면 이 검사에 어떤 의미가 있는 것일까. 그 고집 센 히다가 연구에 협력하겠다는 마음을 먹었다. 웬만한 사정이 있지 않고서야.

버스 사고와 관계가 있는 것일까. 고개를 비틀면서 유즈키는 케이스 뚜껑을 닫았다.

15

히다는 창밖으로 시선을 돌렸다. 오늘도 일반 손님들이 레저로 스키를 즐기고 있다. 그는 카자미를 처음 스키장에 데리고 갔던 날을 떠올렸다. 그녀에게 스키의 재능이 없었더라면, 또는 그걸 몰랐더라면 지금 같은 사태가 벌어지지도 않았을 것이다.

유즈키는 아마 히다를 의심할 것이다. 지금까지 그토록 완강하게 협력을 거부하더니 갑자기 무슨 바람이 분 것일까 하고.

의심해도 어쩔 수 없다고 히다는 각오하고 있다. 그러나 제 아무리 의심한들 유즈키는 진상을 알 도리가 없다.

이제 주사위는 던져졌다. 히다는 스스로에게 그렇게 말했다. 사나흘 후에는 결과가 나온다. 물론 스포츠 유전자 따위에는 관심이 없다. 그가 확인하고 싶은 것은 혈흔의 주인이 카자미의 친엄마냐 아니냐 하는 것뿐이다. 다른 결과가 나오지는 않겠지만 그래도 확인할 필요는 있다.

그는 각오를 다지고 있었다. 분명하게 결론이 나면 가미조에게 있는 그대로 털어놓을 작정이다. 상대가 어떤 식으로 나올지는 알 수 없지만, 어떤 요구에도 응할 생각이었다. 카자미를 돌려 달라고 하면 거절할 수 없다고 생각한다.

문제는 카자미 본인에게 언제 알리느냐 하는 것이었다. 숙고한 끝에, 이번 월드컵 후로 정했다. 진상을 알면 그녀도 충격이 엄청날 것이다. 그렇게 되기 전에 히다는 카자미의 최고의 활주를 두 눈에 각인해 두고 싶었다. 물론 그 바람이 당치도 않은 이기심이라는 것은 자신도 안다. 그녀로서는 스키가 어쩌고 할 계제가 아닐 것이다.

모든 것이 명명백백하게 밝혀졌을 때 자신에게 쏟아질 비난의 화살을 상상하면 히다는 몸이 부들부들 떨릴 정도로 두려웠다. 하지만 카자미가 받을 깊은 상처에 비하면 아무것도 아니다. 이 모든 게 자업자득이다.

마음에 걸리는 것은 가미조의 상태였다. 보도에 따르면 의식 불명이라고 하는데, 현재 상황은 어떤지.

그런 생각이 문득 떠올라 히다는 프런트로 걸어갔다. 젊은 남자 직원이 할 일이 없어 따분하다는 듯이 서 있었다. 그런데 히다를 아는지 금세 알아보고는 얼른 긴장한 표정을 지었다.

"사고를 당한 손님이 어느 병원에 입원해 있는지 혹시 아나?"

"네, 알려 드리죠."

프런트 직원은 카운터 위에서 메모지를 찾아 뭐라고 쓰기 시작하더니 그 메모지를 히다에게 건넸다. 병원 이름과 전화번호가 적혀 있었다. 삿포로에서도 유명한 종합 병원이다. 고맙군, 하며 히다는 메모지를 받았다.

호텔에서 나와 주차장으로 향했다. 그는 여기까지 자기 차로 왔다.

주차장은 군데군데 눈에 덮여 있었다. 하지만 어젯밤에는 눈이 내리지 않았는지 차들의 지붕에는 눈이 쌓여 있지 않다. 제일 끄트머리에 마이크로버스가 서 있었다. 물론 사고를 낸 차는 아닐 것이다. 운전사를 찾아보았지만 근처에 없는 듯했다. 이러니 제삼자가 버스에 어떤 장치를 하자고 들면 그리 어려울 게 없다.

시동을 걸고 천천히 차를 움직였다. 병원까지는 두 시간쯤 걸리겠다고 생각했다.

병원에 가서 뭘 어쩔지는 아직 정하지 않았다. 아무튼 일단 은 자세한 상황을 알고 싶었다. 누구에게 물어볼 수도 없다. 히다가 가미조라는 인물에게 관심을 가질 이유가 없기 때문 이다.

만약 가미조가 이대로 죽는다면.

카자미의 출생에 관한 비밀이 계속 지켜질지도 모른다. 그 런 생각을 한 직후에 히다는 고개를 몇 번이나 세게 옆으로 저었다. 그런 사악한 생각을 해서는 안 된다. 자기들이 지은 죄를 은폐하기 위해 죄 없는 사람의 죽음을 바라다니 당치도 않다. 게다가 그 사람은 자기들이 지은 죄의 피해자다.

속죄를 하기 위해서라도 가미조는 반드시 살아나야 한다. 히다는 그렇게 생각하기로 했다.

예상보다 30분 빨리 병원에 도착했다. 주차장에 차를 세우 고 정면 현관을 통해 안으로 들어갔다. 현관 안쪽에 바로 안 내 창구가 있기에 담당 여직원에게 버스 사고로 입원한 가미 조라는 사람이 어디 있는지 물어보았다.

"가족이신가요?"

"아니, 지인입니다."

"현재 그 환자는 가족이 아니면 면회할 수 없습니다."

여직원은 다소 무뚝뚝한 표정으로 대답했다.

"면회는 못 해도 괜찮아요. 상태가 어떤지만 알면 되니까."

"안내 창구에서는 뭐라고 말씀드릴 수가 없어요. 주치의에게 물어보셔야겠는데요."

여직원이 고개를 저었다.

"의식이 있는지 없는지, 그것만이라도 알 수 없을까요?"

"죄송합니다. 안내 창구에서 무책임한 말씀을 드릴 수는 없어서요."

양해해 주세요, 라며 그녀가 고개를 숙였다.

이래서야 여기까지 찾아온 의미가 없다고 생각하는데, "아빠." 하고 부르는 소리가 들렸다.

목소리가 들리는 쪽을 돌아보니 카자미가 거의 뛰다시피 다가오고 있었다. 그녀 뒤에는 형사 니시지마도 있었다.

"네가 여긴 어떻게?"

"아빠야말로 여기서 뭐하는 거야?"

"그게…… 그, 사고를 당한 사람이 어떻게 되었는지 걱정이 돼서."

히다가 목소리를 죽여 다시 말을 이었다.

"어쩌면 너를 대신해서 변을 당한 건지도 모르는 일 아니니."

눈빛은 슬픈데도 카자미의 입가에 미소가 번졌다.

"아빠도 나랑 똑같은 생각을 했네."

"너도 그러니?"

그녀가 고개를 끄덕였다.

"아직 밝혀진 게 전혀 없으니까 그렇게까지 생각할 필요 없다고들 말하지만, 아무래도 마음에 걸려."

"그렇구나."

히다가 시선을 떨어뜨렸다. 그제야 카자미가 손에 꽃다발을 들고 있다는 것을 알았다.

"그 협박장과는 관계없는 일일지도 모르지만, 그래도 그 아저씨 내 팬이라고 했어. 악수까지 했고. 그러니까 면회 오는 거, 이상한 일 아니잖아."

"우리로서는 이목을 끄는 행동은 하지 않았으면 좋겠습니다만."

니시지마가 끼어들었다.

"어차피 면회를 할 수 있는 상태도 아니고 말이죠."

"여전히 의식이 없는 겁니까?"

"만약 있다면 두 분이 문병을 오시기 전에 우리가 만났을 겁니다."

니시지마가 귀찮다는 듯 대답했다.

"얘기는 나눌 수 없어도 괜찮아요. 만날 수 없다면 이것만이라도 전해 드리려고……."

167

카자미가 꽃 다발을 들어 올렸다. 그 가운데에 카드가 끼여 있다.

"압니다. 팬은 소중하니까."

그렇게 말하고 니시지마는 대합실 쪽으로 걸어갔다.

멀어지는 형사의 뒷모습을 확인한 후 카자미가 히다를 보면서 입을 삐죽였다.

"집에 있던 팬레터, 전부 형사에게 줬어."

"그래, 다카쿠라 코치한테 들었다."

"내 팬이 그런 짓을 할 리 없어."

카자미가 그렇게 중얼거릴 때, 남녀 한 쌍이 안내 창구로 다가갔다. 육십이 안 돼 보이는 자그마한 남자가 창구 안쪽으로 몸을 들이밀더니 이렇게 말하는 소리가 들렸다.

"입원 환자 중에 가미조 노부유키라는 사람이 있을 텐데요."

그 소리에 히다와 카자미가 얼굴을 마주 보았다.

"실례지만, 가족이신가요?"

담당 여직원이 아까와 똑같은 질문을 했다.

"이쪽은 가미조 씨의 부인입니다."

남자가 그렇게 말하고서 뒤에 있는 여자를 손으로 가리켰다.

히다는 화들짝 놀라며 그녀를 보았다. 오십 전후로 보이는 여자가 천천히 고개를 들었다. 콧대가 높고 윤곽이 뚜렷한 얼굴이다. 가면이라도 쓴 것처럼 표정이 없었다.

안내 창구 여직원이 가미조 노부유키가 있는 병실 번호를 말했다. 하지만 가족이라도 금방 면회를 할 수는 없는지, 그 층에 있는 간호사실에 가서 다시 문의하라고 말하는 듯했다.

"알겠습니다. 고마워요."

남자는 가미조 부인 쪽을 돌아보았다.

"자, 가시죠."

부인이 고개를 끄덕이더니 걸음을 내디뎠다.

"저……."

카자미가 부인의 등을 향해 말을 건넸다.

앞서 걷던 작은 남자가 먼저 돌아보고 뒤따라 부인도 몸을 돌렸다.

카자미가 그들 쪽으로 한 걸음 다가섰다.

"저기요, 가미조 씨 가족 분인가요?"

부인이 동행인 남자와 얼굴을 마주 보았다. 둘 다 의아하다는 표정이었다.

"그쪽은?"

남자가 물었다.

"아, 죄송합니다. 전 히다 카자미라고 해요. 신세 개발 스키부에 있는 사람입니다. 가미조 씨 문병을 하고 싶어서 찾아왔어요."

그녀가 손에 든 꽃다발을 내밀었다.

꽃다발을 본 부인의 표정이 다소 누그러졌다.

"왜 우리 남편 문병을?"

차분한 목소리였다.

카자미는 뭐라 대답하면 좋을지 모르는 듯 잠시 말이 없다가 입을 열었다.

"저를 성원해 주셨어요. 그…… 사고가 난 버스를 타기 전에 제게 말을 거셨어요. 늘 응원하고 있다고, 그렇게 말씀해 주셨어요."

부인이 고개를 약간 기울였다.

"우리 남편이 그쪽을 알고 있었나요?"

"네, 팬이라고 말씀하셨어요."

"네에……."

부인은 당황스럽다는 듯 동행한 남자를 보았다.

"그런 얘기는 처음 듣네요. 그 사람이 스키 선수의 팬이었다니, 선생님은 들은 적이 있나요?"

"아니, 저도 처음 듣습니다."

남자가 말했다. 그리고 카자미와 히다의 얼굴을 번갈아 보았다.

"실례지만, 아주 유명한 선수인가요? 아니, 우리가 그런 쪽으로는 통 문외한이라서."

카자미가 얼른 손을 내저었다.

"유명하긴요, 전혀 그렇지 않아요. 지난봄에 고등학교를 졸업했어요. 아직 큰 대회에는 출전하지도 않았고요. 그래서 가미조 씨가 팬이라고 하시니까 더 기뻤는데."

"아……."

남자도 당혹스러운 표정으로 부인을 바라보았다.

"사장님이 스키 경기에 관심이 있으신 줄 몰랐습니다. 스포츠는 그리 좋아하시지 않는다고 생각했는데."

"그럼 그 사람이 이분을 만나기 위해서 여기까지 온 걸까요?"

"아니, 그렇지는 않을 겁니다."

남자가 고개를 갸웃했다.

"아무리 팬이라도, 아드님이 그런 상태에 있는데 스키 선수를 만나러 홋카이도까지 오셨다고는……."

그렇겠죠, 라고 대답하는 부인도 이해가 되지 않는다는 표정이었다.

옆에서 대화를 듣고 있던 히다는 안절부절못했다. 가미조 노부유키가 왜 카자미에게 관심을 보이는지, 그는 알기 때문이다. 하지만 물론 이 자리에서 그 연유를 설명할 수는 없었다.

이 여자는…….

히다는 고개를 숙인 채 부인 쪽을 슬쩍 훔쳐보았다.

카자미를 보면서 아무것도 느끼지 못하는 것일까. 지금 대화만 들어서는 그들은 가미조가 왜 삿포로에 왔는지 그 목적조차 모르는 듯하다. 그렇다면 그 혈흔의 주인이 이 여자가 아니라는 뜻인가. 아니다. 그럴 리 없다. 히다가 조사한 바로 가미조는 이혼한 사실이 없다.

그렇다면 이번 가미조의 행동은 아무도 모르는 비밀이란 말인가. 생각할 수 있는 가능성은 그뿐이다. 그는 텔레비전이나 잡지에서 히다 카자미라는 스키 선수를 보고서 유괴된 내 딸이 아닐까 하는 의심을 품었다. 하지만 물론 확증은 없다. 그 단계에서 주위 사람들에게 얘기하면 반드시 한바탕 소동이 벌어질 테고, 만약 아닐 경우에는 또 주위에 폐를 끼치게 된다. 그래서 혼자 홋카이도에 와서 사실을 밝히려고 한 것이다.

다만, 그런 일을 아내에게도 얘기하지 않았다는 점은 석연치 않았다. 다른 사람과는 의논할 수 없어도 아내에게는 얘기할 수 있는 것 아닌가. 아내와 둘이 히다 카자미의 영상이나 사진을 보면서 단순히 사람을 잘못 본 것인지 아닌지 확인하는 것이 보통일 것이다. 무슨 이유를 들어 혈흔을 찍게 했는지도 의문이다.

히다는 새삼스레 부인을 바라보았다. 19년 전에 잃은 아이가 지금 눈앞에 있는 사람일 줄은 꿈에도 모를 것이다.

저, 하고 히다가 입을 열었다.

"저는 히다 카자미의 아비 되는 사람입니다. 두 분은 가미조 씨가 이곳에 오신 줄 모르셨나요?"

부인이 고개를 끄덕였다.

"이삼일 집을 비운다는 편지만 써 놓고 사라졌어요. 휴대전화도 받지 않아서 어디에 갔을까 걱정하던 참이었습니다. 그래서 홋카이도 경찰에서 전화가 왔을 때는 놀라기 전에 홋카이도에는 왜 갔을까 생각했죠. 사고 소식을 들었을 때도 정말 우리 그이인지 되물었을 정도입니다."

"가신 곳을 몰랐다면 그러실 만하죠."

"어쩌면 특별한 이유는 없었을지도 몰라요. 그냥 훌쩍 집을 나선 건지도. 요즘 집안에 이런저런 일이 많아서 그 사람도 몹시 지쳐 있었으니까요."

부인이 수심에 찬 눈빛을 하더니 입가에 미소를 머금고 카자미를 보았다.

"어떤 목적으로 여기까지 왔는지는 몰라도, 그 사람이 좋아하는 스키 선수를 만나 기뻤다면 다행이지요. 게다가 이렇게 문병까지 와 주었으니."

"이걸 가미조 씨에게 전해 주실 수 있을까요?"

카자미가 다시 꽃다발을 내밀었다.

"고마워요. 병실에 가져갈 수 있는지는 잘 모르겠지만."

부인이 꽃다발을 받아 들었다.

동행인 남자가 명함을 내밀었다.

"필요하면 제게 전화 주십시오. 사장님의 병세에 대해서도 알려 드릴 수 있으면 알려 드리겠습니다."

명함에는 오다기리 다쓰히코라는 이름이 인쇄되어 있었다. 사장의 비서인 듯하다.

"회복되시길 바랄게요."

카자미가 명함을 꼭 쥐고서 말했다.

엘리베이터 쪽으로 사라지는 두 사람의 뒷모습을 보면서 히다는 긴 한숨을 쉬었다. 겨드랑이에는 식은땀이 배어 있었다. 손바닥도 축축하게 젖어 있다.

"아빠, 나 너무 죄송해서 어쩌면 좋을지 모르겠어."

카자미가 말했다.

"네가 그렇게 생각할 필요는 없어."

"그래도 범인이 노린 사람은 나잖아. 가미조 씨는 우연히 그 버스를 탔을 뿐인데."

"너를 노렸다고 밝혀진 건 아니잖아. 가령 그렇다 해도 네 잘못은 아니야. 그런 짓을 저지른 범인이 나쁜 거지."

그건 알지만, 하면서 카자미가 고개를 숙였다.

그때까지 저만치 떨어져 있던 니시지마가 성큼성큼 다가왔다.

"지금 얘기하신 상대가 가미조 씨와 관계되는 사람들입니까?"

"부인과 비서였어요."

카자미가 대답했다.

"그렇군요."

니시지마가 힐금 카자미를 보았다.

"괜한 소리는 하지 않았겠죠?"

카자미가 그를 노려보았다.

"아무 말 안 했어요."

"좋아요. 자, 그럼 호텔로 돌아갈까요. 히다 씨, 괜찮으면 같이 타고 가시죠."

"아닙니다. 난 내 차로 왔어요. 이길로 집에 갈 겁니다."

"그렇군요. 그럼 여기서 실례하겠습니다."

니시지마가 걸음을 내디뎠다.

카자미도 그를 따라가려다 다시 걸음을 멈추고는 히다를 올려다보았다. 그 눈이 불안스럽게 흔들렸다.

"너무 깊게 생각하지 마라. 너는 네 일만 생각하면 돼."

히다가 말했다.

카자미는 잠시 머뭇거리는 표정이더니 이내 고개를 끄덕이고는 니시지마를 따라갔다.

그녀의 뒷모습을 바라보면서 히다는 심한 자기혐오에 휩싸였다. 가미조를 단순한 팬이라고 생각하는데도 저렇게 책임감을 느끼고 있다.

만약 그가 실제로 카자미의 친아버지이고 그 사실을 그녀가 알게 된다면 마음의 상처가 얼마나 클까.

16

연습을 시작하고 얼마 후, 신고는 '귀찮게 되었군'이라며 씁쓸해했다. 예의 고교 스키부가 오늘도 연습을 하러 왔는데, 마침 비슷한 시간대에 한 명씩 출발하고 있었다. 그들이 신고와 똑같은 코스에서 연습한다는 것은 어제 오후 연습 때 이미 알았다. 게다가 서킷 코스를 몇 번이나 도는 셈이라, 신고는 처음부터 끝까지 그들에 섞여 연습해야 한다. 그 생각을 하면 기분이 무거웠다.

연습 시간을 바꿔 달라고 가이즈카에게 말해 보았지만 들은 척도 하지 않았다. 오히려 좋지 않으냐는 식이었다.

"혼자서 연습하는 것보다 심심하지 않아서 좋잖아. 게다가 적이 있는 편이 경쟁심도 생기고 말이야."

"딱히 적이라는 생각은 없는데요. 그쪽도 그럴 테고."

"가상의 적이라고 여기면 되잖아. 그리고 걔들도 너를 무시하는 게 아니야. 상당히 의식하고 있다고. 어제 연습 끝난 후에 그쪽 고문과 얘기했는데, 신세 개발 주니어 클럽이 이렇게 수준이 높을 줄은 몰랐다고 놀라더라."

"그야 인사치레로 하는 말이죠."

"이런 멍청이. 선생은 공치사를 하지 않아. 군소리하지 말고 어서 출발해."

가이즈카가 엉덩이를 탁 치는 바람에 신고는 마지못해 출발했다.

오늘은 아침부터 눈이 계속 내리고 있다. 그러나 수분이 좀 많아서 눈의 질이 좋다고는 할 수 없다. 스키 보드가 잘 미끄러지지 않으면 힘들겠는데, 하고 신고는 생각했다. 여기에 와서 가이즈카에게 왁스 바르는 법도 배웠다. 지금은 매일 아침 제 손으로 왁스칠을 하고 있다. 그날 컨디션에 따라 왁스를 고르는데, 솔직히 아직은 잘 모른다. 오늘 아침에도 적당히 골랐다.

아직은 앞에도 뒤에도 사람이 없다. 아무도 없는 숲길을 신고는 묵묵히 나아갔다. 크로스컨트리에는 이런 경우가 적지 않은 듯하다. 모든 선수가 일제히 출발하는 종목도 있지만, 시간 차를 두고 선수가 한 명씩 출발하는 방식을 채택한 종목이 많기 때문이다.

참 암울한 스포츠라고 신고는 생각한다. 경기 인구가 늘지 않는 이유를 알 만하다. 차라리 마라톤이 그나마 나을 것 같다. 하기야 마라톤도 하고 싶지는 않지만.

머릿속에서는 어제 밤늦게까지 들었던 에릭 클랩튼의 기타 소리가 계속 맴돌고 있다. 에릭처럼 기타를 치지는 못하지만, 머릿속에서만은 거의 완벽하게 음색을 재현할 수 있다. 그 소리를 다른 사람에게 들려줄 수 없는 것이 아쉽게 생각될 만큼.

에릭 클랩튼의 연주에 맞춰 손발을 움직였다. 다른 생각은 아무것도 하지 않았다. 그렇게 해서나마 이 따분한 시간을 보내는 것이 자신이 사는 방법이라고 신고는 생각했다. 가이즈카나 유즈키가 시키는 대로 크로스컨트리를 계속하기만 하면 지금의 생활을 유지할 수 있다.

어젯밤, 아버지 가쓰야에게서 전화가 왔다. 뉴스를 통해 버스 사고를 알고는 걱정이 된 듯했다.

"내 걱정은 그다지 안 해도 괜찮아. 버스 탈 일도 없고."

"그래도 호텔 안이 시끌시끌할 거 아니냐."

"그렇기는 한데, 나랑은 관계없어. 연습도 평소대로 하고 있고."

"그렇구나. 그런 일이 있었는데도 연습은 그대로 시키는구나."

아버지의 목소리가 침울해졌다. 그래서 신고는 더욱 짜증스러웠다.

"그런 목소리로 얘기 좀 하지 마. 할 얘기 더 없으면 끊을 게."

그렇게 말하고는 정말 전화를 끊고 말았다.

그 대화를 떠올리자니 짜증스러움도 되살아났다. 그런 기분을 털어 내기 위해 페이스와 리듬 따위는 무시한 채 폴을 움직이고 눈을 걷어찼다. 앞으로 쑥쑥 나아간다.

문득 앞쪽으로 시선을 향하자 빨간색 스키 웨어를 입은 사람이 보였다. 앞서 나간 주자에게 따라붙은 것 같다. 게다가 그가 누구일지 신고는 대충 짐작이 갔다. 아마 후지이일 것이라고 생각했다. 어제 오전, 연습할 마음이 없어 누워 있던 신고에게 걱정스러운 목소리로 말을 건넨 부원이다. 그때는 이름을 몰랐는데, 오후 연습 때 모두가 그를 후지이라고 부르는 소리를 들었다.

그와 나란히 서면서 힐금 옆을 바라보았다. 그는 이를 악물고 있는 힘을 다해 폴을 움직이고 있었다. 체력의 한계가 온 것이 아니라 단순히 속도가 나지 않을 뿐이다. 신고는 그가 부원 중에서 가장 기록이 저조하다는 것을 어제 이미 알아차렸다.

누가 보고 있다는 것을 느꼈는지 후지이도 신고 쪽을 돌아보았다. 그러더니 고개까지 까딱 숙인다. 인사를 하는 것인가 보다. 신고도 가볍게 고개를 숙여 답했지만, 이대로 나란히 활주하기는 어색해서 속도를 올렸다. 후지이가 뒤따라오는 기척은 없었다. 순식간에 간격이 벌어지고 말았다.

그 후에도 스키부원을 몇 명이나 앞질렀다. 딱히 높은 페이스를 유지하고 있다는 감각은 없었다. 아무 생각 없이 그저 스키 보드와 폴을 움직였을 뿐이다. 코스를 한 바퀴 다 돌 무렵에는 먼저 출발한 스키부원 모두를 앞지른 상태였다. 스톱워치를 손에 들고 도중에 대기하던 가이즈카도 그런 상황에 만족하는 듯 보였다.

하지만 두 바퀴째의 중반에 접어들 무렵, 뒤에서 쫓아오는 소리가 들렸다. 신고가 돌아보았다. 다이내믹한 폼으로 쑥쑥 다가오는 선수가 있었다.

역시 구로사와로군, 하고 신고는 생각했다. 어제 오전에도 자신을 앞지른 상대였다. 후지이와 마찬가지로, 모두가 부르는 소리를 듣고서 그의 이름을 알게 됐다.

잠시 후, 구로사와가 신고를 바짝 따라붙었다. 그러나 딱히 그를 의식하는 기색은 없었다. 옆에 나란히 섰나 싶었는데 그대로 앞질러 나아간다. 파워가 여느 선수들과는 완전히 달랐다.

추월을 당하자 신고도 속도를 조금 올렸다. 아직 체력에 여유가 있었다. 지금 자신의 실력으로 어느 정도까지 뒤쫓을 수 있을까 궁금증도 일었다. 유즈키 말에 의하면 자신은 태어날 때부터 일반 사람과는 다른 능력을 지녔다고 한다. 그렇다면 웬만한 상대와 붙어도 고전은 하지 않을 것이다.

구로사와는 속도가 빠를 뿐만 아니라 스트라이드도 크다. 게다가 스키가 정말 매끄럽게 나아갔다. 자신이 지금 타고 있는 것과 같은 도구라고는 생각되지 않을 정도였다. 스키라는 명칭은 같지만 실은 전혀 다른 것이 아닐까 하는 기분마저 들었다.

구로사와가 간혹 뒤돌아보았다. 신고가 뒤따르고 있다는 것을 알아챈 모양이다. 하지만 페이스에 변화는 없다. 담담하게 기계처럼 정확한 리듬으로 나아가고 있다.

마침내 오르막에 접어들었다. 그러나 구로사와 쪽에 힘이 들어가는 기색은 없다. 스키 보드 앞쪽을 가운데로 모으고 힘차고 착실하게 올라간다.

신고는 어제 일이 떠올랐다. 도중에 추월당할 뻔했을 때 있는 힘을 다해 저지했다. 그런데 오르막을 다 올랐을 무렵 어이없이 추월당하고 말았다. 게다가 내리막에서는 거리가 완전히 벌어졌고 신고 쪽은 넘어지기까지 했다.

어디 한번, 하고 신고는 생각했다. 오늘은 어제 당한 빚을 갚아 주지.

신고는 구로사와를 바짝 따라붙어 똑같은 리듬으로 오르막을 올랐다. 하지만 녹록지 않았다. 이 인간 지칠 줄도 모르는군, 하는 말이 나올 정도의 속도다. 한편으로 그 속도에 따라 붙고 있는 자신도 놀라웠다.

잠시 후, 오르막의 고점에 도달할 즈음 구로사와의 속도가 떨어지는 느낌이 들었다. 마침내 지친 모양이다. 신고를 따돌리려고 무리를 했는지도 모르겠다. 기회다, 신고는 그렇게 생각했다. 구로사와 바로 뒤에서 약간 왼쪽으로 이동했다. 그러고는 단숨에 속도를 올렸다.

마침 오르막 최고점에 도달했다. 신고가 구로사와 옆을 쓱 스치고 지나갔다. 이 다음은 내리막이다. 크라우칭 스타일 자세를 취하기 전에 슬쩍 구로사와의 표정을 살폈다. 오죽이나 힘들어할까 하고 생각했다.

그런데 구로사와는 지친 기색이 털끝만큼도 없다. 지치기는커녕 신고를 보고는 히죽 의미심장하게 웃었다. 먼저 가시죠, 라는 말이라도 하고 싶은 얼굴이었다.

뭐야, 이 인간, 잘난 척하기는. 신고는 활주를 시작했다. 이왕 앞섰으니 한껏 거리를 벌려 주리라고 생각했다.

그런데 바로 몇 초 후, 신고는 의욕이 싹 달아나고 말았다. 뒤에서 내려온 구로사와가 그야말로 바람처럼 그를 추월하고 만 것이다. 마치 스키에 엔진이 달려 있는 것 같았다.

그 후 코스가 평지로 바뀌었지만 이미 구로사와의 모습은 저만치 멀어져 있었다. 신고는 열심히 달렸지만 결국 그를 따라붙지는 못했다.

　사소하지만 그 일에 대해서 신고는 가이즈카에게 말하지 않았다. 잠깐이나마 크로스컨트리 스키를 타면서 타인과 경쟁하려 했다는 사실을 알리고 싶지 않았기 때문이다. 이까짓 일로 의욕을 보였다고 여겨지는 게 짜증스러웠다. 그건 일시적인 충동일 뿐이다. 어차피 스키를 타야 하니까 사소한 장난을 친 것에 지나지 않는다. 조금도 분하지 않은 것이 그 증거다. 구로사와라는 선수는 참 대단하다고 생각했을 뿐이다. 그는 그 나름으로 분발하면 된다. 자신과는 무관하다.

　가이즈카는 애제자의 기록에 만족하는 표정이었다. 흥분한 말투로 앞으로의 훈련 계획을 설명했다. 신고는 절반도 듣지 않았다.

　"그럼 오후에도 지금처럼 힘내자고."

　혼자서 그렇게 말한 후 가이즈카는 신고의 등을 툭 치고는 호텔로 들어갔다.

　신고가 쭈그리고서 장비를 정리하고 있는데 바로 앞에 누가 다가와 섰다. 저기요, 하고 조심스럽게 말을 건넨다. 신고는 얼굴을 들었다. 맥없는 표정으로 서 있는 사람은 다름 아닌 후지이였다.

　"이 안에 약국 있나요?"

　그가 호텔을 가리키며 물었다.

"약국?"

신고는 고개를 갸웃했다.

"글쎄……, 없을걸. 매점은 있지만."

"매점에서 위장약 파나요?"

"위장약?"

"우리 부원이 갑자기 배가 아프다고 해서요. 부상용 약은
갖고 있는데."

신고는 스키부원들이 모여 있는 곳으로 시선을 돌렸다. 한
부원이 의자에 앉아 있고 스태프가 걱정스럽게 뭐라 얘기하
고 있다.

"배가 아픈 거라면 정로환은 있는데. 그거면 되려나?"

신고가 중얼거렸다.

"아, 그건 파나요?"

"아니, 매점에서는 안 팔 거야."

신고가 일어섰다.

"잠깐 따라와 봐."

건조실로 들어가 선반에서 가방을 꺼냈다. 일일이 방으로
돌아가기가 귀찮아서 웬만한 일용 잡화는 모두 이 가방에 담
아 둔다. 정로환도 병째로 던져 넣었다. 어렸을 때부터 위가
좋지 않아 여행을 다닐 때면 언제나 정로환이 필수품이었다.

병에서 열 알 정도를 꺼내 화장지에 쌌다.

"자, 여기."

후지이 쪽으로 내밀었다.

후지이는 머뭇거리는 표정이었다.

"……괜찮아요?"

"그럼. 그런데, 그렇게 존댓말 안 써도 돼. 나도 고등학교 1학년이니까."

"어, 나랑 같네."

"그래. 그러니까 그냥 반말로 해."

"아……."

후지이가 약간 어리둥절한 얼굴로 신고를 보았다.

"왜, 뭐 또 있어?"

"아니, 그게……. 1학년이 그렇게 잘할 수 있다는 게 너무 대단해서. 다른 사람들도 그렇게 말했어."

칭찬의 말이 기분 나쁘지는 않았지만 신고는 얼굴을 찡그렸다.

"대단하기는 뭐가 대단해. 너희 부원 중에 진짜 빠른 사람 있잖아."

"구로사와 선배요? 그 사람은 차원이 다르지. 전국 대회 단골 선수니까."

"흐음……, 그렇구나."

그러니 당할 수가 없지, 하고 납득이 갔다.

"이거, 고마워요."

돌돌 만 화장지를 들어 보이고 후지이는 건조실을 나갔다.

17

가미조가 입원한 병원에 다녀온 지 이틀이 지났다. 히다는 또 노스프라이드 호텔을 찾았다. 다카쿠라가 할 얘기가 있다고 했기 때문이다. 다카쿠라는 삿포로 시내에서 만나도 좋다고 했지만 히다는 볼일도 있으니까 자신이 그쪽으로 가겠노라고 했다. 그러나 실은 별다른 용건이 있는 게 아니라 카자미의 얼굴이 보고 싶을 뿐이었다.

가는 길에 사고 현장을 지나쳤다. 그날은 한쪽 차로가 통행 금지였는데 지금은 원래대로 양쪽 차로 모두 사용되고 있었다. 버스가 충돌한 측면 벽에는 임시 가림막이 설치되어 있었다.

호텔에 도착해 로비에 있는 티 라운지에서 기다리고 있자니 운동복 차림의 다카쿠라가 나타났다. 카자미도 함께였다.

"일부러 오게 해서 미안하군. 내가 가도 좋았는데 말이야."

"괜찮아. 나는 바쁜 몸이 아니니까. 스키 팀 코치를 나오게 해서야 오히려 내가 미안하지."

186

"듣기가 쑥스럽군. 지난 이삼일 각자가 알아서 연습하도록 하고 있으니 말이야."

다카쿠라가 맞은편 자리에 앉았다. 카자미도 그의 옆 자리에 앉는다. 표정이 어딘가 모르게 굳어 있었다.

"여전히 전체 연습은 자제 중인가 보군. 사건과 관련해서 무슨 진전이라도 있나?"

히다의 물음에 다카쿠라가 고개를 저었다.

"우리 쪽에는 아무 정보도 들어오지 않아. 경찰이 카자미의 팬레터를 전부 가져간 모양인데, 그 후에 어떻게 되었는지, 뭘 알아냈는지 전혀 가르쳐 주질 않는군. 카자미로서는 사건과 무관하다는 게 밝혀지면 당장이라도 돌려 달라고 하고 싶을 텐데, 그런 것까지 배려할 마음은 없는 모양이야."

그렇겠지, 하고 생각하며 히다는 고개를 끄덕였다. 경찰이라고 해 봐야 결국은 공무원이다.

"그런데 하고 싶은 얘기란 건 뭐야?"

히다가 말을 재촉했다.

"실은 어제 아사오 씨를 만나고 왔어. 이번 월드컵 건으로 말이야."

아사오는 전 일본 스키 대표 팀 감독이었던 사람이다. 다카쿠라가 어떤 내용의 얘기를 하고 왔을지 히다도 대충 짐작이 갔다.

"아사오 씨도 사건에 대해서 알던가?"

히다가 물었다.

"물론 알고 있었어. 어제 오전에 도경에서 형사가 나왔다더군. 협박장도 봤나 봐. 생각해 보면 당연한 일이지. 협박장에는 월드컵에 대한 언급도 있었으니까 말이야."

협박장에는 이런 말이 있었다.

'히다 카자미를 멤버에서 제외하도록. 월드컵은 물론 모든 시합의 출전을 포기하도록 할 것.'

"형사가 아사오 씨에게도 협박장에 관해 짚이는 인물이 없는지 물었다더군. 물론 없다고 대답한 모양이고."

"아사오 씨가 꽤나 난감했겠네."

"그렇겠지. 대체 어떻게 된 일이냐고 도리어 내게 묻더라고. 나 역시 대답을 제대로 못했고."

"월드컵 출전 멤버는 어떻게 할 계획인지……."

그러자 다카쿠라가 머리를 긁적거리며 옆에 앉은 카자미를 슬쩍 보았다.

"바로 그게 문제야. 카자미를 출전시키고 싶은 마음은 있대. 그렇지만 현시점에서는 아직 결론을 내릴 수 없다는군. 대회전까지 사건이 해결되면 더없이 이상적이지만, 그렇게 잘 풀린다는 보장이 없으니. 만약 해결되지 않으면 기한이 다될 때까지 버티다가 결정하는 수밖에 없다는 게 아사오 씨의 생각이야."

"해결되지 않으면 직전에 멤버를 교체할 수도 있다는 얘기로군."

"바로 그게 골치 아픈 점이기도 해. 경찰이 신중하게 판단하라고 했다는데, 협박장에 휘둘리는 인상을 주고 싶지 않다는 생각인가 봐. 극단적으로 말하면, 앞으로 비슷한 협박장이 또 왔을 때 그때마다 방침을 바꿔야 하는가의 문제지."

"그럼 사건이 해결되지 않은 경우에도 카자미를 멤버에 포함시킬 가능성이 있다는 말인가?"

"전혀 없지는 않다는 뉘앙스였어. 다만, 그 경우에도 본인의 의향이 가장 우선시될 거야. 가령 카자미가 갑자기 사퇴하겠다고 해도 패널티는 주지 않겠다는 뜻을 비치더군."

히다가 카자미를 보았다. 그녀는 고개를 숙인 채 손깍지를 꼈다 뺐다 하고 있었다.

"아무튼 아사오 씨는 카자미의 마음을 확인해 달라고 하더군. 카자미에게 출전할 의사가 없다면 아사오 씨로서는 멤버에 포함시키느냐 마느냐로 고민할 필요가 없으니까 말이야."

"하긴 그렇군."

이때 카자미가 갑자기 얼굴을 들었다.

"저, 출전하지 않는 편이 좋지 않을까요? 깔끔하게 사퇴하는 게 여러 사람에게 폐를 안 끼치는 방법이겠죠."

그 말에 다카쿠라가 얼굴을 찡그리며 고개를 저었다.

"아사오 씨는 그런 뜻으로 말한 게 아니야. 오해하지 말라고."

하지만, 하면서 카자미가 다시 고개를 숙였다.

다카쿠라의 시선이 히다와 카자미 둘 사이를 오갔다.

"자네와 카자미가 이번 월드컵에 어떤 마음으로 임하고 있는지 잘 알고 있어. 그러니 사퇴하라는 말은 쉬이 할 수 없지. 그러나 한편으로는 사람 목숨에 관한 문제라는 생각도 들어. 예의 버스 사고와 관계가 없다면 더욱이 그렇지. 무책임하다고 할지 모르겠지만, 코치인 내가 이래라저래라 할 수 있는 문제가 아니야. 어떻게 해야 할지 둘이 잘 의논해서 결정해 줘야겠어. 나나 아사오 씨나 그 결정을 존중할 거야."

히다는 중압감이 온몸을 덮치는 것을 느꼈다. 월드컵이 끝난 후에 카자미에게 모든 것을 털어놓으려고 결심했는데 월드컵 자체를 포기해야 할지도 모르는 상황이 되었다. 카자미에게 출전을 강요할 수는 없다. 다카쿠라의 말대로 그녀의 목숨이 걸려 있는 것이다.

"어떻게 하겠나?"

다카쿠라가 진지한 눈빛으로 히다를 바라보았다.

"알았어. 그쪽 입장도 이해가 돼. 아무튼 고마워. 카자미와 둘이 잘 의논해서 결정하도록 하지. 언제까지 결론을 내리면 되겠나?"

"기한이 임박할 때까지 충분히 생각해도 괜찮아. 매스컴에 어떻게 발표할 건지는 스키 연맹에서 생각해 보겠다고 했으니까."

"그래, 그렇다면 여유가 있겠군."

그러면서 히다는 마냥 고개만 숙이고 있는 딸을 보았다.

"용건은 그뿐이야. 혹시 다른 질문은?"

"아니, 됐어. 신경 써 줘서 고맙네."

"고맙기는. 자, 그럼 나는 일정이 있어서 먼저 자리를 떠야 겠어."

그렇게 말하고 다카쿠라는 자리에서 일어나 라운지를 떠났다.

한동안 카자미와 히다는 서로 말이 없었다. 카자미는 창문 밖 슬로프를 바라보고 있었다. 덩달아 히다도 같은 방향으로 시선을 돌렸다.

부부인 듯한 두 사람이 완사면에서 기분 좋게 스키를 타고 있다. 어느 정도 나이가 있다는 것은 스키 웨어를 보면 알 수 있다. 10년 전쯤에 유행하던 패션이다.

"저 사람들도 보드가 설면과 평행하게 타네."

카자미가 말했다.

그렇구나, 하고 히다가 대답했다. 최신식 카빙 스키를 타면서 그 특성을 살리지 못한다는 뜻이다. 스키 기술은 젊었을 때 터득한 그대로 변하지 않는 것이리라.

"그래도 즐거워 보인다."

카자미가 중얼거렸다.

"두 사람 마음이 통하는 게 이렇게 바라만 봐도 전해져."

히다는 그녀를 보았다. 그녀가 무슨 말을 하고 싶어 하는지 알 수 없었다.

"저렇게 스키를 순수하게 즐겼던 게 언제까지였는지 모르겠어."

"즐겁지 않니, 스키 타는 게?"

카자미가 고개를 기울였다.

"즐겁지 않은 건 아니야. 하지만 뭐가 즐거운지 요즘은 잘 모르겠어. 스키를 타는 게 즐거운 건지, 대회에 나가 이기는 게 즐거운 건지."

답답하다는 듯이 말하는 딸을 보고서 히다는 몇십 년 전의 자신을 떠올렸다. 똑같은 고민으로 괴로워했던 적이 있었다. 최고를 지향하는 자의 숙명이다.

"양쪽 다 즐겨야지. 그럴 수 있는 선수가 강한 선수야."

"그렇다면 나는 강한 선수는 못 되겠네. 적어도 이번 월드컵에는 못 나가. 나, 도저히 즐길 수 없을 것 같아. 나 때문에

희생자가 생겼는데 어떻게 그걸 모르는 척하면서 경기에 나갈 수 있겠어."

히다는 뭐라 대꾸하지 못했다. 딸은 정말 괴로워하고 있다. 그리고 아버지에게 답을 요구하고 있다. 히다는 그녀에게 적절한 조언 한마디 못해 주는 자신이 한심하게 느껴졌다.

"아빠, 나 연습이나 하고 와야겠어."

슬로프를 쳐다보면서 카자미가 툭 말을 던졌다.

"연습하다 보면 아무 생각 안 해도 되니까."

"그러는 게 좋겠구나. 그러렴. 월드컵에 대해서는 천천히 생각하자."

카자미는 살았다는 표정으로 일어섰다.

"아빠, 미안해."

"미안하긴 뭐가?"

"왠지 아빠한테 폐를 끼치는 것 같아서. 걱정도 끼치고 말이야."

"그렇지 않아. 너는 잘못한 게 없어. 자, 어서 다녀와."

카자미는 까딱 고개를 숙이고는 라운지에서 나갔다. 엘리베이터 앞으로 걸어가는 그녀의 뒷모습을 보면서 '그래, 너는 잘못이 없지', 하고 마음속으로 다시 한 번 중얼거렸다.

잘못은 내가 했지.

혼자 남아서 미적지근해진 커피를 홀짝거리고 있는데, "저……." 하고 누군가 옆에서 말을 걸었다. 눈길을 그쪽으로 향한 히다는 화들짝 놀라고 말았다. 거기에 가미조 부인이 서 있었기 때문이다.

히다가 허둥지둥 일어섰다.

"아, 지난번에는 실례가……."

얼른 머리를 숙였다. 놀란 나머지 다른 말이 나오지 않았다.

"저야말로요. 일부러 찾아 주셔서 고마웠습니다. 지금 잠시 괜찮을까요?"

그러시죠, 하며 히다는 조금 전까지 다카쿠라가 앉아 있던 자리를 권했다.

"이 호텔에 묵고 계신가요?"

히다가 물었다.

"네. 사고가 발생한 장소를 보고 싶어서……. 그리고 그 사람이 이곳에 온 이유를 알고 싶어서요."

"바깥분의 상태는 어떠신가요?"

히다의 물음에 그녀는 침통한 표정으로 고개를 숙였다.

"아직까지 의식이 돌아오지 않았어요. 불러 봐도 반응이 없고……. 아무튼 상태를 지켜보는 수밖에 없다고 하네요, 의사 선생님이."

꽤 심각한 상황인 듯했다. 히다는 자신에게 이대로 가미조 노부유키의 의식이 돌아오지 않기를 바라는 마음이 있다는 것을 인정하지 않을 수 없었다.

부인이 한숨을 쉬며 호텔 안을 둘러보았다.

"그 사람이 왜 여기 왔는지 모르겠어요. 이 호텔은 스키를 타는 사람들이 아니면 묵지 않잖아요."

"아직 짐작 가는 데가 없습니까?"

"없어요. 홋카이도 하면 전에 골프를 치러 왔던 적이 있을 뿐, 그 사람과 연관이 있을 만한 일이 전혀 떠오르지 않아요."

부인이 거짓말을 하는 것 같지는 않았다. 그제 카자미를 만났을 때의 반응도 담담했다. 아무래도 가미조 노부유키는 정말로 아내에게 아무 말 하지 않고 홋카이도에 온 것 같다.

"그때 같이 계시던 남자 분은……."

"아, 오다기리 씨요! 어제 니가타로 돌려보냈어요. 가서 그 사람이 홋카이도에 온 목적을 알아보라고요. 아까 연락이 왔는데 역시 자세한 것을 아는 사람은 아무도 없다고 하네요. 모두들 의외라고만 해요. 아들이 그런 상태에 있는데 아버지가 태평하게 홋카이도에 놀러 간 것은 아니겠지, 하면서요."

"그때도 그런 말씀을 하셨는데, 아드님에게 무슨 일이 있습니까?"

"실은 몸이 아파 입원해 있어요. 그래서 저도 여기 계속 머무를 수 없는 상황이고요. 참 난감하네요."

"병인가요? 걱정이 크시겠습니다. 아드님이 지금 몇 살인지요?"

"스물넷이에요."

"그렇군요. 그럼, 대학은 벌써 졸업했겠습니다."

"네, 졸업하고 남편 회사에 들어갔어요. 제대로 출근은 못하고 있지만."

"그렇군요."

스물네 살이라면 카자미보다 위다. 그러니까 카자미의 오빠가 되는 셈이다. 물론, 아직 확실한 결론은 나지 않았지만.

"그래서 그 사람이 역시 댁의 따님을 만나러 온 게 아닐까, 그렇게밖에 생각되지 않아요."

부인은 눈을 약간 치켜뜨고 히다를 쳐다보았다.

"그 사람이 따님을 응원하는 마음이 아무래도 진심이었나 봐요."

"진심……이라는 것은?"

부인이 가방을 열고 안에서 종이 한 장을 꺼냈다. 잡지 사진을 오려 낸 것인 듯했다. 그녀는 그것을 테이블에 내려놓았다.

"이런 사진이 그 사람 지갑에서 나왔어요. 면허증과 함께 들어 있더군요."

"이건……."

히다는 자기도 모르게 손을 내밀었다.

거기에 찍힌 사람은 카자미였다. 스키복을 입은 모습으로 카메라를 향해 웃고 있었다. 히다도 본 적 있는 사진이었다. 중학생 때 대회에서 우승한 후에 스포츠 잡지 기자의 취재에 응했다. 그때 스포츠 잡지에 실렸던 사진이다.

"그런 사진을 늘 지니고 다녔던 것을 보면 상당한 팬이었나 봐요. 우리 그 사람, 연예인에게는 전혀 관심을 보이지 않는 성격이라서 그 사진이 나왔을 때 정말 뜻밖이었어요."

"그랬겠습니다."

"궁금해서 견딜 수가 없네요. 그 사람이 왜 그렇게 댁의 따님에게 관심을 보였는지. 단순한 팬이었다고는 여겨지지 않아요. 아까도 말씀드렸지만 아들이 투병 중입니다. 혹시 뭐라도 짚이는 게 없으신지요?"

"글쎄요……."

진상을 알려고 애쓰는 부인의 눈빛에 압도되어 히다는 그만 얼굴을 돌리고 말았다. 생각하는 척하면서 한시라도 빨리 이 자리를 뜨기 위한 구실을 찾았다. 동시에 그런 자신에게 혐오감을 느끼기도 했다.

"딸에게 다시 한 번 잘 생각해 보라고 이르겠습니다. 가미조 씨와 관련해서 뭐라도 생각나는 게 없는지."

"네, 부탁드릴게요."

부인은 고개를 숙인 후 테이블에 놓인 종이를 도로 가방에 집어넣었다.

그 동작을 지켜보던 히다의 머릿속에 두 가지 의문이 생겼다.

한 가지는, 왜 가미조 노부유키가 카자미의 중학교 때 사진을 갖고 있는가, 하는 것이다. 그 사진이 실린 스포츠 잡지는 거의 5년 전 것이라 지금은 입수하기가 불가능할 터였다. 그러니까 가미조는 카자미가 중학생 때 이미 그녀의 존재를 알고 있었다는 뜻인가. 그렇다면 왜 지금까지 접근하지 않았을까. 왜 지금에 와서 나타난 것인가.

히다는 눈을 내리깔고 가미조 부인의 모습을 살며시 훔쳐보았다. 불쑥 그녀의 이름이 세쓰코라는 것이 떠올랐다. 나가오카에서 가미조 노부유키에 대해 조사했을 때 알게 되었다.

또 한 가지 의문.

이 여자는 아무 느낌도 없는 것일까, 하는 것이었다. 카자미 본인을 만났을 때 직감 같은 것이 움직이지 않았을까. 히다는 초자연적인 것에는 관심이 없지만, 자기가 낳은 자식을 보았을 때는 가령 20년 가까이 못 만났다 하더라도 여자 특유의 직감이 작용하지 않았을까.

그런데 가미조 세쓰코의 태도를 보면 그제도 그렇고 카자미어린 시절의 사진을 본 지금도 아무 느낌이 없는 듯 보였다.

그러다가 히다는 문득 깨달은 것이 있었다.

카자미는 이 여자를 닮지 않았다.

18

자료를 바라보다가 음, 하는 소리를 흘리고 말았다. 거기에 열거된 수치가 유즈키의 예상을 훨씬 넘어서는 것이었기 때문이다.

"놀랍군요."

파일을 내려놓고 그는 고개를 절레절레 저었다.

맞은편 자리에 앉은 가이즈카가 여유로운 미소를 띠고 커피 잔을 들어 올렸다.

"숫자에 까다로운 자네도 과연 눈이 휘둥그레지는 모양이로군."

"솔직히 이런 정도일 줄은 몰랐습니다. 여기 온 지 불과 며칠 지나지 않았는데 말이죠."

가이즈카가 집게손가락을 세웠다.

"일주일이야, 실질적으로는 딱 일주일. 그 전에는 스키에 익숙해지는 작업에 전념했으니까. 본격적으로 기록을 재기 시작한 건 그제부터고."

"그런데 불쑥 이런 기록이 나왔다니, 믿을 수 없는 일이네요."

"녀석, 아직 스키를 어떻게 타야 하는지도 몰라. 힘을 실어서 그냥 보드를 끌고 달리는 거나 다름없지. 실수도 많고 리듬도 안 좋고. 페이스 안배도 엉망이고. 보통 사람 같으면 종반에는 거의 움직일 수 없게 되지. 그런데 녀석은 끝까지 거의 속도가 떨어지지 않아. 물건이야, 물건."

"그거야 그렇죠. B패턴을 갖고 있으니."

유즈키가 다시 자료로 눈길을 떨어뜨렸다.

"혈액에 의한 산소 공급률이 발군인 데다 근육의 특성도 좋아요. 나머지는 오로지 훈련입니다. 체력과 기술 향상, 그것만 보충하면 몇 년 후에는 크로스컨트리 스키의 왕자가 탄생할 겁니다. 문제는 본인의 기분을 어디까지 끌고 갈 수 있느냐 하는 건데."

"그 때문에 하는 말인데, 예의 작전이 잘 먹히는 것 같더군."

가이즈카가 목소리를 낮췄다.

"왜, 이 지역 고교 스키부가 연습하러 와 있잖나. 자네 조언대로 같은 시간대에 연습을 시켜 봤지."

유즈키가 몸을 앞으로 쑥 내밀었다. 흥미로운 얘기였다.

"조금은 자극제가 되는 것 같던가요?"

"조금이 다 뭐야. 상당히 의식하는 것 같더라고. 스스로는 무시하는 척하고 있지만, 본능을 이길 수는 없지. 기록이 그걸 말해 주잖나."

가이즈카가 파일을 손가락으로 톡톡 두드렸다.

"바람직하군요. 그런 일을 계기로 경기에 의욕을 보여 준다면 더 바랄 게 없죠. 그러나 아직은 1단계에 불과합니다. 서두르지 말고 앞으로도 잘 부탁드립니다."

유즈키는 테이블에 두 손을 대고 고개를 숙이더니 재빨리 주위를 돌아보았다. 여기는 호텔 2층에 있는 레스토랑이다. 한구석에 파티션을 세워 나눠 놓은 공간을 신세 개발 스키 팀 전용 구역으로 사용하고 있다.

"왜 그러나?"

가이즈카가 물었다.

"실은 앞으로 알파인 팀과 행동을 같이하게 되었습니다. 구체적으로 말하자면, 히다 카자미 선수를 전담하는 홍보 담당이 되었어요."

"홍보 담당…… 자네가? 그건 또 어쩌다?"

의문스러워하는 것이 당연하다. 유즈키는 지금까지의 경위를 간단히 설명했다. 앞으로의 일을 생각하면 가이즈카도 알아야 할 사항이기 때문이다.

가이즈카는 놀라는 기색을 보였지만 그 표정에는 호기심도 섞여 있었다. 같은 클럽이기는 해도 알파인 팀에 대해서는 다소 거리를 두고 있기 때문일 것이다.

"그런 일이 있었군. 그럼, 그 버스 사고가 카자미 선수를 노린 것이란 말이야?"

"아직 그렇다고 결론이 난 건 아닙니다. 그러나 경찰에서는 그 방향에서 수사를 진행하고 있어요."

"흐음, 그래서 호텔 주변에 형사들이 얼쩡거리는 거로군. 지난번에도 나더러 수상한 자를 못 보았느냐고 묻더니."

"스키부 홈페이지에 일정표가 있잖습니까. 범인이 그걸 보고 히다 카자미의 일정을 알게 되지 않았을까, 경찰은 그렇게 추측하는 것 같더라고요."

"그렇군. 각자의 일정이 제법 자세하게 기록돼 있으니."

"그래서 한동안은 알파인 팀 쪽에 전적으로 관계하게 되었어요. 가이즈카 씨에게는 죄송합니다."

가이즈카가 손을 내저었다.

"이쪽 일은 내게 맡겨. 걱정 말라고. 다음에는 또 굉장한 기록을 보여 줄 테니까."

"그런 말을 들으니 안심이 되는군요."

이야기를 마치고 자리에서 일어나 출구로 향하던 유즈키는 바로 옆 파티션 뒤에 사람이 있는 것을 보고는 움찔 놀랐다. 얘기에 정신이 팔려 미처 알아차리지 못한 것이다. 게다가 뜻밖의 인물이었다.

"신고…… 네가 어떻게 여기에?"

유즈키가 묻자 신고가 슬렁슬렁 일어섰다.

"어!"

가이즈카도 놀라 몸을 뒤로 젖혔다.

"아니, 거기 있었던 거야? 언제부터?"

"지금 막 왔는데요."

"우리 얘기, 들었니?"

유즈키가 소년의 얼굴을 들여다보았다.

아니요, 하며 고개를 젓고 신고는 자리를 뜨려 했다.

"잠깐."

유즈키가 그의 어깨를 잡았다.

"점심 먹으러 온 거 아니야?"

"그런데요."

"그럼 먹고 가야지. 그렇게 도망칠 거 없잖아."

"도망치는 거 아닌데요."

신고가 유즈키와 눈을 마주치려 하지 않았다. 유즈키는 사
태를 파악했다.

"우리가 하는 얘기를 다 들었군. 히다 카자미 선수 얘기."

그는 대답하지 않았다. 긍정으로 해석해도 좋을 것 같았다.

"그렇군."

유즈키가 한숨을 쉬었다.

"얘기를 들은 사람이 너여서 차라리 다행이다. 외부 사람에게는 절대 비밀이야. 너도 주니어 클럽이기는 하지만 우리 회사의 일원이나 다름없으니 비밀은 지키겠지."

신고가 대답을 안 하자 유즈키는 그의 옆얼굴을 쳐다보며 다시 한 번 말했다.

"믿어도 되겠지?"

그러자 소년은 마지못해 고개를 위아래로 움직였다.

"그럼 됐어. 가이즈카 코치에게 기록 얘기 들었어. 훌륭하더군. 앞으로도 그렇게 열심히 해."

그리고 가이즈카 쪽으로 가볍게 손을 흔든 후 유즈키는 출구로 향했다.

그때였다. 윗도리 안주머니에서 진동이 울렸다. 휴대 전화에 문자가 왔다는 표시다. 유즈키는 걸으면서 화면을 확인했다. 그러고는 자기도 모르게 걸음을 멈췄다.

연구소 부하가 보낸 문자로, 제목은 '긴급'이었다.

19

액정 화면에 표시된 그래프의 숫자가 어째 잘 안 읽힌다 했더니 돋보기 쓰는 것을 깜박했다. 주위를 더듬어 보았지만 보이지 않는다. 대체 어디에 두었을까 생각하다 머리 위로 올렸다는 게 떠올랐다. 내려서 얼른 쓴다. 누가 보고 있는 것도 아닌데 얼굴이 화끈거린다. 나도 나이를 먹었군. 히다는 혼자서 실소를 머금었다.

사건 발생으로부터 닷새가 지났다. 히다는 지금 삿포로에 돌아와 있다. 스포츠 클럽에 나와 있지만 일이 손에 잡히지 않았다.

가미조 노부유키는 여전히 의식 불명 상태다. 경찰 수사가 어느 정도 진전되었는지 히다의 귀에는 아무 소식도 들려오지 않았다. 신문이나 뉴스만 봐서는 용의선상에 오른 자가 있다는 정보도 없다. 아니 그 전에, 경찰은 그 사고가 의도적으로 발생했을 가능성이 높다는 사실조차 아직 발표하지 않았다.

서투른 사무를 처리하느라 뜸을 들이고 있는데 휴대 전화가 울렸다. 발신자의 이름을 보고서 히다는 긴장했다. 유즈키였다.

"네."

감정을 죽인 목소리로 전화를 받았다.

"유즈키입니다. 일하시는 중일 텐데 죄송합니다. 통화, 괜찮은가요?"

"잠깐은 괜찮은데. 왜, 무슨 일인가?"

"실은 긴히 드릴 말씀이 있습니다. 오늘 찾아뵈어도 될까요?"

왠지 목소리에서 평소의 압박감이 느껴지지 않았다.

"상관은 없는데, 몇 시쯤?"

"2시쯤이라도 괜찮겠습니까?"

시곗바늘이 1시가 조금 지나 있었다. 한시 빨리 만나고 싶다는 뜻인 듯하다.

좋다고 대답하고서 히다는 전화를 끊었다. 맥박은 진작부터 빠르게 뛰고 있었다. 손바닥에도 땀이 배었다.

예의 샘플을 유즈키에게 건넨 후로 아직 나흘밖에 지나지 않았다. 그러나 그는 최대한 분석을 서두르겠노라고 했다. 결과가 벌써 나왔다는 얘기일 것이다.

과연 어떤 결과가 나왔을까.

아니, 하며 그는 고개를 저었다. 안달복달해 봐야 소용없다. 유즈키는 당연한 결과를 전해 주러 올 뿐이다. 자신이 해야 할 일은 그것을 전적으로 받아들이는 것뿐이다. 이제는 도망칠 수 없다.

그렇게 각오를 하면서도 히다는 자신의 마음속에 가느다란 기대가 아직도 놓여 있는 것을 인정하지 않을 수 없었다. 그런 기대를 품게 한 것은 가미조 부인과의 두 번째 만남이었다.

호텔에서 그녀를 만나고 난 후 히다는 도저히 그녀가 카자

206

미의 친엄마라고 생각할 수 없었다. 얼굴 생김이 비슷하지 않을뿐더러 같은 피붙이라면 당연히 풍겨야 할 공통된 분위기 같은 것이 조금도 느껴지지 않았다.

그 여자가 정말 카자미의 친엄마일까. 그런 의문이 줄곧 머리 한구석에 똬리를 틀고 있었다. 이상한 망상을 품어서는 안 된다고 생각하지만, 한편으로는 그 일이 히다의 마음을 뒤흔들었다.

히다는 벽에 걸린 시계를 노려보았다. 유즈키가 오면 모든 것이 명백해진다. 진실을 빨리 알고 싶은 마음과 연기하고 싶은 마음이 오락가락해서 시곗바늘의 움직임이 불규칙하게 느껴질 정도였다.

유즈키는 2시가 조금 안 되어 왔다. 히다는 그를 스포츠 클럽 1층에 있는 휴게실로 데리고 갔다. 사무실은 누가 느닷없이 들어올지 알 수 없기 때문이다. 자신이 이성을 잃을 것 같지는 않았지만, 그래도 만약을 위해서다.

유즈키는 양복 차림이었다. 그 탓인지 표정까지 딱딱해 보였다.

"갑자기 이렇게 찾아와서 죄송합니다."

유즈키가 머리를 숙였다.

"분석 결과가 나온 모양이로군."

히다 쪽에서 먼저 말을 꺼냈다.

"그렇습니다. 단, 그 샘플은 당분간 우리 쪽에서 보관하고 싶은데요. 아직 조사할 것이 있어서요."

"그건 상관없고, 결과를 빨리 듣고 싶군."

유즈키가 고개를 끄덕이더니 등을 쭉 펴고 헛기침을 한 번 했다.

"발견되었습니다."

턱을 밑으로 당기고는 딱 잘라 그렇게 말했다.

"발견되었다니, 뭐가?"

"F패턴 말입니다. 예의 스포츠 유전자가 발견되었습니다, 그 샘플에서."

히다는 무덤덤한 표정을 짓기 위해 애쓰면서 심호흡을 했다.

"그래, 자네가 말하던 유전자가 발견되었다고? 그 혈흔에서 말이지. 틀림없는 거겠지?"

"틀림없습니다. 몇 번이나 확인했습니다."

"난 그런 걸 잘 몰라서 말인데, 아내 유전자와 카자미 유전자가 그렇게 비슷하던가?"

히다의 물음에 유즈키는 쓴웃음을 보였다.

"인간의 DNA는 어떤 인간이나 거의 비슷합니다. 아주 근소한 차이가 개성을 만든다고 할 수 있죠. 스포츠 유전자도 그런 것 중의 하나입니다. 사모님과 카자미 선수의 경우, 그 유전자가 완전히 일치합니다. 모녀지간이 아니라면 그렇게 일치할 수 없다고 할 만큼 말이죠. 아쉽지만, 카자미 선수의 스포츠 유전자 패턴은 히다 씨에게 물려받은 게 아닌 듯합니다."

유즈키는 스포츠 능력을 관장하는 유전자라는, 히다로서는 이해하기 어려운 것에 관해 얘기하고 있을 뿐이다. 그러나 그 내용에는 다른 중요한 의미가 포함되어 있다. 물론 유즈키 자신은 그것을 미처 모르고 있다. 그는 중대한 사실을 히다에게 선고한 셈이다.

"자네는 원래의 목적을 잊고 있는 듯하군."

히다의 말에 유즈키가 무슨 말인지 모르겠다는 표정을 지었다.

"내가 자네에게 부탁한 것은 친자 관계 검사였어. 혈흔이 정말 내 아내의 것인지, 그러니까 카자미 친엄마의 것인지, 그걸 조사해 달라고 말했을 텐데. 스포츠 유전자는 그냥 덤이야."

유즈키가 긴장을 풀고 미소를 보였다.

"그랬죠."

"그런데 지금 자네 말로 알았네. 혈흔의 주인이 카자미의 엄마라고 생각해도 틀림없겠지."

유즈키는 확신에 찬 표정으로 머리를 크게 위아래로 움직였다.

"틀림없습니다."

209

그 짧은 한마디가 징 소리처럼 히다의 머릿속에서 울려 퍼졌다. 몸이 중심을 잃고 비틀거릴 것 같았지만 히다는 있는 힘을 다해 버텼다.

"그러니까 자네 계획은 어긋난 샘이로군."

목소리가 다소 열기를 띠었다.

"스키 선수로서의 내 실적과 카자미의 현재 능력에는 유전자적으로 아무런 관계가 없다는 것이 증명된 것이잖나. 적어도 그 F패턴과는 전혀 무관하다는 것이 말이야."

유즈키는 마지못해 고개를 끄덕였다.

"히다 씨와 카자미 선수의 능력을 단순히 유전자만으로 관련지으려 했던 생각은 재고해야겠죠."

"그렇다면 얘기는 끝났군. 자네가 다른 카드를 손에 쥐게 되면 그때 다시 얘기하지."

히다가 자리에서 일어났다. 실은 1초라도 빨리 혼자가 되고 싶었다.

"아니요. 잠시 기다려 주십시오."

"아직 뭐가 더 남았나?"

"히다 씨와 카자미 선수의 관계는 일단 미결로 해 두겠습니다. 그러나 F패턴 연구는 계속합니다. 그 패턴이 운동 능력과 깊은 관계가 있다고 우리는 확신하고 있습니다."

"그래서 어쨌다는 건가?"

"사모님에 대해서 가르쳐 주셨으면 합니다. 스키 선수는 아니었다고 하셨는데, 그렇다고 재능이 없었다고는 단정할 수 없습니다."

히다는 어깨를 으쓱하고는 코웃음을 쳤다. 절반은 진심, 나머지는 연기였다.

"죽은 사람이 스키에 재능이 있었는지 없었는지를 어떻게 조사하겠다는 건가?"

"조사 방법은 여러 가지가 있습니다. 학창 시절 체육 성적, 또 운동 클럽에 속해 있었다면 그 성적도 참고가 되죠."

유즈키의 말에 히다는 입을 꾹 다물었다. 불안이 온 가슴으로 퍼져 나갔다.

"체육 성적이 좋았다고 누구나 스키에 재능이 있다고는 할 수 없지."

"우리가 조사한 바로,"

유즈키가 표정 하나 바꾸지 않고 말했다.

"뜀틀, 매트 운동 등의 성적은 F패턴과 관계가 있습니다. 톱 스키어들은 한결같이 그런 운동을 잘하고 말이죠. 히다 씨도 그렇다고 들었는데요."

이론적으로는 완전하게 무장하고 있다는 식의 말투에 히다는 입술을 깨물었다. 유즈키는 히다의 반론 따위는 충분히 예상하고 있는 듯했다.

웬일로 양복 차림으로 나타났나 했더니 이제야 납득이 갔다. 유즈키는 다른 일을 부탁할 생각으로 찾아온 것이다.

"아내의 학생 시절 성적은 어디에도 남아 있지 않아. 내 분명히 말하는데, 집으로 찾아와 봐야 폐만 될 뿐이야. 그 외의 일이라면 마음대로 하게나. 단, 프라이버시를 침해할 경우에는 단호하게 항의할 거야."

"협력해 주지 않으시는 겁니까?"

"거절하네."

히다는 손을 저으며 일어서더니 그대로 휴게실을 뒤로했다. 유즈키가 부른다 해도 돌아볼 마음이 없었다. 그러리라 예상했는지 유즈키도 더는 아무 말 하지 않았다.

뒷문을 통해 밖으로 나가 벤치에 앉았다. 하늘을 향해 하얀 숨을 토했다.

역시 그랬군.

히다에게는 만에 하나의 가능성을 기대하는 마음이 있었다. 모든 것이 착각이었을 뿐 몇 년 동안 쓸데없는 마음고생을 한 것일지도 모른다는 한 가닥 희망을 품고 있었다.

그러나 그 꿈도 완벽하게 무너졌다. 더는 도망칠 길이 없어졌다. 물리적으로나, 사회적으로나, 정신적으로나.

20

연구소에서 또 새로운 메일이 왔다. 히다 도모요와 카자미 사이에 스포츠 유전자에 관한 공통점이 F패턴 외에도 몇 가지 발견되었다는 내용이었다. 유즈키는 글을 한 번 죽 훑어보고 도중부터는 띄엄띄엄 읽었다. 공통점이 있다고 해서 그것이 반드시 스포츠 능력에 관계된다고는 할 수 없다. 히다 도모요는 카자미의 엄마다. 공통점이 있는 것이 당연하다.

유즈키는 노스프라이드 호텔로 돌아와 있었다. 히다 히로마사를 만나기 위해 삿포로에 있는 스포츠 클럽에 다녀온 것이 어제 일이다.

히다 앞에서는 큰소리를 쳤지만 사실은 낙담이 컸다. 히다 카자미가 가진 F패턴이 아버지가 아니라 어머니에게서 물려받은 것이라니, 전혀 예상 밖이었다. 원점으로 돌아갔다고까지는 생각지 않지만 간신히 찾았다고 여긴 돌파구가 다시 닫힌 것은 사실이었다.

자, 이제 뭘 어떻게 해야 하나.

유즈키는 창가에 서서 밖을 내려다보았다. 그의 방에서 보이는 곳은 스키 슬로프가 아니라 호텔 주차장이다. 그 옆에는 크로스컨트리 코스로 사용되는 평탄한 숲길이 있다. 지금은 도리고에 신고가 연습할 시간이다.

가이즈카가 보여 주는 자료에는 만족하고 있다. 재능이 순조롭게 발휘되면 몇 년 후에 신고는 톱클래스 선수로 성장할 것이다. 국내에서는 이길 자가 없는 상황도 꿈이 아니다.

그러나 그 정도 선으로는 기업이 만족하지 않는다. 아무리 많이 이겨도 광고 효과가 미미하면 투자를 하지 않는다. 광고하면 역시 텔레비전이다. 그러나 크로스컨트리 시합이 중계되는 일은 절대 없다고 단언할 수 있다. 중계를 가능하게 하려면 텔레비전이 관심을 갖게 하는 길밖에 없다. 그 지름길은 뭐니 뭐니 해도 올림픽이다. 메달을 따면 매스컴이 주목한다. 경기 자체에도 관심을 갖게 된다.

신고에게는 메달리스트가 될 수 있는 가능성이 있다. 그러나 그 목표에 이르기까지는 시간이 필요하다. 비용도 든다. 장기간 계속되는 불황 탓에 신세 개발도 불필요한 출자를 피하기 위해 기를 쓰고 있다. 언제 결과가 나올지 모르는 스포츠 부문이 경비 절감의 손쉬운 타깃이라는 것을 유즈키는 알고 있다. 한마디로, 신고가 메달을 딸 때까지 회사가 기다려 주리라는 보장이 없다.

지속적으로 스포츠 연구소의 예산을 확보하려면 어떻게든 결과를 보여 줘야 한다. 회사 상층부는 유전자 패턴으로 재능 있는 황금알을 찾아낸다는 아이디어를 어느 정도 평가하고 있지만, 그렇다고 하염없이 탁상공론만 계속되어서는 언젠가

단념하게 될 것이다.

히다 히로마사와 히다 카자미, 이 부녀를 샘플로 F패턴의 유효성이 증명되었다면 정말 설득력 있는 논문을 쓸 수 있었을 텐데. 물 건너간 가능성에 집착해 봐야 소용없다는 것을 알면서도 포기할 수가 없다.

테이블에 놓여 있는 휴대 전화가 울렸다. 히다 카자미였다. 그녀가 전화를 걸다니, 좀처럼 없는 일이다.

"형사님이 외출할 때는 누구에게든 알리라고 했는데 지금 다카쿠라 코치님이 어딜 가고 안 계셔서요."

그야말로 어쩔 수 없이 유즈키에게 전화를 걸었다는 투였다.

"어딜 가는데?"

유즈키가 물었다.

"병원에요."

"병원? 어디 아프기라도 한 거야?"

유즈키는 자기도 모르게 전화기를 꽉 쥐었다.

"그게 아니라 문병 가는 거예요. 가미조 씨라고, 아세요?"

"가미조 씨? 아, 그래."

버스 사고 때문에 중상을 입은 손님이다.

"그런데 그 사람, 아직 의식이 돌아오지 않았을 텐데."

"모르겠어요. 그래서 어떻게 되었는지 물어보려고……."

"병원에서 그런 걸 가르쳐 주나?"

"오늘 부인이 오신댔어요. 오실 때 제게도 연락을 달라고 부탁했거든요."

"그런데 말이야, 기분은 알겠는데, 카자미가 책임을 느낄 필요는 없어."

"책임감을 느끼고 말고 하는 문제가 아니라 그저 단순히 문병을 하고 싶어요. 그럼 그렇게 알고 계세요."

"아니, 잠깐. 혼자 갈 생각이야?"

"그럼 안 되나요?"

유즈키는 손목시계를 보았다. 할 일은 산더미처럼 많지만 히다 카자미의 신변 경호가 최우선이다.

"나도 같이 가지. 싫다고 해도 따라갈 거야. 카자미의 신변에 무슨 일이 생기면 모두 내 책임이잖아."

몇 초 동안 침묵이 흘렀다. 카자미의 찡그린 얼굴이 눈에 아른거렸다.

"로비에서 기다릴게요."

퉁명스러운 목소리로 카자미가 대답했다.

마침 스키부 전용 왜건이 있어 그 차를 타고 병원에 가기로 했다. 운전은 물론 유즈키가 한다. 카자미는 아무 말 없이 뒷좌석에 올라탔다.

"어제 삿포로까지 가서 아버지를 만나 뵙고 왔어."

운전대를 잡은 유즈키가 말했다.

216

"또 유전자 얘기인가요?"

"음, 그게 내 본업이니까."

"아빠가 협력해 줄 것 같던가요?"

"글쎄. 그보다, 우리 쪽에서 방향을 전환할 가능성이 생겨서 말이야."

"방향 전환요? 어떻게요?"

"그건 한마디로 설명하기 어려운데."

그렇게 말하면서 유즈키는 무언가가 반짝 떠오르는 것을 느꼈다. 카자미와 단둘이서 얘기할 기회는 그리 많지 않다. 놓칠 수 없다.

"몇 가지 질문을 해도 괜찮을까?"

"뭔데요?"

공격적인 말투다.

"그렇게 경계할 거 없어. 네 엄마에 대해서야."

"엄마에 대해서 뭘요?"

"듣자 하니 카자미가 어렸을 때 돌아가셨다던데, 어떤 분이었는지 조금이라도 기억하나? 체형이라든지, 키가 어느 정도였다든지."

"엄마요? 기억할 리가 없죠. 아주 어렸을 때인데. 하나도 없다고 해도 좋을 만큼 없어요. 아직 두 살도 안 되었을 때라고요."

"두 살도 안 되었다…… 그럼 기억하기 쉽지 않겠군. 그래도 사진 정도는 본 적이 있을 텐데."

"그야 물론 있지만, 사진을 봐서는 잘 알 수도 없고 그나마 별로 남아 있지도 않아요."

"엄마 사진이 많지 않아?"

"네. 아빠가 그러는데 두 분 다 사진 찍는 걸 좋아하지 않으셨대요. 그래서 결혼하기 전부터 별로 안 찍었다나 봐요."

"흠, 그렇군."

유즈키는 더욱 낙담했다. 사진이라도 많이 남아 있으면 체형이나 신장, 손발의 균형 등을 봐서 스포츠에 적합한 인재였는지 아닌지를 어느 정도 추측할 수 있다.

"아버지에게 들은 얘기도 없어?"

"무슨 얘기요?"

"엄마에 대해서 말이야. 아버지 말고 친척이나 엄마의 지인이라도 상관없어. 엄마 취미가 뭐였는지, 어떤 운동을 했는지."

카자미가 말이 없었다. 백미러로 뒷좌석을 보니 그녀가 의아하다는 눈빛으로 이쪽을 보고 있었다.

"왜 그렇게 보는데?"

"왜 갑자기 엄마에 대해서 묻는 거죠? 지금까지는 아빠와 나에 대해서만 조사했잖아요."

"그러니까 방향 전환이라는 거지. 너에게 유전자를 제공한 사람이 아버지만은 아니잖아."

뒤에서 커다랗게 한숨 쉬는 소리가 들렸다. 물론 들으라고 더 크게 소리 내는 것이다.

"유즈키 씨는 지금까지의 내 실적이 노력이 아니라 유전자 덕분이라고 말하고 싶은 모양이네요, 어떻게든."

"전에도 말했겠지만 노력에 반드시 보상이 따른다면 백 미터 달리기 결승전에 왜 흑인들만 진출하겠느냐고."

"백 미터 달리기와 스키는 다르죠."

"육체의 능력을 겨룬다는 점에서는 똑같아. 노력을 가볍게 여기는 것은 아니야. 하지만 모두가 최대한 노력한다는 전제 하에 마지막 순간 승패를 가르는 것은 무엇일까, 그 얘기를 하는 거라고. 설마 너 그걸 마음가짐이나 정신력이라고 하는 건 아니겠지."

또다시 백미러로 카자미를 보았다. 시선이 마주치자 그녀가 고개를 옆으로 돌린다.

"미안하지만,"

그녀가 말했다.

"엄마에 대해서는 아무 기억도 없어요. 아빠에게 들은 얘기는 착하고 좋은 사람이었다는 것뿐이고요. 어떤 운동을 했는지, 그런 거 몰라요. 아빠에게 물어보세요."

아무래도 신경에 거슬려 토라진 모양이다. 유즈키는 어깨를 으쓱했다.

병원에 도착하자 카자미는 익숙한 모습으로 안에 들어갔다. 유즈키도 그 뒤를 따라갔다. 잠시 후 회색 투피스 차림에 쉰 살쯤 되어 보이는 여자가 미소지으며 다가왔다. 카자미는 두 손을 가지런히 모으고 공손하게 머리 숙였다. 유즈키도 허둥지둥 그녀를 따라 했다.

"이렇게 오게 해서 미안해요. 아무 관계도 없는 사람을."

여자가 카자미에게 그렇게 말하고는 유즈키에게로 시선을 돌렸다.

유즈키는 명함을 내밀면서 자기소개를 했다.

"그러세요. 그 사람이 이분의 일방적인 팬이었을 뿐인데, 여러 분에게 걱정을 끼치고 있네요."

가미조 부인이 나지막한 목소리로 말했다.

"사모님, 계속 여기 계신 거예요?"

카자미가 물었다.

부인이 부드럽게 고개를 저었다.

"일단 나가오카에 갔었어요. 여러 가지로 해야 할 일이 있어서. 하지만 이쪽 일도 걱정이라……."

"선생님 상태는 어떠세요? 여전히……."

카자미의 물음에 부인이 그러네요, 하면서 고개를 끄덕였다.

"상태는 안정적이에요. 그런데 의식이 전혀……. 앞으로 어떻게 될지도 잘 모르겠다네요, 의사 선생님들도."

"그렇군요."

카자미의 표정이 더욱 어두워졌다.

"정말 힘드시겠어요."

"내가 여기 계속 있을 수 있으면 좋은데, 아들 일도 있고 해서 그러기도 쉽지가 않네요."

"아드님 일요?"

"아, 내가 말을 안 했나. 아들도 병을 앓고 있어서 장기 입원 중이에요."

가미조 부인은 외아들의 병세에 대해 간단하게 설명했다. 그 내용은 정말 가혹한 것이었지만 말하는 그녀는 담담했다. 이미 현실을 받아들였기 때문이겠지만, 거기에 이르기까지의 고뇌를 상상하면 관계없는 유즈키까지 마음이 무거워졌다.

"아드님이 그런 상태인데 남편 분까지 이런 일을 당하셔서……. 뭐라고 말씀을 드려야 할지……."

카자미가 흐느끼듯 말했다.

가미조 부인은 미소를 띠고 부드럽게 손사래를 쳤다.

"마음 쓰지 않아도 돼요. 이렇게 문병을 와 준 것만도 고맙게 여기고 있으니까. 하루빨리 그 사람에게 알려 주고 싶네. 우리 그이는 정말 행복한 사람이야."

부인의 말은 친절함으로 가득했다. 하지만 그래서 오히려 카자미는 고통스러운 듯했다. 카자미가 왼손을 자기 가슴에 대는 것을 보고 유즈키는 '아픔을 느끼는 거겠지'라고 생각했다.

21

히다는 낯선 방에 있었다. 오래된 가구가 놓여 있는 어느 아파트의. 잘 모르는 방이지만 '우리의 방'이라는 인식은 있었다.

방 여기저기에 문이 있었다. 그는 돌아다니며 그 문들 하나하나를 열어 보았다. 분명히 다른 방으로 연결될 텐데 밖으로 나가는 문이 보이지 않는다.

그러다가 어떤 문 앞에 우뚝 섰다. 그 문을 열면 밖에 베란다가 있다는 것을 그는 알고 있었다. 그 베란다에 매달려 있는 시신의 모습이 눈앞에 어른거린다. 도모요의 시신이다. 바람이 불어 그녀의 시신이 흔들리고 있다. 얼른 시신을 수습해야 하는데. 그는 애가 탄다. 사람들 눈에 띄어서는 안 된다.

빨리 문을 열려고 서두른다. 누군가에게 쫓기는 기분이다. 뒤에서 누군가 다가온다. 그 사람이 누구인지 히다는 안다. 그 여자다. 가미조 부인이다.

돌려줘요, 돌려줘요. 목소리가 귓가를 파고든다. 히다는 돌아볼 용기가 생기지 않는다. 도망치려 한다. 문을 열고 나가려 한다. 그런데 문이 열리지 않는다.

몸이 부르르 떨리면서 동시에 눈이 떠졌다. 히다는 사무실 의자에 앉아 있었다. 눈앞에 있는 컴퓨터는 화면 보호기가 작동되고 있다. 마우스를 클릭하자 문서 작성 화면이 떴다. 체력 테스트 안내장을 작성하는 중이었나 보다.

식은땀에 흠뻑 젖어 있었다. 컴퓨터 화면을 멍하게 바라보면서 악몽을 되새겨 보았다. 왜 그런 꿈을 꾸었는지 굳이 분석할 것까지도 없다.

내키지 않는 기분으로 다시 작업을 시작하려는데 휴대 전화가 울렸다. 발신자는 카자미였다.

"지금 삿포로에 있는데 아빠 보러 가도 돼?"

"물론 되지. 와서 아빠랑 저녁 먹을래?"

"미안하지만 아빠, 저녁은 무리야. 자세한 건 가서 얘기할게. 그럼 지금 바로 간다."

카자미는 일방적으로 그렇게 말하고는 전화를 끊었다.

그리고 약 20분 후 스포츠 클럽에 나타난 카자미는 커다란 여행 가방을 들고 있었다. 사무실에서 마주하자마자 그녀는 "조금 이따가 후라노로 갈 거야."라고 말했다. 그 한마디로 히다는 상황을 파악했다.

"월드컵 준비 때문이냐?"

이번에 일본에서 치러질 월드컵 대회 장소가 후라노다.

응, 하며 카자미가 고개를 끄덕였다.

"코치님이 어찌 되었든 가 보자고 해서. 그 사건 때문에 지난번 합숙도 유야무야되었고 나도 현지에서 스키를 타 보면 생각이 정리될 것 같기도 해서."

"의욕에 불이 붙으면 출전하겠다, 그런 얘기냐?"

"그렇게 거창한 건 아니고, 가능하면 기대에 부응하고 싶은 마음이랄까, 굳이 말하자면."

"기대…… 주위의 기대를 말하는 거냐?"

"그것도 있지만……."

카자미가 고개를 숙이고 말꼬리를 흐렸다.

그녀를 쳐다보는 히다의 가슴 안쪽에 뜨거운 덩어리가 생겼다. 아버지와 딸로 살 수 있는 시간이 그리 많이 남지 않았다.

"분명히 말하는데, 아빠 생각은 하지 마라. 이번이 마지막 기회는 아니야. 그보다 너는 너 자신을 위해 타면 된다. 다카쿠라 코치도, 회사도, 그리고 아빠도 생각할 필요 없어."

카자미는 고개를 들고 아빠에게 미소를 보냈다.

"아빠가 그렇게 말할 줄 알았어. 알아. 나는 나를 위해 타야지. 그런데 이번에는 기분이 좀 달라."

"어떻게 다른데?"

"나, 그 사람……, 가미조 씨를 생각하면 절대 기권하고 싶지 않다는 생각이 들어. 그렇게 나를 응원해 주는 사람인데, 만약 상태가 호전되어서 의식이 돌아왔을 때 내가 기권했다는 걸 알면 얼마나 낙담하겠어. 그렇잖아."

그녀의 말에 히다는 말문이 막혔다. 가미조라는 이름이 나오면 그는 늘 할 말을 잃는다.

"사실은 어제, 병원에 또 갔다 왔어."

카자미가 말했다.

"병원이라니…… 문병하러?"

"내가 간다고 해서 뭐가 어떻게 되는 건 아니지만 가만히 있을 수 없었어."

"혼자 갔니?"

히다의 목소리가 갈라졌다.

카자미가 고개를 저었다.

"유즈키 씨랑 같이."

"그 사람이?"

이틀 전 일이 떠올라 가슴이 철렁했다.

"이럴 때 혼가 가게 할 수는 없다면서 같이 가겠다고 하더라고. 자기가 보디가드라고 생각하나 봐. 여기 올 때는 아빠 얼굴만 보러 가는 거라고 사양했어."

"다른 말은 안 하던? 그러니까…… 그, 연구에 대해서."

"유전자 연구에 대해서는 당연히 말했지. 그리고 엄마에 대해서도 몇 가지 질문을 했고. 운동을 했느냐, 어떤 체형이었느냐, 뭐 그런 거. 이상한 사람이야. 전에는 나랑 아빠의 관련성에 대해서만 조사하더니 이번에는 엄마에 대해서 물어 대고. 하지만 난 엄마에 대해서는 실제로 아무것도 모르잖아. 그래서 솔직하게 그렇게 말했더니 꽤나 실망하더라."

역시 유즈키는 카자미를 통해 도모요에 대해 알아내려 하는 모양이다. 걱정할 필요 없다고 생각했지만 히다는 안절부절못했다. 도모요와 카자미 사이에 친자 관계가 없다는 것을 유즈키가 알게 해서는 안 된다.

"병원에서 가미조 씨 부인을 만났어."

카자미가 말했다.

"우연히 만난 게 아니고, 그 전에 만났을 때, 면회하러 오게 되면 알려 달라고 부탁했었거든."

히다는 또다시 숨을 삼켰다. 발 밑이 흔들리는 듯한 기분이었다.

"그 사람, 아직 여기 있는 거니?"

평정을 가장하고 물었다.

"니가타에 갔었대. 그런데 남편을 그냥 내버려 둘 수가 없어서 곧바로 다시 돌아왔나 봐. 힘들겠지?"

카자미의 얘기를 들으면서 히다는 마음에 식은땀을 흘리고 있었다. 그녀는 아무것도 모른다. 지금 얘기하고 있는 여자가 자신에게 어떤 존재인지 전혀 눈치채지 못하고 있다. 그래서 가엾기도 하고, 한편으로 진상을 알게 되면 상처가 더욱 클 거라고 상상하면 히다는 죄책감에 숨쉬기조차 어려웠다.

월드컵까지, 라고 그는 마음을 굳히고 있었다. 카자미가 출전할 생각이라면 대회가 끝날 때까지 잠자코 있자고. 그 대신 대회가 끝나면 가능한 한 빨리 진실을 얘기한다, 그런 방침이었다.

"그 사람과는…… 그러니까 가미조 부인과는 얘기를 오래 나눴니?"

"아니, 한 십 분쯤 되나? 그냥 서서 잠깐."

"그랬구나."

"아빠, 알고 있어? 그 사람 아들도 병을 앓고 있대. 그래서 여기 계속 머무를 수 없어서 몇 번이나 오가고 있다나 봐."

"그래, 지난번에 그 얘기는 들었다. 입원 중이라며."

그 얘기를 하면서도 히다는 심경이 복잡했다. 남 얘기가 아니다. 카자미의 친오빠 얘기다.

"병명은 들었어?"

카자미가 목소리를 낮췄다.

"아니, 거기까지는……."

"백혈병이래."

"뭐?"

"증상이 많이 악화돼서 약물 치료도 별 효과가 없나 봐. 참 안됐지? 아직 이십 대라는데. 기대할 수 있는 건 골수 이식뿐인데 적합한 사람을 찾을 수 없어서 이러지도 저러지도 못하고 있대. 그럴 때에 가미조 씨가 뭐 때문에 홋카이도에 왔는지 정말 모르겠다고 했어, 부인이."

그 얘기를 듣는 순간, 히다의 가슴이 술렁거리기 시작했다. 무언가가 마음에 걸리더니 그것이 서서히 부풀어 갔다. 하지만 그것이 아직 뚜렷한 형태를 이루지는 못했다.

아빠, 하고 부르는 소리에 정신을 차렸다. 카자미가 이상하다는 듯 고개를 기우뚱하고 있었다.

"아빠, 왜 그래?"

"아니…… 아들이 그 지경에 있는데 남편까지 사건에 휘말려서 얼마나 힘들까 싶어서."

"그렇지? 어떻게든 힘이 되고 싶은데 내가 할 수 있는 게 없네."

카자미가 슬프다는 듯이 눈을 내리깔았다.

"몇 번이나 말하지만, 가미조 씨가 그런 일을 당한 건 네 탓이 아니야."

"그건 알지만……."

"시간, 아직 괜찮니?"

히다가 물었다.

실은 어서 빨리 혼자가 되고 싶었다.

카자미는 손목시계를 보더니 일어서면서 말했다.

"이제 가야겠다. 아빠 일하는 데 방해해서 미안해."

"그건 괜찮아. 아까도 말했지만, 너는 네 생각만 해. 월드컵 출전 문제는 네게 맡기겠다. 단, 어중간한 기분으로 경기에 임하는 일은 없도록 하거라. 다른 선수에게도 실례고, 실수해서 부상을 입을 가능성도 있어. 응원해 주는 팬들도 너의 어중간한 경기는 보고 싶지 않을 거다."

"응, 알았어. 나를 믿어, 아빠."

또 연락할게, 라는 말을 남기고 카자미는 출구 쪽으로 향했다.

그녀를 배웅한 후 히다는 서둘러 사무실로 돌아갔다. 컴퓨터 앞에 앉아 인터넷을 연결했다. 백혈병, 이라고 검색어를 입력했다.

잠시 후 화면에 뜬 정보를 읽고서 그는 전신의 피가 일렁이는 것을 느꼈다. 그러면서도 등골은 서늘해졌다.

역시.

그의 눈은 화면 상단에 있는 골수 이식이라는 단어를 향해 있다. 그에 관한 설명이 밑으로 이어진다. 타인의 경우 백혈구의 형질이 수만에서 수백만 명에 하나밖에 적합하지 않다.

부모라도 적합한 경우는 극히 드문 듯하다. 단, 형제자매의 경우에는 사분의 일까지 확률이 올라간다고 한다.

이거군, 하고 히다는 생각했다.

아들이 난치병으로 고생하고 있는 때에 가미조가 굳이 홋카이도까지 찾아온 진짜 이유는 이게 틀림없었다. 그는 단순히 카자미를 만나러 온 것이 아니다. 그녀가 골수 제공자가 될 수 있지 않을까 하는 한 줄기 희망을 품고 찾아온 것이다.

가미조가 카자미의 중학 시절 사진을 갖고 있었다는 사실이 떠올랐다. 역시 그는 그 무렵부터 이미 카자미의 존재를 알아차리고 있었던 게 아닐까. 알고는 있었는데 어떤 이유로 진실을 밝히는 시기를 뒤로 미뤘다. 그런데 아들이 백혈병에 걸려 골수 제공자가 필요해지자 결국은 카자미를 만나기로 했다. 그렇게 생각하면 앞뒤가 전부 맞아떨어진다. 부인에게 말하지 않은 것은 히다 카자미와의 혈연관계가 증명되지 않을 경우의 충격에 대비한 배려였는지도 모른다.

히다는 컴퓨터 앞에서 머리를 움켜쥐었다.

카자미의 출생에 대해 진실을 숨긴 것만 해도 죄가 크다. 애당초 사실을 안 시점에 경찰에 신고했어야 했다. 히다는 가미조 부부에게나 카자미에게나 자신은 죄인에 불과하다는 것을 자각하고 있다. 그렇기에 그녀가 월드컵에 출전하는 씩씩한 모습을 볼 수 있다면 그때를 계기로 모든 것을 고백하리라고 마음먹은 것이다. 뒤집어 말하면, 그때까지는 계속해서 죄를 지을 수밖에 없다고 각오하고 있었다.

그런데 이제 사태가 그렇게 끝날 수 없게 되었다.

진상을 계속해서 숨긴다면 지금도 골수 제공자를 애타게 찾고 있을 카자미 오빠에게도 씻을 수 없는 죄를 짓게 된다.

카자미가 국제무대에서 활주하는 모습을 한 번이라도 보고 싶어 하는 마음은 그저 자신의 이기심일 뿐이라고 히다는 생각했다. 그런 이기심 때문에 타인의 인생을 뒤틀리게 할 수는 없다. 하물며 살릴 수도 있는 목숨을 모른 체하는 것은 말도 안 된다.

히다는 컴퓨터 전원을 끄고 일어섰다. 갑자기 눈앞이 어지러워 휘청거렸다. 의자가 넘어지면서 커다란 소리가 났다.

그 소리를 들었는지 여자 스태프가 뛰어 들어왔다.

"점장님, 괜찮으세요?"

그는 고개를 끄덕이고는 손을 내밀려는 그녀에게 웃음을 지어 보였다.

"괜찮아. 나도 이제 나이를 먹나 보군. 그만 발이 걸려서."

"안색이 좋지 않아 보이는데요."

"아무 일 아니야. 괜찮아, 괜찮다니까. 정말 고마워."

여전히 걱정스러운 표정인 여직원에게 등을 보이고 히다는 걸음을 내디뎠다. 구름 위를 걷고 있는 것처럼 걸음이 불안정했다.

어쩔 수 없지, 하고 그는 생각했다. 지금까지 용케 피해 온 천벌을 끝내 받게 되었을 뿐이다.

22

신고가 밖에 나가 스트레칭을 하고 있는데 "안녕하세요." 하는 소리가 들렸다. 돌아보니 후지이가 서 있었다. 바로 뒤에 같은 색 운동복을 입은 남자가 하나 더 있다. 후지이보다 키가 커서 더욱 호리호리한 인상이다.

어, 하고 신고가 대답했다.

"오늘은 또 뭔데?"

"아…… 지난번에 받은 정로환 말인데, 인사를 하고 싶다고 해서."

그러면서 후지이가 뒤를 돌아보았다. 아마도 그날 배가 아팠던 부원인가 보다.

"그런 거 안 해도 되는데."

"고문 선생님도 찾아가서 인사하고 오라고 하셨고."

그렇게 말하고서 후지이는 부원에게 채근하듯 턱짓을 했다. 키가 큰 그가 한 걸음 앞으로 나와 공손하게 머리 숙이며 말했다.

"감사합니다. 덕분에 살았어요."

"아…… 천만에요."

신고도 머리를 숙였다. 왠지 어색했다.

잠시 후 키가 큰 부원은 뛰어서 돌아가고 혼자 남은 후지이가 신고의 스키 보드를 쳐다보며 감탄스럽다는 듯 말했다.

"와, 그거 최신 모델이지? 굉장하다."

"그래? 난 잘 모르는데. 사용하라고 줘서 쓰는 것뿐이니까."

"공짜로 받은 거야?"

후지이가 눈을 동그랗게 뜬다.

"내 거 아니야. 빌린 거지."

"그래도……. 진짜 좋겠다."

후이지가 또 빤히 쳐다본다.

"그럼 우리 클럽에 들어오면 되잖아. 코치에게 얘기해 볼까?"

후이지가 어깨를 으쓱했다.

"어림없지. 너희 클럽은 스카우트제잖아. 우리 고문이 너희 코치에게 그렇게 들었다던데."

"스카우트제라고……."

신고가 고개를 갸웃거렸다. 하기야 신고 자신은 스카우트

되었다.

"좋겠다, 재능이 있어서. 부러워."

그래, 넌 재능이 없지, 하고 신고는 마음속으로 중얼거렸다. 언제나 비실비실 꼴찌이면서 용케 버티고 있다. 그런데도 즐거워 보일 정도로 이 스포츠를 좋아한다면 그쪽이 훨씬 부럽다.

"어, 또 경찰차가 와 있잖아."

후지이가 주차장으로 눈길을 돌렸다.

"그 버스 사고 때문이겠지."

"그 사고, 그냥 교통사고잖아. 그런데 단순 사고치고는 경찰이 참 오래 어슬렁거리네."

후지이는 순수하게 이상하다는 투다.

신고는 레스토랑에서 들었던 유즈키와 가이즈카의 대화를 떠올렸다. 실은 히다 카자미 선수를 노린 사고였다는데, 과연 정말일까.

"경찰이 그저 한가해서 저러는지도 몰라."

신고는 그렇게 말해 보았다.

"하하하, 그럴지도 모르겠다."

후지이도 동조해 주었다.

그때 후지이, 하고 부르는 소리가 들렸다. 소리 나는 쪽으로 고개를 돌리니 덩치 큰 부원이 이쪽을 보고 있었다. 구로사와였다.

"뭐하고 있는 거야. 이제 시작할 건데."

"아, 네, 죄송합니다."

후지이는 "또 보자" 하고는 달려갔다. 그 뒷모습을 쳐다보다 신고는 구로사와와 눈이 마주쳤다. 구로사와의 눈초리가 날카로웠다. 무슨 시비라도 걸 작정인가 하고 생각하는데 빙그르 몸을 돌려 등을 보이고는 부원들이 있는 곳으로 돌아갔다.

그리고 잠시 후에 가이즈카가 나타났다. 평소대로 연습이 시작되었다. 오늘도 구로사와와 후지이 등과 함께 연습을 하는 신세가 되고 말았다.

신고는 머릿속을 텅 비우고 오직 손발만 움직였다. 오르막이 되면 묵묵히 오르고 내리막이 되면 수그린 몸을 중력에 맡겼다. 즐거운 일은 하나도 없다. 그저 괴롭기만 할 뿐이다. 하지만 지금은 이걸 할 수밖에 없다. 자신이 유즈키와 가이즈카의 지시대로 움직이고, 어제보다 조금 나은 기록을 내면 평온한 나날을 보낼 수 있다. 아무도 고생하지 않아도 된다.

지난 며칠 동안과 마찬가지로 선수를 몇 명이나 앞질렀다. 그중에는 물론 후지이도 있다. 오늘은 그와 잠시 나란히 가는 것도 하지 않았다. 거의 순간적으로 스치고 지나갔다. 그런데도 "와, 진짜 대단하다!" 하고 후지이가 헉헉거리며 흘리는 소리가 귀에 들어왔다.

구로사와가 뒤쫓고 있다는 것은 도중에 알았다. 신고가 출발할 때 구로사와는 아직 출발선에 대기하고 있었다. 아마 간발의 차로 출발했을 것이다. 일부러 그런 것인지 어떤지는 알 수 없다.

도중에 가이즈카가 기다리고 있었다. 놀랍게도 스키부 고문도 함께였다. 둘이 담소하면서 신고를 보고 있다. 아니다. 바짝 뒤쫓고 있는 구로사와와 비교하면서 바라보았을 것이다.

"거기서부터야. 움직임을 크게! 그렇지! 그런 식으로."

가이즈카가 성원을 보낸다. 그 표정이 만족스러워 보인다. 기록이 어제보다 좋은지도 모르겠다.

그러고서 잠시 후 구로사와에게 추월당하고 말았다. 상대의 폼이 안정적이라는 것은 신고도 알 수 있었다. 군더더기가 없고, 힘을 곧바로 설면에 전하고 있다. 그에 비하면 자신은 엉망진창이라고 생각했다.

그럼에도 안간힘을 다해 뒤쫓았다. 거리가 벌어지지 않도록 힘을 쥐어짰다.

구로사와 역시 대놓고 신고를 의식하고 있었다. 간혹 힐금힐금 시선을 던지기도 했다.

최대의 난관인 오르막이 나타났다. 구로사와는 여기에서도 신고 쪽을 힐금 보았다. 자, 간다. 여기부터가 진짜 승부야,

알겠어? 그런 말이라도 하고 싶은 듯한 눈빛이었다.

너를 어떻게 당하겠느냐고 생각하면서도 신고는 열심히 스키 보드로 설면을 밀었다. 숨이 차오르고 심장이 방망이질했다. 근육이 마음대로 움직여 주지 않는다. 그런데도 필사적으로 폴을 휘둘렀다. 구로사와는 전국 대회 단골 선수라고 했다. 그런 선수와 대등하게 달릴 수 있다면 신고의 미래도 밝아진다.

그러나.

자신이 그런 미래를 바라고 있는가. 크로스컨트리 선수가 되어 올림픽에 출전하고 싶다고 진심으로 바라고 있는가. 그렇게 하면 자신과 아버지가 행복해질 수 있는가.

발이 급격하게 무거워졌다. 팔도 움직이지 않는다. 구로사와의 등이 저 멀리로 작아져 간다.

오르막은 여전히 계속되고 있다. 신고의 움직임이 둔해지더니 급기야 정지하고 말았다. 턱을 내밀고 공기를 빨아들인다. 목에서 쌕쌕 소리가 난다.

거무튀튀하게 흐린 하늘에서 하얀 것이 떨어졌다. 신고는 다시 오르기 시작했다. 그러나 아까만큼의 속도는 나지 않는다. 노인이 계단을 하나씩 오르는 듯한 페이스다. 뒤쪽에서 다른 선수들이 다가오는 것을 느낄 수 있었다.

23

히다가 노스프라이드 호텔 주차장에 차를 세웠을 때, 바로 옆으로 크로스컨트리 스키 선수들이 지나갔다. 고등학교 스키부인 듯했다. 그 고등학교가 홋카이도 노르딕 스키 부문에서는 굴지의 강호라는 것을 히다도 알고 있다.

차에서 내려 호텔 정면 현관을 향해 걸어갔다. 가슴속에는 아직도 망설이는 마음이 있었다. 그 마음을 밟아 짓뭉개듯 한 걸음 한 걸음 땅을 디뎠다.

카자미에게 가미조 세쓰코가 병원에 있다는 얘기를 듣고서 히다는 이 호텔에 문의해 보았다. 예상했던 대로 그녀는 이번에도 이 호텔에 묵고 있었다. 자세한 것까지는 묻지 않았지만 아마도 호텔 측에서 비용을 부담하고 있을 것이다. 어떤 자가 의도한 사건이기는 하나 호텔 소속 셔틀버스가 사고를 냈으니 당연한 일이다.

어젯밤에는 결국 한숨도 자지 못했다. 자신이 어떻게 해야 옳은 것인지를 생각하고 고뇌하느라 밤을 밝혔다. 어떻게 하는 것이 카자미를 위한 길인지, 어떻게 행동하는 것이 죗값을 치르는 길인지.

아무리 자신에게 유리한 논리를 세워도, 마지막에 나오는 대답은 한 가지밖에 없었다. 무언가를 잃게 되더라도 하루빨리 가미조 부인과 카자미에게 진실을 털어놓아야 한다는 것이었다. 카자미의 월드컵 출전을 지켜본 후에 밝히자는 따위의 안이한 생각을 하고 있을 때가 아니다. 사람의 목숨이 걸려 있다. 당연하다면 당연한 선택이지만, 히다는 그 당연한 선택을 계속 외면해 온 자신을 인정하지 않을 수 없었다.

문제는 가미조 세쓰코에게 어떤 말로 진실을 밝히느냐 하는 것이다.

그녀는 니가타에 있는 아들과 아직도 의식이 돌아오지 않는 남편 일로 머리가 꽉 차 있을 것이다. 그런 때에 19년 전에 유괴된 딸 얘기를 듣게 되면 보나 마나 극심한 혼란에 빠질 것이다.

그러나 이미 머뭇거릴 때가 아니었다. 히다가 진실을 고백하면 그녀는 가미조가 홋카이도에 온 이유를 알게 될 것이며, 동시에 외아들을 살릴 수 있는 길도 얻게 될지 모른다. 물론 그렇게 함으로써 자신은 형벌을 받게 되고 많은 사람의 멸시와 매도를 피할 수 없다는 것도 각오하고 있다. 그리고 상상만 해도 그 이상으로 가슴 아픈 일은 카자미에게 너무도 큰 상처를 주게 될 것이란 점이다. 그 무엇보다 소중하고, 어떤 재앙이 닥쳐도 목숨을 걸고 지켜 줘야 하는 존재에게 다른 누구도 아닌 자신이 더없이 큰 고통을 줄 수도 있다는 것이 그에게는 어쩌면 가장 큰 벌인지도 몰랐다. 그러니 그 벌 또한 마땅히 받아들여야 한다고 생각했다.

호텔 현관을 지나 프런트로 향했다. 거기에 서 있는 사람은 히다도 잘 아는 호텔 직원이었다. 그가 히다를 알아보고 인사했다.

"가미조 씨의 부인이 여기 오셨지? 연락을 취하고 싶은데."

젊은 호텔 직원은 양쪽 눈썹을 치켜세우면서 오른손으로 먼 곳을 가리켰다.

"가미조 씨 부인은 조금 전에 다른 손님과 라운지에 가신 것 같은데요."

"다른 손님 누구?"

"글쎄요, 거기까지는."

호텔 직원이 웃는 얼굴로 고개를 갸웃거렸다.

히다는 고맙다고 인사하고 티 라운지로 향했다.

라운지로 들어서자 4인용 테이블에 앉아 있는 가미조 세쓰코의 등이 시야에 들어왔다. 그 옆에 앉은 사람은 오다기리인 듯했다. 마주 앉은 두 남자는 본 적 없는 인물들이다.

히다는 가미조 세쓰코 바로 뒷자리에 앉아 웨이터를 불렀다. 커피를 주문하면서 작은 소리로 말한 까닭은 현시점에서는 여기 있다는 것을 그녀가 알게 하고 싶지 않아서였다.

"그러니까 몇 번이나 말한 것처럼 경과를 지켜보는 수밖에 없어요. 언제쯤 복귀할 수 있을지, 지금 어떻게 분명하게 말하겠어요?"

가미조 세쓰코가 말하고 있다. 지금까지의 인상과는 달리 다소 신경이 곤두선 분위기였다.

"그건 압니다. 문제는 주주들에게 어떤 식으로 설명하느냐는 것이죠. 만에 하나의 사태가 발생할 경우, 차기 사장직을 어떻게 할 것인지 윤곽이라도 잡아 놓지 않으면."

그녀와 마주 보고 있는 남자가 말하고 있다.

"차기 사장은 현 사장이 지명하는 것으로 되어 있잖아요."

"잘 압니다. 하지만 지금 상황으로는 그것도 불가능하고 말이죠."

"당신들, 지금 사장님이 살아나지 못할 거라고 단정하는 건가요?"

"아니, 절대 그런 것은 아닙……."

"의사 선생님들도 반반이라고 했어요. 뇌에 고인 혈액도 뽑아냈고, 이제 신경이 회복되기를 기다리는 것뿐이라고. 좀 더 기다려야 하는 것 아닌가요."

"기다리고 싶은 마음은 태산 같습니다만, 시간이 허락지를 않습니다."

"그런 상황을 어떻게든 타개하는 것이 당신들이 할 일 아닌가요. 저를 설득하러 올 시간이 있으면 달리 뭘 해야 할지 가서 찾아보세요."

그녀의 서슬에 남자들이 침묵했다. 마침내 한 남자가 말했다.

"회사로 돌아가 다른 간부들과도 얘기해 보겠습니다. 그러나 일주일 이내에 어떤 방침을 정하지 않으면 안 될 겁니다."

그 말에 가미조 세쓰코는 대꾸하지 않았다. 사정은 알 수 없지만 뭔가 곤경에 처해 있는 듯하다.

그녀와 마주 앉아 있던 두 남자가 인사를 하고서 자리를 떴다. 그 후 그녀가 뭐라고 귀띔을 하자 오다기리도 자리를 떴다.

가미조 세쓰코의 한숨 소리가 히다의 귀에도 들렸다. 심신이 지칠 대로 지쳐 있는 듯이 들렸다.

또다시 주저하는 마음이 움텄지만 심호흡을 하고서 그녀의 등을 향해 말을 건넸다.

"저……."

그녀가 고개를 들고 돌아보았다. 히다를 보더니 아아, 하며 표정이 누그러졌다.

"히다 씨…… 아직 이 호텔에 계셨나요?"

"아니요, 그런 건 아닙니다."

히다는 입술을 핥았다.

"지금 잠시, 괜찮으십니까?"

"네, 괜찮아요."

"자리를 그쪽으로 옮겨도……."

그러세요, 하며 그녀가 미소를 지었다.

자리를 옮긴 후 그는 헛기침을 한 번 했다. 가미조 세쓰코의 얼굴을 똑바로 쳐다볼 수 없었다.

"며칠 전에 딸애가 병원을 찾아갔다더군요."

"네, 그래요. 병원에 갈 때 알려 달라고 해서 일단 연락을 했더니 정말 와 주었어요. 따님이 참 친절하더군요. 따님 때문에 사고가 난 것도 아닌데 그렇게 열심히 찾아와 주니 오히려 제가 미안했어요. 연습하느라 바쁠 테니 이제 그만 마음 쓰라고 말은 했는데."

"그 녀석, 가미조 씨가 자기를 만나러 홋카이도에 오신 게 아닐까 생각하는 듯합니다. 그러다 사고를 당하셨으니 남의 일이라 여겨지지 않는 것이겠죠. 그러니 그냥 놔두십시오."

"물론 우리야 괜찮지만요."

가미조 세쓰코가 눈길을 떨어뜨렸다.

히다는 잔에 담긴 물을 마셨다. 목이 몹시 말랐다.

"딸에게서 아드님 병에 관해 들었습니다. 걱정이 크시겠습니다."

가미조 세쓰코는 민망하다는 듯이 뺨에 손을 댔다.

"공연한 얘기를 했다고 반성하고 있어요. 푸념하는 것처럼 들렸다면 죄송합니다."

"아닙니다. 딸은 그렇게 얘기하지 않았어요. 어떻게든 힘이 되고 싶다고 했어요."

"그랬군요. 아들 일까지 걱정해 주다니, 정말 감사해야겠네요."

저, 하고 히다가 말했다.

"이것도 딸에게서 들은 얘기인데, 골수 이식을 생각하고 계시다고요."

그녀는 절박한 표정으로 고개를 끄덕였다.

"남은 방법이 그것밖에 없다는 설명을 들었어요. 그런데 적합한 사람을 좀처럼 찾을 수가 없어서. 골수 은행에 등록되어 있는 사람 자체가 턱없이 적어요."

"형제는 적합률이 높다고 하는데, 아드님 외에 다른 자녀분은?"

그녀가 고개를 저었다.

"하나뿐이에요. 하나 더 있었으면 했지만."

그렇게 말하고서 눈길을 떨어뜨리는 모습을 보니 히다는 누가 자기 심장을 움켜쥐기라도 한 것처럼 가슴이 아팠다. 지금 이 순간, 그녀는 틀림없이 19년 전에 낳은 여자아이를 떠올렸을 것이다. 물론 지금까지 수도 없이 생각했을 것이다. 그때 갓난아기를 유괴당하지 않았더라면 병상에 있는 아들을 살릴 수 있을지도 모르는데, 하면서. 하지만 생각해 봐야 소용없는 일이라고 매일 스스로를 다독였겠지.

진상을 밝히면 그녀는 어떤 반응을 보일까. 쉽게 믿지 못할지도 모른다. 악질적인 농담이라고 화를 낼 가능성도 있다. 그러나 히다가 진지하게 얘기하면 언젠가는 사실일지 모른다고 믿게 될 것이다. 그때 그녀는 과연······.

아니, 괜한 생각은 하지 말자고 히다는 생각했다. 가미조 세쓰코가 혼란스러워하는 것은 당연한 일이다. 어쩌면 이 자리에서 경찰에 신고할지도 모르겠다. 그러는 한이 있어도 자신은 두말 않고 고개를 숙이고 있는 수밖에 없다.

실은, 하고 히다가 말을 꺼내려 하는데 그녀가 먼저 입을 열었다.

"부모 자식이라는 게 참 이상하죠."

"네?"

"골수 이식 말이에요. 형제일 경우에는 사분의 일 확률로 적합하다는데, 부모 자식은 거의 기대할 수 없다고 하네요. 저와 남편도 검사를 했는데 역시 적합하지 않았어요. 부모 자식은 1촌, 형제자매는 2촌이라고 하잖아요? 그렇게 보면 부모 자식 간이 피가 더 가까울 것 같은데, 실제로는 형제가 더 가까운가 봐요."

"그런 얘기는 저도 들었습니다."

히다는 빨리 용건을 꺼내야겠다고 생각했다. 그녀의 얘기를 듣다 보면 또 망설이게 될 것 같았다.

"우리 가족은 단순한 혈액형조차 제각각이에요."

가미조 세쓰코가 자학적인 웃음을 머금었다.

"그렇군요."

"네. 남편은 O형이고 나는 AB형, 그리고 아들은 A형이랍니다. 하기야 혈액형이 달라도 백혈구의 형질이 같으면 골수이식은 가능한 것 같지만요."

히다는 고개를 끄덕이고는 또 물을 한 모금 마셨다. 19년 전에 잃어버린 딸이 어디 있는지 어서 빨리 그녀에게 가르쳐 줘야 한다. 백혈병으로 고생하는 아들을 살릴 수 있는 길이 있다는 것을 알려야 한다.

말을 꺼내려고 숨을 들이쉬었을 때 작은 의문 하나가 그의 가슴에서 고개를 들었다. 그것은 순식간에 커다랗게 부풀고, 마침내는 충격이 되어 그의 마음을 뒤흔들었다.

가미조 세쓰코가 그를 보면서 고개를 갸웃했다.

"왜 그러세요?"

"아니, 저……."

히다는 얼굴이 뜨거워지는 것을 느꼈다.

"부인께서는 AB형입니까?"

"네, 그런데요. 제 혈액형이 왜요?"

"아, 아닙니다. 그렇게 보이지 않았을 뿐입니다."

그녀가 뜻밖이라는 듯이 눈을 깜박거렸다.

"혈액형 성격 판단, 그런 걸 믿으시나요?"

"아아, 그런 건 아니지만……."

쿵쿵 요동치는 심장이 좀처럼 잦아들지 않았다. 잔을 손에 들었지만 물은 이미 남아 있지 않았다.

"저…… 남편 분이나 아드님이 하루빨리 쾌차하길 빌겠습니다. 오늘은 그 말씀을 드리려고."

뺨이 굳어 말이 제대로 나오지 않았다.

"고맙습니다. 따님에게도 고맙다고 전해 주세요."

가미조 세쓰코는 다소곳이 머리를 숙였다.

히다도 머리를 숙이고는 일어섰다. 걸어가다가 계산서를 들고 오지 않았다는 게 생각나 자리로 다시 돌아갔지만 가미조 세쓰코의 얼굴을 바로 볼 수 없었다.

혈액형이 AB형.

물론 히다는 카자미의 혈액형을 알고 있다. 그녀는 O형이다. 그리고 부모 중에 AB형이 있으면 절대 자식은 O형일 수 없다는 것도 알고 있다.

24

취재를 위해 찾아온 사람은 과거에 체조 선수였던 여자였다. 올림픽에 출전한 적도 있지만 좋은 성적은 남기지 못했다. 그러나 스포츠 선수치고는 매력적이라는 이유로 방송계에서는 꽤 보물 취급을 받는 듯했다. 그래 봐야 황금 시간대의 프로그램에 나갈 수 있을 만큼 지명도가 있는 것은 아니어서 주로 심야 스포츠 프로그램에 리포터로 등장한다.

유즈키는 하품을 참느라 생고생을 하고 있었다. 최고의 기대주 미녀 스키 선수, 라는 테마로 취재를 하고 싶다고 해서 수락했는데, 찾아온 스태프들이 아니나 다를까 스키에 대해서는 일자무식이었다. 전 체조 선수인 여자 리포터는 툭하면 스키를 체조와 관련시켜 얘기를 끌어 나가려고 하는데, 자연을 상대로 싸워야 하는 스키의 가혹함과 불합리함을 다른 스포츠로 대체하는 것은 그리 쉽지 않다.

촬영은 후라노에 있는 호텔의 한 방에서 진행되었다. 가능하면 밝은 시간대에 촬영하고 싶다고 해서 오후 3시에 시작하기로 했다. 카자미는 스키복 차림이었다.

인터뷰 내용은 줄곧 초점이 어긋났지만 방송국 스태프들은 만족하는 듯했다. 유즈키는 그들에게 수고했다는 말을 전하고, 다소 진력난 표정으로 카자미에게 다가갔다.

"수고 많았어. 꽤 잘하던데."

"그런가요."

카자미는 시큰둥하게 대답했다.

"조금만 더 귀염성 있는 표정을 지어 주었으면 훨씬 좋았겠지만."

"미안하네요, 생긴 게 이래서."

"표정을 말하는 거야. 알파인 스키가 인기 스포츠가 되면 좋잖아. 아이돌이 하나 출현하면 어떤 스포츠든 주목을 받게 돼 있어. 컬링이든 탁구든 말이야."

"미안하지만 전 그런 재목이 아니라서요."

수고하셨습니다, 라는 말을 남기고 카자미는 방에서 나갔다. 그 뒷모습을 쳐다보며 유즈키는 어깨를 으쓱했다. 나 역시 매니저 재목이 아니야. 그렇게 말해 주고 싶었다.

솔직히 히다 카자미의 홍보 담당이라는 역할에는 염증이 났다. 유전자 연구를 하는 데에 히다 부녀의 협력을 얻기 위해 마지못해 맡기는 했지만, 유전자 패턴이 히다 히로마사가 아니라 카자미의 엄마에게서 발견되었으니 그 부녀를 세트로 생각하는 것은 이제 의미가 없다. 그 엄마가 살아 있다면 얘기가 달라지겠지만, 이미 십몇 년 전에 죽었다.

게다가 유즈키에게는 마음에 걸리는 일이 따로 있었다. 가이즈카에게서 아무래도 도리고에 신고의 상태가 이상하다는 연락이 온 것이다.

"정서가 불안정하달까. 순조롭게 잘하고 있다 싶으면 페이스가 뚝 떨어지곤 한다니까. 무슨 불만이라도 있느냐고 물어

보면 딱히 그런 거 없다, 몸이 좀 안 좋을 뿐이라고 하고."

전화를 건 가이즈카는 몹시 난감하다는 투였다.

"매일 연습만 하다 보니까 욕구 불만이 쌓인 거 아닐까요. 기분 전환을 좀 시켜 주면 어떨까요. 음악을 좋아하니까, 반나절 정도 느긋하게 CD를 듣게 하는 것도 좋을지 모르겠습니다."

"나도 그 정도는 생각했지. 반나절이 뭐야, 하루 종일 실컷 놀라고도 해 봤어. 그런데 그 녀석이 그럴 필요가 없다는 거야. 연습을 거르지 않아도 된다고 말이야."

"호, 그래요. 조금은 의욕이 생긴 걸까요."

"그럴 리 없다는 건 자네도 잘 알잖아. 이건 분명히 정신적인 스트레스가 원인이야. 한번 만나서 앞으로의 방침에 대해서 신중하게 의논하고 싶은데."

"죄송하지만 당분간은 자리를 비울 수 없을 것 같습니다. 아무튼 예정했던 대로 훈련을 계속해 주세요. 물론 적당히 변화를 주는 것은 상관없습니다."

"알겠어. 하지만 가볍게는 여기지 말라고. 황금 알은 보통 알보다 깨지기 쉽다고 하니까."

가이즈카의 말투는 마지막까지 무거웠다.

그가 굳이 말하지 않아도 사춘기에 있는 선수를 지도하는 일이 얼마나 어려운지는 유즈키도 잘 안다. 특히 도리고에 신고는 자진해서 크로스컨트리를 시작한 것이 아니다. 본의 아니게 하고 있다는 의식이 강할 것이다. 신고가 기타리스트가 되고 싶어 했다는 것은 아버지 가쓰야에게 들어 알고 있었다. 그 말을 들었을 때, 기타를 미끼로 쓸까 하고도 생각했다. 성의를 다해서 크로스컨트리에 임하면 기타를 배우게 해 주겠다고 말이다. 그런데 가이즈카와 의논하고는 결국 포기했다. 정신이 그쪽으로 쏠릴 것이 분명한 데다, 사람은 무언가에 주리지 않고는 성장하지 않기 때문이었다.

고타니에게 카자미의 홍보 담당을 그만두겠다고 말해 볼까 생각하고 있는데 휴대 전화가 울렸다. 다름 아닌 고타니에게 온 전화였다.

"마침 잘되었군요. 제가 연락하려던 참인데."

"왜, 후라노에 무슨 일이 있나?"

"아무 일 없습니다. 무슨 일이 벌어질 기미도 없고요. 그러니 제가 여기 있을 필요가 없을 것 같아서요. F패턴 건도 있고."

"히다 부녀의 스키 능력이 유전자 패턴과 무관하다는 걸 알았으니 이제 별 관심 없다, 그런 말인가?"

"꼭 그런 건 아닙니다만……."

"자네 속마음은 알아. 하지만 사건이 아직 종결되지 않았잖아. 자네가 벌써 손을 털면 곤란하지. 게다가, 실은 일이 좀 이상하게 돌아가고 있어."

"이상하게요?"

"아무튼 지금 바로 삿포로로 와 줘야겠어. 나도 지금 막 도착했으니까."

"부장님이 삿포로에요? 대체 무슨 일입니까?"

"전화로는 얘기하기 곤란하고. 카자미 선수의 일정은 어떻게 되나?"

"오늘 연습은 끝났습니다. 취재도 끝났고. 데리고 가는 게 좋을까요?"

고타니는 잠시 침묵하다가 대답했다.

"아니, 괜찮아. 일단은 자네에게 얘기하고 나서. 본인에게 얘기할지 말지는 그다음 일이야."

"히다 씨도 같이 만나는 겁니까?"

"아버지 말인가? 아니. 직장으로 연락을 해 봤는데, 행방이 묘연해. 장기 휴가를 낸 모양이야."

"장기 휴가? 아니, 이런 때에 어딜 간 거죠?"

"내가 아나. 그보다 서둘러 줘야겠어. 후라노에서 오려면 시간이 제법 걸릴 거야."

알겠습니다, 하고서 유즈키는 전화를 끊었다.

준비를 끝내자 바로 택시를 타고 아사히 역으로 향했다. 거기서부터는 전철이다. 특급을 타도 삿포로까지 한 시간 반 가까이 걸린다.

전철을 타고 가는 사이에 해가 졌다. 차창 밖은 온통 하얀 눈경치뿐인데, 어두워지니 그것도 보이지 않는다.

삿포로에 도착해 고타니에게 연락했다. 역 근처에 있는 비즈니스호텔에 있다고 해서 걸어가기로 했다. 역을 나서는 순간 자기도 모르게 몸을 움츠렸다. 북쪽이기는 해도 스키장보다는 온도가 높을 텐데, 유즈키는 언제나 도시 쪽이 더 춥다고 느낀다. 건물이 줄지은 풍경과 기온 사이에 격차가 있는 탓인지도 모르겠다.

호텔에 도착하자마자 바로 고타니의 방으로 올라갔다. 다른 사람이 들어서는 안 되는 얘기라고 해서이다. 상당히 심각한 용건인 듯했다.

"느닷없이 오라고 해서 미안하군."

유즈키를 맞으면서 고타니가 말했다. 침대 위에 두툼한 방한복이 널브러져 있다.

두 사람은 조그만 테이블을 사이에 두고 마주 앉았다.

"대체 무슨 일입니까?"

"아까도 말했지만 일이 좀 복잡하게 됐어. 실은 삿포로에 도착하자마자 도경 본부에 다녀왔네."

"도경에요?"

고타니가 한 장의 서류를 꺼냈다.

"여기, 이걸 좀 보라고."

프린터로 출력된 그 서류에는 이런 글자가 찍혀 있었다.

신세 개발 스키부에 고한다.

히다 카자미를 멤버에서 제외하도록. 월드컵은 물론 모든 시합의 출전을 포기하도록 할 것.

이 요구를 수용하지 않을 경우, 히다 카자미의 신변에 모종의 위해가 가해질 것이다.

양식 있는 팬으로부터

"이건 예의 협박장 아닙니까. 또 온 건가요?"

유즈키의 질문에 고타니는 고개를 저었다.

"그런 게 아니라, 실은 엉뚱한 곳에서 발견되었어."

"어디서요?"

고타니는 사뭇 일이 골치 아프게 되었다는 듯이 유즈키를 빤히 쳐다보고는 입을 열었다.

"가미조 노부유키의 컴퓨터에서."

"가미조? 가미조라면, 바로 그 버스에 탔던 손님 말인가요?"

고타니가 고개를 끄덕였다.

"그래. 이 얘기를 들었을 때는 나도 깜짝 놀랐어."

"도대체 어떻게 된 일이죠, 이게?"

"알 수가 있나. 가미조 씨 부인이 집에 있는 컴퓨터를 사용하다 우연히 발견한 모양이야. 내용이 하도 불온해서 숨길까도 생각했는데, 신세 개발이다, 히다 카자미다, 이번 사건에 관련된 고유 명사가 몇 개나 있는 터라 경찰에 신고하기로 결심했다는군. 도경 형사들도 당황하는 기색이었어. 설마 일이 이런 식으로 전개되리라고는 꿈에도 생각지 못했겠지."

"경찰이 도쿄 본사에도 연락한 겁니까?"

"오늘 낮에 전화가 왔어. 그래서 내가 이렇게 삿포로로 온 거고. 가미조 씨 집 컴퓨터에는 지금까지 우리가 받은 다른 협박장의 내용도 보존되어 있는 모양이야."

"아니, 잠깐만요. 그렇다면, 일이 이렇게 된 거라는 말인가요. 예의 협박장을 보낸 사람은 가미조 노부유키였다?"

"그렇게 생각할 수밖에 없지. 경찰이 부인에게 확인한 바로 그 컴퓨터를 만질 수 있는 사람은 가족뿐이라는데, 아들은 장기 입원 중이고, 부인도 오랜만에 사용하는 것이라니."

유즈키는 머리를 쥐어뜯었다. 고타니가 일이 복잡하게 되었다고 한 의미를 알 것 같았다.

"그럼, 그 버스 사고에 대해서는 어떻게 생각해야 하는 겁니까?"

"그래서 경찰도 골머리를 앓고 있는 거지. 지금까지는 협박장을 보낸 자의 짓이라는 견해가 지배적이었으니까 말이야.
그런데 그 견해가 완전히 뒤집히게 되었으니."

"협박장과 버스 사고가 무관하단 말입니까?"

"아니, 경찰이야 아직 그렇게 단정하고 싶지 않겠지. 협박
장을 쓴 본인이 어쩌다 우연히 다른 사건에 휘말렸다고 생각
하는 것은 부자연스럽잖나. 나도 그렇게 생각하고."

"그럼, 가미조 씨 본인이 버스 사고를 냈다는 말인가요?"

유즈키의 말에 고타니가 보일 듯 말 듯 고개를 끄덕였다.

"경찰에서도 그쪽 가능성을 염두에 두고 있는 듯하더군. 그
렇게 생각하면 앞뒤가 잘 맞아떨어지니까."

"무엇 때문에 그런 짓을……."

"바로 그 점이야. 앞뒤가 맞는 것은 분명한데, 그런 짓을 저
지른 이유를 모르겠다고. 가미조가 전형적인 스토커 타입의
남자였다면 히다 카자미에 대한 팬심이 지나쳐서 이해할 수
없는 행동을 보였다는 추리도 가능하지만, 가미조 노부유키
는 어느 모로 보나 그런 인간이 아니라는군. 니가타에서는 꽤
유명한 건설 회사의 사장이고 말이야."

"도통 모르겠군요."

"아무튼 경찰에서는 가미조 씨가 왜 협박장을 보냈는지, 그
점을 조사할 모양이야. 단순히 피해자라고 여겨졌던 인간이
갑자기 사건의 열쇠를 쥔 인물로 둔갑했으니 경찰도 똥줄이

타겠지."

"부장님에게도 뭐라고 묻던가요?"

"그래, 여러 가지로. 가미조 노부유키와 히다 카자미, 그리고 케이엠 건설과 신세 개발의 관계에 대해서 아는 게 없느냐고 묻더군."

"케이엠 건설요?"

"가미조 노부유키가 경영하는 회사야. 우리 회사 주력 사업이 부동산업이다 보니 어떤 연관성이 있을지도 모르겠다고 생각한 거겠지. 나로서는 가미조 씨가 히다 카자미 선수의 팬이었다는 것 외에는 아무것도 모른다고 대답할 수밖에 없었지."

유즈키는 자신에게 물어도 같았을 것이라고 생각했다.

"경찰은 카자미 선수 얘기도 듣고 싶을 것 같은데요."

고타니가 인상을 찡그렸다.

"내일이라도 당장 형사를 후라노에 보내고 싶은 눈치더군. 하지만 히다 선수 역시 아무것도 모르잖나."

"그렇겠죠. 그렇다면 저는 오늘 밤 후라노로 돌아가는 편이 좋을지도 모르겠는데요."

히다 카자미는 가미조 노부유키가 자신을 순수하게 응원하는 팬이라고 믿고 있다. 그런 인물이 사건에 연루되어 심한 자책감에 시달리고 있고. 그런데 협박장을 쓴 사람이 바로 가미조라는 것을 알면 심경이 어떨까. 그 사실을 알려야 한다고 생각하니 유즈키는 마음이 무거워졌다.

"아니야. 후라노에는 내일 아침 일찍 내가 갈 거야."

고타니가 말했다.

"자네는 달리 해 줘야 할 일이 있어."

"뭐죠?"

"자네가 가미조 부인을 찾아가서 협박장에 대해 직접 얘기를 들었으면 해. 현시점에서는 경찰을 통하지 않고는 정보가 들어오지 않으니 말이야. 이건 나 혼자의 판단이 아니라 윗선에서 떨어진 명령이야."

"그런데 왜 하필 접니까?"

"협박장에 대해서 처음부터 알고 있는 사람은 자네와 나 둘뿐이잖나. 게다가 스포츠 유전자 연구도 중단한 상태 아닌가. 그렇다면 이런 때 히다 카자미의 홍보 담당으로서 분발해야지."

"이게 광고 활동인가요?"

"암, 훌륭한 광고 활동이지. 협박장에 대한 정보가 자칫 매스컴에 흘러 들어가면 히다 카자미 선수의 이미지에 큰 손상을 입을 거야. 그걸 피하기 위해서는 가능한 한 빨리 정확한 정보를 입수할 필요가 있어. 아닌가?"

이 남자는 여전히 말주변이 좋다고 유즈키는 감탄했다. 그

258

러나 고타니가 하는 말이 옳기는 하다. 경찰이 모든 정보를 이쪽과 공유하리라는 보장은 없다.

"알겠습니다. 그런 일이라면 따르도록 하죠. 하지만 가미조 부인이 과연 숨김없이 다 얘기해 줄까요."

"협박장에 관한 한 이쪽이 피해자잖아. 그 입장을 잘 이용하면 어렵지 않을 거야. 걱정 마. 이쪽에서 사람을 보낼 거라는 얘기는 이미 해 두었으니까."

모든 조처는 다 취해 놓았다는 얘기인 듯하다. 유즈키는 한숨을 쉬었다.

"니가타라고 했죠. 니가타 어디입니까?"

"나가오카야. 연락처는 알아 뒀어."

그렇게 말하면서 고타니는 메모지를 내밀었다.

25

"어이, 어떻게 된 거야. 다리가 움직이질 않잖아. 거기부터야. 거기부터 힘을 꽉 주고 차라고. 한 걸음 한 걸음 확인해."

가이즈카가 장갑 낀 두 손으로 메가폰 모양을 만들어 소리치고 있다. 신고는 스키를 지치면서 맥이 쭉 풀렸다. 코치 앞을 통과할 때만이라도 경쾌한 모습을 보이려고 하는데, 생각대로 힘이 들어가지 않는다.

난 대체 언제까지 이 짓을 해야 하는 걸까. 이런 걸 해서 뭐가 된다고. 이거 말고 해야 할 일이 있지 않을까. 잡념이라고 하기에는 너무도 명확한 의문이 그의 머리를 떠나지 않았다. 그 잡념이 그에게서 힘을 빼앗아 갔다.

그가 연습하는 코스에서 고교 스키부 역시 오늘도 연습하고 있다. 후지이와 구로사와도 있다. 그들이 은근히 부러웠다. 하고 싶은 일을 하고 있기 때문이다. 그들은 아마도 뭐 때문에 하나 따위의 의문 때문에 주저한 일도 없을 것이다.

골인 지점이 평소보다 훨씬 멀게 느껴졌다. 골인한 후 신고는 그대로 눈 위에 쓰러졌다. 숨이 차지도, 맥박이 툭툭 뛰지도 않았다. 다만 온몸이 무거웠다.

가이즈카가 다가왔다. 표정이 밝지 않다. 신통치 않은 기록이 나왔을 테니 당연하다.

"신고 너, 내일은 쉬자. 도통 의욕이 없어."

"그렇지 않습니다."

"거짓말 마. 내 눈은 못 속여. 내일은 연습 쉰다. 삿포로에 가서 영화라도 보자. 기분 전환하게."

"영화요? 코치님이랑 둘이서?"

상황이 웃기다. 신고가 웃었다.

가이즈카는 예상 밖이라는 듯이 입술을 삐죽거렸다.

"그럼 시내 구경을 해도 되고. 너, 홋카이도 처음이지? 관광도 해야지. 밤에는 맛있는 것도 사 주고."

"괜찮아요. 그보다, 물어볼 게 있는데요."

"뭔데?"

"그 사건요, 그 후로 진전이 있었나요?"

가이즈카의 안색이 싹 바뀌었다. 주위를 두리번거리며 몸을 굽히고는 험악한 눈초리로 신고를 내려다본다.

"그 얘기, 다른 사람에게 안 했겠지?"

"얘기할 사람이 있어야 하죠."

"그럼 됐어. 그래도 조심해. 어디서 정보가 샐지 모르니까."

"아무한테도 얘기 한 했다니까 그러네요. 그보다, 그 후에 어떻게 됐는지는 들으셨어요?"

"이쪽으로는 정보가 안 들어와. 게다가 히다 카자미 선수 일행은 후라노에 가 있잖아. 아직은 별다른 게 없다는 것 같아. 뭐야 너, 그 사건에 관심 있나?"

"그야 히다 씨가 클럽 선배니까……"

신고가 말을 얼버무렸다.

가이즈카가 눈치를 살피듯 빤히 쳐다본다. 괜히 물어봤네, 하고서 신고는 후회했다. 가이즈카가 수사의 진척 상황을 알 리 없는데.

"아무튼 내일 연습은 쉰다. 시간을 어떻게 보낼지는 오늘 밤에 둘이 생각해 보자. 끝내기 전에 스트레칭하는 거 잊지 말고."

그렇게 말하고 가이즈카는 일어나 호텔로 들어갔다.

신고는 묵묵히 장비를 정리하기 시작했다. 그때 누군가 옆으로 다가서는 기척이 느껴졌다. 얼굴을 들어 보니 뜻밖에도 구로사와였다. 늘 입는 스포츠 웨어 차림이다. 이렇게 마주하니 스키를 타고 있을 때보다 한층 커 보였다.

뭐라 인사할 말이 생각나지 않아 신고는 고개만 살짝 숙였다.

"어떻게 된 거야, 너."

구로사와가 물었다. 굵은 목소리였다.

"뭐가……요?"

상대는 신고보다 나이가 많다. 존댓말을 쓰기로 했다.

"너, 요즘 영 아닌 것 같던데. 어디 안 좋기라도 한 거야?"

"아니, 그런 건 아닌데요."

"처음 널 봤을 때 사실은 조금 놀랐어. 도쿄 사는 놈이 어떻게 이렇게 스키를 잘 타나 싶어서 말이야. 게다가 넌 1학년이 잖아."

"아, 그게……."

신고는 구로사와의 가슴 언저리를 가리켰다.

"나보다 훨씬 빠르잖아요."

"당연하지. 나를 뭘로 보는 거야."

구로사와는 울컥한 표정으로 신고를 노려보았다.

뭘로 보기는, 하고 말하고 싶은 것을 신고는 꾹 참았다.

"그래도 때로 좋은 승부를 보여 줬잖아. 오르막에서 그만큼 나를 따라오는 녀석은 여태까지 거의 없었어. 대단하다 싶어서 네놈과 겨루는 걸 즐겁게 여겼는데."

그랬나, 하며 신고는 의외라고 생각했다. 신고에게는 그런 의식이 없었다. 당할 수 없는 상대라고 포기하고 있었다.

"그런데 요즘 들어 영 기운이 없는 것 같아서 무슨 일이 있나 했어. 어디 다친 게 아니라면 빨리 제자리로 돌아와야지. 내가 심심하잖아."

뭐라 대답할 말이 없어 신고는 애매하게 고개만 끄덕였다.

"후지이는 어떤데요?"

"후지이? 아, 그 녀석이랑 친하다면서. 후지이는 지금 그대로 타면 돼. 그 녀석 페이스로 타면 된다고."

의미를 알 수 없어 신고가 대꾸를 하지 않자, 구로사와가 말을 이었다.

"심장이 약해. 태어날 때부터. 그러니까 스키를 타는 것만도 대단한 거지. 우리에게 10킬로미터가 그 녀석에게는 100킬로미터야."

뜨끔, 가슴이 아팠다. 스키를 탈 때 고통스러워하던 후지이의 표정이 떠올랐다. 남들이 줄줄이 앞질러 갈 때 그는 무슨 생각을 했을까.

"그러니까 나나 너나 축복받은 인생이라고. 건강하지, 소질
도 있지, 감사해야 한다고."

구로사와가 신고의 어깨를 툭 치고는 빙그르 오른쪽으로
몸을 돌렸다. 그러고는 부원들이 있는 곳으로 성큼성큼 걸어
간다.

감사? 누구에게? 구로사와의 등을 쳐다보면서 신고는 마음
속으로 그렇게 중얼거렸다.

26

공항에서 택시를 타고 니가타 역까지 간 후 거기서 나가오
카 역까지는 조에쓰 신칸센을 이용했다. 나가오카 역을 나오
면서 시계를 보니 오후 5시가 조금 넘었다. 삿포로에서 출발
한 시간이 오후 1시 반쯤이었으니 세 시간 반 정도 걸려 도착
한 셈이다. 생각보다 빨리 왔군, 하고 유즈키는 생각했다. 가
미조 부인이 그렇게 자주 오갈 만도 하다.

역 앞에서 택시를 잡아 목적지로 향했다. 그래 봐야 기본요
금밖에 안 나오는 거리다. 유즈키는 윗도리 주머니에 넣어 두
었던 팩스 용지를 꺼내 펼쳤다. 역에서 가미조 씨 집으로 가

는 길의 약도다. 손으로 그린 게 아닌 걸로 보아 미리 준비했던 모양이다. 이 지역에서 유명한 기업을 일으킨 집안이니 평소에도 방문하는 손님이 많을지도 모르겠다.

유즈키는 차창 밖으로 시선을 돌렸다. 눈이 녹아 노면이 빛났다. 도로 옆에는 군데군데 눈더미가 쌓여 있다. 북쪽은 어디나 마찬가지로군, 하고 생각했다.

"이 부근인데요."

운전사가 그렇게 말하면서 속도를 늦췄다.

유즈키는 주위를 돌아보았다. 우체국이 보였다. 약도에 표시된 곳 중 하나다.

여기서 내리죠, 하고 유즈키가 말했다.

택시에서 내려 약도를 보면서 옆에 있는 샛길로 들어섰다. 이 길로 들어서면 바로 있을 것이다.

외벽이 크림색 타일로 덮인 서양식 저택에 가미조라는 문패가 걸려 있었다. 상당히 새 집이었다. 오래된 전통 가옥을 상상했던 유즈키로서는 의외였다. 어쩌면 자택을 늘 새로 지은 집처럼 유지하는 것이 회사 선전에도 효과가 있다는 생각인지도 모르겠다.

문기둥에 있는 인터폰을 눌렀다. 잠시 후 네, 하는 목소리가 들렸다. 여자 목소리였다.

"신세 개발의 유즈키라고 합니다."

"아, 네."

잠시 기다리고 있자니 커다란 문이 열리면서 가미조 부인이 나타났다. 스웨터에 바지를 입은 모습이었다. 그녀는 얼마 전 히다 카자미와 함께 가미조 노부유키를 면회하러 병원에 갔을 때 만난 적이 있다. 그녀의 이름이 세쓰코라는 것은 고타니에게 들었다.

"갑자기 무리한 부탁을 드려 죄송합니다."

유즈키는 현관까지 걸어가면서 그렇게 말하고 고개를 숙였다.

고타니의 지시를 받고 가미조 댁에 전화를 한 것은 오늘 아침 일이다. 자세한 얘기를 듣고 싶은데 찾아뵈어도 괜찮겠느냐고 물었다. 고타니가 사전 연락을 해 놓아선지 가미조 세쓰코는 바로 허락했다. 오히려 미안해하는 기색이 전화로도 전해졌다.

"이렇게 먼 곳까지 오시느라 수고가 많으셨네요. 들어오세요."

"그럼, 실례하겠습니다."

유즈키가 안내된 곳은 가죽 소파가 놓인 응접실이었다. 테이블 위에는 레이스로 된 테이블클로스가 깔려 있고 그 위에 유리 재떨이가 놓여 있었다. 여기서 거래처 사람과 밀담을 나누는 일도 있겠군, 하고 멋대로 상상했다.

세쓰코와 마주 앉자 잠시 후 마흔 살 전후로 보이는 여자가 차를 가져왔다. 세쓰코 말에 의하면 친척으로 집안일을 도와주러 왔다고 한다.

유즈키는 여기에 오는 동안 익힌, 케이엠 건설에 대한 정보를 되새겼다. 케이엠 건설은 전형적인 가족 경영 기업으로, 가미조 노부유키의 할아버지가 세운 듯하다. 친족이 거의 모든 요직을 맡고 있다고 한다. 사장이 홋카이도에서 사고를 당해 의식 불명 상태에 있으니 친척 중에서 후계자를 찾으려 하는 것도 당연한 일이다.

"지금 삿포로 병원에는 누가 계시나요?"

유즈키가 물었다.

"회사 사람이 가 있어요. 무슨 일이 있으면 바로 연락이 올 거예요."

"그렇군요. 참 큰일입니다. 며칠 전에 들었는데, 아드님도 투병 중이라고."

세쓰코가 힘없이 고개를 끄덕였다.

"이렇게 힘겨운 때에 그 사람이 왜 그런 바보짓을 했는지 정말 모르겠어요."

그리고 그녀는 유즈키를 향해 고개를 숙였다.

"폐를 끼쳐서 뭐라 죄송하다는 말씀을 드려야 할지."

아닙니다, 하며 유즈키는 손을 저었다.

"제게 사과할 일이 아니죠. 그보다, 사장님이 협박장을 작성했다는 컴퓨터는 어디 있습니까?"

난감한 질문인지 세쓰코의 눈썹 양 끝이 아래로 처졌다.

"그건 지금 여기 없어요. 경찰이 가져갔거든요. 하드 디스크도 조사해 봐야 한다면서."

"그렇군요."

어느 정도는 예상했던 일이라 낙담하지 않았다.

"컴퓨터 안에 들어 있던 문서는?"

"그건 준비해 놓았어요."

그녀가 옆에 놓인 봉투를 집었다. 안에서 A4 용지를 꺼내 유즈키 앞에 놓는다.

"집에서 출력했어요."

"평소 사용하시는 프린터로 출력한 것이죠?"

"네, 그래요."

"알겠습니다. 그럼 좀 보죠."

유즈키는 인쇄된 종이를 들여다본 후 자기 가방에서 파일을 꺼냈다. 파일에는 신세 개발 앞으로 날아온 협박장의 복사본이 들어 있다.

"똑같군요."

그렇게 말하면서 유즈키는 두 문서를 테이블에 나란히 놓았다.

"보시죠. 글귀는 물론 글자의 크기, 활자체, 문단 위치 등 완전히 일치합니다. 어떻습니까?"

세쓰코는 두 장의 문서를 비교해 보고는 고개를 끄덕였다.

"그래 보이네요."

"아무래도 저희 회사에서 받은 협박장이 댁의 컴퓨터에서 작성된 게 확실한 듯하군요. 그런데 평소 그 컴퓨터를 사용하시는 분은……."

유즈키가 세쓰코를 보았다.

그녀는 어깨를 축 늘어뜨리고 한숨을 쉬었다.

"그 사람과 저뿐이에요. 하지만 컴퓨터는 그 사람 서재에 있기 때문에 제가 사용하는 일은 거의 없습니다. 이번에 들여다보게 된 것도 전에 작성한 연하장의 글귀를 찾기 위해서였어요. 그러다 엉뚱한 글이 있어서……."

"그렇다면 협박장을 작성한 사람이 사장님이라고 봐도 전혀 문제가 없겠군요."

"얘기가 그렇게 되네요. 믿고 싶지 않지만."

그녀가 천천히 머리를 흔들었다.

"뭐가 어떻게 된 건지 정말 모르겠어요. 형사들도 이것저것 질문했지만, 짚이는 데가 전혀 없습니다. 남편이 히다 카자미 선수의 팬이었다는 것 자체도 이번 일로 처음 알았어요. 미안하지만 저는 그런 선수가 있다는 것조차 몰랐어요. 그런데 협박장을 쓴 이유를 어떻게 알겠어요. 저는 알 리 없죠."

그녀의 말투에서 답답함이 묻어났다. 물론 남편을 향한 답답함일 것이다.

"신세 개발에 협박장이 날아오기 시작한 것은 한 달 전쯤입니다. 바깥어른 같은 분이 그저 장난으로 그런 일을 했으리라고는 생각되지 않습니다. 그즈음에 바깥어른 주변에 무슨 이변은 없었는지요?"

"경찰에서도 그 점을 집요하게 캐물었어요. 하지만 정말 이렇다 할 일이 없었어요. 회사 상황이나 우리 집안 사정이나, 지난 1년간 별 변화가 없었어요. 회사가 다소 운영난을 겪고 있는 것도 그렇고, 아들의 병세가 호전될 가능성이 보이지 않는 것도 그렇고……."

세쓰코의 당혹스러움이 유즈키에게도 전해졌다. 누구보다 그녀 자신이 진상을 알고 싶겠지, 그는 그렇게 짐작했다.

"아드님의 병이 골수성 백혈병이라고 하던데요. 역시 희망이 보이지 않는 건가요?"

"네. 적합한 골수 기증자가 나타나기를 마냥 기다리고 있는 상태예요."

타인의 골수가 맞는 경우는 기적에 가까우리만큼 드물다는 것을 유즈키도 알고 있다. 아무리 돈이 많고 권력이 있어도 어쩔 도리가 없다.

하지만 아들을 잃어야 하는 슬픔을 견디다 못해 팬을 자처하는 스키 선수의 회사로 협박장을 보내 울분을 터뜨렸다고 추측하기에는 무리가 따른다.

"바깥어른의 서재를 잠깐 볼 수 있을까요?"

유즈키가 말했다.

"서재…… 말인가요?"

"별다른 의도는 없습니다. 혹시 신세 개발이나 히다 카자미 선수와 연관 지을 만한 것이 있지는 않은지 확인하고 싶을 따름이에요."

아, 하고 고개를 끄덕이고는 미안하다는 듯이 세쓰코가 얼굴을 살짝 찡그렸다.

"보여 드리는 것은 상관없지만, 기대하시는 것은 아마 찾을 수 없을 거예요. 실은 형사들이 컴퓨터는 물론 서재에 있던 서류며 책이며 거의 다 가져갔어요. 종이 상자에 담아서."

유즈키는 하마터면 혀를 찰 뻔했다. 생각해 보면 경찰이 그렇게 하지 않을 리 없다.

하지만 이대로 삿포로로 돌아가려니 아무런 수확이 없다.

"알겠습니다. 아무튼, 보여 주시죠."

"네, 알겠어요. 안내할게요."

가미조 노부유키의 서재는 남쪽으로 창문이 나 있어 무척 환했다. 넓이는 네 평 정도고 벽에는 책꽂이와 사이드 보드가

271

있다. 책상과 의자는 창문을 등지고 앉을 수 있게 배치되어 있었다. 책상 위가 횅한 것은 거기에 놓여 있던 컴퓨터와 서류 등이 압수되었기 때문일 것이다. 책꽂이가 군데군데 비어 있는 것도 같은 이유라고 생각되었다.

"경찰에서는 어떤 점에 주목해서 자료나 서류를 가져갔습니까?"

세쓰코가 또 고개를 저었다.

"모르겠어요. 내용을 딱히 확인하는 것 같지는 않았어요. 제 눈에는 그냥 닥치는 대로 상자에 담는 것처럼 보였어요."

유즈키는 고개를 끄덕였다. 실제로도 그랬는지 모른다.

책꽂이로 다가가 남아 있는 책들의 제목을 죽 훑어보았다. 경영과 건축에 관한 책이 대부분이다. 그 외에는 의학 관련 서적이 눈에 띈다. 백혈병에 대해 공부했는지도 모르겠다.

"서랍 안을 좀 봐도 될까요?"

그러세요, 하고 세쓰코가 대답했다.

유즈키는 의자에 앉아 흑단나무 책상의 서랍을 열었다. 그 안도 거의 비어 있었다. 필기구와 명함 갑, 도장 등이 남아 있을 뿐이다.

"다 쓸어 간 것 같군요."

유즈키가 자기도 모르게 헛웃음을 지었다.

"네, 그래요. 명부와 편지 같은 것도 전부 가져갔어요. 그런데 일기를 제일 열심히 찾더라고요. 그 사람이 혹 일기를 쓰지는 않았는지 여러 번 물었어요."

"쓰지 않으셨던 모양이죠?"

"그럴 거예요. 그 사람에게 일기를 쓰고 있다는 얘기는 한 번도 못 들었어요."

유즈키는 고개를 끄덕이며 다른 서랍을 열었다. 그 순간 시야에 들어오는 게 있었다.

플라스틱 케이스 네 개가 나란히 들어 있었다. 색깔은 빨강, 검정, 파랑, 노랑이다. 그중에 빨강, 파랑, 노랑은 안이 비어 있었다. 검정 케이스를 집어 뚜껑을 열어 보니 안에 새 엽서가 들어 있다. 보내는 사람 난에는 이 집 주소가 인쇄되어 있다.

왜 그러세요, 하며 세쓰코가 불안한 눈빛으로 유즈키를 쳐다보았다.

"이 엽서는 뭐죠?"

"그냥 엽서예요. 선물을 받았을 때 그 사람이 고맙다고 답장을 보내는 일이 있는데, 그때 사용하는 것 같았어요."

"이 케이스는 인쇄소에서 받은 겁니까?"

"아니에요. 그건 제가 역 앞에 있는 백화점에서 사 왔어요. 그 사람이 엽서를 정리할 케이스가 필요하다고 해서요."

유즈키는 빨강과 파랑, 노랑 케이스도 책상 위에 꺼내 놓았다.

"이 세 개도 그런가요?"

"네, 다섯 개가 한 세트였어요."

"다섯 개?"

유즈키가 다시 서랍 안을 살폈다.

"네 개밖에 없는데요."

"그래요? 그럼 그 사람이 어디다 썼는지도 모르겠네요. 아
마 나머지 한 개는 하얀색이었을 거예요."

"하얀색……."

유즈키가 그녀의 얼굴을 빤히 보았다.

"틀림없나요?"

세쓰코는 이상하다는 듯이 미간을 찡그렸다.

"틀림없을 거예요. 그런데, 그게 왜요?"

"아, 아무것도 아닙니다. 까만 케이스 외에는 전부 비어 있
군요."

"아까도 말했지만, 엽서도 전부 경찰이 가져갔어요."

"그렇군요."

유즈키는 케이스 네 개를 모두 서랍에 다시 넣었다. 왠지
맥박이 빨라졌다. 다른 서랍도 살폈지만 하얀 케이스는 보이
지 않았다.

유즈키가 일어섰다.

"부인 말씀대로 서재에는 아무런 실마리가 없는 듯하군요."

"우리로서도 경찰의 보고를 기다릴 수밖에 없는 상황이에요. 정말, 뭘 어쩌면 좋을지 혼란스러울 뿐입니다. 우연히 버스 사고를 당했다고만 여겼는데, 어쩌면 자살일지도 모른다니……."

"자살요? 형사가 그렇게 말하던가요?"

"만약 신세 개발에 그런 협박장을 보낸 것이 그 사람이라면 본인이 사고를 일으켰을 가능성도 있다는 얘기였어요."

"그 점에 대해서는 어떻게 생각하십니까?"

세쓰코는 다시 미간을 찡그리고서 크게 고개를 저었다.

"도저히 믿을 수 없어요. 사정이 어떻든, 그 사람이 죽음을 선택할 리 없어요. 그 사람이 죽음을 택한다면 그건 대신 아들의 목숨을 구할 수 있을 때뿐이죠."

그녀의 말에는 설득력이 있었다. 가미조 노부유키의 가장 큰 고뇌는 어떻게 하면 아들의 목숨을 구할 수 있을까, 그것이었을 것이다. 그런데 그 문제를 내던지고 그렇게 기묘한 방식으로 자살을 기도했다고는 보기 어렵다.

"그 사람 의식만 돌아오면……."

그녀가 고개를 숙이고 입술을 깨물었다.

"이번 건에 대해서 매스컴에는 어떻게 대처할 생각인지요?"

유즈키의 질문에 그녀는 난감한 기색을 보였다.

"지금으로서는 우리 쪽에서 뭔가를 발표할 계획은 없어요. 경찰도 아직 그럴 생각은 없는 듯했어요."

"그렇다면 괜찮은데, 만약 정보가 유출된 경우에는 곧바로 우리 쪽에도 연락 주셨으면 합니다."

"알겠어요. 만에 하나 그런 일이 생길 때에는 바로 알려 드릴게요."

잘 부탁합니다, 하고 유즈키는 머리를 숙였다.

가미조 댁에서 물러 나온 후 유즈키는 다시 나가오카 역으로 돌아가 부근에 있는 슈퍼와 백화점 문구 코너를 돌았다. 그러나 예의 엽서 케이스는 어디에서도 팔지 않았다. 점원에게도 물어보았지만 아는 이가 없었다.

그는 찻집에 들어가 커피를 마시면서 머릿속을 정리하기로 했다.

가미조 댁에서는 대수로운 수확이 없었다. 그러나 그 대신 예상치 못한 발견이 있었다.

그 엽서 케이스는 히다가 건넨 플라스틱 케이스와 똑같은 것이었다. 게다가 히다가 준 것은 가미조 댁에 없는 하얀색 케이스다.

만약 우연이 아니라면 그 플라스틱 케이스는 가미조에게서 히다의 손으로 건너갔다는 얘기가 된다. 즉 두 사람은 이전부터 안면이 있었다는 뜻이다.

문제는 가미조에게서 히다의 손으로 건너간 것이 케이스뿐인가 하는 것이다. 안에 들어 있던 혈흔이 찍힌 종이는 누구의 것이었을까.

그 혈흔이 히다 카자미의 엄마 것이라는 점은 의심의 여지가 없다. 유즈키 연구 팀이 그것을 과학적으로 분석했다. 그렇다면 당연히 히다가 갖고 있었다고밖에 볼 수 없다.

거기까지 생각했는데 휴대 전화가 울렸다. 고타니였다. 전화를 받자 고타니는 대뜸 일이 어떻게 되었는지를 물었다.

"협박장을 쓴 사람이 가미조 노부유키 씨인 것은 틀림없는 듯합니다."

유즈키는 그렇게 보고했다.

"그런데 그 동기를 도통 모르겠어요. 부인도 전혀 모르는 것 같고, 아마 경찰도 오리무중일 겁니다."

고타니가 한숨을 쉬는 소리가 크게 울렸다.

"애써 거기까지 갔는데, 뭐 좀 다른 수확은 없나?"

"그게 어디……."

플라스틱 케이스에 대해서 말할까 말까 망설이다가, 일단은 잠자코 있기로 했다.

"도경에서 내일 케이엠 건설을 조사한다는군. 거기에서 뭐가 좀 나올지 모르니까 내일까지 거기 있게."

"그러니까 저더러 오늘 밤 여기 묵으라는 건가요?"

"왜, 불만인가?"

"그런 건 아닙니다만."

"자네가 나가오카에 있고 싶어질 재료를 선물하지. 자네, 히다 씨 부인에게 관심이 있었지?"

"히다 카자미 선수와 같은 타입의 유전자 패턴을 갖고 있었어요."

"그 부인 말인데, 나가오카 출신인가 보더라고."

"네?"

유즈키는 저도 모르게 전화기를 꽉 잡았다.

"정말입니까?"

"오늘 아침에 다카쿠라 코치와 얘기하다가 알았어. 히다 부인이 나가오카에 있는 크라운 호텔에서 일했다더군. 결혼식도 거기서 올리고 말이야. 다카쿠라 코치도 결혼식에 갔었대."

"나가오카의 크라운 호텔 말이죠?"

"묵을 마음이 생긴 모양이로군."

회심의 미소를 짓고 있을 고타니의 얼굴이 떠올랐다.

"애당초 지시를 거역할 뜻은 없었습니다."

전화를 끊고서 찻집에서 나오자마자 지도를 보면서 크라운 호텔을 찾았다. 역에서 도보로 5분 정도 거리에 있었다.

평일이라 그런지 호텔은 빈방이 많았다. 숙박하겠다고 하자 곧바로 싱글 룸에 체크인이 가능했다.

히다 히로마사의 부인을 아느냐고 물어볼까 하다가 상대를 보고는 생각을 접었다. 체크인 절차를 도와준 사람은 서른 살 전후의 남자 직원이었다. 아마 히다조차 모를 것이다.

유즈키는 일단 방에 짐을 갖다 놓고 호텔 안을 서성거렸다. 히다 부인에 대해 알 만한 사람을 찾기 위해서였다. 문득 떠오른 생각이 있어 그는 2층으로 향했다. 결혼식 등을 안내하는 사무실이 거기에 있기 때문이다.

사무실은 바로 찾았다. 입구 옆에 있는 쇼윈도에 이 호텔에서 식을 올린 신혼부부들의 사진이 걸려 있었다.

별생각 없이 쇼윈도를 바라보며 걷다가, 한 액자에 담긴 사진을 보고는 걸음을 멈췄다. 신랑이 히다 히로마사가 틀림없었다. 사진 밑에는 '전 올림픽 스키 선수 히다 히로마사 씨와 도모요 씨 부부도 우리 호텔에서 결혼식을 올렸습니다.' 라는 글이 쓰여 있었다.

유즈키는 눈을 찡그리고 도모요라는 신부의 얼굴을 쳐다보았다.

히다 카자미와는 별로 닮지 않았네. 그게 처음 느낌이었다.

27

상대는 유즈키의 명함을 수상쩍다는 표정으로 들여다봤다. 유즈키는 남자의 명함을 얼른 안주머니에 집어넣었다. 그 명함에는 나가오카 크라운 호텔 총무과장이라는 직함과 마에무라 가즈오라는 이름이 인쇄되어 있었다.

"아, 그래요. 히다 씨 따님이 댁의 회사 소속이라고요. 그건 몰랐습니다."

마에무라가 천천히 명함에서 고개를 들었다. 경계심 어린 눈빛은 여전하다.

"아직 무명인 선수라서요. 하지만 언젠가는 반드시 올림픽에 출전할 겁니다."

"그거 반가운 소리군요."

그제야 마에무라의 얼굴에 미소가 번졌다.

두 사람은 호텔 로비에서 얘기를 나누고 있었다. 유즈키가 프런트에 가서 히다 히로마사가 결혼식을 올릴 당시의 상황을 알 수 없느냐고 묻던 참에 마에무라가 나타난 것이다. 체격도 얼굴도 큰 사람이다. 풍기는 분위기는 침착한데 그 눈초리에는 빈틈이 없었다. 어떤 손님을 상대해도 동요하지 않을 만큼 배짱이 두둑하리라.

"실은 지금 히다 카자미 선수의 홍보 자료를 수집하고 있는 중입니다. 그래서 그녀의 부모에 대해서도 조사하고 있는데, 듣자 하니 어머니가 이 호텔에 근무했다고 하더군요. 그래서 두 분의 결혼식도 여기서 올렸다고요."

유즈키의 말에 마에무라가 고개를 끄덕였다.

"맞습니다. 그렇게 유명한 분이라면 도회지의 좀 더 큰 식장에서 식을 올리는 게 보통이죠. 그런데 우리 같은 지방 호텔을 택해 주셔서 감사하게 생각했습니다. 덕분에 광고도 많이 됐고요. 사진은 보셨습니까?"

"네, 봤습니다. 좋은 사진이더군요. 그런데 마에무라 씨는 히다 씨 부인과 같이 일한 적이 있는지요?"

"있습니다."

마에무라가 시원스럽게 대답했다.

"2년 정도 될 거예요. 하지만 하야카와 씨는 겨울이면 나에바로 파견되는 일이 많아서 같이 일했다는 실감은 별로 없지요."

"하야카와 씨요?"

"아, 미안합니다. 히다 씨 부인입니다."

마에무라는 히다 도모요의 처녀 시절 성이 하야카와라고 가르쳐 주었다.

"어떤 분이셨나요? 기억나는 대로 말씀 좀 해 주시지요."

마에무라가 고개를 갸우뚱하고는 음, 하는 소리를 내었다.

"한마디로 아주 참한 사람이었죠. 성실하고 꼼꼼하기도 하고. 사람들과 수다스럽게 떠들지도 않았죠, 아마. 활동적이라기보다는 착실하고 바지런한 타입이었습니다."

"그래도 히다 선수와 결혼할 정도라면 스포츠도 잘하지 않았을까요?"

"글쎄요. 그건 잘 모르겠군요. 나에바에 파견되었을 때 히다 씨를 알게 되었다고 했어요. 스키를 통해서 만난 것은 아니라고 알고 있습니다."

거기까지 말하고서 마에무라가 엉덩이를 들었다.

"잠시 기다려 주시겠습니까. 저보다 잘 아는 사람이 있을지도 모르겠어요."

그럼 부탁하겠습니다, 하고 유즈키는 머리를 숙였다.

5분 정도 지나 마에무라가 돌아왔다. 그 뒤를 쉰 살 정도 되는 여자가 따르고 있었다.

"마침 다행입니다. 그녀가 하야카와 씨와 입사 동기라는군요."

마에무라가 뒤에 있는 여자를 소개했다. 연회실을 담당하는 스가이 료코라고 했다.

그녀의 말에 따르면, 같은 시기에 입사한 여자 사원이 다섯 명이었는데 지금까지 계속 일하는 사람은 그녀뿐이라고 한다.

"도모요 씨가 여기서 일했을 때 종종 같이 점심을 먹으러 가곤 했어요. 히다 씨와 결혼한 후에는 도쿄로 이사를 갔기 때문에 소원해졌지만요."

그렇게 말하면서 스가이 료코는 약간 침울한 표정이 되었다.

"죽었다는 것도 나중에야 알았어요. 소식을 들었을 때는 얼마나 충격이었던지."

히다 도모요가 사고로 죽었다는 것은 유즈키도 파악하고 있었다. 다만 어떤 사고였는지는 모른다.

유즈키는 스가이 료코에게도 도모요가 어떤 사람이었는지를 물었다.

"남을 잘 배려할 줄 아는 사람이었어요. 일을 하면서 이렇다 할 실수를 한 적도 없었을 거예요. 너무 까다롭다고 험담하는 사람도 있었지만, 저는 성실하다 보니 그랬을 뿐이라고 생각해요."

스가이 료코는 단호한 말투로 말했다.

"취미 생활은 하지 않았습니까? 무슨 운동을 했다거나."

글쎄요, 하며 그녀는 고개를 갸우뚱했다.

"학생 시절에 무슨 운동을 했다는 얘기는 들은 기억이 없어요. 당시 저는 골프를 했는데, 그래서 같이 가자고 해도 운동은 잘 못한다면서 거절했던 기억은 있어요."

"잘 못한다……고요. 하아."

메모를 적는 유즈키의 손놀림이 느려졌다.

그들의 통계 자료에 따르면, F패턴을 갖고 있는 사람 대부분은 운동에 전념했던 경험이 있고 없고에 상관없이 자신이 운동을 잘 못한다고는 생각지 않는다. 그 이유는 초등학교나 중학교의 체육 수업 내용과 관련이 있다고 유즈키는 생각하고 있다. 초중등 체육 교육의 내용에는 반드시 매트 운동, 뜀틀, 철봉 등의 기계 체조가 들어 있는데, F패턴의 소유자는 대개 몸의 균형 감각이 뛰어나기 때문에 그런 운동을 어려워하지 않는다. 그래서 유즈키는 히다 도모요가 운동을 잘 못한다고 했다는 말이 석연치 않게 느껴진 것이다.

"저……."

유즈키가 아무 말이 없자 스가이 료코가 눈치를 살피려는 듯 입을 열었다.

"이 취재는 역시 히다 씨의 책과 관계가 있는 건가요?"

그녀의 물음에 유즈키는 당황했다.

"히다 씨의 책요? 그게 무슨 소리죠?"

"자서전을 쓰신다고 하던데요."

"자서전요? 히다 씨가 말인가요? 전 처음 듣는 얘기인데요."

"아, 그래요? 그럼 우연인가……."

스기아 료코가 혼자서 중얼거렸다.

"그분이 자서전을 쓴다는 걸 어떻게 아셨죠?"

"그러니까 그게…… 어제 전화가 왔었어요."

네? 하고 유즈키가 짧게 소리를 질렀다.

"그 사람이…… 히다 히로마사 씨가 전화를 했단 말입니까?"

"네. 너무 오랜만이라서 깜짝 놀랐어요."

"그렇군요. 히다 씨가 자서전을 쓴다고요."

옆에서 마에무라가 느긋한 목소리로 말했다.

"어느 출판사에서 권유가 있었다고 했어요. 잘 쓸 수 있을지는 모르겠지만 아무튼 시도해 보려고 한다고. 그래서 옛날 일을 정리하고 있대요. 도모요 씨에 대해서도 쓰고 싶은데, 자기를 만나기 전 일을 잘 아는 사람을 소개해 줄 수 있느냐고 했어요."

스가이 료코는 유즈키와 마에무라의 얼굴을 번갈아 보았다.

"그래서 이 취재도 그 책과 관련된 건가 생각했죠."

그 얘기에 편승할까 싶은 생각도 잠깐 들었지만, 이제 와서 실은 관계가 있다고 하기는 뭣했다.

"전혀 별개의 취재입니다만, 그렇다고 우연이라고는 할 수 없죠. 일반적으로는 잘 알려져 있지 않지만 우리 회사 소속의 히다 카자미 선수는 현재 스키계에서 가장 주목받는 신성입니다. 그래서 저희도 지명도 상승을 위해 이번 일을 기획한 것입니다. 어느 출판사가 그녀에게 주목하고 아버지인 히다 히로마사 씨에게 집필을 의뢰했을 가능성도 충분하죠."

"그렇군요. 따님이 그렇게 유명한……, 그런데 어제 히다 씨는 그런 말씀은 한마디도 하지 않으셨어요."

"쑥스러워서겠죠. 좀처럼 딸을 칭찬하지 않는 사람입니다. 그래서, 히다 씨에게 누구를 소개해 주셨나요? 별문제 없으면 저에게도 그분을 소개해 주었으면 하는데요."

그러자 스가이 료코가 미안하다는 듯이 눈초리를 내렸다.

"그게, 적당한 사람이 생각나지 않아서요. 아까도 말했지만, 이 호텔에서는 제가 가장 친하게 지냈을 거예요. 단기 대학 시절 친구 얘기를 들은 적은 있는데 자세한 것까지는 몰라요. 히다 씨에게도 그렇게 얘기했어요."

"그랬군요. 그 말을 듣고 히다 씨는 뭐라던가요?"

"어쩔 수 없다고 했어요. 별것 아닌 일로 전화해서 미안하다고도 했고요."

"그런 얘기뿐이었습니까?"

"네. 전, 이곳에 계시니 우리 호텔에도 꼭 놀러 오시라고 말씀드렸고요."

그 말에 유즈키가 눈을 치켜떴다. 그런데 그가 말을 꺼내기 전에 마에무라가 먼저 나섰다.

"히다 씨가 지금 여기 계시나?"

"네. 이틀 전에 오셨다고 했어요."

"그럼 왜 우리 호텔에 묵지 않으시고."

"그 점에 대해서는 사과하시더라고요. 얼마나 묵을지 알 수 없어서 장기 체류가 가능한 비즈니스호텔을 잡았다고요. 그리고 눈에 띄고 싶지 않은 이유도 있는 것 같았어요. 우리 호텔에 히다 씨가 묵으면 다른 손님들이 눈치챌 수도 있으니까요. 2층에 결혼식 사진도 걸려 있고."

"흠, 그렇군. 그래도 히다 씨가 묵겠다고만 하시면 얼마든지 융통성 있게 대처할 수 있었을 텐데."

마에무라는 몹시 아쉽다는 투였다.

"어느 호텔인지는 말 안 하던가요?"

유즈키가 물었다.

"아, 도자이 인이라고 하셨어요."

"아, 거기로군. 거기 같으면 숙박료가 우리 호텔의 절반밖에 안 되니."

마에무라가 씁쓸한 표정을 지었다.

유즈키로서는 예기치 못한 전개였다. 히다 히로마사는 과연 뭐 때문에 나가오카에 왔을까.

마에무라와 스카이 료코에게 고맙다는 인사를 하고 유즈키는 그 자리를 떴다. 방으로 돌아와 양복 윗도리를 손에 들고 다시 호텔을 나섰다.

호텔 앞에서 택시를 타고 행선지를 말했다. 히다에게 전화를 걸까 하는 생각도 했지만, 미리 알리면 만나 주지 않을 것 같았다. 스가이 료코 얘기의 분위기로 봐서, 히다는 은밀하게 행동하고 있는 듯하다.

자서전 얘기는 아마 둘러댄 말일 것이다. 히다 카자미의 이름은 아직 출판사에서 주목할 만큼 알려지지 않았다. 히다 히로마사라는 이름 역시 20년 전이라면 몰라도 현재는 기억하는 사람이 많지 않을 것이다.

마음에 걸리는 것은, 히다가 결혼 전의 아내에 대해 조사하고 있는 것 같다는 점이다. 그 목적이 무엇일까. 설마 히다가 유즈키 연구에 협력하기 위해서 그런다고 볼 수는 없다. 만에 하나 그렇다면, 당연히 유즈키에게 말했을 것이다.

택시가 도자이 인에 도착했다. 유즈키는 곧장 프런트에 가서 히다 히로마사라는 사람이 묵고 있을 텐데요, 하고 말했다.

"실례지만, 손님은?"

프런트 직원이 물었다.

"유즈키라고 합니다."

그는 명함을 내밀며 대답했다.

호텔 직원이 일단 안으로 사라졌다. 아마 히다 방으로 전화를 거는 듯하다. 히다로서도 그를 되돌려 보내라는 말은 하지 못할 것이다. 오래 묵을 생각이라면 호텔 측에 문제의 소지가 있는 손님으로 여겨지고 싶지 않을 것이다.

1분쯤 지나 호텔 직원이 돌아왔다.

"히다 씨의 방은 1025호실입니다. 방으로 올라오시라는데요."

유즈키는 회심의 미소를 지었다. 생각대로 착착 풀리는 듯했다.

엘리베이터를 타고 10층으로 올라가 1025호실 문을 두드렸다. 잠시 후 문이 열리고, 20센티미터쯤 되는 틈으로 히다가 얼굴을 내밀었다. 눈빛이 날카로웠다.

"혼자인가?"

"물론이죠."

유즈키가 대답하자 히다는 그제야 문을 활짝 열어 주었다.

침대 외에 조그만 책상과 의자밖에 없는 싱글 룸이었다. 책상 위에는 파일 하나가 놓여 있었다.

"자네가 어떻게 내가 여기 있는 것을 알았을까 생각해 보았지."

히다가 침대에 앉으며 말했다.

"가능성은 딱 하나. 나가오카 크라운 호텔에 갔던 게지."

"바로 보았습니다. 요행이었죠."

"나가오카에는 왜 온 거야? 설마, 내 아내의 스포츠 이력을 조사하러 온 건 아닐 테고."

"회사의 지시로 가미조 씨의 부인을 만났습니다. 그런데 뜻밖의 사실을 알게 되었어요."

유즈키는 협박장을 보낸 범인이 가미조 노부유키일 가능성이 한층 높아졌다고 말했다. 처음 듣는 얘기인지 히다의 눈이 휘둥그레졌다.

"그 사람이 왜 그런 짓을?"

히다가 굳은 표정으로 물었다.

"그걸 알아보기 위해 가미조 씨 댁을 찾아갔는데, 아쉽게도 수확은 없었습니다. 부인도 정말 모르는 듯했고요."

"그렇다면 버스 사고와의 관련성은 어떻게 되는 건가?"

"동일범이 아니겠느냐, 경찰은 지금까지 그렇게 보고 있어요. 그렇다면 그 사고는 가미조 씨 자신이 의도했다는 건데."

"자살을 시도했다는 말인가?"

"그 가능성이 대두됐어요. 하지만 보통은 그런 방식으로 자살하지 않죠. 그렇다고 협박장을 보낸 사람이 어쩌다 다른 사건에 휘말렸다고 보기도 부자연스럽습니다. 전, 범인의 목표는 처음부터 가미조 씨가 아니었나 하고 생각합니다."

유즈키가 책상 앞 의자를 끌어당겨 앉았다. 파일을 펼치니 사진이 죽 꽂혀 있다. 젊은 여자의 사진이었다.

히다가 일어서서 파일을 낚아챘다.

"남의 걸 함부로 보는 게 자네 방식인가?"

"그 사진, 부인이시죠? 크라운 호텔에서 봤습니다, 두 사람의 행복한 모습을."

히다가 한숨을 쉬었다.

"그 사진을 아직까지 걸어 두었을 줄은 몰랐군. 30년 가까이 세월이 흘렀는데."

"그런 호텔은 유명 인사의 결혼식 사진이 재산인 셈이니까요."

"결혼식 사진이 걸려 있는 것은 수치라면서 자서전을 쓰는 것에는 거부감이 없나 봅니다."

유즈키의 말에 히다의 눈이 탁하게 빛났다.

"스가이 씨에게 들었나?"

"어느 출판사입니까? 직접 나서서 일을 진행하기가 힘들 텐데요. 뭐하면 제가 중간에서 진행할 수도 있는데요."

유즈키가 손을 내저으며 말했다.

"잘 알려지지 않은 조그만 출판사야. 세상에는 참 별난 사람도 많더군. 나처럼 과거의 인물에게 집필 의뢰를 다 하다니."

"삿포로에서 그런 사건이 발생하고, 외동딸이 월드컵에 출전하느냐 마느냐 하는 때에 자서전 쓰자고 취재에 나선 겁니까?"

"이전부터 예정돼 있던 일이야. 괜한 억측 하지 말라고."

"말씀은 그렇게 하지만,"

유즈키가 히다의 손을 쳐다보았다.

"그 파일 좀 보면 안 될까요."

"그냥 사진이야."

"그럼 보여 줘도 괜찮잖습니까. 아니면 보여서는 안 될 사정이라도 있는 건가요?"

히다는 한숨을 쉬더니 파일을 내밀었다.

"자, 마음껏 보라고, 마음껏."

아닌 게 아니라 파일에는 스냅 사진밖에 들어 있지 않았다. 히다 도모요의 꽤 젊은 시절 사진이 대부분이었다. 소녀 시절 사진도 들어 있었다.

"히다 씨."

사진을 보면서 유즈키가 말했다.

"대체 뭘 하고 있는 겁니까. 왜 지금 와서 새삼스럽게 부인의 과거를 조사할 필요가 있는 겁니까?"

"자서전을 쓰기 위해서라고 하잖아."

"그런 설명으로 제가 수긍할 거라고 믿나요? 히다 씨는 그런 걸 쓸 인물이 아니라는 거, 제가 잘 압니다."

히다는 입가를 비틀고 고개를 돌렸다.

"자네와는 관계없는 일이야."

"얘기해 주십시오. 제가 할 수 있는 일이 있다면 협력하겠습니다."

"그럴 필요 없어. 미안하지만 이제 돌아가게."

히다는 유즈키가 들고 있는 파일로 손을 뻗었다.

"아니, 잠깐만요. 이 사진은 뭡니까?"

유즈키가 사진 한 장을 가리켰다. 세일러복 차림을 한 도모요의 모습이다.

"이 사진이 뭐? 그냥 중학교 때 사진인데."

"그건 압니다. 장소가 어디냐는 거죠."

"장소?"

"여기, 이 뒤를 보세요. 뭐가 찍혀 있는지 알아보시겠습니까?"

유즈키는 도모요의 뒤쪽을 가리켰다.

"이건 2단 평행봉입니다. 기계 체조를 할 때 쓰는. 그리고 여기는 체육관이에요."

히다는 눈을 찡그리고 사진을 보았다.

"그런 것 같군. 그런데 그게 뭐 어쨌다는 거야. 학교 체육관이거나 뭐 그런 데겠지."

유즈키가 고개를 저었다.

"그냥 철봉이라면 몰라도, 2단 평행봉이 있는 중학교는 그리 많지 않습니다. 여긴 좀 더 큰 체육관이에요. 게다가 이렇게 체조 도구가 세팅되어 있는 걸 보면 무슨 큰 대회가 있었던 걸로 보입니다. 물론 기계 체조 대회겠죠. 그런 곳에 전혀 관계없는 중학생이 있을 리 없잖아요."

히다가 사진에서 얼굴을 들었다.

"아내가 기계 체조를 했다는 얘기는 들은 적이 없어."

"히다 씨가 못 들었을 뿐이겠죠. 어쩌면 잊어버렸을지도 모르는 일이고요."

"그럴 리 없어. 혹시 한때 했는지도 모르지."

"이 사진, 좀 빌려 가도 되겠습니까?"

"뭘 어쩌려고?"

"부인이 중학생 시절에 기계 체조를 했는지 안 했는지 조사해 보겠습니다. 사진이 있으면 어느 체육관인지 알 수 있을 겁니다. 또 언제 치러진 무슨 대회였는지도 조사할 수 있을 거고요."

히다는 홍, 코웃음을 치고는 어이없다는 듯이 미소를 머금었다.

"자네, 정말 못 말릴 사람이로군. 운동 능력이 유전자에 지배된다는 걸 굳게 믿는 모양이야."

"신념이 없으면 연구를 할 수가 없죠. 빌려도 되겠습니까?"

히다는 사진과 유즈키의 얼굴을 번갈아 보더니 천천히 고개를 끄덕였다.

"알았어. 단, 조건이 있네. 나는 한동안 나가오카에 있을 건데, 앞으로는 절대 내 일에 관여하지 말게."

"저와 연락을 취하시는 게 히다 씨에게 결코 무익하지는 않을 텐데요."

"난 혼자 행동하고 싶네. 누가 옆에서 끼어들어 이러쿵저러쿵 말하는 것도 싫고. 조건을 수용할 수 없으면 사진은 빌려줄 수 없어."

힐끔, 히다가 유즈키를 쏘아보았다.

유즈키는 얼굴은 찡그리고는 고개를 위아래로 움직였다.

"알겠습니다."

그러고서 그는 파일에서 사진을 끄집어냈다.

28

유즈키가 돌아간 후 히다는 냉장고를 열어 캔 맥주를 꺼냈다. 밖에서 돌아오는 길에 편의점에서 산 것이다. 이 방에 미니바 따위의 세련된 시설은 없다.

캔을 따서 벌컥벌컥 들이켰다. 후우, 하고 숨을 내쉰다. 허탈감을 곱씹는 순간이다. 오늘 역시 아무런 수확이 없었다.

그가 나가오카에 온 이유는 딱 하나였다. 도모요가 대체 어디에서 갓난아기를 데리고 왔는지, 그것을 밝혀내려는 것이다.

지금까지 히다는 19년 전에 병원에서 유괴된 갓난아기가 카자미라고만 생각했다. 그 때문에 백혈병으로 고생하는 가미조의 외동아들을 위해서라도 하루빨리 진실을 고백해야 한다고 생각했다. 가미조 노부유키가 자신들에게 접근한 것도 카자미가 골수 기증자가 될 수 있으리란 기대 때문일 거라고 확신했다.

그런데 가미조 세쓰코와 카자미 사이에는 혈연관계가 없다. 골수 이식을 고려했을 정도니 세쓰코가 자신의 혈액형을 잘못 알고 있을 리는 없었다. 한편 카자미 역시 마찬가지다. 혈액 검사는 지금까지 몇 번이나 했다. 단 한 번도 O형이 아니라는 결과는 나온 적이 없다.

그러니 유괴된 아이는 카자미가 아니었다는 얘기다. 지난 몇 년 동안 그 잘못된 생각으로 얼마나 괴로워했는지.

만약 그것이 사실이라면 히다에게 그처럼 다행스러운 일은 없다. 하지만 몇 가지 사실이 아직도 마음에 걸렸다.

한 가지는 도모요가 신생아 유괴 사건을 다룬 기사를 보관하고 있었다는 것이다. 전혀 무관한데 그렇게 했다고는 여겨지지 않는다.

또 한 가지는 가미조 노부유키가 지니고 있던 예의 혈흔이다. 그 피의 주인이 카자미의 엄마라는 것은 확실하다.

그렇다면 그 혈흔은 누구의 것이란 말인가.

캔 맥주 하나를 다 마시고 나서 냉장고를 열어 하나를 더 꺼냈다. 그래도 아직 두 개가 남아 있다.

가방을 끌어당겨 안에 있는 것을 모두 침대 위에 쏟았다. 편지와 앨범 등 도모요가 소중하게 여겼던 것들이다. 전부 집 벽장에 보관해 두었었다.

히다는 맥주를 마시면서 그것들을 하나하나 다시 살펴보았다. 지난 며칠 동안의 일과가 늘 이랬다. 벌써 몇 번이나 되풀이하는지 모른다.

그가 중요시하는 키워드는 나가오카였다.

도모요는 나가오카가 고향이다. 일찍이 어머니가 돌아가셔서 아버지 혼자 키웠다고 들었다. 그녀의 아버지는 개인택시 기사였다. 그런 아버지를 돌보기 위해 그녀는 단기 대학을 졸업한 후에도 나가오카에 남아 호텔에서 일하게 된 것이다. 그 호텔이 나가오카 크라운 호텔이다.

히다가 도모요를 만난 것은 그 겨울의 일이었다. 장소는 나에바에 있는 호텔이었다. 도모요가 일하는 호텔의 계열사라서 겨울 동안에는 도모요도 그쪽으로 파견되었다. 한창 스키 붐이 일던 시절이라 리프트를 타기 위해 몇십 분이나 기다려야 하는, 지금으로서는 상상도 할 수 없는 시대였다.

히다는 한 대회에 게스트로 초청받았다. 일반 사람들은 잘 몰라도 스키어들 사이에서는 그의 이름이 잘 알려져 있었다. 호텔에서도 제일 좋은 방을 준비했다. 그리고 그를 전적으로 담당하는 메이드까지 붙였다. 그게 바로 도모요였다.

두 사람은 사랑에 빠졌다. 그 이후 히다는 바쁜 와중에도 시간을 내어 도모요를 만나러 갔다. 주위 사람들 눈에는 왜 일류 스키어가 평범한 스키장에 다니는지 의아하게 비쳤을 것이다.

만난 지 2년째 되는 여름에 결혼했다. 당시 히다는 부모님이 물려준 사이타마 집에서 혼자 살고 있었다. 그곳에 신혼살림을 차렸다.

어서 아이를 낳으라고 주변에서 성화였다. 히다와 도모요 역시 같은 생각이었다. 결혼한 직후부터, 아이를 낳으면 스키를 시키자고 얘기를 나누곤 했다.

그런데 그 바람은 좀처럼 이뤄지지 않았다. 둘이서 병원에 간 적도 있지만, 어느 쪽에도 문제는 없다는 결과밖에 얻을 수 없었다.

도모요가 임신한 것은 결혼한 지 꼬박 5년이 지날 무렵이었다. 그토록 손자의 얼굴을 보고 싶어 했던 도모요의 아버지는 그 전해에 췌장암으로 돌아가셨다.

히다는 지금도 그 일이 후회스럽다. 도모요가 임신했다는 것을 확인한 시점에 왜 유럽 원정을 포기하지 않았을까. 현역으로서는 마지막 기회라 잘해 보고 싶은 욕망이 컸던 것은 사실이지만, 그 원정에서 얻어 온 것은 '이제 할 수 있는 것은 다 했다, 미련은 없다'는 자기만족뿐이었다. 그런 것을 우선 시한 나머지 유산하고 실의의 구렁텅이에 빠져 있는 아내를 혼자 내버려 둔 꼴이 되고 말았다. 혼자 두지 않았더라면 유 산도 피할 수 있었을지 모른다.

유산한 도모요가 선택한 길은 어디서든 갓난아기를 데려오 자는 것이었다.

그런데 그다음 과정이 지금까지 추측했던 것과는 상당히 다르다.

니가타의 오코시 병원에서 아기를 훔쳐 오지 않았다면, 대 체 어디서 데려온 것일까. 그리고 그 아기를 낳은 엄마는 지 금 어디서 뭘 하고 있을까.

그래서 나가오카인 것이다.

나가오카는 도모요의 고향일 뿐 아니라 오코시 병원이 있 는 곳이다. 더욱이 히다에게는 한 가지 걸리는 것이 있다. 예 의 혈흔이 찍힌 종이를 가져왔을 때 가미조가 한 말이다.

'사모님은 니가타 현 나가오카가 고향입니다. 그런데 실은 A씨도 그 고장 출신이에요. 또 사모님에게는 이렇다 할 친척 이 없으신 것 같더군요. 그래서 생각해 봤습니다. A씨와 사모 님 사이에 어떤 혈연관계가 있는 것은 아닐까 하고 말이죠.'

그 말을 들었을 때 히다는 이건 꾸며 낸 얘기일 것이라고 생각했다. 어떻게든 DNA 검사를 하게 하기 위한 구실에 불과할 뿐, 혈도장의 주인은 그의 아내일 것이라고 생각했다.

그런데 어쩌면 그 시점에서 가미조는 이미 진실을 얘기했는지도 모른다. 카자미의 엄마가 도모요와 같은 나가오카 출신이 아닐까. 그렇다면 가미조의 말대로 도모요와 어떤 관계가 있다 해도 이상할 게 없다. 히다가 나가오카가 열쇠라고 생각한 밑바탕에는 그런 추리가 있었다. 그래서 여기까지 찾아온 것이다.

늘 하던 대로 그는 아내의 유품을 바라보았다. 그녀가 나가오카에 있던 시절의 사진, 고등학교와 단기 대학 앨범, 고향 친구들에게서 받은 편지 등이 침대에 죽 놓여 있다.

그러나 아무리 들여다보아야 알 수 있는 게 없었다. 히다는 자신이 아내에 대해 아무것도 모른다는 사실을 새삼스레 절감했다. 아무것도 모르는 채 스키에만 몰두했던 결혼 생활이었다.

유즈키의 조사 능력과 행동력이 부럽다고 생각했다. 그 남자는 나가오카에 온 지 하루도 채 지나지 않아 히다가 이곳에 있다는 것을 알아냈다. 그러면 혹시 카자미의 엄마를 찾아낼 수 있을지도 모른다. 물론 그렇다고 부탁을 할 수는 없다.

그건 그런데, 가미조가 왜 그런 짓을…….

유즈키가 들려준 새로운 수수께끼에 대해 생각해 보았다. 카자미에게 협박장을 보낸 사람은 가미조라고 한다. 그가 무엇 때문에 그런 짓을 했을까. 도무지 이유를 알 수 없다.

사진 파일을 손에 들었다. 유즈키가 아까 보았던 것이다. 도모요의 중학 시절 사진을 가져갔는데 그는 그 사진으로 뭘 어떻게 할 생각인가.

도모요가 과연 기계 체조를 한 적이 있었을까. 만약 그렇다면 자신은 정말 허망할 것이라고 생각했다. 스키에만 정신이 팔려 아내의 이야기를 하나도 들어 주지 못했다고 통감하게 될 테니까.

29

유즈키는 다음 날 아침 일찍부터 움직이기 시작했다. 히다 도모요, 결혼 전에는 하야카와 도모요였던 그녀가 졸업한 중학교는 금방 알아냈다. 예의 사진 속 교복에 학교 마크가 붙어 있었기 때문이다. 곧바로 그 중학교에 전화를 걸어 졸업생에 대해 가르쳐 줄 수 있느냐고 문의했다. 전화를 받은 여사무원은 당연히 강한 경계심을 보였다.

유즈키는 히다 히로마사의 이름을 내세워, 전 올림픽 선수의 아내에 대해 취재하고 있다고 설명했다. 그런데 상대는 무슨 소린지 잘 모르겠다는 투였다. 아무래도 히다 히로마사를 전혀 모르는 듯했다. 유즈키는 맥이 탁 풀렸다. 사토야 다에 나 오기와라 겐지 같은 이름이었다면 반응이 달랐을 것이다. 아마추어 선수는 올림픽에서 금메달을 따지 않는 한 사람들 의 기억에 남지 않는다. 아니 애당초 화제에 오르는 일조차 없다는 것을 새삼 절감했다.

그래도 신세 개발 스키부 얘기를 꺼내자 여사무원은 상사 와 의논하더니 오후에 학교에 찾아와도 좋다고 말해 주었다. 선수 이름보다 기업 이름이 설득력이 있는 듯하다.

그 중학교는 나가오카 역에서 택시를 타고 30분 정도 거리 에 있었다. 학교 건물은 크림색이고 운동장에는 핸드볼용 골 대가 설치되어 있었다.

행정실로 가자 창구에 안경을 낀 중년 여자가 앉아 있었다. 유즈키는 자기 이름을 말하며 명함을 내밀었다. 전화를 받았 던 사람인지 그녀가 이내 고개를 끄덕였다.

협소한 내빈용 공간에서 다나카라는 쉰 살 정도의 행정실 장과 마주 앉았다.

"우리 학교 교복이 맞기는 합니다만, 아주 오래전 사진이군 요. 지금은 모양이 많이 달라졌습니다. 물론 학교 마크는 똑 같습니다."

"30년도 더 된 옛일이라는 것은 압니다. 전화로도 말씀드 렸지만, 히다 히로마사 씨의 부인은 살아 계셨다면 올해 나이

마흔일곱일 겁니다."

"흐음, 그렇군요. 그쯤 되었겠죠. 전화 내용을 전해 듣고서
인터넷으로 조사를 좀 해 봤습니다. 히다 히로마사 씨라는 분
이 상당히 유명한 선수였던 모양이더군요. 올림픽에도 몇 번
이나 출전했고. 그런 분의 부인이 우리 학교 졸업생이라는 얘
기는 처음 듣습니다. 그분이 현역 선수일 때 알았다면 여러
가지로 협력할 수 있었을 텐데 말입니다."

다나카의 말이 입에 발린 공치사로는 들리지 않았다. 졸업
생의 남편은 다소 먼 관계이지만, 학교와 연관 있는 인물이
올림픽에 출전했다는 사실을 반가워하는 듯 보였다.

"그래서 히다 씨의 부인에 대해 여러 가지로 조사하고 있는
중인데요, 협력을 부탁드릴 수 있을까요? 결혼 전의 성은 하
야카와입니다."

다나카의 얼굴에 경계의 빛이 어렸다.

"협력이라면, 구체적으로 어떤?"

"가령, 학생 시절의 성적표를 보여 주실 수는 없는지요. 특
히 체육 성적을 알고 싶습니다."

그런데 유즈키의 말이 끝나기도 전에 다나카는 쓴웃음을
지으며 고개를 가로저었다.

"그건 불가능합니다. 30년 전 성적표는 자료가 남아 있지
않아요. 게다가 설령 남아 있다 해도, 그런 것은 함부로 유출

할 수 없게 되어 있습니다. 아무튼, 불가능하다는 말씀밖에 드릴 수 없군요."

"그런가요."

짐짓 아쉬운 표정을 지었지만 유즈키로서는 이미 예상했던 범위 안의 대답이었다.

"그럼, 당시의 체조부 선생님을 소개해 주실 수는 있는지요?"

"체조부요?"

"이 사진을 보십시오. 체조 도구가 보이지 않습니까. 히다 씨의 부인은 아마 체조부이지 않았을까 싶은데요. 그러니까 당시의 일을 알려면 담당 선생님을 만나 얘기를 듣는 것이 최선이 아닐까 합니다."

"아, 그런데······."

"물론 졸업생의 프라이버시는 지켜져야 하죠. 하지만 담당 선생이 누구였는지 가르쳐 주는 정도는 문제 될 게 없다고 생각하는데요."

"아니, 그런 게 아니라."

다나카가 손을 저었다.

"댁이 오해를 한 것 같습니다. 이건 무슨 착오가 있는 겁니다."

"착오라니요?"

"우리 중학교에는 체조부가 없어요. 과거에 있었다는 얘기도 들은 적이 없습니다. 그러니 담당 선생도 있을 턱이 없지요."

유즈키는 절로 한숨이 새어 나왔다.

"그게 정말입니까?"

"물론입니다. 체육 수업에서 기계 체조를 하는 일은 있지만 체조부는 없습니다."

"그렇다면 이 사진은 어떻게 된 것일까요?"

다나카가 다시 사진을 보고는 고개를 갸우뚱했다.

"모르겠군요. 다른 학교에 응원이나 견학을 하러 갔던 게 아닐까요? 여기는 우리 학교 체육관이 아닙니다."

"그럼 이 체육관, 어디일 것 같습니까?"

"글쎄요, 어딜까요. 나가오카 시민 체육관도 아닌 것 같고. 잘 모르겠네요."

유즈키는 고개를 끄덕였다. 아무래도 잘못 찾아온 것 같다. 여기 더 있어 봐야 별다른 수확을 기대할 수 없을 듯했다.

"알겠습니다. 바쁘실 텐데, 죄송합니다."

유즈키는 머리를 숙이고 자리에서 일어났다.

"이거, 무슨 책으로 나오는 겁니까?"

다나카가 물었다.

"혹은 텔레비전에?"

"홍보용 인쇄물이 될 가능성은 있습니다."

유즈키는 적당히 대답했다.

"그렇군요. 혹시 학교 사진이 필요하시면 언제든 말씀하십시오. 준비해 드리겠습니다."

다나카가 친절하게 말했다. 학교 선전이 될지도 모르겠다는 기대를 품고 있는 것이다.

필요하면 부탁드리죠, 하고서 유즈키는 정중하게 머리를 숙였다.

행정실에서 나와 걸어가는데 뒤에서 다가오는 발소리가 들렸다. 돌아보니 아까 그 여사무원이 종종걸음으로 쫓아오고 있었다.

유즈키가 무슨 일이냐고 물었다.

"저, 실은 저도 이 중학교 졸업생이에요."

그녀가 머뭇거리며 말했다.

"혹시 그 여자 분과 나이가 비슷할지도 모르겠어요."

"아……."

유즈키는 상대를 새삼스레 바라보았다. 과연 그 정도 나이대로 보였다. 유즈키는 예의 사진을 보여 주었다.

"이 여자 분을 혹시 기억하십니까?"

그러나 여자는 미안하다는 듯이 고개를 기울였다.

"잘 모르겠네요. 친하게 지냈던 동급생 얼굴은 지금도 기억하는데."

"그러세요. 그럼 왜 저를 쫓아온 거죠?"

"체조부 얘기가 나와서요. 행정실장님도 말했지만, 이 학교에는 체조부가 없어요. 하지만 당시에 아주 유명한 체조 클럽이 근처에 있었거든요. 실은 저도 초등학생 때는 그 클럽에 다녔어요."

"체조 클럽요? 아……."

유즈키는 자신의 멍청함이 원망스러웠다. 하야카와 도모요가 세일러복 차림이라 중학교 체조부일 가능성만 생각했는데, 청소년이 본격적으로 기계 체조를 배우려는 경우에는 체조 클럽에 들어가는 것이 일반적이다.

"그 클럽 이름이 뭔지 기억하세요?"

"물론이죠. 미사키 체조 클럽이에요. 그런데 아쉽게도 20년 전쯤에 없어졌어요."

유즈키가 그 이름을 수첩에 적었다.

"그 클럽에 대해서 잘 아는 사람, 어디 없을까요?"

그녀가 잠시 생각하는 표정을 짓더니 다시 입을 열었다.

"그 클럽은 미사키 제과라는 과자 회사에서 운영한 거였어요. 그러니까, 거기에 문의해 보면 뭘 좀 알 수 있지 않을까요."

"미사키 제과란 말이죠. 알겠습니다. 아, 이거 감사합니다."

유즈키는 정중하게 머리 숙여 인사했다. 수확이 없다고 포기했는데, 실로 귀중한 정보를 얻었다는 생각이 들었다.

중학교에서 나와 전화로 미사키 제과의 전화번호를 조사했다. 그리고 바로 회사로 전화를 걸어 체조 클럽에 관해 알고 싶다고 했다.

"그 클럽은 아주 오래전에 해산했는데요."

전화를 받은 남자가 친근한 말투로 말했다. 나이가 지긋하게 느껴지는 목소리였다.

"클럽 대표였던 사람이나 책임자였던 사람을 만나고 싶은데, 연락처를 혹시 알 수 있을까요?"

"대표는 우리 사장이었어요. 그런데 벌써 오래전에 돌아가셨죠. 지금은 체조 클럽에 대해 아는 사람이 우리 회사에는 아마 없을 겁니다."

"그럼 클럽에 대한 기록이나 자료는 어떻게 되었나요?"

"글쎄요, 어떻게 되었으려나……."

남자는 마치 남 얘기를 하듯 말했다.

"급하십니까?"

"네, 좀."

음, 하는 소리가 들렸다.

"일단은 조사를 해 보죠. 이 휴대 전화로 연락하면 됩니까?"

"네, 감사합니다."

잘 부탁한다고 말하고서 유즈키는 전화를 끊었다. 그러나 그 말투로 봐서는 큰 기대를 할 수 없을 듯했다.

그다음 유즈키가 향한 곳은 나가오카 시청의 출장소가 있는 야나기하라 분청이었다. 문의해 본 결과 거기에 스포츠 진흥과가 있다는 것을 알았기 때문이다.

분청은 건물 4층에 있었다. 와이셔츠에 카디건을 걸쳐 입은 남자가 유즈키를 보고서 다가왔다.

"무슨 일로 오셨는지요?"

유즈키는 예의 사진을 보여 주었다.

"여기 찍힌 장면이 어디서 있었던 어떤 대회인지 알고 싶은데요. 이 여학생이 나가오카에 있는 한 중학교의 학생인 것은 확실한데, 체조부는 아니었다고 합니다. 그래서 체조 클럽에 다닌 게 아닐까 생각하는데요."

"음, 중학생이란 말이죠. 초등학생은 스포츠 소년단에 주니어 체조 클럽이 있지만."

"중학생이 들어갈 수 있는 체조 클럽은 없나요?"

"분청에서는 그 상황을 파악하고 있지 않은데요."

남자가 고개를 갸웃거렸다.

그때, 유즈키의 휴대 전화가 울렸다. 발신자를 보고서 놀랐다. 미사키 제과 번호였기 때문이다.

"체조 클럽 건 말인데요, 니시오카라는 사람이 당시 일을 잘 알고 있다고 합니다."

"니시오카 씨요…… 어떤 사람입니까?"

"체조를 가르쳤던 사람이랍니다. 대학에서도 가르쳤고요. 지금은 퇴직했다는데, 연락처는 압니다만 지금도 거기 사는지 어떤지는 잘 모른다는군요."

"괜찮습니다. 알려 주세요."

유즈키는 남자가 말하는 주소와 전화번호를 받아 적었다. 기대할 수 없겠다고 생각한 데 대해 내심 사과했다.

분청에서 나와 니시오카 신이치라는 사람에게 전화를 걸었다. 번호로 봐서 자택의 유선 전화인 듯했다.

니시오카는 집에 있었다. 처음에는 미심쩍은 듯이 대하더니, 미사키 체조 클럽에 대해 알고 싶은 것이 있다고 하자 금세 말투가 밝아졌다. 클럽에 관한 자료를 거의 전부 집에 보관하고 있다고 했다.

"필요하시다면 정리해 두죠. 오늘 바로 오실 겁니까?"

"그러면 저는 좋습니다."

"알겠어요. 그럼 기다리고 있죠."

니시오카의 주소는 니가타 주오구였다. 유즈키는 택시를 타고 나가오카 역으로 향했다.

신칸센으로 니가타에 가서 에치고 선으로 갈아타고 하쿠산

역에서 내렸다. 거기에서 다시 택시를 탔다.

니시오카의 집은 절이 많은 거리에 있었다. 오래된 목조 전통 가옥이었다. 유즈키가 인터폰을 누르자 니시오카가 부인과 둘이 맞아 주었다. 흰머리를 짧게 자른, 스포츠맨 분위기가 그대로 살아 있는 인물이었다. 몸집은 자그마하지만 그 가슴의 실팍함은 스웨터를 입고 있어도 금방 알 수 있었다. 일흔 살이라는 말을 듣고서 유즈키는 내심 놀랐다.

"도쿄 올림픽에 출전하는 게 꿈이었어요. 오직 연습에만 매진했는데, 예선전에서 그만 큰 실수를 하는 바람에 최종 선발에서 탈락했지요. 그래서 고향으로 돌아와 아이들에게 체조를 가르치기로 했던 겁니다."

니시오카는 응접실 소파에 앉아 온화한 목소리로 말했다. 벽에 설치된 선반에는 트로피와 상패가 죽 진열돼 있었다. 왕년의 성과일 것이다.

"미사키 제과는 외가에서 경영하는 회사예요. 회사라기보다 친척끼리 하는 조그만 가게라고 하는 편이 옳을지도 모르죠. 친척 중에 체조를 하는 사람이 많았던 터라 사장이었던 큰삼촌이 아이들을 위한 체조 클럽을 만들었습니다. 그 무렵엔 회사도 꽤 벌이가 좋았던 거겠죠."

니시오카는 옛날을 그리워하는 눈빛이었다.

유즈키가 하야카와 도모요의 사진을 보여 주었다. 니시오카가 돋보기를 꼈다.

"이건 아리마 체육관인 것 같은데."

노인이 사진을 보자마자 말했다.

"아리마?"

"자동차 부품을 만드는 회사죠. 나가오카에 있어요. 연습할 때 거기 체육관을 빌려 쓰곤 했어요. 큰삼촌이 그 회사 사장과 친분이 있었던 터라서요. 일주일에 몇 번은 사용했습니다."

"아하, 회사 시설이로군요."

어째 아무도 모르더라니. 유즈키는 그제야 납득할 수 있었다. 이제 하야카와 도모요가 미사키 체조 클럽에 있었다는 것은 거의 확실해졌다.

역시 F패턴 유전자가 무용지물은 아니다. 그는 가벼운 흥분을 느꼈다.

"이 사진에 찍힌 여학생 말인데요, 혹시 본 기억이 없습니까? 하야카와 도모요라고 하는데요."

"이 여학생 말인가요. 아까부터 생각하고 있는데, 잘 모르겠군요. 몇 년 전 일이죠?"

"아마 30년 전쯤이라고 생각됩니다. 현재 마흔일곱 살이 됐을 테니까요. 살아 있다면 말이죠."

"그 말은……."

"돌아가셨습니다. 20년쯤 전에."

유즈키의 말에 니시오카는 돋보기 속 눈을 조금 부릅뜨더니 소파에서 엉덩이를 들었다.

"잠시 기다려 주세요."

5분쯤 지나 니시오카가 돌아왔다. 양손에 종이 백을 들고 있었다. 파일인 듯한 것이 한가득 담겨 있다.

"미사키 체조 클럽이 활동한 것은 1965년에서 1989년까지입니다. 아이들 수도 줄어들고 회사도 경영난이 심해져서 해산하고 말았어요. 사장은 시대가 헤이세이로 바뀐 것도 결심을 굳히게 된 이유 중의 하나라고 했는데."

니시오카는 파일 몇 권을 테이블 위에 올려놓았다.

"지금 마흔일곱 살이라면 언제쯤이려나."

파일은 체조 클럽 재적자의 명부인 듯했다.

니시오카는 유즈키가 준 사진을 옆에 놓고서 번갈아 보며 파일을 넘겼다. 그 눈빛이 한없이 부드러웠다. 아마 과거 제자들의 추억이 그의 뇌리를 스치고 지나가는 것이리라.

유즈키는 차를 마시면서 니시오카가 파일에서 하야카와 도모요를 찾아내 주기를 기대했다.

그러나 니시오카는 파일 몇 권을 살펴본 후에 천천히 고개를 저었다.

"아쉽지만 하야카와라는 이름은 없군요. 10년 치를 죽 살펴보았는데, 활동했다는 기록이 안 보입니다."

유즈키의 가슴에 실망감이 퍼졌다.

"그럼 이 사진은 어떻게 된 걸까요? 중학생이 기업 체육관에 갈 일이 뭐가 있을까 싶은데요."

이렇게 묻는 것이 당치 않다고 생각하면서도 유즈키는 의문을 드러내지 않을 수 없었다.

"이상하긴 하군요. 중학생이 그 체육관을 사용했다면 우리 클럽 소속이어서 그랬을 가능성밖에 없는데……."

그렇게 말하고서 니시오카가 다시 파일 한 권을 집어 들었다.

"혹시 견학을 온 건가."

"견학요?"

"가족들이 연습을 구경하러 오는 일이 종종 있었어요. 평일 연습 시간이 오후 5시부터여서 학교 끝나고 돌아가는 아이들이 동급생을 응원하러 오는 일도 가끔은 있었습니다. 음, 그 여학생이 어느 중학교를 다녔다고요?"

유즈키는 중학교 이름을 말했다. 그의 대답을 듣고서 니시오카는 파일을 들추기 시작했다.

"그 중학교에서 두 명 정도 클럽에 다녔던 것 같군요. 아, 둘 다 기억이 납니다."

니시오카가 파일의 펼쳐진 면을 유즈키 쪽으로 향하게 해 놓고, 줄줄이 이어진 이름의 일부를 손가락으로 짚었다.

거기에는 스즈키 야스코, 하타나카 히로에라는 이름이 있었다. 학년은 스즈키 쪽이 한 학년 위였다.

"이 두 학생이 연습하는 걸 보러 왔을 뿐인지도 모른다, 그런 뜻인가요?"

"그런 거 아닌가 싶습니다. 특히 이 하타나카라는 학생은 실력이 대단했어요. 배운 지 얼마 되지도 않았는데 기술을 척척 익혔지요. 전국 수준의 실력을 갖추고 있었으니까, 연습하는 모습을 구경할 가치가 있었을 겁니다. 음, 경기하는 사진도 어디 있을 텐데."

니시오카가 다른 파일을 뒤지기 시작했다.

유즈키는 얼굴에 낙담한 기색이 드러나지 않도록 애썼다. 하야카와 도모요가 미사키 클럽에 적을 둔 적이 없다면 니시오카에게도 이제 볼일이 없다.

"아, 여기 있군. 평균대를 하는 사진인데, 유연성하며 균형감각하며, 전혀 나무랄 데가 없어요."

니시오카가 사진이 담겨 있는 페이지를 유즈키에게 들이밀었다.

전혀 관심은 없지만 유즈키는 파일을 들여다보았다. 머릿속은 어떻게 하면 얘기를 끝낼 수 있을까, 그 생각밖에 없었다.

사진 속의 여자 선수는 과연 폼이 훌륭했다. 평균대 위에서 뒤로 공중돌기를 하는 순간이었다. 훈련을 좀 더 하면 올림픽

후보쯤은 될 수 있을지도 모르겠다는 기대감을 품게 했다.

그 옆에 마루 운동 하는 사진도 있었다. 이쪽을 향하고 뭔가 기술을 선보이려는 참이었다.

그 사진을 보고서 유즈키는 눈을 부릅떴다. 그 사진에 있는 사람은 그도 잘 아는 인물이었다. 아니, 잘 아는 인물을 아주 많이 닮은 사람이었다.

30

히다가 호텔로 돌아온 것은 잠시 후면 날짜가 바뀔 즈음이었다. 가방을 내던지고서 윗도리도 벗지 않은 채 침대에 쓰러졌다.

오늘은 도모요의 단기 대학 시절의 친구들을 만나고 왔다. 대부분 나가오카 이외의 곳으로 시집을 간 탓에 본의 아니게 대이동을 해야 했다.

그러나 고생한 보람도 없이 수확은 거의 없는 거나 다름없었다. 다들 카자미가 태어난 19년 전쯤에는 이미 도모요와 연락을 주고받지 않은 듯했다. 그녀들은 도모요가 죽었다는 사실조차 모르고 있었다.

도모요는 어떻게 갓난아기를 데리고 올 수 있었을까. 또 아기의 엄마는 누구일까. 가미조 노부유키와는 어떤 관계인가. 무엇 하나 대답을 찾을 수 없었다.

내일부터는 또 뭘 해야 하나 하고 머리를 두 손으로 감싸 쥐었을 때 휴대 전화가 울렸다.

누운 채로 전화기를 꺼내 발신자를 본 그는 얼굴을 찡그렸다. 유즈키였다.

"네."

퉁명스러운 목소리로 전화를 받았다.

"유즈키입니다. 늦은 시간에 미안합니다."

"무슨 일이야. 더는 내 주변에 어슬렁거리지 말라고 했을 텐데."

"압니다. 하지만 꼭 물어봐야 할 일이 있어서요. 만날 수 없을까요?"

"거참, 끈질기군. 날 좀 내버려 두라고 했잖나."

"그럼 한 가지만 질문하겠습니다. 중요한 일이에요."

히다가 한숨을 쉬었다.

"대체 뭐야?"

"히다 씨의 부인…… 아니, 카자미 선수의 어머니에 관한 일입니다."

그 말투가 거슬렸다.

"무슨 뜻이지?"

"카자미 선수의 어머니는 어디 사는 누구입니까? 왜 히다 씨 부인이 키우게 된 겁니까?"

노크 소리가 났다. 히다는 누구인지 확인도 하지 않고 문을 열었다. 유즈키가 다소 긴장한 표정으로 서 있었다. 팔에 코트를 걸고 있다.

"빨리도 왔군."

"근처에 있었습니다. 히다 씨가 한시라도 빨리 얘기를 듣고 싶어 할 거라는 생각도 했고요."

유즈키는 입가에 의미심장한 미소를 머금고 있었다.

히다는 아무 대꾸도 하지 않고 문을 활짝 열어 유즈키를 안으로 들어오게 했다.

지난번처럼 히다는 침대에 앉았다. 그리고 유즈키가 의자에 앉는 것을 보고서 말을 꺼냈다.

"그래, 이제 얘기해 보게."

"실은 히다 씨 얘기를 듣고 싶은데요. 아까 전화에서도 말했지만 카자미 선수의 어머니가 어디 사는 누구인지요."

"그 아이의 엄마는 히다 도모요야. 죽은 내 아내."

유즈키가 미소를 머금은 채 고개를 저었다.

"만약 히다 씨 생각이 정말 그렇다면 이렇게 늦은 밤에 저를 만나려 하지 않았을 겁니다. 저는 제 손으로 조사한 것을 모두 얘기해 드릴 생각으로 찾아왔습니다. 단, 조건이 있어요. 히다 씨도 제게 아무것도 숨기지 않는다는 겁니다. 어떻습니까?"

입가에는 미소가 어려 있었지만 유즈키의 눈은 날카롭게 빛났다. 그 눈빛이 괜한 속임수는 쓰지 말라고 위협적으로 말하고 있었다.

전화를 받았을 때부터 히다는 각오하고 있었다. 유즈키가 어림짐작으로 그런 말을 했으리라고는 생각되지 않았다. 뭔가 결정적인 근거를 포착한 것이 틀림없었다. 도대체 어디서 그런 것을 찾았는지 히다로서는 상상도 할 수 없었다. 이쪽은 전혀 성과가 없는 나날을 보내고 있는데 말이다. 역시 이 남자는 예사 물건이 아니라고 생각했다.

"알겠네. 툭 터놓고 얘기하지. 일이 이렇게까지 되었는데 피차 눈치를 살펴야 별 의미도 없을 거고."

"그렇게 하는 게 좋겠죠. 그럼 다시 한 번 묻겠습니다. 카자미 선수의 어머니는 누구입니까?"

히다는 입술을 핥았다. 천천히 눈을 깜박이고서 대답했다.

"모르네."

"몰라요? 무슨 뜻입니까?"

"말 그대로야. 터놓고 얘기하겠다고 했잖나. 아버지란 참 애처로운 존재라, 아내가 당신 아이라고 하면 그대로 믿는 수밖에 없어. 그런데 아내가 죽은 후에야 그게 거짓말이었다는 것을 알았지. 내 아이가 아닐뿐더러 아내 아이도 아니었어."

유즈키는 이해할 수 없다는 듯이 고개를 비틀었다.

"대체 무슨 일이 있었던 겁니까? 거짓말이라는 것은 어떻게 알았고요?"

"그걸 말하기 전에 내가 한 가지 묻겠네. 자네야말로 어떻게 알았나?"

"당연히 그 점이 궁금하시겠죠."

유즈키는 윗도리 안주머니에 손을 집어넣어 사진 한 장을 꺼냈다. 며칠 전 히다의 파일에서 꺼내 간 것이었다.

"이 장소를 알아냈습니다. 아리마라고 하는 자동차 부품 회사 소유 체육관이더군요. 당시 미사키 체조 클럽이라는 민간 스포츠 교실이 있었는데, 이 장소를 빌려 아이들에게 체조를 지도했다고 합니다."

"체조 클럽? 도모요가 거길?"

"아니요. 안타깝지만 도모요 씨는 클럽에 다니지 않았습니다. 이 사진은 클럽에 다니는 친구가 연습하는 걸 보러 갔다가 찍은 사진인 것 같습니다."

"친구……."

유즈키는 호텔의 메모지를 잡아당겨 거기에 볼펜으로 하타나카 히로에란 이름을 써서 히다에게 보여 주었다.

"모르겠는데. 도모요에게서 그런 이름을 들은 적이 없네."

"그러시군요. 하지만 도모요 씨…… 아니 히다 씨의 부인과 하타나카 히로에는 상당히 친한 사이였을 겁니다. 원래는 그저 동급생이었을지도 모르죠. 그러나 나중에 중대한 비밀을 공유하게 됩니다."

오늘따라 유난히 거들먹거리며 뜸을 들이는 유즈키에게 답답함을 느끼면서 히다는 그의 말의 의미를 생각했다. 마침내 한 가지 추측이 떠올랐다.

"혹시, 그 하타나카 히로에라는 여자가……."

유즈키가 또 윗도리 안주머니에 손을 집어넣었다. 그리고 나온 것은 갈색 봉투였다. 그는 그것을 히다 앞에 내려놓았다.

"체조 클럽 지도를 맡았었다는 사람에게서 빌려 온 겁니다. 하타나카 히로에 씨의 중학생 시절 사진이죠."

"봐도 되겠나?"

"히다 씨에게 보여 주기 위해서 빌려 온 겁니다."

히다는 봉투로 손을 뻗었다. 느껴지는 감촉으로 안에 사진이 몇 장 들어 있다는 것을 알 수 있었다. 떨리는 손가락으로 그것들을 꺼냈다.

처음 눈에 뜨인 것은 마루 운동을 하는 소녀의 얼굴이었다. 가슴을 쫙 펴고 이쪽을 향해 있었다.

히다는 숨을 삼켰다. 온몸이 뜨거워지고 맥박이 빨라졌다.

부랴부랴 다른 사진도 보았다. 모두 경기 중인 사진이었지만, 얼굴은 잘 보였다. 어느 각도에서 보나, 그리고 그녀가 어떤 표정을 짓고 있을 때나 카자미와 아주 닮아 있었다.

"이건……."

간신히 입을 열었지만, 더는 말을 이을 수 없었다.

"놀라셨죠? 영락없이 카자미 선수입니다. 전혀 무관한 곳에서 그 사진을 찾아냈다면 아주 비슷하게 생긴 타인이라고 할 수 있겠죠. 그러나 부인의 동급생인 데다 체조 연습하는 걸 구경하러 갈 정도로 친했던 인물이라면 얘기는 달라지죠. 죄송한 말씀이지만, 카자미 선수는 부인과는 조금도 닮지 않았습니다. 하타나카 히로에 씨 쪽이 오히려 카자미 선수와 혈연관계가 아닐까, 그렇게 생각하는 것이 순리 아닐까요?"

히다는 몸 안쪽에서 무언가가 서서히 끓어오르는 것을 느꼈다. 그것은 곧 그의 눈물샘을 자극했다. 아차 하는 순간 그의 두 눈에서 눈물이 흐르기 시작했다. 그는 당황스러워하며 화장지로 손을 뻗었다.

"미안하군. 이런 꼴을 보여서."

눈물을 닦으면서 히다가 말했다.

"아닙니다."

"눈물은 대체 왜 흐르는 건지. 카자미를 낳은 여자라고 생각하니 갑자기 눈물이 나는군. 슬퍼서가 아니야. 오히려 감동

322

에 가까운 기분이지. 오래도록 줄곧 알고 싶은 일이었네. 그 아이는 내 보물인 동시에 최대의 고민거리이자 수수께끼이기도 했어."

히다는 숨을 고르고서 유즈키를 보았다.

"그 여자에 대해 자세하게 알아보았나?"

"친정 주소를 확보해서 어머니를 만나고 왔습니다. 아버지는 돌아가셨더군요. 현재 어머니는 아들과 함께 살고 있었습니다."

"그럼 본인이 어디 있는지는?"

그러자 유즈키가 시선을 떨어뜨리고 고개를 가로저었다.

"본인은 만날 수 없었습니다."

"어째서?"

유즈키가 고개를 들더니 무상하다는 듯이 눈썹 양끝을 축 늘어뜨렸다.

"돌아가셨답니다."

히다는 숨을 크게 들이쉬었다가 천천히 내쉬고는 침착한 목소리로 물었다.

"언제 일인가, 그게?"

"19년 전입니다. 화재를 당했다고 합니다. 당시 히로에 씨는 혼자 살고 있었고요."

툭, 하고 히다는 무언가가 가슴 안쪽에서 부딪치는 것을 느

323

졌다.

"19년 전……이라."

"카자미 선수가 태어난 해입니다. 그래서 저는 하타나카 히로에 씨의 어머니에게 히로에 씨가 결혼한 적이 있는지, 출산 경험은 있는지 물었죠. 대답은 둘 다 '없다'였습니다. 독신이었고 출산한 적도 없다고 단언하더군요."

그 얘기에 히다는 혼란스러웠다. 그 얘기가 사실이라면 하타나카 히로에는 카자미의 엄마가 아니라는 뜻이다. 그러나 유즈키가 그런 결론을 갖고서 일부러 여기까지 찾아오지는 않았을 것이라고 생각했다.

"자네는 그 얘기를 믿지 않는다는 말인가?"

유즈키가 슬그머니 웃었다.

"만약 히다 씨가 그 자리에 있었다 해도 아마 같은 의문을 품었겠죠. 실은 그 얘기까지 끌어내기가 몹시 고생스러웠습니다. 어머니는 하타나카 히로에 씨에 대해서 좀처럼 얘기를 해주려 하지 않았어요. 분명히 무언가를 숨기는 눈치였습니다."

"그래서 자네는 어떻게 했는데?"

"우선은 근처를 돌아다니며 탐문 조사를 했지요. 그런데 자세하게 아는 사람이 없더군요. 알면서 모르는 척하는 눈치는 아니었습니다. 하타나카 집안에서 히로에 씨의 죽음조차 주변에 숨기고 있다는 생각이 들었습니다."

"그래서?"

히다가 말을 재촉했다.

"히로에 씨의 어머니가 여러 말을 하지는 않았지만, 제게 얘기한 두 가지는 사실이라고 생각했습니다. 한 가지는 히로에 씨가 죽은 것이 19년 전이라는 것. 그리고 화재가 원인이었다는 것. 이 두 가지 키워드에 하타나카 히로에라는 이름을 덧붙여 신문 기사를 훑어봤죠."

"있던가?"

"인터넷으로 검색할 수 있으면 편했을 텐데 거의 없었습니다. 아무래도 19년 전 일이다 보니, 파일을 올리지 않은 신문이 대부분이거든요. 게다가 화재로 사람 하나가 죽은 정도의 사건은 좀 더 큰 사건이 발생하면 기사가 금방 날아가 버리니까요. 그래서 도서관에 가서 지방 신문의 축쇄판을 뒤져 보았죠. 어느 해인지는 알고 있고, 계절도 대충은 예상할 수 있으니까."

"계절?"

"겨울입니다."

유즈키가 말했다.

"카자미 선수가 아마 1월생이죠?"

"아…… 얘기가 그렇게 되는군."

"가령 하타나카 히로에 씨가 카자미 선수의 엄마이고 어떤 이유로든 히다 씨 부부가 맡게 됐다면 화재가 발생한 것도 그 무렵이 아닐까 생각했죠. 이 추리가 대충 적중한 듯합니다."

유즈키는 코트를 끌어당기더니 주머니에서 접힌 서류 한 장을 꺼냈다.

"이걸 좀 보시죠."

히다는 서류를 받아 들었다. 그것은 신문 기사를 복사한 것이었다. 기사의 날짜는 1월 14일이었다.

13일 오전 3시경 미나미우오누마 군 유자와 초 오아자 ××200번지 민가에서 화재 발생. 목조 2층 주택 약 100제곱미터가 전소. 약 1시간 후 화재는 진화되었으나 1층에서 한 여성과 태어난 지 얼마 되지 않은 갓난아기의 시신이 발견되었다. 니가타 현경과 미나미우오누마 서는 시신의 신원 확인을 서두르고 있다.

히다가 얼굴을 들었다.

"이게 그건가?"

"그렇습니다."

"그런데 갓난아기의 시신도 함께 발견되었다는 건……."

"복사본이 한 장 더 있습니다. 그쪽도 보시죠."

히다는 두 번째 복사본을 보았다. 역시 신문 기사로 날짜는 16일이었다.

13일 유자와 초 민가가 전소된 화재에 대해 시신의 신원이 확인되었다. 발견된 시신의 신원은 나가오카 시에 사는 하타나카 히로에 씨(28. 무직)로, 그 집에는 약 1년 전부터 살고 있었다고 한다. 하타나카 씨는 일주일 전 니가타 병원에서 여아를 출산했다. 미나미우오누마 서는 하타나카 씨와 갓난아기는 화재로 인한 연기를 마신 흔적이 없으며 또 하타나카 씨의 목에 로프가 감겨 있었던 점으로 보아 하타나카 씨가 집에 불을 지른 후 자살을 기도한 것으로 추측하고 있다고 한다.

히다는 자신도 모르게 아니, 하고 소리를 질렀다. 자살이라니, 생각도 못한 일이었다.

"어떻습니까. 하타나카 히로에 씨, 라고 쓰여 있죠? 죽기 직전에 여아를 출산했다는 말도 있고요."

유즈키가 말했다.

"그런데 이 기사가 사실이라면 하타나카 씨는 카자미와 아무 관계가 없지 않은가."

"갓난아기가 죽었기 때문에요? 반드시 그렇다고만은 할 수 없지 않을까요."

"무슨 뜻이지?"

히다의 물음에 유즈키는 무슨 생각을 감춘 표정으로 빤히 히다를 쳐다보았다. 그 눈을 보던 히다의 머리에 번뜩 스치는

327

것이 있었다.

"불타 죽은 아이가 하타나카 씨의 아이가 아니라는 말인가?"

유즈키가 두 팔을 벌렸다.

"하타나카 히로에 씨는 여아를 출산한 직후에 자살. 그 친구인 히다 도모요 씨도 여아를 출산. 게다가 그 아이가 히로에 씨를 아주 닮았다. 이거 우연치고는 너무 딱딱 들어맞지 않습니까?"

"자네가 무슨 말을 하고 싶은지는 알겠는데, 그렇다면 죽은 아이는 대체……."

거기까지 말하고서 히다가 갑자기 입을 다물었다. 자신이 던진 의문에 대한 대답이 갑자기 떠올랐기 때문이다.

"왜 그러십니까?"

유즈키가 눈치 빠르게 물었다.

"아니, 아무것도 아니야."

"아무것도 아니라는 표정이 아닌데요."

유즈키가 히다의 얼굴을 들여다보았다.

"제가 아는 정보는 여기까지입니다. 아직도 모르는 게 많고 대부분 추측일 뿐인데, 히다 씨가 보충할 게 있지 않을까요? 아까 다 털어놓겠다고 했는데, 진실이 뭔지 이제 말씀해 주십시오. 제가 도울 수 있는 일도 있을 겁니다. 군이 말할 필요도 없는 거지만, 이 건에 대해서는 절대 발설하지 않을 것이고, 히다 씨 허락 없이 얘기하는 일도 없을 겁니다. 저를 믿어 주십시오."

히다는 겨드랑이에 식은땀이 흐르는 것을 느꼈다. 유즈키가 들고 온 정보는 히다에게 큰 타격을 주었다. 카자미 엄마가 누군지 알게 되어 오랜 세월의 고통에서 다소 해방되기는 했지만 그에 수반된 사실이 그에게 새로운 고뇌의 올가미가 되고 있었다.

"히다 씨."

유즈키가 새삼스레 그를 불렀다.

"미안하군. 잠시 머릿속을 좀 정리해야겠어. 여러 가지 일이 너무 한꺼번에 밝혀져서 몹시 혼란스럽군."

히다는 일어나 냉장고를 열고 캔 맥주 두 개를 꺼냈다.

"마시겠나?"

"네, 그럼 저도."

히다는 유즈키에게 캔 맥주 하나를 건네고 침대에 앉아 자신도 캔을 땄다. 꿀꺽 마시고는 크게 숨을 토해 냈다.

"자네 집념에는 당해 낼 재간이 없군. 항복이야. 내가 그렇게 오래도록 알아내지 못한 것을 그렇게 쉽게 밝혀내다니."

"우연입니다. 이 체육관 사진이 없었더라면 아무것도 몰랐겠죠."

히다는 자조적으로 웃었다.

"도모요가 체조를 한 적이 없기 때문에 이런 사진이 무슨 관계가 있으랴 하고 무심히 넘겼는데. 카자미와 도모요가 피붙이가 아니니 자네 조사도 물거품으로 끝날 거라고 예상했어, 난."

"바로 그 점입니다, 히다 씨. 오늘 밤 저도 놀랐습니다. 설마 히다 씨가 카자미 양의 엄마가 누군지 모를 줄은 생각도 못했으니까요. 왜냐하면 히다 씨는 카자미 양 친엄마의 혈흔이 찍힌 종이를 갖고 있었잖아요."

"그래, 자네로서야 이상하겠지."

"네, 이상합니다. 그것을 어디에서 입수했는지, 커다란 수수께끼가 생겼습니다. 물론 대충 짐작은 하고 있습니다만."

유즈키도 캔을 따서 한 모금 마시고는 다시 말을 이었다.

"가미조 씨죠?"

히다는 하마터면 맥주를 뿜을 뻔했다.

"어떻게 그걸……."

"어제 히다 씨에게는 말하지 않았는데, 혈흔이 찍힌 종이가 담겨 있던 플라스틱 케이스와 똑같은 것을 가미조 씨 서재에서 발견했어요. 우연이라고는 여겨지지 않았죠."

"그랬군."

히다가 손가락 끝으로 눈가를 눌렀다.

"자네, 참 무서운 사람이로군."

"가미조 씨와는 이전부터 안면이 있었던 거죠? 카자미 선수를 통해서."

히다는 고개를 힘껏 저었다.

"그 아이는 아무것도 몰라. 죽은 도모요가 자기 엄마인 줄 알고 있어. 아빠는 나라고 믿고 있고. 아무 의심도 품고 있지 않네."

"그렇다면 가미조 씨는 어떻게?"

"그가 나를 만나러 왔어. 이번 사고를 당하기 직전에."

히다는 가미조가 찾아왔을 때의 상황을 자세하게 말했다. 다 듣고 난 유즈키가 고개를 갸우뚱했다.

"가미조 씨는 왜 그렇게 묘한 말을 했을까요. 게다가 그가 혈흔을 갖고 있었던 이유도 모르겠고. 또 한 가지 석연치 않은 게 있는데, 얘기만 들어서는 히다 씨도 오래전부터 가미조 씨를 알고 있었던 것처럼 느껴지는데요."

히다는 머리카락에 손을 집어넣고 머리를 긁적였다. 그리고 이 남자에게는 진실을 털어놓는 수밖에 없겠다고 생각했다.

"자네 말이 옳아. 나는 오래전부터 그를 알고 있었어. 그에 대해 조사한 적이 있거든."

"뭐 때문에요?"

"그가 카자미의 아버지라고 생각했기 때문이지."

눈을 크게 뜬 유즈키에게 히다는 카자미의 출생에 관한 사실을 털어놓았다. 나가오카에서 발생한 신생아 유괴 사건과 도모요의 자살에 대해서도 얘기했다.

유즈키는 맥주를 책상에 내려놓고 두 손으로 이마를 눌렀다.

"일이 그렇게 된 거였군요. 야, 이거…… 놀랐습니다."

"언젠가는 경찰에 자진 출두할 생각이었어. 자네가 지금 이 자리에서 신고를 한다 해도 나는 막지 않을 거네. 카자미의 엄마가 누구인지 알아낸 후에 그러려고 했는데, 그 일을 자네가 해 주었어."

"히다 씨."

"카자미에게 어떻게 설명하면 좋을지는 아직 생각하지 못했지만 말이야."

히다가 희미하게 웃었다.

유즈키는 미간을 찡그리고 살래살래 고개를 흔들었다.

"신고할 마음 없습니다. 이 일을 다른 누군가에게…… 물론 카자미 선수에게도 얘기할 생각이 없고요. 더구나 아직 밝혀야 할 일이 남아 있지 않은가요? 가령, 왜 하타나카 히로에 씨는 자기 아이를 히다 씨 부인에게 맡겼나, 또 같이 죽은 아이는 누구의 아이였나. 아, 물론 후자에 대해서는 짐작이 갑니다만."

응, 히다가 고개를 끄덕였다.

"자네도 이제 알아챈 것 같군."

"하타나카 히로에 씨와 함께 죽은 아이는 병원에서 유괴된 가미조 씨의 아이다, 그렇게 생각할 수밖에 없죠."

31

히다는 천천히 입을 열었다.

"아무래도 이제, 그때가 온 것 같군."

"그때……라니요?"

유즈키가 물었다.

"카자미에게 모든 것을 말할 때 말이네. 다른 길은 없어. 이번에야말로 단단히 각오를 해야 할 것 같군."

"곧장 얘기하실 겁니까? 하지만 그녀에게 지금은 아주 중요한 시기입니다. 조금 시간을 두는 편이 좋지 않을까요. 최소한 월드컵이 끝날 때까지만이라도."

히다가 턱을 아래로 당긴 채 고개를 저었다.

"그럴 수는 없어. 이 이상 늦추는 것은 내 양심이 허락하지 않아."

"하지만 십몇 년 동안이나 침묵을 지켰는데, 조금 더 기다리면 안 될까요?"

"자네야 카자미가 월드컵에 출전하는 걸 바라겠지. 그 마음은 나도 마찬가지야. 그러나 지금은 그렇게 한가한 소리를 할 때가 아니야. 자네와 얘기하면서 몇 가지 의문이 풀렸네. 카자미를 낳은 사람이 하타나카 히로에라는 건 아마 틀림이 없겠지. 그렇다면 아버지는 누구일까. 그것도 명백해졌다고 생각하네."

"가미조 씨……인가요?"

유즈키의 되물음에 히다는 고개를 끄덕였다.

"그렇게 생각하면 모든 게 앞뒤가 맞아. 가미조 씨는 카자미의 중학생 시절 사진을 고이 간직하고 있었네. 그 무렵부터 자기 딸이라고 확신했기 때문이겠지. 그렇다면 왜 지금까지 아무런 행동도 취하지 않았을까. 그게 의문이었네."

"다른 여자가 낳은 자식이어서 그랬다는 뜻입니까?"

"가미조 씨는 모든 것을 알고 있었던 거야. 병원에서 갓난아기를 유괴한 사람이 누구인지, 그리고 그 범인과 갓난아기가 어떻게 되었는지도. 카자미에 대해서도 진즉부터 알고 있었을 거야. 알면서 지금까지 접촉하려 하지 않았어. 자네 말대로 다른 여자가 낳은 자식이어서였겠지."

"그렇다면 왜 이제 와서?"

"아들 때문이지."

"아들이라면…… 입원 중이라는?"

거기까지 말하고서 유즈키가 입을 쩍 벌렸다.

"병명이 골수성 백혈병이었죠! 아……, 그런 거였군요."

"그래. 적합한 골수 기증자를 찾지 못해 곤경에 빠져 있다고 했어. 나는 잘 모르겠네만, 형제일 경우 적합할 확률이 높다던데?"

"부모 자식 사이보다는 높다는 설이 있습니다. 하지만 가미조 씨의 아들과 카자미 선수는 이복형제인데요."

"그래도 타인에 비하면 확률이 높지 않겠나."

"그건 그렇겠죠."

히다가 맥주를 벌컥벌컥 마셨다.

"가미조 씨는 아들을 구하고 싶은 일념으로 나를 찾아왔어. 하타나카 씨의 혈흔을 내게 건넨 것은 최종 확인을 하고 싶어서였겠지. 또 나를 설득할 거리로 삼으려고 했는지도 모르고."

"설득이라뇨?"

"아마 가미조 씨는 DNA 검사를 해서, 혈흔의 주인과 카자미의 친자 관계가 밝혀지면 사실을 전부 내게 말하려고 했을 거야. 카자미에게 골수 검사를 받게 하려면 우선 나를 설득해야 할 테니까."

"그럼, 가미조 씨는 모든 진실이 밝혀질 것을 각오하고 있었다는 말입니까?"

"당연하지. 하나밖에 없는 아들이 죽느냐 사느냐 하는 마당인데."

히다는 빈 맥주 캔을 꽉 눌러 찌그러뜨렸다.

"그러니 한가한 소리 할 때가 아니라는 거야. 한시 빨리 카자미에게 골수 검사를 받게 해야 해. 우물쭈물하다가 가미조 씨의 아들이 죽으면 나는 평생을 또 후회하게 될 걸세. 나 좋자고 구할 수 있는 목숨을 외면할 수는 없어."

"그런 거군요."

유즈키가 고개를 숙였다. 무릎에 놓인 두 손을 꽉 쥐고 있다.

"이제 이해를 한 모양이로군."

"네, 이해가 갑니다. 사람 목숨이 달려 있다면 저도 막을 수 없죠. 다만, 지금 당장 카자미 선수 본인에게 얘기할 필요는 없지 않나 싶은데요."

"무슨 소리야."

"다른 이유를 들어 검사를 받게 할 수도 있어요. 골수 기증자가 되기 위해서는 HLA형이라는 백혈구형이 일치해야 합니다. 일치하지 않으면 굳이 서둘러 카자미 선수에게 진상을 알릴 필요가 없죠. 만약 일치하면 그때 가서 생각해도 되지 않겠습니까?"

히다는 파리라도 쫓듯이 손을 크게 내저었다.

"유즈키 군, 나는 이제 거짓말을 하고 싶지 않아. 사람의 목숨이 왔다 갔다 하는 이때에 섣부른 술수는 부리고 싶지 않네."

"그렇지만……."

"게다가 이번 사건도 있어."

히다가 팔짱을 끼고서 미간을 찡그렸다.

"19년 전 사건과 이번 사건에 어떤 연관성이 있는지는 나도 전혀 모르겠네. 하지만 무관하다고는 생각되지 않아. 그러니까 경찰에도 카자미의 비밀에 대해 알릴 필요가 있다는 거야. 그렇게 되면 언젠가는 매스컴도 냄새를 맡을 테니 시끌시끌해지겠지. 그러기 전에 카자미에게 모든 것을 얘기하고 싶은 거야."

유즈키는 답답하다는 듯이 머리를 북북 긁었다.

"그래도 괜찮습니까? 히다 씨는 모든 것을 잃게 될 텐데요."

"어쩔 수 없지. 그래도 우리가 저지른 죄를 생각하면 무거운 벌은 아니야."

유즈키는 어깨를 축 늘어뜨렸다.

"법률적으로 용서받지 못할 일일지는 모르겠지만, 과연 벌을 받을 필요가 있을까요. 친엄마는 죽었고, 아버지란 사람도 자기가 아버지라고 나서지 않았어요. 히다 씨 손에 자란 것이 카자미 선수에게 좋은 일이었는지 나쁜 일이었는지를 따져 보면 대답은 분명합니다."

"그렇게 말해 주니 조금은 마음이 편해지는군. 하지만 말이

337

야, 그것 역시 우리 쪽에 유리한 해석이야. 남의 자식이라는 것을 알면서도 우리 호적에 올렸고, 게다가 오랜 세월 그 사실을 숨겨 왔어. 진실을 안 시점에 경찰에 신고했다면 카자미는 다른 인생을 살았을지도 모르지. 그 인생이 지금보다 행복하지 않았을 거라는 말은 누구도 할 수 없어. 나와 내 아내가 그 아이의 인생을 뒤틀었을지도 모르는 일이라고."

"뒤틀다니요……."

그렇게만 말하고서 유즈키는 입을 다물었다.

"나는 내일 홋카이도로 돌아가겠네. 카자미에게 어떤 식으로 얘기할지는 지금부터 생각해 봐야겠지. 아무튼 한시도 미룰 수 없어. 그것만은 확실하네."

"히다 씨……."

히다가 일어나 유즈키 쪽으로 손을 내밀었다.

"고맙네. 자네에게는 감사하고 있어. 이건 괜한 말이 아니야. 내 진심이네. 자네가 없었더라면 나는 내일도 이 거리를 정처 없이 헤매고 다니겠지."

유즈키도 일어섰다. 그리고 히다의 손을 잡았다.

"제가 공연한 일을 한 게 아니었으면 좋겠습니다."

"그건 걱정 말게. 그리고 자네에게 한 가지 부탁이 있는데."

"뭔가요?"

"다른 게 아니라 카자미를 부탁하네. 진실을 알았을 때 그 아이 마음의 상처가 얼마나 클지 나로서는 상상도 할 수 없지만, 아무쪼록 옆에서 버팀목이 되어 주었으면 해."

유즈키가 눈을 부릅떴다.

"히다 씨, 카자미 선수 앞에서 사라질 생각이십니까?"

히다가 숨을 내쉬고는 유즈키의 손을 놓았다.

"그게 그 아이를 위한 길이라고 생각하네. 물론 그것으로 다 끝나는 건 아니겠지만. 여러 가지 절차도 밟아야 하니 간접적으로는 관계하게 될 거야. 호적을 어떡할지 정하는 것도 그런 일 중 하나고. 만약 재판을 받아 그 아이 호적을 분리시켜야 한다면 그렇게 해야겠지. 아, 그러기 전에 우선은 경찰에 출두해야 하겠군. 아무튼 더는 아버지인 척할 수 없어. 그러니 그 아이 앞에서 사라지는 게 좋아."

"그렇게 되면 카자미 양이 외톨이가 되지 않습니까."

"그러니 자네에게 부탁하는 거야. 자네는 나 이상으로 카자미를 잘 알고 있어. 그 아이가 자신의 출생에 대해서 알고 싶다고 하면 자네가 알려 주게. 자네는 그 아이의 할머니 되시는 분도 만났으니 말이야."

유즈키가 고개를 저었다.

"그녀에게는 히다 씨가 필요합니다. 히다 씨가 사라지면 그녀는 스키를 버릴 겁니다."

유즈키의 발언은 히다의 가슴을 찔렀다. 히다는 자신도 모르게 눈을 내리깔았다.

"그럴지도 모르지. 하지만 그렇다고 해도 내가 뭐라고 할 자격은 없어. 그 아이에게는 그 아이의 인생이 있으니까 말이야. 내가 무슨 말을 하겠나. 난 카자미에게 아무것도 아닌 사람이야."

"무슨 그런 말을……."

"그러나 만약 스키를 계속해 준다면……."

그렇게 말하고서 히다는 눈을 감고 머리를 저었다.

"아니지, 아니야. 그 아이에게 뭘 기대할 권리가 내게는 없지."

유즈키는 뭐라 대꾸하지 않았다. 그는 카자미가 스키를 포기할 경우 발생할 손실을 걱정하기보다는 히다와 카자미 문제를 어떻게 해결할 수는 없을까를 고민했다.

"미안하지만, 이제 혼자 있고 싶군."

"아…… 네, 죄송합니다."

유즈키가 문으로 향했다. 그러다 이내 걸음을 멈추고 돌아보았다.

"내일은 몇 시 비행기로?"

"글쎄, 아직 정하지 않았어. 최대한 일찍 가려 하네. 어차피 오늘 밤은 잠이 오지 않을 테니."

그렇게 말하고서 히다는 얼굴을 찡그렸다.

"내가 마음 약한 소리를 했군. 잊어 주게."

"아닙니다. 그럼 이만 가 보겠습니다."

"그래. 아 참, 유즈키 군."

그렇게 불러 세운 후, 히다는 유즈키의 눈을 똑바로 보았다.

"정말 고마웠어."

유즈키는 고개를 약간 숙인 후 문을 열고 나갔다.

히다는 냉장고에서 또 캔 맥주를 꺼내 침대에 걸터앉아 마셨다. 어차피 취할 수 없을 거라 생각했지만 몸이 술을 원했다.

옆에 사진이 놓여 있었다. 유즈키가 깜박 두고 간, 하타나카 히로에의 중학생 시절 사진이다. 빌려 왔다고 했으니 언젠가는 돌려줘야 할 것이다. 히다는 손가락을 침대 시트에 닦고서 사진을 집어 들었다.

보면 볼수록 카자미와 닮았다. 몸집도 똑같다. 유즈키가 한눈에 알아볼 만하다.

F패턴 유전자를 갖고 있는 자는 몸의 균형 감각이 뛰어나기 때문에 체조에 적격이라고 했던 유즈키의 말이 떠올랐다. 이 사진은 그의 가설이 옳다는 것을 증명해 주고 있다.

히다는 후 숨을 내쉬고는 피식 웃었다. 자조적인 웃음이었다.

가당치도 않은 도둑이다, 하고 생각했다. 타인에게서 아이를 훔쳤을 뿐만 아니라 그 아이를 스키 선수로 키웠다. 그녀가 좋은 성적을 올릴 수 있는 것은 자신의 지도가 훌륭했기 때문이라고 자만했다. 그런데 실제는 그렇지 않았다. 그녀는 친부모에게서 물려받은 재능을 꽃피웠을 뿐이다.

나는 카자미의 재능이 이뤄 낸 것까지 차지하려고 했다.

히다는 마시던 맥주 캔을 벽에 내던졌다. 안에서 맥주가 쏟아져 바닥을 적셨다. 그러나 그건 거들떠보지도 않은 채 두 손으로 머리를 움켜쥐었다.

32

유즈키는 전화벨 소리에 눈을 떴다. 머리맡에 놓아둔 휴대 전화기로 손을 뻗으면서 시계를 보았다. 오전 10시가 조금 지났다.

"아직도 자고 있나?"

전화를 받자마자 고타니의 언짢아하는 목소리가 들렸다.

"나갈 준비를 하고 있는데요. 무슨 일입니까?"

"무슨 일입니까? 보아하니 도경이 움직이기 시작한 걸 모르는 모양이군."

"도경이 뭐라고요?"

"오늘 아침 일찍 케이엠 건설 사무실을 압수 수색한 모양이야."

"케이엠 건설을요? 뭐 때문에요?"

"그걸 알면 이렇게 전화를 걸었겠나?"

"죄송합니다. 다른 일로 바빠서……."

"히다의 아내와 스포츠 유전자 건은 뒤로 미루게. 아무튼 정보를 수집해, 정보를. 알겠나?"

"알겠습니다. 뭐라도 알게 되면 연락드리죠."

전화를 끊은 후 유즈키는 텔레비전을 켰다. 하지만 케이엠 건설 압수 수색에 관한 뉴스는 없었다.

침대에서 나와 욕실로 갔다. 머리가 약간 무거운 것은 어제 밤늦게까지 위스키를 마신 탓일 것이다. 히다도 잠이 오지 않을 거라고 말했지만, 유즈키 자신 역시 편히 잘 수 있는 심경은 아니었다.

차가운 물로 세수를 하고 거울을 보았다. 얼굴이 조금 부어 있었다. 눈도 빨갛다. 그러나 히다의 초췌함은 그 이상일 거라고 상상했다. 한숨도 자지 못한 채 그대로 비행기를 탔을지도 모른다.

아침을 간단히 먹고서 호텔을 나왔다. 정보를 수집하라고 했지만, 유즈키가 찾아갈 수 있는 곳은 한 군데밖에 없다. 전화기를 꺼내 가미조 세쓰코에게 전화를 걸어 보았다.

전화는 바로 연결되었다. 네, 하는 침울한 목소리가 들렸다.

"유즈키입니다. 지금 통화 괜찮으신지요?"

"네, 괜찮은데요."

"회사를 압수 수색했다는 말을 들었는데, 정말입니까?"

잠시 틈이 있은 후 그녀가 네, 하고 대답했다. 낙담한 기색이 역력히 전해졌다.

"경찰이 뭐라고 설명하던가요. 왜 하는 거랍니까?"

"저에게는 아무것도…… 지금 오다기리 씨가 사정을 조사하고 있는 중이에요."

"그렇군요. 사모님은 지금 어디 계시나요?"

"집에 있어요."

"그럼 지금 찾아뵈어도 괜찮을까요? 저도 오다기리 씨의 얘기를 듣고 싶은데요."

"지금…… 말인가요?"

"압수 수색을 벌인 이유는 우리 회사로 협박장을 보낸 사람이 바깥어른이라는 것이 밝혀졌기 때문일 겁니다."

유즈키는 다소 거친 말투로 얘기했다. 피해자라는 입장을 강조하기가 껄끄러웠지만 지금은 그런 것에 신경 쓸 때가 아니다.

잠시 침묵이 이어지다가 그녀가 알겠다고 대답했다.

"잠시 후에 오다기리 씨가 돌아올 테니까 유즈키 씨도 오신다고 얘기해 두죠."

"감사합니다."

마음이 변하면 곤란하다 싶어 유즈키는 얼른 전화를 끊었다.

택시를 잡아타고 가미조 댁을 향했다. 어쩌면 매스컴이 몰려들었을지도 모르겠다고 생각했는데 크림색 저택 앞에 눈에 뜨이는 사람은 없었다.

가미조 세쓰코는 달갑지 않은 표정으로 유즈키를 맞았다. 지난번에도 안내되었던 응접실로 가니 양복 차림의 오다기리가 침통한 표정으로 기다리고 있었다.

"갑작스러운 일이라 전무들도 당황하고 있었습니다."

오다기리가 말을 꺼냈다.

"대체 어떻게 된 일입니까?"

"자세한 것은 저도 모르겠습니다만, 역시 그 버스 사고와 관련이 있다는군요. 도경이 인위적으로 발생한 사고라고 보는 것은 알고 계시죠?"

"형사에게서 그런 얘기는 들었습니다."

"아무래도 버스에 모종의 장치가 있었던 것 같습니다. 특수한 장치가 어딘가에 부착되어 있었나 봅니다."

금시초문이었다.

"그래서요?"

"그 장치에 어떤 건축용 부품이 사용되었다고 합니다. 도경이 그 부품의 출처를 조사해 본 결과, 나가오카에 있는 한 부품 회사 상품이었다고 합니다."

"나가오카? 그렇다면 혹시……."

오다기리가 굳은 표정으로 고개를 끄덕였다.

"우리 자회사입니다."

유즈키는 등을 펴고 가미조 세쓰코 쪽을 보았다. 그녀는 눈을 동그랗게 뜬 채 입술을 한일자로 꾹 다물고 있었다.

"범인이 회사 내에 있다는 말씀입니까?"

유즈키가 물었다.

"경찰은 그렇게 추측하고 있습니다."

"사원이 사장의 목숨을 노렸다는 겁니까? 그렇다면 협박장에 대해서는 설명할 길이 없어지는데요."

"네. 그래서 경찰은 사장님이 모든 것을 알고 있지 않나 여기는 듯합니다."

유즈키는 고개를 비틀며 오다기리를 쳐다보았다.

"모르겠군요. 사장이 사원에게 자기 목숨을 노리게 했다는 말인데. 그런 일이 있을 수 있습니까?"

"보통은 있을 수 없는 일이죠. 그래서 경찰이 보험금 사기를 의심하는 눈치입니다."

"보험금 사기?"

"일부러 사고를 내서 보험금을 타 내려고 했다는 겁니다."

"그런 말도 안 되는 일이 어떻게 있을 수 있어요."

가미조 세쓰코가 언성을 높였다.

"그 사람이 왜 그런 일을 할 필요가 있죠? 이렇게 중요한 때에."

"제가 아니라 경찰이 그렇게 보고 있는 것 같다는 말씀입니다. 다만 경찰의 추론에도 일리는 있습니다. 보험금을 노리고 의도적으로 계획한 사고라고 하면 사장님이 협박장을 쓰신 이유도 설명이 됩니다."

"어떻게요?"

유즈키가 물었다.

"단순 사고를 일으키면 누군가가 의도한 사고라는 것이 발각될 우려가 있죠. 그러나 스키 선수를 노린 범죄에 연루된 형태를 취하면, 경찰은 사장님의 목숨을 노렸다고 생각지 않겠죠. 보험 회사도 마찬가지일 겁니다. 그러니 먼저 협박장을 보낼 필요가 있었던 것이죠."

"우리 회사의 히다 카자미 선수를 타깃으로 한 이유는?"

"사장님이 팬이었기 때문이죠. 좋아하는 선수를 만나러 간 것이라면 사고 현장에 있었다고 해도 부자연스럽지 않으니까요."

"흠, 그렇군요. 과연 앞뒤가 맞아요."

"아까도 말씀드렸지만, 이건 제 생각이 아닙니다. 경찰이 의심하고 있는 내용을 전했을 뿐입니다. 저 자신은 이런 얼토

당토않은 얘기, 안 믿습니다."

나 역시 믿지 않는다고 말하고 싶지만 유즈키는 참았다. 그는 가미조가 삿포로에 간 이유를 누구보다 잘 알고 있다. 카자미를 만나러 간 이유도 알고 있다.

히다 씨 말이 옳군, 하고 생각했다. 경찰은 엉뚱한 방향으로 수사를 진행하고 있다. 가미조와 카자미의 관계를 한시 빨리 알리는 것이 좋을 것 같다.

이 불쌍한 여자를 위해서라도, 하고 생각하면서 유즈키는 가미조 세쓰코를 바라보았다.

33

벌어진 커튼 사이로 엷은 햇살이 비친다. 소박한 테이블 위에 빈 맥주 캔이 몇 개 나뒹굴고 있다. 날이 밝은 듯하다. 전혀 못 잘 것이라고 각오했는데 마지막에 선잠이 든 듯하다. 알코올의 힘은 대단하다.

침대에서 몸을 일으킨 히다가 얼굴을 찡그렸다. 머리가 지끈지끈하다. 게다가 배까지 더부룩하다. 온몸이 나른하고 보나 마나 손발이 부어 있다는 것을 알 수 있다. 잇몸에서도 위화감이 느껴진다. 얼굴을 쓱쓱 비비고 두 손을 보았다. 기름으로 번들번들 빛난다.

천천히 일어나 출발 준비를 시작했다. 이제 이 호텔에 있을 이유가 없다. 걸음을 옮기는데 바닥이 젖어 있다. 어젯밤 맥주 캔을 벽에 던졌던 일이 떠올랐다. 스스로를 혐오하면서 목욕 타월로 닦아 냈다.

옷을 갈아입고 짐을 꾸려서 방을 나왔다. 프런트에서 체크아웃을 하는데, 의외일 정도로 숙박비가 조금 나왔다. 꽤 오래 있었다 여겼는데 불과 며칠밖에 지나지 않은 것이다.

택시를 타고 나가오카 역으로 가서 니가타행 신칸센을 탔다. 자유석에 자리가 있었다. 히다는 삼인용 좌석에 앉아 등받이를 뒤로 넘겼다. 뒷좌석에는 회사원인 듯한 남자 둘이 앉아 있었다.

히다는 눈을 감고, 카자미에게 무슨 말로 얘기를 꺼낼까 생각했다. 그녀가 혼란에 빠질 상황도 고려해야 한다. 사람 눈에 띄는 장소는 좋지 않다. 그녀는 지금 후라노에 있다. 밤에 방으로 찾아가면 될까. 아니다. 그녀는 동료와 함께 방을 사용하고 있을 것이다. 단둘이 있기 위해서는 따로 방을 잡는 편이 좋겠다.

단둘이 마주하고서 무슨 말을 어떻게 꺼내면 좋을까.

아무리 생각해도 카자미에게 상처가 되지 않을 묘안이 떠오르지 않았다. 히다는 숨이 갑갑해졌다. 배도 아직 더부룩하다. 아침을 먹지 않았다는 생각이 났지만 식욕은 조금도 없다.

매점에서 주스라도 사 올까 싶어 일어나려는데 뒤에서 회사원들이 하는 얘기 소리가 들렸다.

"들었어? 경찰이 케이엠 건설을 압수 수색한 모양이던데."

한 남자가 그렇게 말했다.

케이엠 건설. 압수 수색. 어느 쪽이나 히다가 흘려들을 수 있는 단어가 아니었다. 그는 귀를 쫑긋 세웠다.

"언제?"

상대 남자가 놀란 듯 물었다.

"조금 전이라는데. 케이엠 본사에 아는 사람이 있는데 메일을 보냈더라고."

"무슨 짓을 한 건데, 그 회사?"

"사장 건이겠지, 뭐. 그 회사 사장, 홋카이도에서 사고를 당해 입원 중이라는데, 알고 있어?"

"아, 그거. 뉴스에서 봤지."

"그런데 그 사고 말이야."

남자가 목소리를 낮췄다.

"사건에 휘말렸을 가능성도 있다는데."

"사건이라고?"

"단순 사고가 아니라는 얘기지. 그러니까 거기에 관련된 수사일 것 같은데."

"얘기가 상당히 복잡하게 돌아가는데."

남 얘기를 하듯 말하는 투로 봐서 두 사람은 케이엠 건설과 무관한 듯했다. 그러나 히다는 좀 더 자세한 정보가 필요했다. 뒤쪽에 청각을 집중시켰다.

"안 그래도 경기가 바닥을 치고 있는데 큰일이지. 게다가 케이엠의 차기 사장은 난치병에 걸렸다던데."

"허, 그래?"

"지금 사장의 아들인데, 나가오카의 오코시 병원에 입원해 있대. 암이라지 아마."

"안됐군."

"그 회사, 가족 경영 체제잖아. 사장은 거의 세습제인데, 정작 후계자는 병에 걸려 죽을지도 모르는 처지이니 한바탕 시끄럽지 않겠어? 케이엠에 다니는 내 지인도 사장과 차기 사장 둘 다 죽으면 회사가 흔들흔들하지 않겠느냐고 잔뜩 겁을 먹고 있던데."

"그야 겁이 나기도 하겠지."

"아무튼, 우리도 안심할 처지는 못 되지. 회사 꼴이……."

그 후 두 사람의 대화는 케이엠 건설에서 벗어나 두 번 다시 돌아오지 않았다.

히다는 대화 도중에 들린 오코시 병원이라는 이름이 가슴에 와 박혔다. 잊을 수 없는 이름이다. 굳이 말할 필요도 없다. 가미조 부부의 갓난아기가 유괴된 병원이다. 그런데 그 병원에 가미조 노부유키의 아들이 입원해 있다.

생각해 보면 수긍이 가는 일이다. 오코시 병원은 나가오카에서도 1, 2위를 다투는 종합 병원이고, 가미조 세쓰코가 출산했던 곳이기도 하다. 외동아들이 입원할 병원으로 거길 택한 것은 전혀 이상한 일이 아니다.

그런데 그 병원 이름을 듣는 순간 히다의 가슴에 다른 생각이 스쳤다.

이대로 홋카이도로 돌아가 카자미에게 진상을 밝혀도 되는 것일까. 그 전에 해야 할 일이 있는 것 같았다.

이런저런 생각을 하는 사이에 신칸센이 니가타에 도착했다. 개찰구를 나서자마자 그는 발길을 돌려 티켓 발매기로 가서는 다시 전철표를 구입했다. 나가오카로 돌아가는 표다.

오코시 병원에 가 봐야겠다고 생각했다. 물론 가미조 부부의 장남을 만날 수 있으리라고는 생각지 않는다. 불쑥 찾아가 봐야 언짢아할 게 뻔하다.

그러나 히다는 이대로 삿포로에 돌아가고 싶지 않았다. 최소한 병원에 가서 꽃다발이라도 전한 후에 돌아가고 싶었다. 그러는 것이 자기 위안에 지나지 않는다는 것은 알지만, 그 마음을 억누를 수 없었다.

나가오카 역으로 돌아간 히다는 꽃다발을 사서 택시를 탔다. 과거에 몇 번 오간 적이 있는 길이었다.

오코시 병원은 몇 년 전에 왔을 때와 별반 달라진 게 없는, 회색의 느낌이 육중한 건물이었다. 불안한 마음으로 찾아온 환자들 눈에는 듬직하게 비칠 것이다.

지금까지 히다는 이 병원이 카자미가 태어난 곳이라고 믿고 있었다. 19년 전에 이 병원에서 유괴된 후 우여곡절을 거쳐 자신들이 키우게 되었다고 생각했다.

그런데 지금은 카자미의 이복오빠가 입원해 있는 장소로 보고 있다. 히다가 모든 것을 고백하면 목숨을 구할 수 있을지도 모르는 인물이다.

히다는 천천히 걸었다. 정면 현관을 지나자 바로 오른쪽에 안내 카운터가 있었다. 면회를 온 듯한 여자가 하얀 가운을 입은 여직원에게 뭐라고 묻고 있다. 히다는 그 여자가 물러나기를 기다렸다가 카운터로 다가섰다. 가미조 씨의 아드님이 입원해 있을 텐데요, 하고 물어보았다.

"가미조 씨는 4층에 계세요. 410호실입니다. 지금은 면회가 가능합니다."

담당 여직원이 컴퓨터 화면을 보면서 대답했다.

"아니, 만나지 않아도 됩니다. 이걸 전해 주시기만 하면 되는데요."

히다가 꽃다발을 보여 주었다.

"꽃다발을요?"

"네, 이걸 전하러 왔을 뿐입니다."

담당 여직원이 아아, 하며 고개를 끄덕였다.

"그럼 4층 간호사실에 가서 문의해 주세요. 안내 창구에서는 맡아 드릴 수 없어요."

"아…… 그런가요."

죄송합니다, 라며 담당 여직원이 머리를 숙였다.

할 수 없이 히다는 엘리베이터를 탔다. 4층에서 내려 복도를 따라 조금 걸어가니 간호사실이 나왔다. 안에 간호사 세 명이 있었다. 그중 한 간호사가 그를 보더니 문을 열고 나왔다.

"면회를 오신 건가요?"

"아닙니다. 이 꽃다발을 가미조 씨 방에 전달해 주면 고맙겠는데요."

"가미조 씨……"

간호사가 당황하는 기색을 보였다.

"안 만나셔도 되나요?"

"네, 실은 안면이 없습니다. 아버님 쪽에 신세를 많이 진 터라."

간호사가 주저하는 표정을 짓다가 갑자기 히다 뒤쪽으로 시선을 옮겼다.

"아, 마침 잘됐네요. 이분이 가미조 씨에게 꽃다발을 전해 드리러 오셨다는데요."

히다가 돌아보았다. 이십 대 중반으로 보이는 머리 긴 여자가 다가오고 있었다. 그녀가 히다 쪽으로 인사를 건넸다.

"저, 가미조 씨의 친척 분 되시나요?"

히다가 그녀에게 물었다.

"아니에요. 상무님의 연락을 담당하고 있어요."

그녀는 오구라 구니코라고 자신을 소개했다. 상무란 가미조의 아들을 가리키는 것 같다.

"저는 이런 사람입니다."

히다가 명함을 내밀었다.

그런데 그의 이름을 보고서도 오구라 구니코는 별다른 반응을 보이지 않았다.

"이상한 질문이라고 생각할지 모르겠는데, 가미조 노부유키 씨가 삿포로에 가신 이유에 대해서 뭐라고 들으셨습니까?"

그가 물었다.

"저는 사장님이 어느 스키 선수를 만나러 가셨다고밖에 듣지 못했어요. 사장님이 옛날부터 팬이었던 선수라고 하던데요."

"그 스키 선수가 실은 제 딸입니다."

히다의 말에 그녀의 눈이 동그래졌다.

"어머, 그러세요."

"그런 관계도 있고 해서 가미조 노부유키 씨를 면회하러 갔었죠. 그때 사모님께 아드님도 입원 중이라는 말을 들었습니다. 그래서 마침 이쪽에 볼일이 있어서 왔다가 꽃다발이라도 전하고 싶은 마음에."

"그러시군요. 그럼 제가 전해 드릴게요. 직접 전해 드리는 게 가장 좋겠지만, 지금 상무님의 상태가 별로 좋지 않으세요."

"네, 괜찮습니다. 꽃다발만 두고 그냥 돌아갈 생각이었습니다. 신경 쓰지 마십시오."

"죄송합니다. 이 꽃다발은 꼭 전해 드릴게요."

오구라 구니코가 꽃다발을 받아 들고 거기에 조금 전에 히다에게 받은 명함을 끼웠다.

그녀의 배웅을 받으며 히다는 엘리베이터를 탔다. 아주 조금이나마 속이 후련해진 듯한 기분이었다. 물론 움직이기가 버거울 정도로 몸도 마음도 무거운 것은 마찬가지였지만.

택시를 타고 나가오카 역으로 되돌아갔다. 니가타에서는 삿포로행 비행기가 저녁때까지 없다는 기억이 났다. 그때까지 뭘 하며 지내나 생각하고 있는데, 가슴 주머니에서 휴대전화가 울렸다. 발신자 번호가 모르는 것이었다.

네, 하며 받았다.

"여보세요, 저, 죄송합니다. 아까 뵌 오구라 구니코라고 해요."

"아, 네…… 무슨 일이신지."

히다는 자기도 모르게 전화기를 꽉 쥐었다. 꽃다발을 보낸 것이 문제라도 되었나 생각했기 때문이다.

"지금, 어디 계세요?"

"나가오카 역입니다."

"예정된 일정이 있으세요?"

"일정…… 비행기로 삿포로에 돌아갈 생각인데요."

"몇 시 비행기인가요?"

오구라 구니코는 잇따라 질문했다.

"4시 반 비행기입니다."

"그럼 아직 시간이 있네요. 그때까지 뭘 하실 건데요?"

"아니, 딱히 정해 놓은 건……."

"아, 그러세요."

그녀가 안도하는 기색이 전해졌다.

"무슨 일이라도?"

히다가 물어보았다.

"실은 꽃다발을 상무님께 보여 드렸더니 히다 씨를 꼭 뵙고 인사를 하고 싶다고 하셔서요."

"네? 아드님이요?"

"네. 무리한 부탁을 드려서 죄송합니다. 다시 한 번 병원으로 와 주실 수 있을까요. 뭣하시면 차를 보내겠습니다."

"아니, 그렇게 신경 쓰지 않으셔도 됩니다. 하지만 저는 아드님과 안면이 없는데요."

"그래서 더욱이 만나 뵙고 싶다고 하세요. 불편하시겠지만 환자의 부탁이니 들어주시면 안 될까요?"

오구라 구니코의 말투에 힘이 들어가 있었다. 상당히 엄하게 지시를 받은 듯하다.

"알겠습니다. 시간이 비어 어쩔까 하던 참이었습니다. 지금 바로 가겠습니다."

"감사합니다. 기다리고 있을게요."

그럼 잠시 후에, 하고서 전화를 끊은 후 히다는 고개를 갸웃거렸다. 뜻하지 않은 전개였다.

택시를 타고 병원으로 돌아갔다. 오구라 구니코가 정면 현관 앞에 나와 있었다.

"이렇게 오시게 해서 정말 죄송합니다."

그녀가 머리를 깊이 숙였다.

"저에 대해서 뭐라 말씀을 드리셨는지?"

히다가 물었다. 아무리 생각해 봐도 가미조의 아들이 자신을 만나고 싶어 하는 이유를 알 수 없어서였다.

"히다 씨가 말씀하신 대로 전했어요. 그랬더니 당장 전화를 걸라고 하셔서."

그녀도 잘 모르는 듯했다.

엘리베이터를 타고 4층에서 내렸다. 오구라 구니코가 복도 저 끝까지 걸어갔다. 문 위에는 가미조 후미야라고 적힌 명패가 붙어 있었다.

히다는 병실 안으로 발을 들여놓았다. 바로 앞에 조그만 테이블과 의자가 나란히 있고, 안쪽에 침대가 있었다. 병원복 차림으로 윗몸을 일으키고 앉은 사람이 히다 쪽을 보고 있었다. 안색은 창백하고 두 뺨은 움푹 꺼져 있다. 눈썹이 없는 것은 항암제 때문일 것이다. 머리에는 하얀 니트 모자를 쓰고 있다.

"아! 어서 오세요."

주름이 자글자글한 입술이 움직였다. 그가 웃자 그 주름이 더욱 깊어졌다. 단기간에 급속하게 살이 빠졌다는 것을 알 수 있었다.

히다가 머리를 숙였다. 인사의 말은 나오지 않았다.

여기 앉으세요, 하며 오구라 구니코가 의자를 권했다. 히다는 고개를 끄덕이며 그 의자에 앉았다.

"이렇게 오시게 해서 미안합니다. 하지만 이런 기회는 좀처럼…… 아니 두 번 다시 오지 않을 것 같아서."

가미조 후미야가 말했다. 목소리는 작았지만 말투는 또렷

했다.

"갑자기 정체 모를 자가 꽃다발을 보내서 혹 기분이 나쁘지는 않으셨는지 모르겠습니다."

"무슨 말씀을요. 히다 씨라는 말을 듣고서 누구인지 금방 알았습니다. 그래서 오구라 양에게 어떻게든 오시게 하라고 지시한 겁니다."

가미조 후미야는 오구라 구니코를 한 번 보고는 이내 히다 쪽으로 눈을 돌렸다.

"잘 오셨습니다."

"저야말로 이렇게 만나 뵙게 되어 다행이죠."

가미조 후미야가 고개를 끄덕인 후 오구라 구니코에게 말했다.

"잠시 자리를 비켜 주지."

네, 하며 그녀가 병실에서 나갔다.

히다는 가미조 후미야의 손을 쳐다보았다. 눈길을 마주치기가 망설여졌기 때문이다. 그러나 그 손에서도 히다는 충격을 받았다. 잔 나뭇가지처럼 가늘었다. 그것도 다 말라비틀어진 잔가지. 조금만 힘을 주어도 똑 부러져 버릴 것만 같았다.

자신이 카자미에게 진실을 얘기하면 이 사람의 목숨을 구할 수 있을지도 모른다. 그렇게 생각하자 가시방석에 앉은 기분이었다.

"히다 씨에 대해서는 어머니에게 들었습니다. 아버지가 멋대로 따님을 만나러 가는 바람에 사고를 당한 일에 대해서는 히다 씨에게 아무런 책임이 없습니다. 그런데도 아버지를 면회하러 와 주셨다고, 어머니가 몸 둘 바를 몰라 하더군요."

가미조 후미야는 온화하게 말했다. 움푹 꺼지기는 했지만 그 눈은 새끼 강아지처럼 온순했다.

"아닙니다. 책임이 있고 없고가 아니라 팬이 사고를 당하셨으니, 찾아뵙는 게 당연한 일이지요."

히다는 그렇게 대답했다. 볼이 뻣뻣하게 느껴졌다.

"그래도 여기까지 찾아와 주시다니, 놀랐습니다. 이쪽에는 무슨 볼일이라도?"

"네, 개인적인 일이 있어서요. 죽은 아내의 고향입니다."

"그러시군요. 참 묘한 우연입니다."

가미조 후미야가 웃었다. 그러고는 이내 정색한 표정으로 돌아왔다.

"실례지만, 사모님은 언제 돌아가셨는지?"

"벌써 십육칠 년이 다 되었어요."

"그렇군요. 그럼 거의 남자 혼잣손으로 따님을 키우신 거나 다름없군요. 힘드셨겠습니다."

"뭐, 그럭저럭 지금까지 왔죠."

"고생이 얼마나 컸을지 짐작이 갑니다. 부하에게 조사를 해 보라고 했더니, 따님은 스키 선수로 아주 훌륭한 성적을 거두고 있더군요. 아버지와 딸이 서로 힘을 합해 노력해 온 모습이 정말 감동적이었습니다."

감사합니다, 하며 히다는 머리를 숙였다. 기분이 복잡했다. 카자미를 키워 온 일로 이 사람에게 칭찬받을 자격은 없다.

"지금은 꼴이 이렇지만, 저도 한때는 스포츠에 푹 빠져 지냈습니다."

가미조 후미야의 말에 히다는 겨우 고개를 들었다.

"어떤 스포츠를?"

"야구였습니다. 투수였어요. 제 나름으로는 공의 속도도 제법 빨랐다고 생각하는데요, 실은 아버지의 영향입니다. 아버지가 야구를 좋아했어요."

그렇게 말하고서 그가 고개를 기울였다.

"그런데 아버지가 스키에 관심이 있었다니, 놀랐습니다. 겨울 스포츠와는 인연이 없는 분인 줄 알았는데 말이죠. 저는 스키는 체육 시간에 조금 해 본 게 전부입니다. 이 고장에 살면서 겨울이 오면 해마다 눈 때문에 골치를 썩으니 일부러 스키장에 가는 사람의 기분을 알 수가 없었어요."

"지역 사람들이란 대개 그런 법이죠."

"지금에 와서는 후회스럽습니다. 조금 더 열심히 했으면 좋았을 텐데 하고요. 스키의 재미를 아직 모르고 있으니."

"앞으로도 기회는 있을 겁니다."

히다가 그렇게 말하자 가미조 후미야는 한숨을 푹 쉰 후 입가에 미소를 머금었다.

"제가 이런 얘기를 하면 사람들 대부분이 그렇게 말하더군요. 하지만 자기 몸에 대해서는 자기가 제일 잘 알죠."

"그런……."

"아니, 오해하지 마세요. 딱히 비관적으로 하는 말이 아닙니다. 오기가 나서 그러는 것도 아니고요. 저는요, 오래 산다고 다 좋은 것은 아니라고 생각해요. 주어진 시간을 어떻게 사느냐 하는 것이 더 중요하죠."

"어머님 말씀이 아직 치료의 가능성은 있다고 하던데요."

"골수 이식 말씀이로군요. 글쎄요, 그게……."

가미조 후미야는 야윈 어깨를 움츠렸다.

"운에 달린 거라서 말이죠. 그 생각은 안 하기로 했습니다."

"반드시,"

히다는 입술을 핥으며 말을 이었다.

"좋은 소식이 있을 겁니다."

"그럴까요."

가미조 후미야가 진지한 눈빛으로 이쪽을 바라보았다.

"네, 그러니까 아무쪼록 희망을……."

버리지 말라고 말하려다, 히다는 고개를 저었다.

"미안합니다. 무책임한 말을 했군요."

"아닙니다. 그렇게 말해 주시니 기쁩니다. 감사합니다."

그렇게 말한 후 가미조 후미야가 잔기침을 했다. 가슴을 누르며 괴로운 듯이 얼굴을 찡그렸다.

"괜찮습니까?"

"괜찮아요."

그가 가슴에 손을 댄 채로 웃음을 지어 보였다.

"조금 피곤해진 것 같습니다. 이렇게 처음 뵙는 분과 오래 얘기를 나눈 것이 오랜만인 탓인지도 모르겠군요."

히다는 얼른 의자에서 일어났다.

"그럼 저는 그만……."

"미안합니다. 불쑥 이렇게 오시게 했는데."

"괘념치 마세요. 그리고 부디 몸조리 잘하시기 바랍니다."

감사합니다, 라며 가미조 후미야가 머리를 숙였다. 그러고서 오른손을 천천히 내밀었다. 악수를 청하는 것이다.

히다는 부러질 듯 가는 손을 살며시 잡았다. 그 피부가 싸늘하고 메말라 있었다.

"만나 뵈어서 정말 다행입니다."

가미조 후미야가 움푹 꺼진 눈으로 그윽이 쳐다보았다.

"와 주신 것에 진심으로 감사드립니다."

"저도 만나서 반가웠습니다."

손을 놓고서 그럼 이만, 하며 히다는 문 쪽으로 걸었다.

오구라 구니코의 배웅을 받으며 그는 병원을 뒤로했다. 그리고 나가오카로 돌아가 신칸센을 타고 니가타로 이동했다.

늦은 점심을 먹으며 시간을 보낸 후 니가타 공항에서 삿포로로 떠나는 비행기를 탔다. 기내 방송에 의하면 삿포로에는 다소 눈발이 날리는 듯하다.

히다는 등받이에 기대어 눈을 감았다. 가미조 후미야의 야윈 얼굴이 떠올랐다.

히다는 자신의 요동치던 마음이 다소 진정된 것을 깨달았다. 카자미에게 모든 것을 털어놓는다, 그 결심에 더는 흔들림이 없었다.

34

히다가 신 지토세 공항에 도착했을 때 주위는 완전히 어두워져 있었다. JR 쾌속 전철을 타고 삿포로 역으로 향했다. 순조롭게 가면 7시쯤에는 도착할 수 있을 것 같다.

꽤 오래도록 집을 비웠다. 오늘 밤은 집으로 돌아가 신변 정리를 시작하자고 생각했다. 카자미에게 모든 것을 얘기하자고 마음먹은 이상 더는 같이 살 수 없다. 그녀는 시즌 중에는 합숙소에 있으니, 그동안 짐을 꾸려서 집을 나가자고 결심했다. 그녀가 그 아파트에 살기를 원하지 않을 가능성도 있으니 해약 절차를 밟아야 할지도 모른다. 그 경우, 그녀의 짐을 어떻게 할까도 문제였다.

카자미에게 진실을 말한 후에도 여러 가지 일을 그녀와 함께 의논하지 않으면 안 된다는 것을 깨달은 히다는 마음이 한층 무거워졌다. 자신이 괴로운 것은 피할 수 없는 일이지만, 그녀에게 정신적인 부담을 주는 것은 참을 수 없는 일이다.

그에게 도움을 청하는 수밖에 없겠군, 하면서 히다는 유즈키의 얼굴을 떠올렸다. 그러면 히다와 카자미 사이를 조정해줄지도 모른다. 폐를 끼치기가 미안했지만, 모든 사정을 알고 있는 사람은 그뿐이다. 게다가 달리 신뢰할 만한 사람도 없다.

당장에 자신이 살 방을 구해야겠다고 히다는 생각했다. 다음 일자리도 찾아야 한다. 내일부터 시작될 힘겨운 나날에 대해 그는 각오를 굳혔다.

차창으로 불빛이 거의 없는 풍경을 바라보았다. 어두워도 한 면이 온통 눈으로 덮여 있다는 것만은 확인할 수 있었다.

후라노의 눈은 상태가 어떨까, 하고 생각했다.

알파인 경기에서는 출발 순서에 따른 불이익을 가급적 줄이기 위해 코스를 최대한 단단하게 다진다. 구체적으로는 코스 군데군데에 파이프를 박아 물을 주입하는 것이다. 물은 눈 속으로 스며들고 마침내는 딱딱하게 군는다. 그렇게 해서 만들어진 코스는 겉으로는 눈이지만 실은 얼음에 덮여 있다. 스키어들은 딱딱하게 군은 얼음 위를 날카롭게 손질한 에지를 활용해 가며 스키 보드를 조작해 나아간다. 알파인 경기는 그런 것이다.

가령 카자미가 월드컵에 출전한다 해도 출발 순서는 거의 끄트머리다. 따라서 수많은 스키어가 스치고 지나가 엉망이 된 코스 위를 활주해야 한다. 그녀가 원래의 자기 힘을 발휘할 수 있을 정도로만 엉망이면 다행일 텐데, 하고 히다는 생각했다.

그러다 차창에 비친 자기 얼굴을 보고는 고개를 흔들었다. 이 무슨 당치 않은 생각을 하고 있는 것인가.

카자미가 월드컵에 나갈 수 있을지 없을지를 염려할 자격 따위 이미 자신에게는 없다고 마음속으로 말했다. 월드컵은 커녕 그녀가 스키를 계속할지 어떨지조차 모른다. 그녀가 지금은 스키를 사랑하지만, 히다로부터 진실을 듣고 난 후에는 스키가 끔찍한 기억의 상징으로 바뀔 우려도 있다.

히다는 이마에 손을 대었다. 스키는 잊자고 생각했다. 지금 사는 아파트를 떠나면 눈이 없는 도시로 이사하는 게 좋을지도 모르겠다.

그때 휴대 전화가 울렸다. 재킷 안주머니에 손을 넣어 전화기를 꺼냈다. 전화를 건 사람은 유즈키였다.

네, 하고 낮게 대답했다.

저쪽에서 유즈키입니다, 라고 말을 꺼냈다.

"지금 어딥니까?"

"전철 안이네. 공항에서 삿포로로 가는 중이야."

"공항요? 오늘 아침에 출발한 거 아니었습니까?"

"그러려고 했는데, 예정이 좀 바뀌어서 저녁때 출발했어."

가미조 후미야를 만난 것은 굳이 말하지 않기로 했다.

"그럼 아직 모르시겠네요."

"뭘? 아, 혹시 케이엠 건설이 압수 수색을 당한 얘기 말인가. 그 일은 우연히 들었는데."

"그게 아닙니다. 실은 큰일이 생겼습니다."

유즈키의 목소리에서 절박함이 묻어났다.

"큰일? 대체 뭐가 큰일이라는 건가. 혹시 카자미에게 무슨 일이 있는 건가?"

"그녀가 아닙니다. 가미조 씨가……."

"가미조 씨?"

말한 후에 퍼뜩 떠오르는 것이 있었다.

"설마……."

"네, 지금 막 연락을 받았어요. 돌아가셨다고 합니다."

히다는 크게 숨을 들이쉬고 그대로 움직이지 못했다. 귀가 윙윙 울렸다.

"여보세요, 히다 씨! 여보세요!"

유즈키가 다급하게 부른다.

가슴에 고인 숨을 토해 냈다. 그 순간 맥박이 빨라졌다.

"듣고 있네. 너무 놀라서 말이 나오지 않았어."

"그렇겠죠. 저도 충격이 큽니다. 자세한 것은 아직 잘 모르겠지만, 갑자기 상태가 악화되면서 그대로 숨을 거뒀다고 합니다."

"그래……"

뭐라 할 말이 생각나지 않았다. 자책감과 후회가 가슴 가득히 번졌다. 자신이 좀 더 빨리 진실을 밝혔다면 가미조가 그렇게 우회적인 방법을 쓸 필요가 없었을 거라고 생각하니 마음이 욱신욱신 아팠다.

"그래서, 나는 어떻게 하면 좋겠나. 지금 이길로 경찰에 가서 모든 것을 얘기하는 것이 좋을까?"

"그렇게 말씀하실 줄 알았습니다. 하지만 지금은 아니죠. 가미조 씨가 돌아가신 일로 안 그래도 카자미 선수의 상심이 더욱 클 텐데. 그녀는 가미조 씨가 자기를 대신해서 사고를 당했다고 믿고 있잖아요. 그런 상황에 부채질을 하는 일은 하지 않는 편이 좋습니다. 경찰에 알리면 반드시 전해질 테니까요."

"그래도 가미조 씨와 카자미의 관계가 사건의 열쇠라면 경찰에 얘기하지 않을 수 없지."

"무슨 말씀인지 잘 압니다. 저도 조금 전까지는 그렇게 생각했어요. 하지만 말이죠, 히다 씨. 가미조 씨가 돌아가셨으니 얘기가 달라집니다."

"어떻게 달라진다는 건가?"

"그 사건은 가미조 씨 측에 원인이 있는 것 같습니다. 경찰이 케이엠 건설의 압수 수색을 실시한 것은 범인이 사내에 있을 가능성이 높아졌기 때문이랍니다. 그러니까, 애당초부터 가미조 씨의 목숨을 노렸다는 얘기죠."

"그게 정말인가?"

히다로서는 처음 듣는 얘기였다. 유즈키 역시 압수 수색에 대해 이리저리 들쑤셔서 알아냈을 것이다.

"범인의 목적은 가미조 씨를 죽이는 것이었다, 그런데 가미조 씨가 지금까지 죽지 않았다. 그렇다면 이제 돌아가셨으니 뭐가 어떻게 변할지 한번 가늠해 보면 어떨까요. 그러니까 경찰에 알리는 것은 일단 보류하는 게 좋겠습니다. 카자미 선수에게 얘기하는 것도 좀 더 수사의 방향을 지켜본 후가 좋지 않을까……."

"아니, 그건 안 돼."

히다가 한마디로 거부했다.

"자네에게 몇 번이나 말했지. 사람의 목숨이 걸려 있다고. 우리 사정으로 구할 수 있는 목숨을 그냥 내버려 둘 수는 없어."

후우, 하고 숨을 내쉬는 소리가 전화기에서 들렸다.

"히다 씨, 단단히 결심한 것 같군요."

"사람으로서 옳다 여기는 일을 하고 싶을 뿐이야. 지금까지 잘못해 왔으니까."

"딱히 잘못이라고는 생각지 않는데요……. 언제 얘기할 생각입니까?"

"전화로 얘기할 수는 없을 테니 오늘 밤은 안 되겠지. 내일 사무실에 나가서 잡무를 좀 처리한 후에 후라노로 갈 생각이네."

"그렇군요. 알겠습니다."

그 목소리에서 낙담하는 유즈키의 모습이 전해졌다.

"참 고집도 세시군요. 게다가 강하기까지……."

"강한 게 아니야. 그러니 앞으로 자네에게 도움을 청할지도 모르겠어."

"알고 있습니다. 제가 할 수 있는 일이 있으면 뭐든 돕겠습니다."

"고맙군."

전화를 끊은 뒤 히다도 깊은 한숨을 내쉬었다.

끝내 가미조가 죽고 말았다. 어떤 사정으로 누가 그의 목숨을 노렸는지 히다는 모른다. 하지만 그가 카자미 때문에 삿포로에 온 것만은 분명하다.

모든 것이 내 탓이다.

이런 생각을 안은 채 앞으로 어떻게 살아가면 좋을지 불안해졌다. 사과해야 하는 상대가 이미 이 세상에 없다.

고개를 푹 떨어뜨렸을 때 또 휴대 전화가 울렸다. 초점이 흐릿한 눈으로 화면을 들여다보다 움찔했다. 카자미였다.

숨을 골랐다. 이대로 전화를 받으면 목소리가 떨릴 것 같다.

"그래, 아빠다."

천천히 말했다.

"아빠, 나야. 지금 어디야?"

"삿포로로 가는 전철 안. 볼일이 좀 있어서 도쿄에 다녀왔다."

나가오카에 다녀왔다는 것을 카자미에게는 알리고 싶지 않았다. 그녀도 훈련 때문에 바빴는지 그사이에 통 연락이 없었다.

"가미조 씨 일, 들었어?"

"돌아가셨다는 건 들었다."

"그렇구나……. 아빠, 나, 어떡하지?"

비장함이 감도는 목소리를 듣고서 히다는 가슴이 조여 오는 듯한 기분이 들었다. 아빠, 하고 그녀가 다시 부른다. 하지만 자신은 아빠가 아니다. 죽은 사람이 바로 너의 아빠다, 라고 마음속으로 고백하고 있었다.

"경찰은 뭐라고 하든?"

"아직은 아무 말도. 가미조 씨가 돌아가셨다는 거, 고타니 부장님에게 들었어."

"부장님은 뭐라는데?"

"마음 쓰지 말라고. 사건에 가미조 씨 회사가 얽혀 있다는 게 밝혀졌으니까 나랑은 아무 관계가 없다고. 그렇지만 협박장 건도 있고, 관계가 없을 것 같지는 않아."

그렇게 생각하는 게 당연하겠지, 하고 히다는 생각했다. 그리고 한시 빨리 진실을 알리고 싶은 충동에 휩싸였다.

"넌 내일도 연습 있니?"

"응. 그런데 쉬려고 해. 삿포로에 가려고."

"삿포로에?"

"가미조 씨 일이 마음에 걸려서 도저히 안 되겠어. 내가 삿포로에 간다고 해서 뭐가 어떻게 되는 건 아니겠지만."

마침 잘됐다고 생각했다.

"알겠다. 그럼, 아빠랑 내일 어디서 밥 먹자. 하고 싶은 얘기도 있고."

"얘기? 무슨 얘기?"

"응, 그건 만나서 하고, 시간 정해지면 연락 다오."

"알았어. 그럼 내일 봐, 아빠."

"그래. 오늘 밤은 아무 생각 말고 푹 쉬어."

"그건 무리겠지만 되도록 생각하지 않을게."

전화를 끊고 나서 히다는 눈을 감았다. 눈물이 쏟아질 것 같은데 억지로 참았다.

35

유즈키가 삿포로 거리에 들어선 것은 가미조 노부유키의 부고를 들은 다음 날 아침이었다. 하늘하늘 눈발이 흩날리고 도로는 젖어 있었다.

역 옆에 있는 호텔로 들어가 1층 라운지를 들여다보았다. 고타니가 안쪽 테이블에 있었다. 유즈키를 알아봤는지 살짝 손을 흔들었다.

"어떤 상황입니까?"

자리에 앉자마자 유즈키가 물었다. 다가온 웨이터에게 커피를 주문했다.

"도경이 당황하고 있어. 당연하지. 가미조 노부유키를 취조

할 수 없게 되었으니 말이야."

"히다를…… 히다 카자미를 참고인 조사 차원에서 소환하겠다는 얘기는 없던가요?"

"머지않아 무슨 얘기가 있겠지. 골치 아프게 됐어."

고타니가 씁쓸한 표정을 지었다.

커피가 나왔다. 유즈키는 블랙으로 그냥 마셨다.

히다는 오늘이라도 카자미에게 진실을 밝힐 생각이다. 그 후에는 제 발로 경찰에 찾아갈 것이고. 그렇게 되면 수사 방향이 크게 달라질 게 틀림없다.

자신이 할 수 있는 일은 없을까. 비행기 안에서 줄곧 그 생각을 했지만 유즈키는 별다른 대답을 얻을 수 없었다.

"아까 전화에서도 전해 드렸지만, 케이엠 건설 자체가 사건에 관계했을 가능성이 높아졌습니다. 그 후 도경이 무언가를 포착했다는 정보는 없나요?"

고타니가 떨떠름한 표정으로 고개를 저었다.

"사건은 사내 문제가 원인, 히다 카자미는 결국 아무 관계도 없었다, 그렇게 결론이 나면 만세를 부를 일인데 일이 그렇게 간단하지 않지. 경찰에서는 협박장에 신경을 곤두세우고 있어."

"가미조 씨가 썼다는 협박장 말이죠."

그 건이 있기 때문에 유즈키 역시 카자미가 사건과 무관하다고는 생각지 않는다. 협박장만 없으면 가미조가 삿포로에서 살해당했다는 해석도 가능하다.

고타니가 시계를 보았다.

"슬슬 가 볼까."

"가미조 부인은 공항에서 차를 타고 직접 병원으로 간다죠?"

고타니가 고개를 끄덕였다.

"시신은 어떻게 할까요, 나가오카로 운반할까요?"

"글쎄. 보통은 이쪽에서 화장까지 다 치르는데, 그 정도 인물이면 비행기로 운반하지 않겠어. 장례업자도 같이 온다고 했으니."

시신이 없으면 회사장도 치르기 어렵겠지, 하고 유즈키는 생각했다.

두 사람은 택시를 타고 병원으로 향했다. 고타니의 얘기로 봐서는 병원에서 가미조 부인에게 조의를 표하는 것으로 예정되어 있는 듯하다.

"머리 조아리고 사죄할 필요는 없는 듯하니 그나마 마음이 좀 편하군."

고타니가 말했다.

"단순 사고였다면 뭐라고 변명할 말이 없었을 테니 말이야."

"난 부인을 몇 번 만났는데, 딱히 이쪽을 비난하지는 않았어요."

"그렇기는 하지만, 가해자 의식을 갖고서 대하자면 마음이 무겁잖나. 사장은 안도하는 눈치였어. 저쪽 회사 내부의 문제가 원인이라면 우리 쪽은 오히려 피해자가 되는 거야. 어떻게 나오느냐에 따라서 손해 배상도 청구할 수 있지 않겠느냐, 거기까지 생각하고 있더군."

유즈키는 아무 말 없이 한숨만 쉬었다. 히다 씨와 카자미를 생각하면 손해 배상 운운할 때가 아니라는 생각에서다.

그때 윗도리 안주머니에서 휴대 전화가 몸을 떨었다. 실례합니다, 하고서 전화기를 꺼냈다. 가이즈카에게서 온 전화였다.

"안녕하세요. 무슨 일이죠?"

유즈키가 물었다.

"신고가 없어졌네."

"네?"

"신고가 없어졌다고. 아무 데도 없어. 오늘 아침 일찍 호텔을 빠져나간 모양이야. 유즈키 씨, 뭐 아는 거 없나?"

"잠깐만요. 호텔을 빠져나갔다는 게 무슨 소립니까?"

"아침에 내가 일어났을 때 이미 방에 없었어. 여기 들어올 때 가져온 가방도 없어졌고."

"휴대 전화는요?"

"걸어 봤지만 연결이 되지 않더군. 호텔 사람에게 물어봤더니, 신고인 듯한 소년이 버스를 타는 걸 봤대."

"왜 느닷없이 그런 일이……. 어제 그쪽에 무슨 일이 있었습니까?"

"딱히 없었어. 있었다면 버스 사고의 피해자가 돌아가신 일로 호텔 안이 좀 어수선했던 것뿐이야."

역시 가미조 일이 노스프라이드 호텔에도 전해진 모양이다.

"전에도 말했지만, 그 녀석이 요즘 계속 이상했어. 얘기를 하는데도 멍하니 있고, 연습에도 집중하지 못하고."

유즈키는 입술을 깨물었다. 히다와 가미조 일로 머리가 복잡해서 신고까지는 신경을 쓰지 못했다. 그의 상태가 이상하다는 것은 전부터 가이즈카에게 들어 알고 있었다.

"유즈키 씨, 녀석이 갈 만한 데 혹 모르겠나?"

"모릅니다. 게다가 신고는 이 고장 지리에도 어둡잖아요."

"그렇지. 대체 어디로 간 건지."

가이즈카는 정말로 난감한 듯했다.

"설마, 도쿄 집으로 돌아간 건 아니겠지."

"그럴 돈도 없잖아요."

"글쎄, 그런 얘기는 한 적이 없어서."

"아무튼 좀 더 기다려 보죠. 충동적으로 그랬다면 또 훌쩍 돌아올지도 모르니까요. 혹시 돌아오면 너무 꾸중하지 마세요."

"그야 물론이지. 돌아오면 좋을 텐데."

"오후까지 기다려 봐서 그래도 안 오면 전화 주십시오. 제가 신고 아버지에게 연락해 보겠습니다."

"알겠네."

전화를 끊고서 고타니에게 상황을 설명했다. 고타니는 눈썹을 팔자로 찡그리고 아랫입술을 쑥 내밀었다.

"대체 뭐야. 연습이 힘들다고 도망간 건가. 이거야 원. 가이즈카 코치가 너무 세게 시킨 건 아니겠지."

"아니요, 그렇진 않을 겁니다. 연습하는 걸 몇 번이나 봤는데, 별 무리 없는 스케줄이었어요."

"그럼 왜 도망친 거야?"

"모르죠. 도망을 친 건지 아닌지도 아직 불확실하고요."

고타니가 혀를 끌끌 차며 유리창을 두드렸다.

"이렇게 바쁜 때에 성가시게 구는군. 설마 지금 와서 크로스컨트리가 싫다느니 그런 소리를 하는 건 아니겠지. 그러면 아버지도 곧바로 해고니까."

유즈키는 '당신에게 그럴 권한은 없죠'라고 말하고 싶은 걸 간신히 참았다.

병원 앞에는 방송국 스태프인 듯한 사람들의 모습도 보였다. 텔레비전 뉴스에서 사건을 몇 번 다룬 적이 있다. 피해자가 끝내 숨을 거뒀고 거기에 유족이 온다고 하니 몰려온 듯하다.

그 밖에도 매스컴 관계자로 보이는 사람들이 어정거리고 있었지만 그다지 긴박한 분위기는 아니었다. 사건 자체에 무슨 진전이 없기 때문일 것이다.

그들은 병원 부지 안까지는 들어와 있지 않았다. 유즈키와 고타니를 태운 택시가 그들 앞을 지나 정면 현관을 향했다.

그때 한 인물이 유즈키의 눈에 들어왔다. 매스컴 관계자들과 약간 떨어진 곳에서 얼빠진 모습으로 서 있는 그는 낡은 점퍼 차림에, 햇볕에 그을린 얼굴에는 생기가 없었다.

유즈키가 고개를 갸웃했다. 저 남자가 왜 여기 있는 거지.

"왜, 무슨 일 있나?"

고타니가 물었다.

아니, 아무것도 아닙니다, 하고 유즈키는 대답했다.

병원에는 경찰관들 외에 사고가 있었던 노스프라이드 호텔 지배인과 홍보 담당자도 있었다. 투숙객이 죽었는데도 그들 표정에서 어딘가 모르게 여유가 느껴졌다. 아까 고타니가 말한 것처럼 가해자 의식이 옅어졌기 때문일 것이다.

가미조 세쓰코 일행은 아직 도착하지 않은 듯했다. 고타니와 호텔 관계자들은 시신을 어떤 식으로 접하게 하면 좋을지 의논하기 시작했다.

"잠시 자리를 떠도 괜찮겠습니까?"

유즈키가 고타니의 귀에 대고 말했다.

"상관은 없는데, 왜?"

"밖에 아는 사람이 있어서요. 금방 돌아오겠습니다."

"알겠어."

미심쩍다는 표정을 지으며 고타니가 고개를 끄덕였다.

유즈키가 병원에서 나왔다. 매스컴 관계자들이 모여 있는 장소로 다가갔다. 무슨 일이 있느냐고 묻는 이가 있었지만 모른 체했다.

아까 택시 안에서 본 남자는 가드레일에 걸터앉아 유즈키와는 반대 방향을 보고 있었다.

"여기서 뭐하는 겁니까?"

유즈키가 말을 건넸다.

남자가 돌아보았다. 놀란 듯이 눈을 동그랗게 뜨더니 푸, 하고 하얀 숨을 토했다.

"허, 자네도 왔군. 그러고 보니 녀석이 그랬었지. 히다 카자미 선수의 홍보 담당이 되었다고."

"신고 군이요?"

"응, 전화로."

남자는 도리고에 신고의 아버지, 가쓰야였다. 신세 개발 관련 기업에서 일하고 있을 텐데 정확히 어딘지는 유즈키도 몰랐다.

"연락을 취하려던 참이었습니다. 실은 신고 군이 합숙 중인 호텔에서 없어졌습니다. 뭐 아시는 거라도?"

도리고에 가쓰야는 목을 움츠리듯이 고개를 끄덕였다.

"알고 있어. 조금 전까지 같이 있었거든."

"같이요? 그럼 아버지를 만나기 위해서 호텔을 빠져나갔던 겁니까?"

"그렇다네. 어제 저녁때 녀석에게서 전화가 왔어. 그래서 삿포로 역에서 만나기로 했지. 나는 오늘 아침 첫 비행기로 여기 왔고. 하지만 걱정 말게. 신고에게는 호텔로 돌아가라고 말해 뒀으니까."

유즈키는 뭐가 뭔지 알 수 없었다.

"저기요, 그런데 신고 군은 왜 만난 거죠? 그리고 여기서 뭐하시는 겁니까? 신고 아버님이 이번 사건에 관심을 보일 이유는 없을 텐데요."

유즈키가 그렇게 말하자 도리고에 가쓰야는 그의 얼굴을 멀뚱멀뚱 쳐다보다가 고개를 크게 주억거렸다.

"그래, 여기서 이렇게 당신을 만난 것도 인연인지 모르지. 그렇다면 자네에게 먼저 얘기하는 것도 나쁘지 않을 거야."

"무슨 얘기 말입니까?"

"무슨 얘기? 이상한 소리를 다 하는군. 당신은 이런 곳에 뭐하러 왔나? 예의 사건에 관련해서겠지. 그렇다면 내가 무슨 얘기를 하려는지도 알 것 같은데."

유즈키는 미간을 찡그리고 도리고에 가쓰야의 까만 얼굴을
바라보았다.

"사건에 대해서 뭔가 알고 있다는 말입니까?"

"아는 정도가 아니지."

도리고에 가쓰야가 희미하게 웃었다.

36

스포츠 클럽 영업부장은 눈을 번득이며 히다를 올려다보
았다. 그의 손에는 사표가 들려 있었다. 히다가 어젯밤에 쓴
것이다. 히다는 지금 삿포로 역 근처에 있는 본사를 방문 중
이다.

"건강상의 이유라고 하니 뭐라 할 말은 없지만, 그래도 갑
작스럽군. 전에는 한동안 쉬게 해 달라고 하더니, 이번에는
그만두고 싶다고?"

"염치없는 일이라는 건 잘 압니다. 퇴직금도 바라지 않습니
다. 이번 달 월급도 받을 생각 없습니다."

히다는 머리를 계속 꾸벅거렸다.

"그런 말을 하는 게 아니잖아. 솔직히 우리로서는 타격이
크다네. 자네 지명도를 이용해서 이미지 상승을 꾀해 왔으니

말이야."

"제 지명도 따위는 별게 아닙니다. 과거의 인간입니다. 게다가 대수로운 과거도 아니고요."

"그런 말은 그만하고, 자네가 이렇게 사표까지 들고 왔으니 설득해 봐야 소용없겠지."

죄송합니다, 히다는 재차 그렇게 말했다.

"위에는 내가 말하지. 정식으로 결정 내려질 때까지 아무에게도 말하면 안 돼."

"알고 있습니다."

"그래도…… 참 아쉽군."

히다는 다시 한 번 머리를 숙였다. 아쉬워할 만한 가치 따위 자신에게는 없다고 생각했다.

"그런데 저놈들 뭐하는 거야?"

영업부장이 히다 너머로 눈길을 주었다.

젊은 직원들이 텔레비전 앞에 모여 있었다.

"어이, 뭘 그렇게 보는 거야?"

영업부장이 물었다.

남자 직원이 이쪽을 보았다.

"그 버스 사고의 범인이 잡힌 것 같은데요."

그 소리를 듣자마자 히다는 눈을 번득이며 텔레비전 앞으로 급히 다가갔다.

화면에 여자 리포터가 서 있었다. 장소도 낯이 익다. 가미조가 입원해 있는 병원 앞이다.

리포터 바로 밑으로 '버스 화재 사건의 범인 자수!'라는 자막이 흘렀다.

37

유즈키가 경찰에서 해방되었을 때 이미 사방은 어두컴컴해지고 있었다. 손목시계를 보고 두 시간 이상이나 경찰서에 있었다는 것을 확인했다. 도리고에 가쓰야에 대한 심문이 끝나기를 기다린 시간이 대부분이었다.

휴대 전화로 고타니에게 연락을 취했다. 곧바로 삿포로 역 근처 호텔에서 만나기로 했다. 고타니는 낭패한 기색이 역력했다. 가미조 노부유키가 살해된 사건에 대해 신세 개발은 무관하다고 믿고 있었는데, 계열사 사원이 범행을 자백했기 때문일 것이다.

유즈키를 조사한 사람은 니시지마와 기하라 형사였다. 용의자가 제 발로 나타났는데 두 사람의 표정은 왠지 신통치 않았다.

첫 질문은 오늘 그 장소에서 도리고에 가쓰야를 우연히 만났는가 하는 것이었다. 유즈키는 물론 그렇다고 대답했다. 가미조 노부유키가 죽었다는 연락을 받고 병원에 간 것이었고, 거기에 도리고에가 있을 줄은 상상도 하지 못했다. 뜻밖이라고 생각했기 때문에 그가 먼저 말을 건넸다.

그다음으로 형사들은 도리고에가 유즈키에게 무슨 얘기를 했는지 물었다. 유즈키는 들은 대로 대답했다. 그 내용이 도리고에가 그들에게 한 진술과 일치했는지, 형사들은 잠자코 고개만 끄덕거렸다.

이어서 그들은 범행 동기에 대해서 어떻게 생각하느냐고 물었다. 그 동기가 유즈키와 적지 않은 관계가 있기 때문일 것이다.

유즈키는 모르겠다고 대답했다. 솔직한 심정이었다. 설마 그때 그런 고백을 듣게 될 줄은 정말 몰랐다. 그래서 다소 머리가 혼란스러웠다.

"아들을 구하고 싶었다고 말한 점에 대해서는 어떻게 생각합니까?"

기하라가 물었다.

이 질문에 대해서도 유즈키는 고개를 저을 수밖에 없었다.

"우리 쪽이 신고 군의 의사를 무시했다는 의식은 없습니다. 강제로 뭘 시킨 적도 한 번도 없습니다. 그는 언제든지 스키를 그만둘 수 있었습니다. 때문에 도리고에 씨가 그런 말을 한 것은 정말 뜻밖이었습니다."

"도리고에 씨는, 아들은 말을 할 수 없었다고 합니다. 자신이 스키를 그만두면 아버지가 회사에서 해고당할 거라고 생각했기 때문에 참으면서 계속해 왔다고."

"물론 신고 군이 신세 개발 스키부에 들어오면 도리고에 씨의 일자리를 소개하겠다는 약속은 했습니다. 하지만 그것을 받아들이고 말고는 그들의 자유입니다."

흠, 그렇군, 하고 형사는 대꾸했다. 어딘가 모르게 냉담한 말투였다.

마지막 질문은, 도리고에를 조종한 인물로 짐작 가는 사람은 없는가 하는 것이었다. 유즈키는 아무도 떠오르지 않는다고 답했다. 사실이 그랬다. 아무리 생각해 봐도 알 수 없었다.

형사들은 씁쓰름한 표정을 짓고 있었다. 뒤에서 조종한 인물을 알 수 없어서야 진정한 해결이라고 할 수 없기 때문일 것이다.

호텔로 가는 택시 안에서 유즈키는 도리고에 가쓰야와 나눈 대화를 곱씹어 보았다. 사건에 대해 알고 있냐고 묻자 그는 '아는 정도가 아니지.'라고 대답했다. 다소 자학적인 미소를 띠고서 그는 이렇게 말했다.

"그 사고를 일으킨 사람이 바로 나야. 내가 범인이라고."

전혀 예상치 못한 말이라 그 의미를 이해하는 데 몇 초가 필요했다. 그러고 나서 유즈키는 숨을 삼켰다. 그리고 설마, 하고 중얼거렸다.

"믿지 못하겠지. 하지만 사실이야. 내가 한 짓이라고. 얼떨결에 그만 나쁜 마음을 먹고 말이야. 허 참, 바보였지."

미소 띤 그의 얼굴이 점차 일그러졌다. 그리고 마침내 고뇌하는 표정으로 바뀌더니 고개를 저었다.

"어떻게 된 일입니까? 설명해 보십시오."

그러자 도리고에는 얼굴을 쓱쓱 문지르고 나서 말했다.

"신고를 말이야, 어떻게라도 해 주고 싶었어."

"신고 군을요? 무슨 뜻이죠?"

"녀석이 스키 선수가 되고 싶어 하지 않는다는 건 자네도 알지? 그 녀석은 음악을 좋아해. 어렸을 때부터 종일 하모니카를 불어도 싫증 내지 않을 정도로 좋아했지. 커서는 음악가가 되겠다고, 옛날부터 그랬어. 그런데 아버지란 사람이 벌이가 없다 보니 그 꿈을 포기하지 않을 수 없었지. 요즘 난 녀석의 웃는 얼굴을 본 적이 없어. 자기 기분을 죽이고 살고 있는 거야. 몇 주 전 일이야. 어떤 사람에게서 기타 DVD를 얻었다는데, 아버지 눈치를 보느라 쓰레기통에 버리려고 하더라고. 그때 생각했어. 이대로 두면 안 되겠다고. 내가 어떻게든 해 주지 않으면 안 되겠다고 생각했지. 그래서 받아들이기로 한 거야."

"받아들여요?"

유즈키가 미간을 찡그렸다.

"마침 그 무렵 내게 이상한 메일이 왔어. 보낸 사람이 누구인지는 몰라. 그런데 상대는 나와 신고에 대해서 속속들이 알고 있더군. 메일의 내용은 자기에게 협력해 주면 그에 값하는 사례를 지불하겠다는 거였어. 수상하다 싶은 생각에 무시하고 있었는데, 메일이 몇 번이나 오는 거야. 믿을 수 없다면 사전 착수금을 보낼 수도 있다는 말까지 쓰여 있었지. 그래서 시험 삼아 답장을 보내 봤지. 당신은 어디 사는 누구이며, 대체 어떤 일에 협력하라는 것이냐고 물어본 거야. 답장은 금방 왔어. 누구인지는 밝힐 수 없다면서 협력할 내용만 적혀 있더군. 그걸 읽고서 얼마나 놀랐던지. 신세 개발 스키부의 히다 카자미 선수에게 부상을 입혀라, 그런 얘기였으니까."

"뭐라고요?"

"말도 안 되는 얘기라고 생각했지. 역시 무시하는 편이 좋겠다고 마음을 바꿔 먹었어. 그런데 상대가 내 마음을 뒤흔드는 미끼를 던진 거야. 만약 히다 카자미가 부상을 입으면 신세 개발 스키부는 스타 선수를 잃게 되는 것이니 당연히 예산도 삭감될 것이다. 스키부 자체의 존속 여부가 불투명해질 것이다. 그러면 맨 먼저 해산되는 팀은 주니어 클럽일 것이다, 그렇게 말이야. 그렇게 되면 신고는 해방되겠지. 그 경우, 이쪽에는 실책이 없으니까 내가 신세 개발에서 해고되는 일도 없을 테고. 나로서는 꽤나 구미가 당기는 미끼였어."

"일거양득이로군요."

대체 어느 놈인지 모르겠지만 아주 교묘한 술수를 생각했군, 하며 유즈키는 감탄했다.

"망설이면서도 답장을 보냈어. 어떤 식으로 부상을 입히면 되느냐, 나는 뭘 하면 되느냐, 하고 물었지. 그랬더니 조그만 상자가 배달되었어. 안에는 본 적조차 없는 조그만 수제 기계와 현금 백만 엔이 들어 있었지. 기계는 마이크로버스의 엔진에 부착하게 돼 있었어. 부착하는 방법을 자세하게 설명한 종이도 같이 들어 있었고. 백만 엔은 착수금이라고 했지. 그래서 난 메일을 보낸 사람이 장난하고 있는 게 아니란 걸 깨달았어. 지금 생각하면, 그때 바로 경찰에 갔어야 했지. 하지만 난 뒤로 물러설 수 없는 기분이었어. 이걸 하는 수밖에 없다고 생각했지."

"그럼 그날 당신이 노스프라이드 호텔에 있었다는 말입니까?"

도리고에 가쓰야는 고개를 끄덕거렸다.

"그래. 회사를 하루 쉬고서 일부러 홋카이도까지 온 거였어."

"왜 하필 그날이었던 거죠?"

"그야 뻔하지. 그날, 히다 카자미 선수가 혼자 호텔에서 나간다는 걸 알았으니까. 셔틀버스에 기계를 부착하려면 그날 밖에 없었어."

"그녀의 일정을 어떻게 알았죠?"

유즈키의 질문에 도리고에 가쓰야는 거북한 표정을 지었다. 그 표정을 보자 유즈키는 전후 상황이 짐작이 갔다.

"신고 군에게 물어봤군요."

"며칠 전에 전화를 걸어서, 볼일이 있어서 며칠 내로 삿포로에 갈지도 모르니까 시간 나면 만나러 가겠다고 했지. 그러니 스키부 스케줄을 알려 달라고 말이야. 그 녀석 아무 의심 없이 일정표를 메일로 보내 주었어. 거기에 히다 카자미 선수의 일정도 적혀 있었지. 이때를 놓치면 더는 기회가 없을 것 같아서 마음이 초조했어."

"그래서 호텔에서 신고 군을 만났나요?"

"물론 만났지. 만에 하나 누가 나를 봤다고 해도 아들을 만나러 왔다고 둘러댈 수 있으니까 말이야. 호텔 건조실에서 만났어. 불과 며칠 사이에 살이 쏙 빠졌더군. 그러고 보니 그때 히다 카자미 선수와 스쳐 지나갔어. 얼굴을 보지 못하도록 조심했지만."

"그러고 나서 버스에 장치를?"

"그래, 그렇게 된 거야. 히다 카자미 선수가 몇 시에 버스를 탈지는 대충 짐작하고 있었으니까, 그 시간에 맞춰 장치를 부착했어. 렌터카 안에서 상황을 살피는데, 예상했던 대로 그녀가 나타나 안도했지. 남자 승객이 한 명 더 있었지만 그건 어쩔 수 없다고 생각했어. 사건에 연루될 사람이 운전사와 그 남자 딱 두 명이라는 게 오히려 다행스러울 정도였지. 나는 안심하고 기계의 스위치를 눌렀어."

"스위치?"

"부착한 기계는 무선으로 작동하는 거였어. 만약 히다 카자미 선수가 버스를 타지 않으면 스위치를 누르지 않고 버스가 호텔로 돌아온 후에 회수할 생각이었지."

유즈키는 상황을 이해하고서 고개를 끄덕였다. 꽤나 주도면밀하게 계획을 세운 것 같다. 물론 도리고에 가쓰야가 세운 것은 아닐 테지만.

"그런데 버스가 출발하기 직전에 얼토당토않은 일이 생긴 거야. 히다 카자미 선수가 버스에서 내리고 만 거지. 나는 당황했지만, 이미 때는 늦었으니 어쩔 도리가 없었지. 버스가 움직이기 시작했어. 나는 기도했어. 기계가 제대로 작동하지 않기를 말이야. 하지만 하늘은 내 기도를 들어주지 않았어. 사고가 났다는 것을 안 순간에는 눈앞이 캄캄해지더군. 어떻게 하면 좋을지 막막했지만, 아무튼 그 자리를 떠나야겠다는 생각에 도로가 폐쇄되기 전에 호텔을 나섰어. 사고 현장 옆을 지날 때에는 마음속으로 두 손 모아 또 빌었지. 아무쪼록 중상자가 없기를."

울먹거리는 목소리로 말하면서 도리고에 가쓰야는 그때를 재현하듯 두 손을 모았다.

유즈키는 당혹스러웠다. 가미조 노부유키를 노린 사건이라고 믿고 있었기 때문이다. 그런데 지금 얘기를 들어 보니 도리고에 가쓰야에게는 그런 의도가 전혀 없었다. 그는 가미조의 얼굴조차 몰랐다. 그렇다면 부착된 장치에 케이엠 건설과 관련 있는 부품이 사용된 것은 어째서일까. 단순한 우연이라고는 절대 생각되지 않았다.

"이상이 내가 한 짓이야. 꾀임에 넘어갔다고는 하지만 사람이 목숨을 잃었어. 과연 어떻게 하면 좋을지 머리를 쥐어뜯고 있는데 어젯밤 늦게 신고에게서 전화가 왔어. 그 녀석, 뭐랬는지 아나? 다짜고짜, 아빠가 한 짓이지, 그러는 거야. 깜짝 놀랐어. 무슨 소리냐고 되물었지만, 목소리가 내 목소리가 아니었지. 솔직하게 말해 달라고 하기에 그대로 백기를 들고 말았어. 그래, 용케 알았구나, 하고 말이야. 여러 가지 사정이 있다고 했더니, 그야 그렇겠지만 아무튼 만나서 얘기하자고 해서 오늘 아침에 삿포로 역에서 만났던 거야."

일이 그렇게 된 거였구나. 유즈키는 신고가 어떻게 사건의 진상을 눈치챘는지 알 것 같았다. 언젠가 식당에서, 신고가 옆에 있는 줄 모른 채 가이즈카와 사건에 대해 얘기한 적이 있다. 그때 범인은 아마 스키부 일정표를 통해 카자미 선수의 스케줄을 알았을 것이란 얘기가 오갔다. 그 대화를 듣고서 신고는 아버지를 의심하기 시작한 것 아닐까. 그러고 보니 신고의 상태가 이상하다는 말을 가이즈카가 처음 한 것도 딱 그 즈음부터였다.

"오늘 아침에 신고 군과는 어떤 얘기를 나눴나요?"

"우선은 전부 털어놓았지. 그리고 사과했어. 그 녀석을 위한 일이라 여기고 했는데 결국은 녀석에게 고생만 짊어지게 했어. 내가 정말 바보지. 아버지 자격도 없어."

도리고에 가쓰야는 코를 훌쩍거렸다.

"신고 군은 상태가 어떻던가요?"

"화를 낼 줄 알았는데 의외로 침착하더군. 각오를 한 거겠지. 나와는 사뭇 달랐어. 얘기를 전부 듣고 나더니, 자수할 거지, 하고 묻더라고. 나는 그럴 생각이라고 대답했어. 그래서 오늘 여기에 온 거라고 말이야."

"정말 자수를?"

유즈키가 확인했다.

"그러니 여기 있는 거 아닌가. 조금 있으면 돌아가신 분의 부인이 올 거야. 그 사람에게 사죄하고, 그런 다음에 경찰에 연락해 주십사 할 거야."

도리고에 가쓰야는 진지한 눈빛으로 유즈키를 쳐다보았다.

"메일을 보냈던 사람은, 그 후에는?"

"아무 연락도 없었어. 그놈도 당황하고 있지 않겠어? 내가 이렇게 멍청할 줄은 몰랐을 테니까."

눈물을 흘리면서도 그는 헤헤헤, 하고 웃었다.

잠시 후 가미조 세쓰코 일행이 병원에 도착했다. 그 모습을 확인한 도리고에 가쓰야가 유즈키에게 말했다.

"그럼 난 가야겠군."

그런데 몇 걸음 옮기던 그가 다시 걸음을 멈추고는 돌아보았다.

"유즈키 씨, 뻐꾸기라는 새는 말이야, 다른 새의 둥지에 알을 낳는다는군. 때까치나 멧새 둥지에 말이야. 그러고는 다른 어미 새에게 새끼를 키우게 한대. 아나?"

"들은 적 있습니다. 탁란이라고 하는 거죠?"

대답은 그렇게 했지만 도리고에 가쓰야가 무슨 말이 하고 싶은지는 알 수 없었다.

"재능의 유전자란 게 말이야, 그 뻐꾸기 알 같은 거라고 생각해. 본인은 알지도 못하는데 몸에 쓰윽 들어와 있으니 말이야. 신고가 다른 사람보다 체력이 좋은 건 내가 녀석의 피에 뻐꾸기 알을 떨어뜨렸기 때문이야. 그걸 본인이 고마워하는지 어떤지는 알 수가 없지."

홍미로운 사고라고 생각하면서 유즈키는 고개를 끄덕였다.

"그래서요?"

"그런데 그 뻐꾸기 알은 내 것이 아니야, 신고 것이지. 신고만의 것이야. 다른 누구의 것도 아니고. 유즈키 씨 당신 것도 아니지."

그제야 무슨 말을 하고 싶은 건지 알았다. 하지만 유즈키는 아무 말도 하지 않았다.

"신고가 하고 싶은 걸 하게 내버려 둬. 이렇게 부탁하네."

도리고에 가쓰야가 머리를 숙였다.

"상부에 그렇게 전하겠습니다."

유즈키의 대답에 안심했는지 도리고에 가쓰야는 진심 어린 미소를 지어 보였다. 그러고는 이내 다시 진지한 표정으로 돌아와 발길을 돌렸다. 병원을 향해 걸어가는 그 걸음걸이에서 망설임은 느껴지지 않았다.

38

호텔 방에서 기다리던 고타니는 유즈키가 전하는 얘기를 듣고 머리를 움켜잡았다. 한동안 그 자세로 끙끙거리다가 고개를 들었다. 얼굴이 일그러져 있었다.

"최악이로군. 위에다 뭐라고 보고하면 좋단 말인가."

"있는 그대로 얘기할 수밖에 없겠죠."

"태평한 소리 하는군. 자네는 신세 개발의 정식 사원이 아니니까 남의 일이라고 생각할지 모르겠지만, 스포츠 과학 연구소야말로 안심할 수 없어. 도리고에 신고 군을 억지로 클럽에 끌어들인 일이 사건의 원인이라는 것을 알면 세상이 가만있지 않을 거야. 그러면 연구소가 문을 닫아야 할지도 모른다고."

유즈키는 어깨를 으쓱했다.

"어쩔 수 없는 일이죠. 그렇게 되면 포기하는 수밖에요."

"꽤나 쿨하군."

"그런 건 아닙니다. 약간 주저하고 있는 것은 사실이지만요."

"주저해, 뭘?"

"지금까지 제가 고집해 온 방식이나 사고에 대해서요. 전각자가 지니고 있는 재능을 살리면 삶도 행복해질 거라고 믿고 있었어요. 스포츠든 예술이든, 남보다 뛰어난 결과가 나오면 누구나 좋아할 것이고, 설사 처음에는 좋아하지 않더라도 차츰 열의를 보이고 몰두하게 될 거라고 믿고 있었어요. 그리고 그걸 삶의 자양분으로 삼으면 그 이상 좋은 일은 없지 않을까 생각했어요."

"그건 나도 동감이야."

"그런데 그렇지 않은 사람도 있더라고요. 탁월한 재능을 갖고 있으면서도 그것을 전혀 기꺼워하지 않는 사람 말이에요. 바로 도리고에 신고처럼 말입니다. 그에게 올림픽은 꿈도 무엇도 아닙니다. 그의 꿈은 마음껏 기타를 치는 거죠. 프로 뮤지션이 되지 못하더라도, 들어 주는 사람 한 명 없어도 상관없어요. 그저 음악을 접하고만 있어도 그는 행복합니다. 그런 사람에게 누가 '너는 재능이 있다'고 하면서 좋아하지도 않는 일을 시키는 건 일종의 인격 무시가 아닐까요."

"뭐가 그리 거창해. 그렇다면 세상 부모들은 다 어쩌라고? 아이들은 대개 공부하는 걸 싫어하지. 그런데도 부모는 학원에 보내고 가정교사를 붙이면서까지 학력을 높이려고 애쓰잖아. 그게 다 아이들의 장래를 위해서잖아. 스포츠에 재능이 있는 아이를 찾아내서 그 길로 유도한 게 그렇게 나쁜 일인가 말이야."

"아무런 꿈도 없는 아이에게 그렇게 했다면 어떤 의미가 있었겠죠. 그러나 도리고에 신고에게는 꿈이 있습니다. 그걸 방해할 권리는 누구에게도 없죠."

고타니는 팔짱을 끼고서 미간을 찡그렸다.

"연구는 어떻게 할 거야. 이제 그만둘 텐가?"

"그만두다니요, 무슨 말씀을."

유즈키가 고개를 세차게 가로저었다.

"스포츠 유전자 연구는 계속합니다. 신세 개발이 손을 뗀다면 어디 다른 곳에서라도 말이죠."

"자네는 자네 꿈을 좇겠다는 뜻인가. 그건 그렇다 치고, 대체 이게 어떻게 된 일이야. 도대체 누가 히다 카자미에게 부상을 입히려 한 건지……."

"저도 모릅니다. 그러나 조만간 경찰이 밝혀내지 않을까 싶은데요."

"근거라도 있는 말이야?"

"근거는 없지만 그런 기분이 들어요."

"뭐야, 그저 희망적인 추측일 뿐이잖아. 난 위에다 뭐라고 설명하면 좋을지 머리가 깨질 것 같은데."

고타니가 마뜩잖다는 표정으로 입술을 일그러뜨렸다.

유즈키는 시원한 커피를 마시면서 히다를 생각했다. 나중에 그에게도 상황을 설명해야겠군, 하고 생각했다. 혹시 그가 벌써 카자미에게 고백한 것은 아닐까. 뚝심 있는 사람이니 누구에게 무슨 말을 들어도 결심을 바꾸지 않을 것이다. 그녀에게 고백한 후에는 보나 마나 경찰에 갈 것이다.

도리고에 가쓰야가 노린 상대가 히다 카자미 쪽이었다는 것은 의외였지만, 그래도 유즈키는 가미조 노부유키와 어떤 식으로든 관련이 있을 것이라고 생각했다. 두 사람이 부녀간이라는 것을 경찰이 알면 수사에도 진전이 있을 것이다.

유즈키는 히다 카자미가 활주하는 모습을 두 번 다시 못 볼 수도 있겠다고 짐작했다. 신세 개발은 알파인과 크로스컨트리 양 부분에서 황금알을 잃는 꼴이 된다. 아니, 도리고에 가쓰야의 말을 빌리자면 뻐꾸기 알인가.

혈연이란 참 무서운 것이라고 생각했다. 그 탓에 도리고에 가쓰야는 죄를 저질러야 했고 히다 히로마사는 카자미와 헤어져야 한다. 절대 아름다운 것만은 아니다.

39

디저트에 이어 커피가 나왔다. 히다는 크림을 넣으면서 카자미의 얼굴을 보았다. 그녀는 스푼으로 셔벗을 떠먹고 있다. 둘은 지금 오도리 공원 옆의 한 호텔에 있다. 2층에 있는 프렌치 레스토랑에서 식사하는 중이다.

"어때, 충분히 먹었어?"

"응, 이제 배불러."

그녀는 셔벗을 다 먹고는 냅킨으로 입가를 닦았다.

"프렌치 레스토랑에서 식사하는 게 얼마 만인지 모르겠네. 아니지, 아빠랑 둘이 외식하는 거 자체가 몇 년 만인가……"

"그럴 기회가 없었지?"

"그러고 보니 아빠가 옛날에 한 말이 생각나네. 경기자 생활이 본격적으로 시작되면 가족과 얼굴 마주하기조차 힘들어진다고. 앞으로 10년쯤은 단란한 가족이라는 말과는 거리가 멀어지겠지."

"용케 양쪽을 잘 이끌어 가는 선수도 간혹 있지."

"난 그렇게 하기 힘들 거야. 그런 재주 없으니까. 아빠가 전 스키 선수가 아니었다면 아마 훨씬 소원해졌을걸."

히다는 고개를 끄덕였지만 가슴이 아팠다. 카자미는 그를 유일한 가족이라고 믿고 있다. 그와 함께 있는 시간을 가족과의 '단란한' 시간이라고 느낀다. 그러나.

나는 너의 가족이 아니란다, 하고 히다는 마음속으로 중얼거렸다. 그러니 같이 밥을 먹는 것도 이번이 마지막이다.

카자미가 손목시계를 보면서 고개를 살랑살랑 흔들었다.

"왜, 시간이 신경 쓰이니?"

"그런 건 아니고, 지금쯤 팀에 무슨 연락이 와 있지 않을까 싶어서. 그 버스 사고 범인이 잡혔잖아. 무슨 연유인지 나도 빨리 알고 싶어."

히다는 잠시 생각하고서 말을 꺼냈다.

"잘은 모르겠지만 경찰의 심문이 아직 끝나지 않았을 것 같은데. 그게 끝나야 자세한 정보가 전해지지 않을까?"

"그런 건가. 하지만 자꾸 걱정돼. 사건이 잘 해결되었다면 좋겠는데."

"걱정하지 않아도 언젠가는 모든 게 확실해질 거다."

"그렇겠지."

카자미는 미소지으며 잔을 입으로 가져갔다.

히다는 커피를 마시면서 카자미를 만나기 직전에 유즈키에게서 걸려 온 전화를 생각했다. 놀랍게도 유즈키는 범인이 자수하기 전에 만나서 얘기를 나눴다고 한다. 그리고 그 내용을 알려 주기 위해 전화를 했다.

범인은 시세 개발 스키부의 주니어 클럽 소속인 소년의 아버지인 듯하다. 그러나 그 사람은 그냥 돈을 받고 고용되었을 뿐 사건을 지시한 인물은 따로 있다는 것이었다.

그 인물이 누구인지는 아직 모른다. 다만 범인이 노린 표적이 가미조 노부유키가 아니라 역시 카자미였다는 점이 히다는 마음에 걸렸다.

아무튼 카자미와 가미조 노부유키의 관계를 한시라도 빨리 경찰에 알려야 한다고 생각했다. 아마도 그것이 사건의 근간에 크게 관여하고 있을 것이기 때문이다.

"그런데, 아빠. 하고 싶은 얘기라는 게 뭐야? 그래서 같이 밥 먹자고 한 거 아니었어?"

"응, 그래. 일단은 느긋하게 밥을 먹고 하려고 했지."

히다는 등을 쭉 펴고 물 잔에 담긴 물을 한 모금 마셨다.

어떤 말로 얘기를 시작하면 좋을지 이 레스토랑에 들어서면서도 갈피를 잡지 못했다. 카자미의 얼굴을 보면서 생각하려고 했는데 결국은 떠오르지 않았다. 최대한 그녀가 충격을 받지 않도록 하고 싶은데 아무래도 불가능할 것 같다.

"카자미, 침착하게 들어 줬으면 좋겠구나. 아주 중요한 일이야."

"뭔데?"

카자미가 눈썹을 찡그렸다.

"더 빨리 얘기를 했어야 하는데 도저히 말을 꺼낼 수가 없었다. 카자미, 넌, 실은……."

내 자식이 아니라고 말을 이으려는 때였다. 히다의 윗도리 안주머니에서 휴대 전화가 진동했다.

히다는 전화기를 꺼냈다. 메시지가 와 있었다. 나중에 읽자 생각하고 제목만 확인했다. 그런데 그것을 본 그는 깜짝 놀라고 말았다. 전혀 예상치 못한 상대였기 때문이다. 제목이 '가미조 후미야입니다'라고 돼 있었다.

"잠깐만."

히다는 카자미에게 그렇게 말하고 메시지를 열었다. 그리고 거기에 적힌 글을 읽고서 그는 큰 충격을 느꼈다. 다음과 같은 내용이었다.

갑작스럽게 메시지 드려 죄송합니다. 1초라도 빠른 편이 좋겠다고 생각했습니다.

히다 씨, 이미 카자미 씨에게 모든 것을 고백했는지요.

만일 아직이라면 부디 생각을 거둬 주십시오.

그리고 가능하다면 지금까지와 마찬가지로 아버지와 딸로 살아 주십시오.

제 걱정은 하지 않아도 됩니다. 이제 골수 기증자는 필요치 않습니다.

또 사건도 조만간 종결될 겁니다.

히다 씨와 카자미 씨에게는 아무 잘못이 없습니다. 그런 사람들을 불행하게 만드는 것은 저의 본의가 아닙니다.

모든 것은 제 아버지 탓입니다. 그가 죽은 것은 천벌이라고 생각합니다.

이 메시지가 때늦지 않기를 진심으로 기도합니다. 아무쪼록 행복하십시오.

가미조 후미야

히다가 전화기를 든 채로 벌떡 일어섰다. 그 바람에 카자미의 눈이 동그래졌다.

"아빠, 왜 그래?"

"전화 좀 하고 올게."

히다가 빠른 걸음으로 출구를 향했다.

레스토랑에서 나와 유즈키에게 전화를 걸었다. 그가 바로 받았다.

"무슨 일입니까, 카자미 선수에게 무슨 일이라도?"

유즈키의 목소리에 절박함이 배어 있었다.

"그런 건 아니고, 실은 아직 그 얘기를 못했네. 그러기 전에 정말 엉뚱한 메시지를 받았네."

히다는 삿포로에 돌아오기 전에 가미조 후미야를 만난 얘기며 조금 전에 받은 메시지의 내용까지 유즈키에게 모두 얘기했다.

"어떻게 된 걸까요? 가미조의 아들이 어떻게 히다 씨와 카자미 선수의 관계를 알고 있는 걸까요?"

"모르겠어. 하지만 후미야 씨가 뭔가 중대한 결심을 한 것만은 분명한 것 같군. 미안하지만 알아봐 줄 수 있겠나?"

"알겠습니다. 가미조 씨 댁에 연락을 취해 보죠."

"그래, 부탁하네. 자네밖에 부탁할 사람이 없군."

자리로 돌아오자 카자미가 이상하다는 눈초리로 히다의 얼굴을 쳐다보았다.

"아빠, 무슨 일 있어?"

"응, 그래. 좀……. 너와는 관계없는 일이야."

흠, 그렇구나, 하면서도 카자미는 납득이 가지 않는다는

405

투였다.

"그래서, 하고 싶은 얘기는?"

"아, 응…….'"

히다는 또 물을 한 모금 마셨다. 그 메시지를 읽고 나니 고백하자는 결심이 흔들렸다. 유즈키에게서 무슨 보고가 들어올 때까지 기다리자고 생각했다.

"실은…… 오래전부터 얘기하려고 했는데, 아빠가 이제 네일에 시시콜콜 잔소리하지 않기로 했다. 너는 이제 어엿한 스키어야. 게다가 아빠 시절과는 스키 장비도 기술도 전혀 달라졌고. 그러니까 너도 아빠에게 의지하지 마라."

카자미가 눈을 깜박거렸다.

"아빠, 그런 말이 하고 싶었던 거야?"

"너로서는 새삼스럽지 않은 얘기겠지만, 아빠에게는 아주 중요한 일이다. 너를 제 몫 다하는 선수로 인정하는 것이 아빠에게는 용기가 필요한 일이야."

카자미는 고개 숙인 채 잠자코 있다가 얼굴을 들고는 배시시 웃었다.

"알았어. 앞으로는 어떤 일이든 내 의사로 결정할게. 그리고 어떤 결과든 전부 내 책임이고."

"그래, 그런 뜻이다."

"스키어로서는 아빠 슬하를 떠나지만 그래도 난 변함없이 아빠 딸이야. 그러니까 앞으로도 인간으로서의 지도는 잘 부탁할게."

그녀의 말에 히다는 가슴 안쪽이 뜨거워졌다. 그 뜨거움이 또 눈물샘을 자극했다. 하지만 그는 있는 힘을 다해 눈물을 참았다.

레스토랑에서 나와 히다는 후라노로 곧장 돌아가겠다는 카자미를 삿포로 역까지 데려다 주었다. 그녀가 탄 열차를 바라보면서 정말 이래도 괜찮은 것일까 하고 자신에게 물었다. 가미조 후미야가 어떤 사정으로 그런 메일을 보냈는지는 알 수 없지만, 계속해서 진실을 숨기는 것은 도의상 용서받지 못할 일이라 여겨졌다.

삿포로 역에서 나오는데 휴대 전화가 울렸다. 유즈키였다. 히다가 전화를 받자마자 유즈키가 숨가쁘게 말했다.

"큰일 났습니다!"

"무슨 일이 있나?"

"그게…… 가미조 후미야 씨가 음독자살을 했답니다."

"뭐라고?"

히다는 전화기를 움켜쥐었다.

"그게 정말인가? 응? 언제? 어디서?"

"자세한 상황은 아직 모릅니다. 병실에서 숨을 끊었다고 하는데요, 조금 전 일입니다. 유서가 있다는데, 그게 범행을 고백하는 내용인 듯합니다."

"범행?"

"네. 이번 사건의 주모자가 그였다고 합니다."

40

다음 날, 경찰은 가미조 후미야가 남긴 유서의 일부를 공개했다. 그 내용에 따르면, 그가 카자미에게 부상을 입히도록 도리고에 가쓰야에게 의뢰한 것은 오로지 질투심 때문이었다고 한다.

그는 백혈병 때문에 스포츠는커녕 일상생활조차 제대로 할 수 없는 지경이 되어 절망적인 나날을 보내고 있었다. 그런데 신이 나서 여자 스키 선수 얘기를 하는 아버지를 보고는 그 선수에게 강렬한 질투심을 느꼈다. 그 선수가 부상을 입어 선수로서의 미래가 불투명해지면 얼마나 통쾌할까 하는 비뚤어진 상상이 날로 부풀어 갔다. 병으로 고생하는 아들은 제쳐 놓고 여자 스키 선수를 응원하느라 정신이 없는 아버지가 낙담하는 모습을 보고 싶은 욕망도 작용했다.

그래서 우선 탐정을 고용해 히다 카자미 주변을 철저하게 조사했다. 그런 과정에서 떠오른 인물이 도리고에 가쓰야였다. 그러면 반드시 걸려들 것이라 예상하고 메일을 보냈다.

도리고에 가쓰야에게 배달된 기계는 회사 공장에 있는 부품과 인터넷으로 주문한 부품을 조립해 병실에서 만든 것이다. 그 기계는 차가 달리기 시작한 후 브레이크액이 흐르는 파이프를 절단하는 장치였다. 원래 모형 만들기가 취미고 입원 중에도 조립을 계속했기 때문에 주위 사람들은 전혀 의심하지 않았다. 우편배달은 비서에게 맡겼지만, 그녀는 아무 사정도 모른다.

그런데 도리고에 가쓰야와 주고받은 메일을 가미조 노부유키가 훔쳐본 것이다.

당황한 가미조 노부유키는 카자미에게 경호원이 붙기를 기대하며 누군가 히다 카자미의 목숨을 노리고 있다는 협박장을 회사로 보냈다. 그리고 살인을 저지하기 위해 삿포로로 향했다.

결과는 너무도 어처구니없었다. 히다 카자미가 부상을 입는 대신 버스 운전사와 가미조 노부유키가 사망하고 만 것이다.

도리고에 가쓰야가 자수하는 바람에 경찰 수사가 자신에게 미치는 것은 시간문제라 생각하고 죽음을 택하기로 했다.

모든 것이 마음 약한 자신의 유치한 질투심과 의심에서 비롯된 일이다. 변명할 수 있는 일이 한 가지도 없다. 다만 아무쪼록 어머니는 힐난하지 않기를 바란다. 그녀는 가해자의 어머니이지만 동시에 피해자의 아내이기도 하다. 자신의 죽음으로 용서하길 바란다. 그녀만은 내버려 두었으면 한다.

이상이 유서의 개요였다.

그 내용을 바탕으로 경찰은 증거 조사에 들어갔다. 카자미도 소환되어 참고인 조사를 받았다. 그 결과, 유서의 내용에 모순이 없고, 지금까지 미해결이었던 점도 전부 설명이 된다는 것이 판명되었다.

이렇게 사건은 피의자 사망이란 형태로 막을 내렸다.

41

짐을 꾸리고 보니 생각보다 훨씬 적었다. 스키 웨어와 장비류가 모두 신세 개발에서 빌린 것이기 때문이다. 신고가 가지고 들어온 개인 물품이라고는 속옷과 옷 몇 벌, CD플레이어와 CD 몇 장 정도였다.

실내를 돌아보며 빠뜨린 물건이 없나 확인한 후, 책상 앞에 앉아 있는 가이즈카에게 말했다.

"끝났는데요."

가이즈카는 응, 하고 대답한 후에도 뭔가를 열심히 쓰고 있었다. 신고는 그 작업이 끝나기를 기다렸다.

"좋아, 나도 끝났다."

가이즈카가 서류를 팔락팔락 흔들었다.

"합숙 완료 확인 서류다. 이걸 제출하지 않으면 회사에서 비용을 지불해 주지 않는다는군."

사실은 합숙 완료가 아니라 중단이지만, 그 말을 사용하지 않은 것은 가이즈카의 배려일 것이다.

"죄송합니다."

신고가 기어드는 목소리로 말했다.

"이제 그만해. 네가 사과할 게 뭐가 있다고. 자, 가자."

가이즈카가 일어섰다. 그의 짐은 이미 차에 실려 있다.

방에서 나와 호텔 복도를 걸었다. 짧은 기간이었지만 이곳에 온 후로 많은 일이 있었다. 난생처음 스키를 타고 눈 위를 달렸다. 새로운 사람들과의 만남도 있었다. 그리고 그런 모든 것을 다 날려 버릴 만큼의 고뇌도 있었다.

아버지에게 작은 의혹을 품기 시작한 것은 사고가 발생한 직후였다. 형사가 수상한 인물을 보지 못했느냐고 물었을 때였다. 단순 사고가 아닌가 보다 생각하고 직감적으로 가쓰야와 연결시켰다. 가쓰야는 신고에게 자신이 여기 온 것을 아무에게도 말하지 말라고 단단히 입막음을 했다. 그러니 어떤 의미에서 가쓰야가 수상한 인물이었다.

게다가 유즈키와 가이즈카가 나누는 대화를 듣고는 충격을 받았다. 사고는 역시 의도된 것이었고, 범인이 노린 사람은 히다 카자미라고 한다. 필연적으로 범인은 히다 카자미 또는 신세 개발 스키부에 적의를 품고 있는 사람이라는 얘기다. 게다가 사건 전에 가쓰야는 신고에게 스키부 일정표를 보고 싶다고 했다.

범인이 아버지가 아닐까, 그런 의혹이 머리에서 떠나지 않았다. 연습이고 뭐고 집중할 수가 없었다. 그 생각을 하면 모든 것이 절망적으로 느껴졌다.

피해자가 숨을 거두었다는 소식을 듣고서 마음속의 무언가가 툭 끊어졌다. 곧바로 가쓰야에게 전화를 걸었다. 우회적으로 물어볼 만큼 지혜롭지 않았다. 아빠가 한 짓이지. 대놓고 물었다.

가쓰야는 둘러대지 않았다. 울면서 범행을 인정했다. 신기한 일이지만, 신고는 기분이 후련해지는 것을 느꼈다. 이제 해방이다, 하고 생각했다. 그러나 곧장 현실로 돌아와야 했다.

"자수할 거지?"

"그래, 그럴 생각이다."

다음 날 아침, 삿포로 역에서 만나기로 약속하고 전화를 끊었다. 침대에 누웠지만 잠이 올 리 없었다. 잠은커녕 계속 눈물만 흘렀다. 같은 방을 쓰는 가이즈카가 알아챌까 봐 담요를

412

머리끝까지 푹 덮어썼다.

삿포로 역에서 아버지를 만나 커피 전문점으로 들어갔다. 가쓰야는 몰라보게 야위어 있었다. 자세한 얘기를 듣고서야 그 이유를 알았다. 그는 줄곧 죄책감에 시달리고 있었다.

"그럼, 이길로 가마."

가쓰야가 말했다.

응, 하며 신고도 일어섰다. 카페오레와 프라이드 포테이토가 부자의 마지막 식사가 되었다.

가쓰야가 자수한 후, 경찰이 호텔로 찾아왔다. 신고는 서로 다른 형사 몇 명에게 똑같은 진술을 되풀이했다. 거짓말은 하지 않았다. 딱 하나 '크로스컨트리 스키는 죽을 만큼 싫었다'는 말을 제외하고는. 사실 스키 자체는 싫지 않았다. 자기 인생을 남이 결정하는 것에 저항감을 느꼈을 뿐이다. 후지이나 구로사와와의 만남으로 스포츠에 대한 시각이 바뀐 듯한 기분도 들었다. 그러나 형사에게는 그런 말을 하지 않았다. 아버지는 아들을 위해 나쁜 마음을 먹었다. 그 동기를 부각시켜야만 했다.

신세 개발은 스키부 주니어 클럽을 폐지하기로 했다. 신고의 거취에 대해서는 아직 아무것도 정해지지 않았다. 당분간은 가이즈카가 보살피기로 했다.

1층 로비로 내려가자 가이즈카는 정산을 위해 프런트로 향했다. 신고는 창밖을 보았다. 후지이 등 스키부원들의 모습이 보였다.

잠깐 인사하고 올게요, 하며 가이즈카에게 양해를 구하고 밖으로 뛰어나갔다. 스니커즈가 눈에 푹푹 빠져 걷기 쉽지 않다.

"후지이."

"어, 오늘 쉬는 날이야?"

후지이가 뜻밖이라는 듯이 쳐다보았다. 신고가 스키복을 입지 않았기 때문일 것이다. 예의 범인이 신고의 아버지라는 사실을 모르는 듯하다.

"아니, 나 합숙 끝났어. 도쿄로 돌아가."

"진짜? 아쉽다."

정말 아쉽다는 표정이었다.

"다음에는 언제 올 건데?"

"글쎄, 아직 모르겠어."

"그렇구나. 그럼 다음에도 같이 탈 수 있으면 좋겠다. 그때까지 나, 좀 더 실력을 닦아 둘게."

후지이가 웃으면서 그렇게 말했다.

"응. 언제나 몸조심하고. 여러 가지로 힘들겠지만."

그렇게 말하자, 후지이는 승복하기 싫다는 듯이 미간을 찡그리고는 고개를 갸웃했다.

"너, 아마 누가 내 병에 대해서 말하는 걸 들은 것 같은데,

그런 거 관계없어. 그런 일로 동정받고 싶지 않아."

"아니, 동정이 아니야. 정말 대단하다고 속으로 감탄하고 있어."

후지이가 집게손가락을 세우고 옆으로 까딱까딱 흔들었다.

"그런 말도 필요 없어. 요즘 시대에 병을 극복하기 위해서 스포츠를 한다는 거, 영 폼 안 나잖아. 난 말이야, 목표가 있어. 동전교라고 아니? 정식 명칭은 동계 전기 교육대라고 하는데."

삿포로에 있는 육상 자위대의 동계 전문 부대인 듯하다.

"거기 들어가서 바이애슬론을 하는 게 꿈이야. 너, 바이애슬론 아니? 크로스컨트리와 사격의 복합 경기야. 거기 들어가면 총도 마음대로 쏠 수 있대."

후지이는 총 쏘는 자세를 취했다.

"돈도 받고 총도 마음대로 쏘고, 진짜 멋있지 않냐."

아직 중학생으로밖에 보이지 않는 후지이의 얼굴을 보며 신고도 덩달아 웃고 말았다. 사람은 겉만 봐서는 알 수 없다. 스포츠에 대한 자세도 저마다 다르다.

"그럼, 잘 가."

후지이가 말했다.

"그래, 또 보자."

신고는 손을 흔들며 걸음을 내디뎠다. 이곳에 와서 갖가지

경험을 했다. 눈 위를 달렸던 것도 자신의 인생에 마이너스는
되지 않을 것이라고 생각했다.

42

　망원경의 초점을 맞추고 히다는 심호흡을 했다. 공기가 차
가워서 폐까지 싸늘했지만, 화끈거리는 몸에는 오히려 상쾌
하게 느껴졌다. 그렇다고 바깥 기온이 높은 것은 절대 아니
다. 몸이 뜨거운 까닭은 아무래도 흥분했기 때문이다.
　기문을 쳐다보고 레이아웃을 확인했다. 대담하게 공략할
수 있는 코스지만 여기저기 함정도 있다. 자칫 방심하다가는
덫에 걸리는 수가 있어, 하고 그는 마음속으로 중얼거렸다.
　누군가 어깨를 툭 치기에 망원경에서 눈을 뗐다. 돌아보니
유즈키가 웃고 있다.
　"드디어 시작이로군요."
　응, 하며 히다가 고개를 끄덕였다. 왠지 조금 겸연쩍었다.
　"그녀에게 무슨 조언이라도 했습니까?"
　"아니, 아무 말도 안 했어. 녀석은 이제 내 손을 떠났어."
　"그래요."
　"자네는 요즘 뭘 하고 지내나. 여전히 연구인가?"

416

"그게 제 본업 아닙니까."

"하긴 그렇군. 언젠가는 자네 연구가 결실을 거두길 바라네. 괜히 빈정대는 게 아니야."

"고맙습니다."

유즈키가 머리를 숙였다.

"자네에게는 정말 여러 가지로 신세를 많이 졌어. 게다가 부담스러운 비밀까지 간직하게 만들었으니 미안하게 생각해."

유즈키는 아무 말 않은 채 고개만 옆으로 살살 흔들었다.

경기 시작을 알리는 방송이 들렸다. 그리고 잠시 후 첫 번째 선수가 출발했다. 물론 그 모습은 히다와 유즈키가 있는 위치에서는 보이지 않는다. 대형 모니터에 비치고 있을 뿐이다. 선수의 모습이 보이는 것은 좀 더 내려와서이다.

마침내 첫 번째 선수의 모습을 육안으로도 확인할 수 있게 되었다. 히다는 망원경을 눈에 댔다. 오스트리아 선수다. 과연 톱 텐에 드는 선수답게 함정을 어렵지 않게 통과하고 있다.

카자미는 아직 멀었군, 새삼스레 그런 생각이 들었다.

하지만 여기서 이렇게 스키를 탈 수 있다는 것 자체가 그녀에게는 더없는 기쁨일 것이다. 그리고 그녀가 활주하는 모습을 볼 수 있는 자신도 행복하다고 히다는 생각했다.

모든 것이 그 사람 덕분이다.

가미조 후미야가 죽은 다음 날, 히다에게 한 통의 편지가 날아왔다. 후미야가 보낸 것이었다.

　도저히 진실을 전하지 않을 수 없어 이렇게 편지를 씁니다. 이 편지가 배달될 즈음이면 저는 이 세상에 없겠지요.

　이미 경찰 앞으로 범행을 고백하는 편지를 썼습니다. 그러나 그 편지에는 사실과 다른 부분도 있습니다. 그 부분에 대해서 당신에 게만은 밝히고 싶군요.

　모든 발단은 약 20년 전에 아버지가 저지른 잘못에 있습니다. 아버지는 아내가 있는 몸으로 하타나카 히로에라는 여성과 관계 를 가졌고 임신까지 시키고 말았습니다. 그런데 아내인 저의 어머 니도 비슷한 시기에 임신을 했죠. 결국 두 여자가 비슷한 시기에 아이를 낳았습니다. 양쪽 다 여자아이였죠. 다만 처지가 매우 달 랐습니다.

　하타나카 씨는 갓난아기를 보면서, 왜 자기 아이는 모두의 축복 을 받을 수 없는지 가슴이 아팠습니다. 그 밤, 그녀는 출산 직후의 몸으로 터무니없는 행동에 나섰습니다. 병원에 숨어들어 본처의 아이를 훔쳐 온 것이죠. 그러나 유괴는 아니었습니다. 그녀는 아 버지에게 아이를 데리러 오게 할 생각이었습니다. 아주 잠깐 아버 지를 괴롭히고 싶었을 뿐이었죠.

　그런데 예상치 못한 일이 생겼습니다. 훔쳐 온 아이가 하타나카 씨의 실수로 그만 죽고 만 것입니다. 괴로워 몸부림치던 끝에 그 녀는 죽음을 택하기로 했습니다. 분신자살이라는 격한 방법이었 죠. 다만, 이때 자신의 딸은 친구에게 맡겼습니다.

아마 히다 씨는 의아하게 여기겠지요. 어떻게 제가 이렇게까지 자세히 알고 있는지 말입니다. 실은 하타나카 씨가 죽기 전에 지 금의 저처럼 편지를 썼습니다. 받는 사람은 물론 저의 아버지였습 니다. 그 편지는 오래도록 아버지 서재에 숨겨져 있었는데, 우연 한 기회에 제가 보고 말았습니다. 그 편지의 마지막에 피로 도장 이 찍혀 있었습니다. 죽음을 각오한 그녀의 필사적인 심경이 담겨 있는 듯했습니다.

그 이후 저는 아버지를 증오하고 경멸했습니다. 그 사실을 모두 까발리고 싶었지만, 그렇게 하면 어머니가 깊은 상처를 입게 되지 요. 그래서 참고 살았던 겁니다.

카자미 씨에 대해서는 전부터 알고 있었습니다. 아버지가 카자 미 씨에 대해 조사하고 있었기 때문입니다. 그녀가 하타나카 씨의 딸이라는 걸 아는 데 오래 걸리지 않았습니다.

분명히 말씀드리지만, 저는 카자미 씨를 증오한 적이 단 한 번 도 없습니다. 그녀에게 아무 책임이 없다는 것은 명백합니다. 그 녀 또한 가엾은 피해자일 뿐이지요.

그런데 제 몸에 예기치 못한 일이 생겼습니다. 백혈병에 걸려 골수 기증자를 찾아야 하는 사태가 벌어진 것입니다. 골수 기증자는 보통 쉽게 찾아지지 않습니다.

아버지가 카자미 씨에게 관심을 갖고 있다는 것을 금방 눈치챘습니다. 이복형제인 경우에는 적합률이 어떻게 되느냐고 의사에게 물었기 때문입니다. 나는 무슨 일이 있어도, 가령 제 목숨을 잃는 한이 있어도 그것만은 막아야 한다고 생각했습니다. 일이 그렇게 되면 19년 전에 무슨 일이 있었는지 어머니에게 알려지게 됩니다.

그래서 저는 익명으로 경고문을 보냈습니다. 그 내용은 '히다 카자미에게 접근하지 마라, 이 경고를 무시할 경우 그녀의 생명을 보장할 수 없다'는 것이었습니다. 그런데 경고문을 본 아버지가 뜻밖의 행동을 취했습니다. 바로 협박장입니다. 신세 개발에 협박장을 보내 카자미 씨가 경호를 받을 수 있도록 꾸민 것입니다. 물론 저는 이번 사건이 발생한 후에야 그 일이 아버지의 짓이라는 사실을 알았습니다.

경고문이 별 효과가 없다는 것을 안 저는 끝내 범행을 실행하기로 결단을 내렸습니다.

카자미 씨의 골수를 기증받으려는 아버지를 저지하기 위해서 그녀에게서 그 자격을 빼앗기로 한 겁니다. 그 방법으로는 그녀가 부상을 입으면 되겠다고 생각했습니다. 건강은 골수 기증자의 절대 조건입니다. 그녀가 부상을 당하면 적어도 1년 동안은 골수 기증자가 될 수 없을 것이라고 생각했습니다. 그동안 제가 목숨을 유지하고 있을 가능성은 거의 없었습니다.

도리고에 가쓰야 씨를 이용한 점에 대해서는 마음이 아픕니다. 신세 개발 스키부에 대해 조사하면서 그를 알았는데, 남의 약점을 파고드는 비굴한 짓을 하고 말았습니다. 마음대로 움직일 수 없는 저는 어쩔 수 없이 손발이 되어 줄 사람이 필요했습니다.

그러나 운명이란 참 아이러니한 것이죠. 저는 전혀 다른 형태로 아버지의 계획을 저지하는 데 성공하고 말았습니다. 아버지가 사고를 당했으니 말이죠.

그건 천벌이라고 생각합니다. 아버지뿐만 아니라 저도 받아야 마땅한 천벌이라고 해석합니다. 이렇게 왜곡된 방법이 아니라 다른 식으로 해결책을 모색했어야 했다는 뜻입니다.

스스로 죽기를 선택한 것은 사건 발생 직후부터 생각한 일이었습니다. 그런데 그럴 수 없는 상황이 계속되었습니다. 아버지는 비록 의식 불명이기는 하나 살아 있었습니다. 만약 의식이 돌아오면 어떻게 될까. 아버지는 모든 것을 깨끗하게 털어놓지 않을까. 그 생각을 하면 죽을 수도 없었습니다.

그렇게 이러지도 저러지도 못하고 괴로워하던 때에 마침 히다 씨가 찾아 주신 겁니다.

얘기를 나누면서 저는 당신의 의도를 간파했습니다. 당신이 내 목숨을 구하기 위해 카자미 씨에게 모든 것을 밝히려 한다는 것을 알았습니다.

저는 아버지의 어리석음을 비웃지 않을 수 없었습니다. 공연한 술수를 쓰지 말고 히다 씨를 찾아가 모든 것을 얘기하고 카자미 씨가 골수를 기증해 줄 수 있는지 확인하게 해 달라고 했으면 당신은 절대 거부하지 않았을 테니까요.

그런 아버지가 오늘 아침에 돌아가셨습니다. 이어서 도리고에 가쓰야는 경찰에 출두했습니다.

이렇게 해서 모든 것이 간신히 종결됐다고 생각했습니다. 그러나 그 전에 저는 해야 할 일이 있었습니다. 한 가지는 경찰이 과거를 파헤치지 않도록 그들이 납득할 수 있는 유서를 남기는 것입니다. 그리고 또 한 가지는 카자미 씨에게 고백하려는 히다 씨 마음을 돌려놓는 것입니다. 히다 씨와 카자미 씨에게는 아무 죄가 없습니다. 그저 열심히, 성실하게 살아온 사람을 사건에 말려들어 피해를 입게 할 수는 없습니다.

그래서 이 편지를 썼습니다. 너무 길어져서 휴대 전화 메시지로 보내는 것은 포기했습니다. 그 대신 생각을 거둬 달라는 메시지를 잠시 후에 보낼 생각입니다. 늦지 않았으면 좋겠군요.

히다 씨, 당신은 훌륭한 사람입니다. 아무쪼록 카자미 씨의 아버지로 오래오래 있어 주시기 바랍니다. 부탁드립니다.

이 편지를 읽고서야 히다는 모든 진상을 알았다. 그것은 히다의 상상을 한참 뛰어넘는 것이었다. 경찰에서 공개한 가미조 후미야의 유서에 위화감을 느꼈던 것은 사실이지만, 그 이면에 이렇듯 깊이 생각하고 고려한 계산이 숨어 있을 줄은 꿈에도 몰랐다.

이 편지로 그 혈흔이 어떻게 된 것인지도 밝혀졌다. 아마 하타나카 히로에 씨가 보낸 편지에 찍혀 있었을 것이다. 가미조는 DNA 검사를 위해 하타나카 히로에 씨가 목숨을 내놓고 쓴 편지에서 그것을 오려 냈을 것이다. 원본은 아직 발견되지 않았으니 어쩌면 가미조 본인이 처분했는지도 모르겠다.

히다는 고민했다. 이 편지를 경찰에 제출할 것이냐를 두고. 가미조 후미야의 명예를 지키기 위해서는 그렇게 하는 편이 좋을 듯했다. 그러나 그것은 그의 유지에 반하는 행위다.

며칠 동안 고민한 끝에 히다는 가미조 후미야의 편지 내용을 있는 그대로 받아들이기로 했다. 그것이 사람으로서 옳은 선택인지는 알 수 없었다. 자신에게 가장 소중한 것을 지키기 위해서는 어떻게 해야 하나를 생각한 끝에 내린 결론이었다.

"히다 씨, 드디어 카자미의 차례입니다."

유즈키의 목소리에 퍼뜩 정신을 차렸다. 어느새 여러 명의 선수가 활주를 끝낸 상태였다.

그는 모니터를 뚫어져라 쳐다보았다. 모니터 속 카자미는 출발 자세를 취하고 있었다.

만약 천벌이 내린다 해도.

자신만 받으면 된다, 고 히다는 생각했다. 뻐꾸기 알은 아무 죄가 없다. 저 아이에게는 절대 그런 일이 있어서는 안 된다. 그런 일이 생긴다면 자신은 목숨을 내놓고 저지할 것이다.

그는 망원경을 들었다.